AYLEEN BEEKMANN

INTERTWINED

RCHS SCHICKSAL VERBUNDEN

IMPRESS

© privat

Ayleen Beekmann wurde 1998 in Ostfriesland geboren und fand zwischen Disney-Filmen und Lego-Steinen schnell die Liebe zu Geschichten. Sie liest Bücher und schreibt selbst, seit sie das Alphabet beherrscht. Ihre Protagonisten schubst sie gerne in fantastische Abenteuer und lässt sie dabei über die Liebe stolpern. Wenn sie gerade nicht schreibt, hat sie wahrscheinlich eine große Tasse Tee in der Hand und plant ihren nächsten Kurztrip nach London.

EINS

Die Schicksalsfäden werden mich eines Tages noch in den Wahnsinn treiben. Oder zum Schulabbruch zwingen. Sich auf eine Geschichtsklausur zu konzentrieren, ist nämlich verdammt schwierig, wenn alles um einen herum miteinander verwoben ist. Wortwörtlich. Blinzelnd reibe ich mir die Schläfen und versuche mich wieder auf Churchill und den Zweiten Weltkrieg zu konzentrieren. Ohne Erfolg.

Denn jeder einzelne Nerv meines Körpers findet den zarten Faden viel interessanter, der zwischen Adam und Robin wabert, jeweils an ihren kleinen Fingern befestigt. Keiner von beiden bemerkt ihn. Niemand außer mir kann ihn überhaupt sehen. Bis zu meinem sechzehnten Geburtstag konnte ich das genauso wenig. Aber jetzt ist er für mich ebenso real wie das Ticken der Uhr oder der Duft von Miss Prestons Kaffee, der sich vom Lehrerpult aus im Klassenraum verteilt.

Trotz der durchscheinenden Substanz des Fadens schimmert er schon leicht rot, obwohl er erst wirklich Farbe annimmt, sobald sich zwischen den Jungs Gefühle entwickeln. Das wird allerdings noch etwas dauern, schließlich habe ich den Liebesfaden erst gestern gesponnen. Wovon ich noch immer Kopfschmerzen habe.

Innerlich fluchend wende mich wieder meinem Test zu, doch es ist, als würde jede einzelne Schnur in diesem Raum an meinen Fingerspitzen kitzeln. Das Erwachen meiner Fähigkeiten habe ich mir wirklich einfacher vorgestellt. Großtante Holly hat nie irgendetwas von Kopfschmerzen oder kontinuierlicher Unkonzentriertheit erwähnt. Ganz im Gegenteil – sie hat behauptet, eine Moira zu sein, wäre wunderbar magisch. Eine Schicksalsgöttin oder eher gesagt eine ihrer Nachfahrinnen.

Pustekuchen. Fürchterlich anstrengend trifft es um einiges besser. Vermutlich erinnert sie sich mit ihren vierundachtzig Jahren bloß nicht mehr gut daran, wie sich ihre Kräfte kristallisiert haben.

Ich schrecke hoch, als ein Schicksalsfaden unerwartet über meinen Handrücken streicht und dabei all meine Nerven zum Schwingen bringt. Mir fällt der Füller aus der ohnehin schon zittrigen Hand. Einen Augenblick sehe ich noch, wie er über den zerkratzten Schultisch rollt, im nächsten kommt er klackernd auf dem Boden auf.

Das Geräusch klingt zwischen all dem leisen Papierrascheln unglaublich laut und lässt mich kurz resigniert die Augen schließen. Ich habe nicht die geringste Ahnung, wie ich Schule und Moiren-Dasein unter einen Hut bekommen soll.

Als ich die Lider wieder hebe, sieht mich ausgerechnet Maverick Bennington an, die Mundwinkel wie immer selbstgefällig verzogen. Ich werfe ihm einen bösen Blick zu, doch das hindert ihn nicht daran, mich weiterhin zu mustern. Ganz im Gegenteil, er legt sogar noch den Kopf schief, als wäre ich irgendein interessantes Zirkustier.

Seit meinem Geburtstag vor drei Wochen macht er das ständig. Denn obwohl er die ganzen feinen Schnüre im Klassenzimmer nicht selbst sehen kann, weiß er doch, dass ich es tue. Wie ich gehört er zu den Mythischen. Nur muss er sich nicht mit dem Spinnen von Schicksalen herumschlagen. Und er lässt keine Sekunde verstreichen, in der er mir nicht irgendwie unter die Nase reibt, dass ich bloß eine unscheinbare Moiren-Tochter bin und er ein ach-so-toller Hades-Sohn. Was auch immer daran toll sein soll, ein Nachkomme des Unterweltgottes zu sein. Außer vielleicht, dass sein Erbe nicht so nervige Pflichten mit sich bringt wie meines.

Ich verdrehe die Augen und wende den Blick ab. Zurück zu Churchill und den Alliierten. Nur mit Mühe kann ich ein Seufzen unterdrücken. Das hat doch so keinen Sinn. Die letzten Wochen habe ich mit so ziemlich allem verbracht außer Lernen. Oder zumindest nicht mit Lernen für die Schule. Stattdessen waren meine Tage gefüllt mit Silberschnüren und dem zögerlichen Spinnen der ersten Schicksale. Für Churchill blieb da beim besten Willen keine Zeit.

Resigniert starre ich eine Weile auf die Klausur, erwische mich jedoch wenig später dabei, einen Blick auf die Uhr zu werfen. Zehn Minuten vor Abgabe. Obwohl mich zu Hause wohl kaum eine bessere Alternative erwarten wird, kann ich einfach nicht länger hier sitzen und verzweifeln. Deshalb hoffe ich, mein bisher Geschriebenes reicht, und schiebe meinen Stuhl zurück.

Metall quietscht über Linoleum, als ich aufstehe und mir meinen Rucksack, den Blazer meiner Schuluniform und den Stift vom Boden schnappe.

Finn scheint mein Aufstehen zu bemerken. Er sieht in meine Richtung und wirft mir unter seinen wilden blauen Haarsträhnen hervor einen besorgten Blick zu, was ich mit dem Versuch eines Lächelns erwidere. Für einen Moment legt er den Kopf schief, ehe er sich wieder seiner Klausur zuwendet. Von allen Leuten hier ist Finn der, den ich am meisten ins Herz geschlossen habe. Echte Freundschaften zu schließen ist mit der ganzen Götter-Sache am Hals ziemlich schwer, immerhin ist es strengstens verboten, normalen Menschen von all dem zu erzählen. Doch Finn ist für mich das, was einem guten Freund am nächsten kommt.

Ich bemühe mich so zu tun, als würde ich nicht den einzelnen Schicksalsfäden ausweichen, die sich als silbrig scheinendes und dennoch buntes Netz zwischen meinen Mitschülern ausgebreitet haben. Zwar passiert nichts, wenn ich die Schnüre berühre – ich kann sie, bis auf meine eigenen, ja nicht einmal spüren –, aber das will mein Unterbewusstsein wohl nicht verstehen.

Links und rechts von mir schreiben meine Mitschüler mit jeder Sekunde, die vergeht, noch eifriger weiter als zuvor. Von ihnen wird sicher niemand eine allzu schlechte Note kassieren – allerdings muss sich auch keiner damit herumärgern, von irgendwelchen mythischen Wesen abzustammen, die er höchstens aus dem Kino kennt. Oder eher gesagt keiner bis auf einen.

Maverick lehnt sich auf seinem Stuhl zurück und wirft mir einen Seitenblick zu, als ich an ihm vorbeitrotte. Während er so tut, als würde er sich bloß das schwarze Haar aus der Stirn streichen, zwinkert er mir überheblich zu.

»Vielleicht kannst du ja ein wenig was am Ergebnis drehen, wenn du deine Fäden richtig legst, kleine Moira«, murmelt er so leise, dass nur ich es hören kann, und schafft es trotzdem, tonnenweise Spott in seine Stimme zu legen.

Es kostet mich all meine Selbstbeherrschung und mein letztes bisschen Besonnenheit, nicht auf ihn loszugehen. Stattdessen rücke ich nur wie rein zufällig meinen Rucksack zurecht, wodurch dieser um Haaresbreite Mavericks Gesicht verpasst. Normalerweise ignoriere ich ihn und sein überhebliches Gehabe einfach. Aber jetzt, mit meinem dünnen Fell? Keine Chance. Deshalb beeile ich mich Miss Preston meine Klausur auf das Pult zu werfen und aus dem Klassenraum zu stürmen.

Überdramatischer Abgang? Check.

Ich ziehe die Tür hinter mir ins Schloss und lege für einen Moment den Kopf in den Nacken, ehe ich mich in Bewegung setze. Noch mehr als sonst genieße ich die Ruhe um mich herum. In den sonnengefluteten Fluren ist keine Menschenseele zu sehen und das Gemurmel, das durch die geschlossenen Klassenzimmertüren dringt, ist nur eine sanfte Bestätigung dessen, kurz durchatmen zu können. Zumindest ein paar Minuten, bis sich die Schüler zum Schulschluss auf die Gänge drängen – und mit ihnen ihre Schicksalsfäden, so unzählig, dass ich kaum den Boden erkennen werde. Jetzt allerdings habe ich freie Sicht auf die alten Muster auf dem Steinboden der Schulflure, kann verfolgen, wie sich Wirbel und Ornamente um das Schulwappen herum ausbreiten, das auch auf die Jacke meiner Schuluniform gestickt ist.

Doch ich nehme mir keine Zeit, das Muster genauer zu betrachten, und nutze stattdessen die Möglichkeit zur Flucht. Draußen ist es wesentlich einfacher, die Schicksalsfäden der anderen zu ignorieren, auch wenn ich sie nie ganz aus meiner Wahrnehmung verdrängen kann. Großtante Holly hat behauptet, mit dem richtigen Bewusstsein und ein wenig Übung könne ich die Schnüre ganz ausblenden, bisher ist mir das allerdings nicht gelungen. Ganz sicher: Entweder hat Großtante Holly einfach vergessen, wie schwierig der Beginn ihrer Fähigkeiten gewesen ist, oder ich bin eine absolute Niete als Moiren-Tochter. Vielleicht beides.

Ich stoße die gläserne Eingangstür der Schule auf und werfe dabei einen Blick auf meine Spiegelung in der Scheibe. Was ich besser nicht hätte tun sollen – es führt mir nur allzu deutlich vor Augen, dass ich so elendig aussehe, wie ich mich fühle. Der Stress hat meiner Haut ihren kupferfarbenen Glanz geraubt und lässt mich ungewohnt fahl wirken. Von meinen Haaren mal ganz zu schweigen: Während ich die schwarzen Locken schon an guten Tagen kaum bändigen kann, scheint heute jede einzelne Strähne ein Eigenleben zu führen. Möglicherweise bin ich ja gar keine Nachkommin einer Moira, sondern der Medusa.

Der Gedanke bringt mich zum Schmunzeln, während ich mich auf die Kante einer der wuchtigen Blumenkästen setze, die den Vorhof der Saint Paul Academy schmücken. Vielleicht habe ich es im direkten Vergleich doch gar nicht so schlecht getroffen. Obwohl die Silberschnüre ziemlich nerven, sind sie auf jeden Fall besser als Schlangen.

»Erde an Willow«, höre ich eine vertraute Stimme neben mir flöten, ehe Junipers Gesicht direkt vor mir auftaucht. Wie so häufig zieht meine Schwester die letzte Silbe meines Namens in die Länge und macht eine Melodie daraus. Ihre sprunghaften Bewegungen bringen ihre kurzen Locken zum Hüpfen, was ihre zahlreichen Creolen in der Sonne funkeln lässt. »Will ich überhaupt wissen, wo du mit deinen Gedanken gerade steckst?«

In dem Moment, in dem ich zu einem Kopfschütteln ansetze, tritt Sage – die Dritte in unserem Bunde – zu uns und mustert uns prüfend. Ihr Blick bleibt an mir hängen, während sie sich einige ihre langen Strähnen hinter die Ohren schiebt, die sich aus ihrem Dutt befreit haben. »Alles in Ordnung?«

Ich zucke mit den Schultern.

»Das Übliche«, erwidere ich über das Läuten der Schulklingeln hinweg und springe auf die Füße. »Mein liebstes Geburtstagsgeschenk.«

Die Zwillinge verziehen die Lippen zu einem mitleidigen Lächeln, sagen aber nichts. Was vermutlich nicht nur an den nichtsahnenden Menschen um uns herum liegt, die pünktlich zum Unterrichtsende den Vorhof füllen, sondern auch daran, dass sie wissen, wie wenig Worte in meiner Situation helfen. Sage und Juniper sind fast ein Jahr älter als ich und schlagen sich deshalb schon etwas länger mit dem Moiren-Sein herum. Jede von uns auf ihre eigene Art und Weise im Dreieck aus Spinnerin, Zuteilerin und Zerstörerin.

Gemeinsam überqueren wir den Vorhof. Überall stehen unsere Mitschüler in Grüppchen herum, tippen auf ihre Smartphones ein und unterhalten sich aufgeregt darüber, wie sie diesen Frühsommertag verbringen wollen. Vermutlich nicht so wie wir. Wobei mir ein Nachmittag an den Hampstead Ponds, den Badeseen im Norden Londons, wesentlich lieber wäre als einer auf der Götter-Ebene.

Aber was macht man nicht alles, um das Schicksal der Menschen in die richtigen Bahnen zu lenken? Wobei, vielleicht sollte ich ja ganz aus Versehen mal vergessen nach den Regeln zu spielen und Maverick ein wenig Pech einspinnen. Wenn Sage mich lange genug aus den Augen lässt, kann ich vielleicht ... nein. Zu riskant. Ich sollte die Regeln vermutlich doch besser erst beherrschen, bevor ich anfange sie zu brechen.

Sobald wir die Saint Paul Academy hinter uns lassen, löst sich ein Teil meiner Anspannung. Hier auf den Straßen, wo die Menschen sich nicht dicht an dicht drängen, sind die Schicksalsfäden weniger aufdringlich, sondern eher ein unauffälliger Nebeneffekt.

Doch das Aufatmen ist nur von kurzer Dauer: Schon wenige hundert Meter später betreten wir die U-Bahn-Station und kämpfen uns gemeinsam mit Dutzenden von Menschen die Treppen hinunter. Auch wenn mein Verstand weiß, dass ich nicht über die Silberschnüre stolpern kann, unterdrücke ich mit Mühe den Drang, jedem einzelnen von ihnen auszuweichen.

»Wie haltet ihr das aus?«, frage ich meine Schwestern, als wir am richtigen Gleis angekommen sind. »Die ganze Zeit diese Dinge zu sehen?«

»An einigen Tagen gar nicht.« Sages Gesichtszüge verfinstern sich. Von uns dreien hat das Schicksal sie am härtesten getroffen: Als Älteste von uns ist sie eine Atropos, die Zerstörerin. Diejenige, die den Lebensfaden abschneiden muss, wenn es so weit ist – und die, die das Ende eines jeden Menschen sieht. Jeden Tag aufs Neue, sobald sie ihm ins Gesicht blickt. Ich habe sie nie nach meinem gefragt.

Juniper zieht ihre Unterlippe zwischen die Zähne.

»Insgesamt wird es leichter. Man gewöhnt sich daran.«

Mit einem lauten Rattern, bei dem meine Kopfschmerzen sich sofort beschweren, unterbricht uns die einfahrende U-Bahn. Wir entscheiden uns für einen Waggon, in dem der Türbereich tatsächlich noch frei ist.

Sobald sich die U-Bahn wackelnd wieder in Bewegung setzt, lehnt Juniper sich an die Plexiglasscheibe neben der Tür.

»Mit den *Dingen*«, sagt sie mit gedämpfter Stimme, »war das bei mir ein wenig wie mit einer Sonnenbrille. Wenn man sie eine Weile trägt, vergisst man ab und zu anders zu sehen, als man es ohne sie tun würde.«

Sage schnaubt, doch das Funkeln in ihren Augen nimmt dem Laut seine Härte. »So kann man das natürlich auch beschönigen.«

Obwohl ich hoffe, dass in Junipers Worten ein Funken Wahrheit liegt, kann ich Sage nur zustimmen. Als Lachesis, alias die Zuteilerin, ist Juniper diejenige von uns, die die Länge eines Lebens kennt und bei jedem Menschen in ihrer Umgebung sieht, wie viel Zeit ihm noch bleibt. Das mit einer Sonnenbrille zu vergleichen ist wohl etwas unpassend, doch das wundert mich nicht wirklich. So war Juniper schließlich schon immer – was Sage und ich an Pessimismus mit uns herumschleppen, gleicht sie mit ihrem Optimismus wieder aus.

Ich betrachte meine Schwestern und kann nicht anders, als zu lächeln. Obwohl die jahrelange theoretische Vorbereitung mich nicht dafür wappnen konnte, mit dieser neuen Rolle als Moira klarzukommen, bin ich froh, wenigstens nicht allein zu sein. Zwei Felsen in der Brandung inmitten der Sturmflut meines Lebens zu haben.

Mein Blick wandert zu meinem kleinen Finger, um den sich mehrere Silberschnüre wickeln. Zwei davon sind weniger durchscheinend als die anderen, fast schon vollständig rot. Während der Rest des Bahninneren ein Chaos aus Fäden zwischen den Menschen ist, von denen ich Anfang und Ende kaum ausmachen kann, weiß ich bei diesen beiden genau, zu wem sie führen: zu meinen Schwestern.

Die mechanisch-blecherne Stimme des Mannes, der die U-Bahn-Stationen durchsagt, holt mich aus meinen Gedanken.

»Vielleicht habe ich heute die Geschichtsklausur verkackt«, sage ich, einfach nur, um ein normales Gespräch zu führen. Eines, welches sich nicht um Mythen und Schicksale und Götter-Ebenen dreht.

Juniper beißt die Zähne aufeinander und weicht einem Mann mit Aktentasche aus, der sich an ihr vorbei durch die Tür drängt. »Ah, verdammt. Englands Rolle im Zweiten Weltkrieg, oder?«

»Jap. Ich konnte mich einfach nicht konzentrieren.«

Ganz kurz spüre ich, wie Sage mir eine Hand auf die Schulter legt, ehe sie sie wieder zurückzieht. »Für die nächste Klausur lerne ich mit dir.«

»Danke.«

»Aber nur, wenn du bis dahin auch deine Fähigkeiten trainierst.«

Juniper versteckt ihr Lachen hinter einem vorgetäuschten Husten.

»Ich hätte wissen müssen, dass die Sache einen Haken hat«, stöhne ich und verziehe das Gesicht. Obwohl ich so gut wie keine Chance habe, schenke ich Sage eine Sekunde später mein süßestes Lächeln. »Können wir nicht wenigstens einen Tag Pause machen?«

»Nein.« Entschieden schüttelt sie den Kopf. In ihren Augen liegt ein Glanz, der eindeutig nicht menschlich ist. »Die Götter-Ebene erwartet uns.«

ZWEI

Vom Eintritt in die Götter-Ebene wird mir jedes Mal schlecht. Dabei bleibt logisch betrachtet in diesem Zustand nicht mal viel von mir übrig, dem schlecht werden könnte. Wenn ich alles richtig gemacht habe, sitzen meine Organe an Ort und Stelle in meinem wie von Medusa versteinerten Körper. Direkt neben Juniper und Sage, die ebenso wie ich mit ihren Geistern die Menschenwelt verlassen haben und jetzt in ihren Seelengestalten neben mir stehen.

Wie immer ist die Götter-Ebene in ein seltsames Licht getaucht – nicht ganz Tag, nicht ganz Nacht. In der unnatürlichen Dämmerung sehen auch meine Schwestern wie Mysterien aus – nicht ganz irdisch, nicht ganz überirdisch. Die sonst so schwarzen Haare schimmern silbern. Auf ihrer Haut liegt ein nebeliger Schleier, der die Ecken und Kanten ihrer Körper weichzeichnet. Verschwunden sind die Sweatshirts und Jogginghosen, in denen wir uns es gerade noch auf unserem Sofa gemütlich gemacht haben. Stattdessen tragen wir weiße Togen, die lediglich von einem breiten goldenen Gürtel an unseren Hüften verziert werden.

Das sanfte Streicheln des Stoffes auf meiner Götter-Ebenen-Gestalt, kombiniert mit den Schicksalsfäden, die vor uns schweben, führt mir nur allzu deutlich vor Augen, was wir gleich tun werden. Obwohl man meinen sollte, ich hätte mich inzwischen daran gewöhnt, überläuft mich ein Schauer.

Seit ich an meinem sechzehnten Geburtstag die Fähigkeit erhalten habe, mit meiner Seele auf die Götter-Ebene zu wechseln, ist mir hier außer meiner

Schwestern noch nie jemand begegnet. Gleiches gilt für Juniper und Sage. Auch wenn sie ohne mich die Arbeit als Moiren-Töchter nie gänzlich vollrichten konnten, sind sie seit ihrem Geburtstag häufiger in der Götter-Ebene gewesen. Was bestimmt einer der Gründe ist, weshalb sie weniger wackelig auf den Beinen sind als ich.

Ich werde mich ebenso daran gewöhnen müssen. Die Schicksale der Menschen werden von einer Kraft eingeteilt, die wir höhere Macht nennen. Jetzt, da sie weiß, dass meine Schwestern und ich bereit sind, unsere Aufgabe zu erfüllen, müssen wir die Schicksale spinnen, die uns zugeteilt werden.

Natürlich könnten wir unsere Pflicht einfach ignorieren, doch das würde die anderen weltweit verstreuten Moiren-Töchter nur noch mehr belasten und uns auf kurz oder lang den Olymp – sozusagen die göttliche Aufsichtsbehörde – auf den Hals hetzen. Von den Nebenwirkungen mal ganz zu schweigen: Je länger wir das Spinnen ignorieren, desto unnachgiebiger werden die Dinge, die wir sehen. Ganz zu schweigen von den höllischen Kopfschmerzen, die wir bekommen würden.

Mit einem kaum hörbaren Seufzen macht Sage einen Schritt nach vorne.

»Bereit?« Sie greift nach der großen gläsernen Schere, die vor ihr auf dem marmornen Boden liegt.

Vor uns erstrecken sich Abertausende Fäden über die gesamte sichtbare Fläche. Mal ehrlich: Welcher antike Maler auch immer auf die Idee gekommen ist, die göttlichen Schicksalsschwestern mit einer einzigen Schnur darzustellen, war sicherlich zu faul zum Zeichnen.

Hier auf der Götter-Ebene tanzen zusätzlich zu den Schicksalsfäden unsere silbrigen Lebensfäden um unsere Hände. Sie sind quasi die Hauptschicksalsfäden, die selbst ich nur in der Götter-Ebene sehen kann und an die die einzelnen Schicksalsfäden gewoben werden.

Zu unseren eigenen Lebensfäden kommen unzählige weitere Schicksale hinzu, die uns von allen Seiten umgeben. Der Teil der Londoner Leben, der seit gut drei Wochen unsere Aufgabe ist und den wir abschnittsweise immer weiter in die Zukunft spinnen.

Ich brumme widerstrebend, trete jedoch gemeinsam mit Juniper neben unsere älteste Schwester. Während Juniper zum Vorrat an wollähnlichen Fasern greift, strecke ich meine Finger nach der Handspindel vor mir aus. Ein einfacher gläserner Stab, der in einer goldverzierten Glaskugel endet, die der ganzen Spindel ihr Gewicht verleiht.

In dem Moment, in dem meine Fingerspitzen das Glas berühren, sind wir nicht mehr wir selbst.

Mum hat gesagt, sie hat kurz nach meiner Geburt gespürt, dass meine Schwestern und ich die nächsten aktiven Moiren-Töchter in unserer Blutlinie sein würden. Deshalb hat sie uns von Kindesbeinen an so gut wie möglich auf alles vorbereitet. Zusammen mit Großtante Holly hat sie uns regelmäßig all die griechischen Sagen und Mythen erzählt, die für uns quasi zum Grundwissen gehören, und uns das Spinnen beigebracht. In der Hoffnung, uns unsere Bürde damit wenigstens ein bisschen leichter zu machen.

Aber der Moiren-Arbeit nachzugehen ist ein überaus seltsames Gefühl und nicht ansatzweise mit normaler Spinnerei zu vergleichen. Sobald wir unsere göttlichen Attribute in die Hand nehmen, fühlt es sich an, als würde mich jemand bei vollem Bewusstsein fernsteuern. Meine Finger wissen einfach, was sie tun müssen. Wie sie in diesem Augenblick nach den blauen Fasern greifen, die Juniper mir reicht. Wie sie die Fasern aus reiner Einsamkeit zu einer Schnur verdrehen und sie mit dem silbrigen Schicksalsfaden verknoten, für den das Gefühl vorgesehen ist. Sobald das Gefühl mit dem Lebensfaden einer Person verbunden ist, wird es mindestens für eine Weile das Leben dieser Person bestimmen. Mal mehr, mal weniger ausgeprägt und jedes Mal auf diese individuelle Art und Weise, die ich beim Spinnen kurz vor meinem inneren Auge sehe. Einer der Gründe, warum ich wesentlich lieber Freude in ein Leben spinne oder zwei Schicksale mit einem Liebesfaden verwebe und so dafür sorge, dass sich zwei Menschen ineinander verlieben. Wobei ich ohnehin keine Wahl habe. Obwohl ich die Nachkommin einer Schicksalsgöttin bin, die das Leben in ihren Händen hält, darf ich rein gar nichts selbst entscheiden.

Denn die höhere Macht steuert uns Moiren-Töchter wie Marionetten. Oder eher gesagt sollte sie uns steuern, denn ich habe von Anfang an versucht all meine Bewegungen immerhin noch bewusst auszuführen.

Auf diese Eventualität scheint sich die höhere Macht eingestellt zu haben: Selbst wenn ich meine Hände eigenständig bewege, weiß mein Kopf noch, was er tun muss. Vermutlich würde die höhere Macht eingreifen, sobald ich mich ihren Anweisungen bewusst widersetzen würde. Immerhin lässt sie keine Fehler zu. So oder so, ich will es auf jeden Fall nicht riskieren.

Seite an Seite spinnen Sage, Juniper und ich die Londoner Schicksale. Gefühlte Stunden lang, ehe mir – oder besser meiner Seele – für einen Sekundenbruchteil die Lider zufallen.

Sofort stößt Sage mir mit ihrem Ellenbogen in die Rippen. »Nicht einschlafen«, mahnt sie mit dem strengen Blick einer Göttin. »Sonst machst du nachher noch was falsch.«

»Ich kann nicht mehr.« Ich seufze und verknote einen Liebesfaden mit dem Schicksal einer alten Frau. Den letzten für heute. »Ich brauche meinen Körper, was zu essen und eine heiße Dusche. In dieser Reihenfolge.«

Gesagt, getan: Mit der Hilfe meiner Schwestern gelingt es mir sogar beinahe ohne Übelkeit, mein Bewusstsein und meine Seele aus der Götter-Ebene zurückzuziehen und wieder in meinen Körper zu stecken. Jeder meiner Nerven kribbelt, als mein Geist sich zurück in seine Hülle drängt.

Wie bei unserem Eintritt in die Götter-Ebene sitzen wir noch immer auf der Couch in der Wohnung am Außenrand Londons, in der wir mit Mum und Großtante Holly wohnen. Ich wackele probehalber mit den Zehen und seufze erleichtert auf, als sie sich bewegen. An dieses ständige Rein und Raus aus dem Körper werde ich mich wohl nie gewöhnen.

Juniper neben mir lacht, als sie meine Bewegung bemerkt.

»Na, noch alle da?«

»Die Götter-Ebene wird dir schon nicht deine Füße klauen, Kindchen.« Großtante Hollys Stimme klingt wie immer kratzig und amüsiert zugleich. Ein Zeugnis dessen, dass in ihrem Leben nicht nur Zigaretten, sondern auch Scherze stets eine große Rolle gespielt haben.

Ich hebe meinen Kopf und lächele sie an. Ihre ergrauten Locken hat sie heute mit einem bunten Haarband zurückgebunden, was sie jünger aussehen lässt, als sie tatsächlich ist – zumindest, wenn man von ihren Falten

vermutlich verhauene Churchill-Klausur –, hebt sich unsere Laune mit jedem Bissen. Bald schon ist die Küche erfüllt von Lachen über ungeschickte Lehrer und witzige Internetvideos. Zumindest, bis Mum beim Abräumen plötzlich still wird. Eine Weile versuchen wir ihren Stimmungswechsel einfach mit weiteren Scherzen zu überdecken, doch mit jeder Minute wird ihr Schweigen lauter.

»Was ist los, Mum?«, fragt Sage, während sie so tut, als würde sie nicht bemerken, wie Juniper ihren Glückskeks klaut.

Mit einem Seufzen dreht Mum sich zu uns um, das Geschirrhandtuch über die Schulter gelegt. »Es geht um Willow.«

Wir sehen uns an, aber Mum sagt nichts.

Auffordernd hebe ich eine Augenbraue. »Raus damit.«

»Wir sollten dich morgen endlich dem Olymp vorstellen. Das hätten wir immerhin schon an deinem sechzehnten Geburtstag tun müssen.«

Meine Finger, mit denen ich gerade den Zettel aus meinem Glückskeks geknibbelt habe, erstarren. Mein Blick fällt auf den Spruch, der darauf gedruckt ist.

Jetzt ist eine gute Zeit, etwas Neues anzufangen.

Ich schnaube. Vielleicht sollte ich tatsächlich etwas Neues anfangen. Oder mir am besten gleich eine neue Identität zulegen und irgendwo dorthin auswandern, wo weder Schicksalsfäden noch Mythische existieren. Ja, das wäre doch eine ganz gute Alternative.

DREI

Obwohl meine Familie mir alles Wissenswerte über den Olymp erzählt hat, bin ich nervös, als wir am nächsten Morgen in das Taxi steigen, das uns zum Treffpunkt mit dem Hermes-Sohn bringen wird. So nervös, dass mir der Anschnaller beim ersten Versuch aus den Fingern rutscht, was mir einen besorgten Blick meiner Mum einbringt.

»Zum British Museum, bitte«, weist sie den Fahrer an und schiebt die Scheibe zwischen ihm und uns zu, ehe sie sich zurücklehnt. Das Lächeln auf ihren Lippen ist warm, während sie nach meiner Hand greift und sie drückt. »Du brauchst nicht aufgeregt zu sein. Sie werden dir nicht wehtun.«

Ich presse die Lippen aufeinander. »Können wir ihnen nicht einfach eine Mail schreiben, dass ich jetzt sechzehn bin und Kräfte entwickelt habe?«

Mum lacht. »Der mächtigste Zeus-Sohn schlägt sich wohl kaum damit herum, E-Mails zu lesen«, sagt sie. »Und seinem großen Ego würde es wohl ganz schön schaden, wenn du ihn nicht persönlich treffen willst.«

Obwohl ich den Nachkommen der Olympischen Götter noch nie selbst begegnet bin, habe ich genug Geschichten über sie gehört, um zu wissen, dass Mum vermutlich recht hat. Allen Erzählungen nach scheint der Zeus-Sohn – der mächtigste aller Nachkommen des Olymps – ähnlich arrogant wie sein Urahn zu sein. Hervorragende Aussichten. Wenn ich es mir recht überlege, würde ich den Vormittag wohl lieber in der Schule verbringen.

Doch ich kann mich nicht länger drücken. Der Olymp führt über jede

Nachfahrenfamilie Buch, höchstwahrscheinlich werde ich also seit gut drei Wochen zu meiner Vorstellung erwartet.

»Meinst du, das wird lange dauern?«, frage ich Mum, als der Hyde Park neben uns auftaucht. Immerhin hat sie das ganze Spektakel schon mit Juniper und Sage durchgemacht. Obwohl sie selbst nicht über Kräfte verfügt, unterstützt Mum uns, wo sie kann.

Wenn das Wetter so bleibt und mein olympischer Termin nicht den ganzen Tag in Anspruch nimmt, kann ich Sage vielleicht dazu überreden, mal keine Schicksale zu spinnen. Gestern haben wir genug geschafft, um uns zumindest heute eine kleine Pause gönnen zu dürfen.

Mum schüttelt den Kopf und lässt meine Hand los. »Bestimmt nicht.«

Einige Minuten lang weiß anscheinend keine von uns, was sie sagen soll. Ich streiche mein Shirt glatt und frage mich, ob ich vielleicht etwas Eleganteres hätte anziehen sollen. Was halten der mächtigste Göttliche der Welt und sein Gefolge wohl von Ringelstreifen?

»Muss ich eigentlich heute Nachmittag ...«

»In die Schule?«, beendet Mum meine Frage. »Ja. Ich möchte, dass euch alle Türen offenstehen. Und dafür brauchst du nun mal einen Schulabschluss.«

Ich widerspreche ihr nicht – halb, weil sie recht hat, halb, weil wir uns bereits dem British Museum nähern. Offenbar lässt mich der Londoner Dauerstau ausgerechnet dann im Stich, wenn ich ihn mal gut gebrauchen könnte.

Mum bezahlt den Fahrer und wirft mir ein aufmunterndes Lächeln zu. »Bereit?«

»So bereit wie für meine Hinrichtung«, murmele ich, aber da schließt sie schon die Autotür hinter sich.

Ich zögere, was mir einen ungeduldigen Blick vom Taxifahrer beschert. Seufzend folge ich meiner Mutter ins Freie. Sofort empfangen mich sonnigwarme Luft und zahlreiche Touristen mit noch mehr Schicksalsfäden, die sich ins Unendliche verlaufen. Vielleicht kann mir ja jemand auf dem Olymp verraten, wie ich diese Special-Effect-Sicht ausschalten kann.

»Wie sollen wir ihn erkennen?«, frage ich Mum, sobald ich mich durch die Touristengruppe zu ihr gekämpft habe. »Den Hermes-Sohn?«

Vor uns ragt das British Museum in die Höhe und erinnert mich heute irgendwie an einen antik-griechischen Tempel. Kein Wunder, dass der Hermes-Sohn ausgerechnet diesen Ort als Treffpunkt ausgewählt hat. Selbst in meinem Herzen, das für diese ganze Göttersache vergleichsweise ziemlich wenig übrighat, bewegt sich bei diesem Anblick etwas. Als würden mich die massiven Säulen willkommen heißen, die das Dach des Eingangsbereiches stützen und Platz für die Statuen schaffen, welche den Giebel zieren.

»An seiner Basecap«, sagt Mum und deutet auf die Stufen, die ins Museum hinaufführen, als wäre das das normalste Erkennungsmerkmal der Welt. »Er wartet direkt vor dem Eingang auf uns.«

Ich bin noch nie mit einem Hermes-Sohn gereist und habe nicht wirklich eine Ahnung, was mich erwartet. Hermes-Sohn-Sprünge sind ein wenig wie Teleportieren, hat Juniper gesagt, als ich sie heute Morgen im Bad danach gefragt habe.

Als ich hinter Mum die Stufen erklimme und meinen Blick über die Menschen hier schweifen lasse, kann ich den Hermes-Sohn einfach nicht übersehen.

An einer der massiven Säulen lehnt ein Typ, der so schlaksig ist, dass er beinahe in der so wuchtig erbauten Umgebung verschwindet. Mit seiner Collegejacke und der Jeans sieht er ganz unscheinbar aus, wäre da nicht die schwarze Basecap, die er sich tief ins Gesicht gezogen hat, was den Aufdruck nur noch besser zur Geltung bringt: ein weißer Flügel wie der eines Engels – oder eines Götterboten.

Ein Grinsen zuckt auf meinen Lippen. »Captain Obvious«, murmele ich und tippe Mum auf die Schulter, um sie auf den Kerl aufmerksam zu machen, der in sein Smartphone vertieft ist. Von ihm geht ein leichtes Vibrieren der Luft aus, das wir Mythischen immer spüren, wenn wir auf einen anderen unserer Art treffen.

Auch über ihr Gesicht huscht ein Lächeln, als sie auf ihn zugeht. »Entschuldigung?« Ihr Ton ist beiläufig. »*Pánta chorei.*«

»*Kaì oudèn ménei*«, erwidert der Hermes-Sohn sofort und schaut hoch.

Seinen feinen, jugendlichen Gesichtszügen nach zu urteilen kann er nur ein paar Jahre älter sein als ich.

Was für einige so klingen mag, als wäre Mum gerade aus Versehen ins Altgriechische gerutscht, um alte Philosophen zu zitieren, ist viel mehr als das – nämlich die Erkennungsphrase der Mythischen.

Alles fließt und nichts bleibt. Eine ständige Erinnerung daran, dass wir zwar von Göttern abstammen mögen, jedoch trotzdem nicht ewig leben werden, genauso wenig wie die Götter selbst. Und gleichzeitig ein einfaches Erkennungszeichen, falls man mal auf einen anderen Mythischen trifft und sichergehen will, dass das Vibrieren von ihm ausgeht.

Man kann schließlich schlecht in aller Öffentlichkeit fragen, ob man mal eben Hermes' Teleportiertaxi in Anspruch nehmen darf, wenn man nicht schief angeschaut werden möchte. Dann doch lieber Philosophen zitieren und sich notfalls rausreden, sollte man mal jemand nicht-mythischen erwischen.

Der Typ lässt sein Smartphone in seine Tasche gleiten und sieht zwischen Mum und mir hin und her. »Calla und Willow Fynch?«

Wir nicken.

»Lasst uns reingehen.«

Wir reihen uns hinter einem Pärchen in die Schlange des Museums ein. Verwundert ziehe ich die Stirn in Falten. Irgendwie habe ich erwartet, nicht durch den Haupteingang gehen zu müssen, sondern eine versteckte Nebentür nutzen zu können. Doch der Hermes-Sohn macht keine Anstalten, vom Verhalten eines ganz normalen Museumsbesuchers abzuweichen. Zumindest, bis wir an der großen Eingangstür angekommen sind und er jeweils eine Hand um Mums und meinen Oberarm legt, ehe er in das Museum tritt.

Mit einem Mal verliere ich den Boden unter den Füßen. Ich sehe nichts, nur ein graues Licht, das dem aus der Götter-Ebene ähnelt. All meine Muskeln prickeln, ein wenig wie damals, als Juniper mich in diese fürchterliche Achterbahn gezerrt hat. Ich habe das Gefühl, gleichzeitig nach links und rechts gezogen zu werden, und muss das Bedürfnis unterdrücken, mich am Hermes-Sohn festzuklammern. Im nächsten Moment ist es schon wieder vorbei und ich stehe auf ebenem Boden. O Götter. Hätte der Typ mich nicht vorwarnen können? Oder Mum?

Blinzelnd sehe ich zum Hermes-Sohn, aber ihm scheinen die Turbulenzen nichts ausgemacht zu haben. Ganz im Gegenteil: Er wirft uns einen kurzen Blick zu, als würde er prüfen, ob wir beide noch aus einem Stück bestehen, dann tritt er einen Schritt nach hinten und ist verschwunden. Beneidenswert. Für diese Fähigkeit würde ich jetzt sogar noch mal das ekelige Gefühl in Kauf nehmen.

Stattdessen bin ich hier – wo auch immer genau *hier* ist – und werde von all den Eindrücken um mich herum beinahe erschlagen. An den Seiten und hinter uns schließen helle, mächtige Mauern den Raum ein, die über und über mit feinsten Mustern verziert sind und sich hoch über unseren Köpfen zu einer Kuppel vereinen. Das Fresko dort oben zeigt einen Himmel. Die Wolken darin sehen so realistisch aus, dass ich mir nicht sicher bin, ob sie wirklich Malerei oder viel eher Magie sind.

Ein Stück vor uns steht ein Tresen, der aus dem gleichen Stein gehauen ist wie die Wände und doch modern wirkt. Von dort blickt uns eine hübsche Frau in Mums Alter entgegen, deren dunkle Haare zu einem ordentlichen Dutt hochgesteckt sind. Sie lächelt, aber die Freundlichkeit erreicht ihre Augen nicht.

»Guten Tag«, sagt sie. Der Olymp ist ähnlich magisch wie die Götter-Ebene und obwohl ich keine Ahnung habe, welche Sprache sie tatsächlich spricht, verstehe ich sie. Eine Magie, die das Ganze hier wesentlich einfacher macht. Immerhin ist der Olymp für die ganze Welt zuständig. »Familie Fynch, nehme ich an?«

Mit einem höflichen Lächeln erwidert Mum ihren Gruß und nickt. Ich hingegen bringe keinen Ton heraus, während ich ihr zum Tresen folge.

Verärgert über mich selbst beiße ich mir auf die Unterlippe. Ich dachte wirklich, Sages und Junipers Erzählungen hätten mich ausreichend auf diesen Termin vorbereitet, aber irgendwie ist all das hier in der Realität noch viel eindrucksvoller. Allein die massiven Steinwände geben mir das Gefühl, klein und unbedeutend zu sein. Was ich im Machtspiel der Götter auch bin. Ich meine, was bringt mir das Schicksale-Spinnen schon, wenn ich dabei keine eigene Entscheidung treffen darf? Und nichtsdestotrotz muss ich heute Zirkustier spielen und mich für die großen Olympier auf den Präsentierteller setzen. Oh, wie ich das hasse.

»Sehr schön. Ich bin Olivia.« Wieder lächelt die Frau. Ich sehe mich verstohlen um, finde jedoch nichts, was mir einen Hinweis auf ihre Abstammung geben könnte. »Die Olympier freuen sich schon, dich kennenzulernen, Willow.«

»Hm«, mache ich und zwinge mich dazu, wenigstens einen Mundwinkel zu heben, weil ich keine Ahnung habe, was ich sagen soll.

»Na gut, dann lasst uns keine Zeit verlieren. Miss Fynch, Sie können so lange gerne hier warten.« Sie deutet auf eine Sitzecke gegenüber dem Tresen, die aus mehreren petrolfarbenen Sofas besteht und mit großen Pflanzen dekoriert ist. Ich hatte keine Ahnung, wie einschüchternd luxuriös eine Kombination aus modernen und antiken Möbeln aussehen kann. »Und du folgst mir einfach, Willow, ja?«

Ehe ich überhaupt darauf reagieren kann, stolziert sie schon in den breiten Gang, der vom Foyer abgeht. Mir bleibt nichts anderes übrig, als Mum einen hilflosen Blick zuzuwerfen und Olivia hinterherzuhasten.

»Du bist sicher aufgeregt, oder?« Obwohl ich Olivias Gesicht nicht sehen kann, höre ich das Lächeln in ihrer Stimme.

Ich brumme nur zustimmend, bin viel zu fasziniert von den Malereien an den Wänden, um ihr wirklich zu antworten. Sie erzählen vom Ursprung der Nachkommen. Wie die antiken Götter und Helden vor Hunderten von Jahren gestorben sind, nicht aber ihre Blutlinien. Wie ihre Nachkommen ihre Rollen einnahmen und seit jeher wieder und wieder das Schicksal ihrer Urahnen durchleben, um die Vorherbestimmung zu erfüllen und dem höheren Gleichgewicht der Welt gerecht zu werden.

Eine Geschichte, die Mum uns schon unzählige Male als Gute-Nacht-Geschichte erzählt hat, als wir noch zu jung waren, um sie als Wirklichkeit zu begreifen. Und wegen all dem bin ich jetzt überhaupt hier.

Wobei ich noch immer nicht den blassesten Schimmer habe, wo dieses *Hier* ist. Wohl kaum in der Eingangshalle des British Museum. Als ich Mum und Großtante Holly danach gefragt habe, haben sie gelacht. Anscheinend kennen den Ort des Olymps nur die Olympier selbst – und die Hermes-Söhne. Fest steht lediglich, dass sich der Olymp längst nicht mehr auf dem namensgebenden griechischen Berg befindet.

Ich reiße meinen Blick von den Wänden los und sehe stattdessen zu Olivia. Hinten ist ein Zipfel ihrer Bluse aus dem Bund ihres Bleistiftrocks gerutscht. Ein Patzer, der sie direkt sympathischer macht.

»Ich muss erst mal zu Protokoll geben, dass ich eine aktive Nachkommin bin, oder?«

Olivia scheint erleichtert zu sein, dass endlich etwas über meine Lippen gekommen ist, das über ein Brummen hinausgeht. Über ihre Schulter hinweg lächelt sie mich an.

»Ganz genau. Ich bringe dich jetzt zu einer Nachkommin Aletheias, der Wahrheitsgöttin«, sagt sie. »Sie erkennt Wahrheit und Lüge in den Worten eines anderen und wird mir bestätigen können, dass du ehrlich bist, was deine Fähigkeiten betrifft.«

»Okay.«

»Du hast also Fähigkeiten entwickelt?«, versucht sie das Gespräch aufrechtzuerhalten.

»Jap.«

Ich folge ihr um eine Biegung und mehrere Treppenstufen hinauf. Der Gang wird wieder breiter, macht Platz für Statuen antiker Helden und Gottheiten, die links und rechts von uns den Korridor verzieren. Auf den ersten Blick kann ich keine Moiren erkennen. Gut so. An den steinernen Abbildern seiner Vorfahren vorbeizulaufen muss seltsam sein.

»Das ist bestimmt ein wunderbarer Tag für dich und deine Schwestern gewesen.«

Unweigerlich betrachte ich die Schicksalsfäden an Olivias Händen. Einige von ihnen laufen die Gänge vor und hinter uns entlang, andere verlieren sich in den Mauern und enden wer weiß wo.

»Es ist …« Ich suche nach dem richtigen Wort, während ich ihr eine weitere Treppe hinauf folge. »… gewöhnungsbedürftig.«

»Das glaube ich dir sofort.« Olivia bleibt vor einer dunklen Tür stehen, die zwischen all dem Prunk ziemlich unscheinbar aussieht. »So, da wären wir.«

Der Raum, in den sie mich führt, ist wesentlich schlichter, als ich erwartet habe. Ein wenig sieht er aus, wie ich mir den Raum einer Psychotherapeutin vorstelle: Links von mir steht ein moderner Schreibtisch, an der Wand gegenüber reihen sich einige Bücherregale aneinander. Die Wand vor mir wird von zwei großen Fenstern unterbrochen, von denen aus helles Sonnenlicht auf zwei einander gegenüberstehende weiße Sessel fällt.

An einem der Fenster steht eine Frau und schaut hinaus. Welche Aussicht man wohl daraus hat? Ich wette, man sieht nur Himmel und Wolken, wie aus dem Fenster eines Flugzeugs.

Jetzt dreht sie sich zu uns um und mustert mich ausgiebig. Ich tue es ihr gleich, lasse meinen Blick über ihr scharfkantiges Gesicht und die rotbraunen Locken gleiten, bis er am Anhänger ihrer Kette hängen bleibt: einem kleinen Saphir.

»Da bist du ja«, sagt die Nachkommin Aletheias mit kehliger Stimme und deutet auf einen der Sessel. »Setz dich.«

Während ich ihrer Anweisung nachkomme, schließt Olivia die Tür und lehnt sich an die Wand daneben.

Die Aletheia-Tochter setzt sich auf den Sessel gegenüber von mir. »Willow Fynch?«

Ich nicke und frage mich, wie sie merkt, ob ich die Wahrheit sage. Sieht sie Lügen, so wie ich die Silberschnüre, die um ihre Finger gewickelt sind?

»Sprich deine Antworten bitte laut aus«, fordert sie mich auf. »Du gehörst zur Blutlinie der Moiren?«

Wieder nicke ich. »Ja.«

»Verfügst du über Kräfte, die denen deiner Urahnen entsprechen?«

»Ja«, murmele ich und grabe meine Finger in den weichen Stoff des Sessels. »Ich bin eine Moiren-Tochter. Seit meinem sechzehnten Geburtstag spinne ich die Schicksale der Menschen und Mythischen in London.«

Eine Weile lang sieht sie mich schweigend an. Mich beschleicht das Gefühl, dass sie direkt in meine Seele schaut, und ich kann gar nicht anders, als nervös auf dem Polster herumzurutschen.

Dann endlich durchbricht sie ihr Schweigen. »Sie sagt die Wahrheit.«

VIER

Mit einem Mal geht alles ganz schnell. Kaum hat die Aletheia-Tochter meine Aussage über meine Fähigkeiten bestätigt, bugsiert mich Olivia schon wieder die Flure entlang. Vorbei an Statuen, Gemälden und Türen. Und schließlich unzählige Treppen hinauf. Ehrlich, dagegen sind die Treppen in den U-Bahn-Stationen ein Witz.

Als wir endlich oben ankommen, fühlen sich meine Beine an wie Wackelpudding und mein Rücken ist von einem Schweißfilm benetzt. Wir bleiben vor einer riesigen, doppelflügeligen Tür stehen, in deren Holz zwölf kleine Figuren geschnitzt sind – die olympischen Götter. Ernsthaft? Ausgerechnet so verschwitzt soll ich den mächtigsten Nachfahren überhaupt entgegentreten?

»Bereit für die Olympier?« Olivia lächelt.

Ehrlich gesagt nein.

Anscheinend war das ohnehin eine rhetorische Frage. Ohne meine Antwort abzuwarten, stößt Olivia die Tür auf und schiebt mich mit ihrer Hand auf meinem Rücken in den Raum. Obwohl *Saal* die Größe wesentlich besser beschreibt.

Außer der Wand mit der Tür, durch welche ich gerade gestolpert bin, sind wir von allen drei Seiten von Glasfronten umgeben, die lediglich durch einige Säulen unterbrochen werden. Mein Blick scheint das gleiche Fluchtbedürfnis zu haben wie ich: Kurz bleibt er am Blau hinter den Scheiben hängen, in dem vereinzelte Wolkenfetzen zu erkennen sind, ehe ich ihn zwingen kann, zu dem zu schauen, was diesem Raum seine eigentliche Macht verleiht: Den

Olympiern. Auf den verschiedensten Stühlen sitzen sie auf der U-förmigen Empore vor mir, in der Mitte von ihnen der wohl mächtigste. Der Zeus-Sohn. Selbst auf die Entfernung kann ich das Sturmgrau seiner Augen erkennen, die mir abwartend entgegensehen. Genau wie die Augenpaare aller anderen elf Olympier.

Ich schlucke und zwinge mich zu einem Lächeln.

»Ähm ... hallo?«

Meine ohnehin schon unsicheren Worte werden förmlich von der Leere des Raumes verschluckt. Verdammt.

Ich lasse meinen Blick über die Nachkommen der Götter schweifen. Auf der einen Seite des Zeus-Sohns sitzen die jeweils mächtigsten Nachfahren von Hera, Ares, Athene, Aphrodite und Hermes. Auf der anderen Seite die von Poseidon, Demeter, Hestia, Hephaistos, Apollon und Artemis. Bei ihren unnachgiebigen hoheitlichen Mienen bin ich mir gar nicht mehr so sicher, ob ich wirklich Sterblichen gegenüberstehe. Das sind sie also – die Mächtigsten der olympischen Blutlinien.

Im Laufe der Zeit sind die einzelnen Blutlinien so sehr auseinandergeflossen, dass die Nachkommen verschiedener Götter jetzt nicht mehr wirklich miteinander verwandt sind. Bei Beziehungen zwischen Mythischen setzt sich immer nur eine der Blutlinien durch. Keiner der Olympier ist also direkt miteinander – oder mit mir – verwandt. Doch das ändert natürlich nichts daran, dass zwischen ihnen unzählige Schicksalsfäden durch die Luft wabern. Einer von ihnen – fast vollständig transparent – verbindet den Zeus-Sohn und mich.

Mir schwirrt jetzt schon der Kopf, dabei hat noch nicht mal jemand etwas gesagt – abgesehen von meiner kläglichen Begrüßung. Sage hat mir gestern Abend geraten, mich einfach nur auf den Zeus-Sohn zu konzentrieren, falls ich das Gefühl bekommen sollte, den Boden unter den Füßen zu verlieren. Also mache ich genau das.

Er betrachtet mich ebenfalls, den Ellenbogen auf die Armlehne seines Throns gestellt, das Kinn in eine Handfläche gestützt. An seinem Finger prangt ein Siegelring, in den ein Blitz graviert ist. Wenn ich mich richtig erinnere, ist sein Name Zayn. Er ist wesentlich jünger, als ich erwartet habe, ungefähr Anfang dreißig. Sein aschblondes Haar ist so hell, dass es eher weiß wirkt, und bildet einen angenehmen Kontrast zu seiner sonnengebräunten Haut.

»Willow Fynch.« Seine Stimme ist reinstes Donnergrollen und verursacht mir eine Gänsehaut. Es fällt ihm sicher nicht schwer, mit dieser Stimme Frau um Frau um den kleinen Finger zu wickeln, genau wie sein Urahn. »Moiren-Tochter. Schicksalsspinnerin.«

Weil ich keine Ahnung habe, was ich dazu sagen soll, nicke ich einfach. Ich trete von einem Fuß auf den anderen.

»Wieso stellst du dich erst so spät hier vor?« Seine Augen funkeln interessiert, ein kurzer heller Blitz im Sturmgrau. »Was hast du in den letzten drei Wochen seit deinem Geburtstag getrieben?«

»Ich … ähm …« Ich suche nach einer Ausrede, um ihm nicht gestehen zu müssen, dass ich auf diese ganze Göttersache absolut keine Lust habe. »Ich musste für die Schule lernen.«

Sein Lachen lässt absolut keinen Zweifel daran, dass er mir nicht glaubt. Einige der anderen Nachfahren stimmen leise mit ein, doch ich zwinge mich, meinen Blick nicht von ihrem Anführer zu lösen.

»Soso.« Das Grinsen verschwindet von seinen vollen Lippen, während er kurz in die Runde sieht, ehe er sich wieder an mich wendet. »Na ja, bis jetzt haben du und deine Schwestern euch ja immerhin an die Gesetze gehalten.«

Soweit ich weiß, haben die olympischen Nachkommen sich bei der Überwachung der Regeln aufgeteilt. Jeder von ihnen kontrolliert einen bestimmten Bereich und als Schicksalsspinnerin werde ich von allen von ihnen überwacht. Jeder von ihnen bemerkt die Fäden, die am ehesten mit ihren Fähigkeiten zusammenhängen – obwohl niemand von ihnen sie außerhalb der Götter-Ebene sehen kann, spüren sie anscheinend ihre Existenz. Absolute Überwachung, sozusagen.

»Ich hoffe, du hast auch in Zukunft nicht vor, etwas daran zu ändern.« Jetzt ist in Zayns Stimme kein Funken der Belustigung mehr zu hören.

Ich schüttele den Kopf. Ohne dass ich darüber nachdenken muss, formen meine Lippen Worte. »Habe ich nicht.«

»Sehr gut.« Die Muskeln unter Zayns Hemd spannen den Stoff, als er sich zurücklehnt. »Ich nehme an, du weißt, was du jetzt tun musst.«

Für einen Sekundenbruchteil schließe ich die Augen. Auf diesen Moment haben mich Mum und Großtante Holly seit Jahren vorbereitet. Die Regeln sind mir in Fleisch und Blut übergegangen. Sie fließen mir durch die Adern, sind Teil meines Schicksals.

»Ich bin eine Göttliche und gehe meinem Schicksal nach. Ich gehorche dem Olymp und seinen Gesetzen. Ich erzähle keinem unwissenden Menschen von den Mythischen.« Ich mache eine kurze Pause, ehe ich mit den Regeln weitermache, die speziell für Moiren-Töchter gelten. »Ich lasse mich von der höheren Macht lenken. Ich treffe keine eigenen Entscheidungen über die Schicksale derer, die mir zugeteilt sind. Ich vernachlässige meine Aufgabe nicht. Ich spinne nicht mein eigenes Schicksal.«

Zayn nickt zufrieden.

»Du darfst gehen, Moiren-Tochter. Ich muss dich sicherlich nicht daran erinnern, dass für die Nichteinhaltung der Gesetze mit dem Leben bezahlt wird. Ausnahmslos.«

Seine unverhohlene Drohung lässt mich schlucken.

Der Zeus-Sohn wendet sich seiner Sitznachbarin zu und entlässt mich mit einem einfachen Wedeln seiner Hand. Als hätte er mir nicht soeben mit dem Tod gedroht.

***

Der Vormittag steckt mir noch immer in den Knochen und jetzt ausgerechnet im Lateinunterricht zu sitzen, macht das Ganze wirklich nicht besser. Seit Wochen müssen wir Ovids Metamorphosen übersetzen. Geschichten, wie Götter sich in Nymphen und Menschen sich in Statuen verlieben. Erzählungen, von denen der Großteil meiner Mitschüler denkt, sie wären nur erfunden. Wenn die wüssten.

Heute hat uns Mr Simmons den Mythos von Pyramus und Thisbe vorgelegt. Obwohl ich während der gesamten Übersetzung nicht zugehört habe, kenne ich die Handlung. Sobald Sage, Juniper und ich alt genug waren, hat Großtante Holly immer wieder von der Geschichte erzählt. Vermutlich, damit wir uns vor der Liebe in Acht nehmen. Denn die treibt in der Erzählung Pyramus und Thisbe in den Tod. Quasi *Romeo und Julia* für antike griechische Teenager.

Genau darüber lassen sich meine Mitschüler gerade aus.

»Das ist doch dumm«, sagt Leah, die links von mir sitzt, und schüttelt mit dem Kopf, als wäre sie im Gegensatz zu den Teenagern aus der Sage unfehlbar. »In Babylon lebten bestimmt noch andere Jugendliche. Pyramus und Thisbe kannten sich gar nicht. Sie haben nur durch dieses Loch in der Wand miteinander geredet. Wären sie stattdessen rausgegangen und hätten andere Menschen kennengelernt, wären sie jetzt nicht tot. Selbst schuld.«

Ich muss den Drang unterdrücken, mit den Augen zu rollen. »Klar, weil Liebe ja so einfach ist«, murmele ich an Finn gewandt, der neben mir sitzt.

»Ganz genau.« Betont lässig zuckt er mit den Schultern, kann das sarkastische Grinsen jedoch nicht unterdrücken. »Wenn's mit dem einen nicht glatt läuft, nimmt man einfach einen anderen.«

Ich schmunzele. »Überhaupt kein Problem.«

»Das sehe ich nicht so.«

Einen Sekundenbruchteil habe ich das Gefühl, da antwortet jemand direkt auf unser Gespräch, und zucke ertappt zusammen.

Am anderen Ende des Raumes dreht Maverick den Kopf in meine Richtung und sieht mich an. »Wenn man der griechischen Mythologie glaubt, können die beiden nichts dafür, in wen sie sich verlieben. Das haben die Moiren bestimmt, die Schicksalsschwestern. Pyramus und Thisbe sind nur zwei arme, unschuldige Jugendliche, die im Schachspiel der Moiren als Kollateralschaden herhalten müssen.«

Während einige der anderen zu Mr Simmons' Begeisterung in Diskussionen verfallen und Finn sich murmelnd fragt, seit wann Maverick sich denn freiwillig am Unterricht beteiligt, wendet der den Blick nicht von mir ab. Seine ohnehin schon dunklen Augen wirken eine Spur finsterer als sonst, als würde er mir persönlich einen Vorwurf machen. Diesen Ausdruck habe ich noch nie an ihm gesehen.

Ich will mich abwenden, aber irgendetwas in mir kann einfach nicht anders, als ihn weiter anzustarren. Plötzlich habe ich das Gefühl, sämtliche Luft wäre aus meinen Lungen gepresst worden.

Denn auch wenn Maverick ein absoluter Vollidiot ist, hat er recht. Nur dass er eine Frage vergisst, vielleicht die wichtigste von allen. Wer bestimmt das Schicksal der Moiren?

***

»Hätte ich gewusst, dass dir der Besuch beim Olymp so zu schaffen macht, hätte ich mich als du ausgegeben und wäre an deiner Stelle gegangen.« Juniper wirft mir einen Seitenblick zu, der aus ihren Götter-Ebenen-Augen ehrlich gesagt ziemlich gruselig aussieht. Das sonst so dunkle Braun ihrer Augen ist einem ausdruckslosen Gold gewichen und nur die zusammengezogenen Augenbrauen geben einen Hinweis auf ihre Besorgnis.

»Unmöglich«, sagt Sage, ohne von der gläsernen Schere in ihren Händen aufzusehen. Sobald wir heute von der Schule zu Hause gewesen sind, hat sie uns zum Schicksale-Spinnen auf die Götter-Ebene verdonnert. »Das hätte die Aletheia-Tochter gemerkt.«

Juniper seufzt. »Verdammt.«

»Es ist nicht der Olymp«, murmele ich. »Sondern Maverick.«

Jetzt sieht Sage doch auf und runzelt die Stirn. »Was hat er gemacht?«

»Er hat sich quasi bei mir beschwert, weil wir Moiren-Töchter alle anderen lenken und ihnen dadurch die Freiheit rauben oder so. Und dass das alles für uns nur ein Spiel ist.«

Juniper schnaubt. »Ach, lass den Hades-Sohn Hades-Sohn sein. Der ist bloß neidisch, dass du sein Schicksal in deinen Händen hältst und bestimmst, wo es für ihn langgeht.«

»Tu ich ja nicht. Das entscheidet die Macht.« Ich werfe meinen Fingern einen finsteren Blick zu, als wären sie für all das verantwortlich, und wackele so lange mit ihnen, bis ich die Kontrolle über sie bekommen habe. Meine eigenen Lebensfäden streichen über meine Haut. »Dass er das Schicksal seines Urahns leben muss, ist doch nicht meine Schuld. Wir können für diese blöde Vorherbestimmung doch genauso wenig wie er.«

»Erbsenzählerei«, behauptet Juniper und versucht eindeutig, es wie einen Scherz klingen zu lassen.

Ich komme nicht dazu, etwas darauf zu erwidern. Meine Finger erstarren, als ich den nächsten Faden greife. Denn das Gesicht, das bei der Berührung des Garns vor meinem inneren Auge auftaucht, ist mir nur allzu vertraut. Maverick.

Okay, bloß nicht aus der Ruhe bringen lassen. Ich weiß, was ich zu tun habe, muss es ja genau genommen nicht mal selbst tun. Innerlich wiederhole ich die olympische Regel. *Ich lasse mich von der höheren Macht lenken.*

Nichts leichter als das. Entschlossen greife ich zu den wollartigen Fasern, die Juniper mir hinhält. Und traue meinen Augen nicht, als sie ausgerechnet rot sind. Ein Liebesfaden. Ernsthaft? Ich soll Maverick genau das antun, was er mir vor wenigen Stunden noch an den Kopf geknallt hat? Was auch immer mir die höhere Macht damit sagen möchte, eins muss man ihr lassen – sie hat einen ziemlich guten Sinn für Ironie.

Der Drang, die Beschaffenheit der Fasern näher zu erkunden, ist so groß, dass ich nicht dagegen ankomme. Und obwohl ich tief in meinem Inneren längst weiß, wie Mavericks Vorherbestimmung aussieht, raubt es mir für einen Moment den Atem, als ich all die Gefühle, in die diese Fasern getränkt sind, im Schnelldurchlauf erlebe. Er ist ein Hades-Sohn. Sein Urahn Hades hat sein Herz Persephone geschenkt, einer Frau, die nie für immer in der Unterwelt verweilen konnte. Nie ganz bei ihm bleiben konnte. Das Gleiche steht Maverick bevor. Er ist dazu bestimmt, eine Persephone-Tochter zu lieben. Eine Frau, die niemals ganz für ihn da sein wird. Eine, die sein Herz mit ebenso viel Sehnsucht erfüllen wird wie bittersüßer Liebe.

Ich schlucke. Kein Wunder, dass er so verbittert ist. Natürlich ist das doof – um nicht zu sagen scheiße. Aber verdammt noch mal, da kann ich ja mal überhaupt nichts für. Ich habe das genauso wenig für ihn entschieden wie er selbst.

Ich greife die Fasern fester, beginne sie zu einem Liebesfaden zu drehen. Ein Ende davon muss an Mavericks Lebensfaden. Ein Knoten. Kinderleicht. Geschafft.

Ich schließe für einen Sekundenbruchteil die Lider und atme tief durch. So, jetzt das andere Ende. Bemüht, nicht darüber nachzudenken, greife ich nach dem nächsten Faden. Dem, mit dem Mavericks Schicksal sich schon bald untrennbar verbinden wird. Eigentlich kann man mit der armen Frau bloß Mitleid haben.

Meine Finger zittern, als ich den Knoten festziehe – und etwas in meinem Herzen zupft. Fast wie das Zupfen der Schicksalsfäden, nur stärker. Sehnsüchtiger.

Irritiert verharre ich in der Bewegung, lasse den Schicksalsfaden der Persephone-Tochter nicht los, so wie ich es eigentlich vorgehabt habe. Stattdessen schließen sich meine Finger fester um ihn. Bemerken, dass es nicht ihrer ist. Sondern meiner.

Oh, Kacke.

Ich habe einen Fehler gemacht. Einen verdammt großen Fehler.

FÜNF

Mein Herz rebelliert immer noch, dabei sind seit meinem Fehler Stunden vergangen. Ich habe keine Ahnung, ob es sich über die Verbindung mit Maverick oder den Abstand zu ihm aufregt. Das Zupfen ist zwar ziemlich ausdauernd, aber nicht gerade aussagekräftig. Um ehrlich zu sein, will ich das gar nicht wissen. Muss ich auch gar nicht. Denn das Ganze tut überhaupt nichts zur Sache.

Das versuche ich mir zumindest einzureden, während ich an meinem Schreibtisch sitze und meine Gedanken sich eigentlich um Vektorgleichungen drehen sollten. Doch wem mache ich hier eigentlich etwas vor? Was interessieren mich schon dreidimensionale Koordinatensysteme, wenn ich seit Neustem im wahrsten Sinne des Wortes einen Schicksalsverbundenen habe?

Mit einem genervten Seufzen schiebe ich das Mathebuch beiseite und greife stattdessen nach meinem Handy, lege es allerdings sofort wieder weg. Ich kann ja schlecht einen Notfallplan für einen solchen Fall googeln. Mein Blick fällt auf meinen kleinen Finger. Unglücklicherweise hat sich mein Patzer nicht nur als leicht rot schimmernde Schnur, sondern auch in Form von schwarzer Tinte verewigt: Seit ich Mavericks und mein Schicksal durch diesen blöden Faden verbunden habe, ist dort immer deutlicher ein magisches Tattoo aufgetaucht. Wie ein für alle sichtbarer Schicksalsfaden, der sich um das untere Ende meines Fingers wickelt und den ich vorhin mit Müh und Not vor den anderen verbergen konnte. Das Mal von Schicksalsverbundenen. Der Beweis eines Liebesfadens zwischen zwei Göttlichen.

Ich denke, jetzt ist ein hervorragender Zeitpunkt, um damit anzufangen, Ringe zu tragen. Zumindest, bis ich das Problem gelöst habe.

Wie von selbst finden meine Gedanken wieder den Weg zu Maverick. Garantiert wird er das Tattoo an seinem Finger ebenfalls schon bemerkt haben. Es ist nur eine Frage der Zeit, bis er bemerkt, dass sein Schicksal nicht an das einer Persephone-Tochter geknüpft ist, wie es der eigentliche Lauf der Dinge sein sollte – sondern an meines. Und ich mag mir gar nicht vorstellen, wie er darauf reagiert. Bestimmt schleppt er mich eigenhändig zum Olymp und sieht lachend dabei zu, wie sie mich zum Tode verurteilen.

Nur weil die blöde höhere Macht versagt hat und ich unaufmerksam gewesen bin. Ich habe nicht den blassesten Schimmer, wie das überhaupt passieren konnte. Ehrlich gesagt habe ich bis jetzt immer gedacht, so etwas ist gar nicht möglich, und die blöden Regeln dienen nur dazu, niemanden in Versuchung zu führen. Und doch ist es anscheinend möglich. Der Beweis dafür liegt im wahrsten Sinne des Wortes auf der Hand.

Ich lege den Kopf in den Nacken und fluche. Ich bin die dümmste Moiren-Tochter dieser Welt. Ich habe so ziemlich gegen jedes Gesetz verstoßen, das ich den Olympiern heute erst vorgebetet habe.

Meinem Schicksal nachgehen? Ist es noch mein Schicksal, wenn ich daran rumgepfuscht habe?

Dem Olymp und seinen Regeln gehorchen? Wohl eher das Gegenteil.

Keinem Menschen von den Mythischen erzählen? Na, immerhin daran habe ich mich ohne jeden Zweifel gehalten.

Mich von der höheren Macht lenken lassen? Tja, ich denke, spätestens an der Stelle wird es langsam ernsthaft schwierig.

Keine eigenen Entscheidungen über die Schicksale treffen, die mir zugeteilt wurden? Auslegungssache.

Meine Aufgabe nicht vernachlässigen? Na ja, genau genommen habe ich zumindest Schicksale gesponnen.

Nicht mein eigenes Schicksal spinnen? Okay, ich denke, die Guillotine kann schon mal vorbereitet werden.

Also gut. So gern ich mir alles schönreden würde, wird die Sache alles andere als gut ausgehen, sobald der Olymp Wind von meinem Patzer bekommt. Was früher oder später der Fall sein wird. Die Olympier haben auf mich zumindest nicht so gewirkt, als würden sie gern mal ein Auge zudrücken. Oder in meinem Fall zwei.

Mein Blick fällt auf die Fotowand über meinem Schreibtisch, die Juniper, Sage und mich in den verschiedensten Situationen zeigt. Für einen Moment bin ich versucht, meine Schwestern um Hilfe zu bitten. Selbst wenn Sage mir für meine Tollpatschigkeit die Hölle heißmachen würde, würden die beiden alles tun, um mir zu helfen, da bin ich mir sicher. Kurzerhand stehe ich auf und gehe zur Tür. Ich habe den Griff meiner Zimmertür sogar schon in der Hand, als ich ins Stocken gerate.

Sobald ich sie mit in die Sache hineinziehe, machen sie sich mitschuldig. Und ich habe so das üble Gefühl, dass der Olymp nicht davon absehen würde, an ihnen ebenfalls ein Exempel zu statuieren. Ich muss also allein probieren, mich aus dem ganzen Schlamassel wieder zu befreien. Sollte ich das nicht hinbekommen, kann ich meine Familie mit ins Boot holen. Falls mir dann noch Zeit bleibt. Vielleicht ist die mächtigste Aphrodite-Tochter mir längst auf der Spur. Als Nachfahrin der Liebesgöttin hat sie im Olymp dafür zu sorgen, dass alle Liebesangelegenheiten mit rechten Dingen zugehen. Früher oder später wird sie einen Liebesfaden bemerken, wo keiner sein sollte. Zwischen Maverick und mir.

Leise fluchend lasse ich die Hand vom Türgriff sinken und gehe zurück zu meinem Schreibtisch, auf dem das gleiche Chaos herrscht wie in meinem Kopf. Ich schnappe mir mein Handy von der Tischplatte und gehe zum Bett an der gegenüberliegenden Wand. Rücklings lasse ich mich auf die geblümte Bettdecke fallen.

Ausgerechnet Maverick. Das kann doch alles nicht wahr sein. Ohne mein bewusstes Zutun entsperren meine Finger mein Smartphone und öffnen die Messenger-App. Ich antworte mit ein paar lachenden Emojis auf das Royals-Meme, das Finn mir geschickt hat, bevor ich Mavericks Nummer aus unserem Klassenchat heraussuche. Bisher habe ich ihn nie eingespeichert, aber jetzt komme ich nicht mehr darum herum.

Wenige Sekunden später habe ich den bis jetzt leeren Chat zwischen uns geöffnet. Auf seinem Profilbild sieht er genauso überheblich und unnahbar aus wie immer. Als wäre er viel zu cool, um sich zu so was wie einem Lächeln überhaupt herabzulassen. Ich rolle mit den Augen. In den soll ich mich verlieben? Niemals.

Ich starre auf meinen kleinen Finger, auf den Ring aus Tinte um ihn herum. Den gleichen wie bei Maverick. Was er wohl beim Anblick seines magischen Tattoos empfindet?

***

Ich bin krank. Das behaupte ich zumindest meiner Familie gegenüber. Mum ist zum Glück schon in ihrer Arztpraxis und bekommt nicht mit, wie ich mir am nächsten Morgen die Decke über den Kopf ziehe und meinen Schwestern und Großtante Holly etwas von unerträglichen Kopfschmerzen und Übelkeit erzähle. Zumindest meine Müdigkeit ist dabei nicht gespielt – gefühlt habe ich die ganze Nacht kein Auge zugemacht, und wenn ich es doch getan habe, haben mich der Olymp und Maverick in meinen Träumen verfolgt, beide nach meinem Leben trachtend. Ich fühle mich, als hätte man mich vor eine U-Bahn geworfen.

Nachdem Sage sich von mir verabschiedet hat, verharrt sie für einen Moment im Türrahmen und runzelt besorgt die Stirn. Dann erst schließt sie die Tür. Ich werde den Gedanken nicht los, dass das in ihrem Gesicht gerade kein Mitleid wegen meiner Pseudokrankheit gewesen ist, sondern etwas Bedeutenderes. Ich komme nicht umhin mich zu fragen, was sie sieht, wenn sie mich anschaut. Hat sich die Vision meines Todes seit gestern verändert oder ist mein ganzes Leben ohnehin dazu bestimmt, irgendwann durch den Olymp beendet zu werden?

Ich verdränge den Gedanken mit einem Schaudern und schnappe mir mein Handy. Obwohl es nur logisch ist, bin ich erleichtert, über Nacht keine Nachricht von Maverick bekommen zu haben. Noch scheint er also nichts bemerkt zu haben – bei meinem Pech wird er das jedoch früh genug.

Allerdings habe ich nicht den geringsten Schimmer, wie sich der blöde Faden auf ihn auswirken wird. Geschweige denn, wie er sich auf mich auswirken wird. O Götter. Ich will nicht zum fremdgesteuerten Liebestrottel werden. Erst recht nicht wegen Maverick. Ich muss dringend etwas unternehmen, bevor ich mich selbst nicht mehr im Griff habe. Aber was?

Mum sagt immer, man muss mit der Lösung genau dort ansetzen, wo das Problem seinen Ursprung hat. Und mit einem Mal weiß ich, was ich tun muss: Auf die Götter-Ebene gehen und diesen blöden Faden lösen.

Eine Viertelstunde vergeht, bis meine Schwestern sich schließlich auf den Weg zur Schule machen und Großtante Holly das Haus verlässt, um mit dem Bus zu ihrem Lieblingsteehändler am anderen Ende der Stadt zu fahren. Erleichtert schließe ich die Augen. Endlich habe ich die Wohnung für mich allein.

Ich schlage die Decke zurück und springe aus meinem Bett. Also gut, die Götter-Ebene. Allein die Vorstellung, ohne Juniper und Sage meine Seele aus meinem Körper zu lösen, lässt mich erschaudern. Doch ich muss es wenigstens versuchen.

Weil ich das Risiko nicht eingehen möchte, von Großtante Holly regungslos auf dem Sofa gefunden zu werden, setze ich mich wieder auf mein Bett und rutsche so weit an die Wand, dass ich meinen Rücken bequem gegen den Putz lehnen kann. Dann ziehe ich die Beine zum Schneidersitz an mich heran und schließe die Augen. Atme so ruhig, wie ich es nur irgendwie hinbekomme. Denke an das Zupfen, das die Schicksalsfäden in meinen Nerven auslösen. Lasse mich von ihm führen. Spüre, wie alles in mir zu kribbeln beginnt.

Und weil es ein Teil von mir ist, bin ich auf der Götter-Ebene, als ich die Lider wieder hebe. Ich grinse halbherzig. Na, wenigstens das hat ja zur Abwechslung mal gut geklappt.

Im Gegensatz zu sonst wartet die Handspindel nicht vor mir im Dämmerlicht. Sie scheint zu wissen, dass ich allein hier bin und ohne meine Schwestern keine Schicksale spinnen kann. Doch das bedeutet nicht, dass ich allein keine Schicksalsfäden lösen kann. Hoffe ich zumindest. Genau genommen weiß ich nicht mal, ob wir das zu dritt können – bis jetzt war das irgendwie nie wichtig.

Ich strecke meine Hände vor mir aus und halte Ausschau nach der Stelle, an der der neue Liebesfaden mit meinem Lebensfaden verbunden ist. Anders als in der realen Welt sind die Schnüre hier zwar nicht direkt an meine Finger gebunden, sondern an meinen Lebensfaden, doch das lässt das Gewusel all der Fäden nicht weniger werden.

Mit einer Hand greife ich nach meinem Lebensfaden, so heftig, dass es sich für eine schmerzhafte Sekunde anfühlt, als würde ich mir selbst in die Organe greifen. Den frischen Liebesfaden, der damit verknotet ist, habe ich die letzten Stunden angestarrt, als könnte ich ihn allein durch einen bösen Blick in Asche verwandeln. Deshalb finde ich ihn jetzt schnell wieder. Sobald meine Haut über ihn streicht, spüre ich die Verbindung zu Maverick nur allzu deutlich. Habe sein Gesicht vor Augen, seine raue Stimme im Ohr.

Ich bemühe mich, mich davon nicht irritieren zu lassen, als ich meinen Lebensfaden zwischen die Zähne klemme, um beide Hände frei zu haben. Mit Daumen und Zeigefingern greife ich jeweils eine der Schlingen des Liebesfadens, die sich zum Knoten an meinem Schicksal vereinen. Ziehe daran. Zerre daran. Mit solcher Kraft, dass meine Arme vor Anstrengung zu zittern beginnen. Aber egal, wie sehr ich auch daran reiße, wie sehr ich die lästigen Fasern zwischen zusammengebissenen Zähnen anschreie, wie viele Wuttränen mir in die Augen steigen. Ich kriege den blöden Knoten nicht gelöst. Es ist, als wären es gar nicht mehr zwei Fäden. Als wären sie längst zu einem verschmolzen.

»Du blödes Ding«, fluche ich mit erstickter Stimme und weiß selbst nicht so genau, ob ich damit das Garn oder doch eher mich selbst meine.

SECHS

Am nächsten Morgen muss Mum später in die Praxis. Weil meine schauspielerischen Fähigkeiten bei Weitem zu schlecht sind, um einer Kinderärztin eine Krankheit vorzutäuschen, und ich nicht ewig schwänzen kann, bedeutet das für mich den Gang zum Henker. Beziehungsweise zur Schule, wo ich unweigerlich auf Maverick stoßen werde.

Die ganze U-Bahn-Fahrt über werfen Sage und Juniper mir besorgte Blicke zu, die ich so gut es geht ignoriere. Noch habe ich keiner von beiden mein Missgeschick gestanden – und das sollte ich wohl schleunigst nachholen, jetzt, nachdem ich mein Problem allein nicht lösen konnte.

Gestern habe ich das irgendwie nicht mehr übers Herz gebracht. Bis Juniper und Sage von der Schule wiedergekommen sind, habe ich mehrere Male probiert den Liebesfaden zu lösen. Vergebens, weshalb ich den Versuch gestartet habe, meinen Schwestern von der ganzen Sache zu erzählen, dann aber doch kalte Füße bekommen habe. Die restliche Zeit habe ich wie gehabt damit verbracht, entweder unruhig in meinem Zimmer hin und her zu laufen oder panisch auf mein Handy zu sehen. Obwohl meine Befürchtung, Maverick könnte allein am Tattoo merken, dass ich diejenige am anderen Ende des Liebesfadens bin, ziemlich irrational ist.

Als Juniper dann verkündet hat, es wäre mal wieder Zeit für einen Filmabend wie in alten Zeiten, ist das also eine nur allzu willkommene Abwechslung gewesen. Und während Sherlock und Watson in einem London Fälle gelöst haben, in dem weder göttliche Nachkommen noch Schicksalsfäden eine Rolle spielen, wollte ich das einfach mal genießen.

Was mir jetzt zum Verhängnis wird. Ich habe nicht die geringste Ahnung, wie ich Maverick gleich gegenübertreten soll. Und zwischen U-Bahn-Station und Schulhof kann ich meine Schwestern ja schlecht darin einweihen, dass ich so ziemlich den schlimmsten Fehler überhaupt begangen habe.

Deshalb sitze ich wenig später mit hochgezogenen Schultern im Klassenraum, alles andere als bereit dazu, mich gleich meinem Schicksal zu stellen. Buchstäblich.

Von Maverick fehlt zwar noch jede Spur, dafür schlendert Finn herein und kommt schnurstracks auf mich zu, um sich auf den Platz neben mir fallen zu lassen.

»Hey«, begrüßt er mich mit einem schiefen Lächeln. »Geht's dir wieder besser?«

»Hi.« Ich nicke. Ihm gegenüber habe ich gestern behauptet mir den Magen verdorben zu haben. »Ja, schon.«

»Freut mich.« Er hievt seine Schultasche, die über und über mit Buttons verschiedenster Rockbands und Videospiele übersät ist, auf seinen Tisch. Eine Weile lang kramt er in den Tiefen der Tasche herum, bevor er eine lose Blättersammlung hervorzieht und sie mir reicht. »Hier. Ich hab für dich mitgeschrieben.«

»Danke!« Lächelnd nehme ich die Zettel entgegen und will einen genaueren Blick darauf werfen, als mich etwas in meinem Augenwinkel erstarren lässt. Maverick.

Sofort spannt sich mein gesamter Körper an, doch anscheinend existiert da draußen noch irgendeine Nachkommin der Glücksgöttin Tyche, die mich nicht komplett vergessen hat. Denn zeitgleich mit Maverick kommt unser Lateinlehrer herein, was ihm die Möglichkeit nimmt, mich vor versammelter Mannschaft mit sich aus dem Raum zu zerren.

Zu meiner Überraschung reagiert er jedoch anders als erwartet. Zwar verweilt der Blick, den er mir zuwirft, etwas länger auf mir, aber dann wendet er sich ab und ist genauso desinteressiert an mir wie sonst immer.

Doch während ich mein Tattoo seit gestern unter einem Ring verborgen habe, den ich mir unbemerkt aus Junipers Schmuckschatulle geborgt habe, ist seins so deutlich sichtbar wie ein Leuchtfeuer. Genau wie das Band, das sich zwischen unseren kleinen Fingern spannt. Da ist auch vorher schon eins gewesen, schließlich gehen wir seit Jahren auf die gleiche Schule, aber jetzt schimmert der silbrige Faden rötlich. Ganz leicht nur und für mich trotzdem nicht zu übersehen. Etwas an dem Anblick lässt meinen Magen unangenehm hüpfen.

Ich muss mir ins Gedächtnis rufen, dass Maverick noch nicht wissen kann, wer seine Schicksalsverbundene ist. Das Tattoo ist immerhin nur ein einfacher, schlichter Ring. Aller Logik nach müsste Maverick also davon ausgehen, dass irgendwo eine Persephone-Tochter auf ihn wartet, so wie auf jeden Hades-Sohn. Es sei denn, er spürt das gleiche Zupfen wie ich in seinem Herzen – ein Zupfen, das ihn zu mir lockt.

Von Mr Simmons' Monolog über Ovids poetisches Talent und die Wichtigkeit von Verwandlungen kommt kaum etwas bei mir an. Die erste Hälfte des Unterrichts zieht nahezu komplett an mir vorbei, während meine Gedanken im selben Karussell kreisen, in dem sie schon seit vorgestern gefangen sind.

»Willow arbeitet mit …«

Der Klang meines Namens lässt mich den Kopf heben. Mr Simmons sieht mich mit dem gütigen Lächeln an, das er fast immer auf den Lippen trägt, ehe er seinen Blick durch den Raum wandern lässt. Ich runzele die Stirn. Was habe ich denn jetzt verpasst?

Irritiert schaue ich zur alten Tafel vorne im Klassenzimmer und muss ein genervtes Stöhnen unterdrücken, als ich die Arbeitsanweisung darauf lese. Übersetzen und Interpretieren einer Metamorphose in Partnerarbeit. O Götter. Bitte nicht heute. Ich kann mich ja kaum auf meine eigenen Gedanken konzentrieren, wie soll ich da bitte mit jemandem zusammenarbeiten? Immerhin wird die Gnade der Nachkommin Tyches wohl kaum so weit reichen, dass Mr Simmons Finn und mich zusammenarbeiten lässt.

Wie von allein huscht mein Blick zu Maverick, der sich mit verschränkten Armen auf seinem Stuhl zurückgelehnt hat und aussieht, als würde er warten, bis endlich mal etwas Spannendes passiert. Tja, ich befürchte, er muss sich nicht mehr allzu lange gedulden.

Einen Wimpernschlag später fällt mir auf, dass ich nicht die Einzige bin, die Maverick betrachtet. Mr Simmons hat ihn ebenfalls ins Visier genommen, während sein Lächeln eine kleine Spur breiter wird als sonst.

O nein. Bitte nicht. Bitte, bitte nicht.

»Willow und Maverick. Ihr beiden seid sicher ein gutes Team.«

Maverick sieht zu mir und zieht die Brauen hoch, ohne sich aus seiner gelangweilten Pose zu lösen. Er ist eindeutig genauso begeistert wie ich.

Ich muss mich bemühen, nicht zu auffällig mit den Augen zu rollen. Der Zufall ist schon fast zu groß, um keine Strafe der Götter zu sein – oder ihrer Nachkommen. Vielleicht ist Zayn die Todesstrafe doch etwas langweilig geworden.

Ich schnaube innerlich, aber nicht mal mein Sarkasmus kann mich länger als ein paar Sekunden von der Tatsache ablenken, dass die Aphrodite-Nachfahrin meinen Patzer jeden Moment bemerken könnte. Statt zu scherzen, sollte ich mich wohl lieber auf die Suche nach einer Lösung für mein Problem machen.

Finn dreht sich zu mir um. Seinem mitleidigen Blick nach zu urteilen kann er mir genau ansehen, was ich von der Aussicht halte, mit Maverick zusammenzuarbeiten.

»Wenn's zu schlimm wird, tu so, als würdest du dich wieder krank fühlen«, murmelt er mit einem Grinsen. »Dann geh ich mit dir zur Krankenschwester.«

Ich lächele hilflos. Ich wünschte, ein Besuch bei der Schulkrankenschwester würde tatsächlich gegen meine Probleme helfen. Finn steht auf und drückt meine Schulter, ehe er zu seinem Arbeitspartner geht.

Wenige Minuten später lässt sich Maverick auf den Stuhl fallen, der gegenüber von mir auf der anderen Seite meines Tisches steht, und mustert mich ohne jeden Anstand.

»Du siehst müde aus, Moira«, sagt er und sein Mundwinkel zuckt. »Hast du ne harte Nacht hinter dir? Zu lang wachgeblieben, um Schicksale zu verderben?«

»Ich heiße Willow«, presse ich zwischen zusammengebissenen Zähnen hervor, »nicht Moira. Wann kapierst du das endlich, *Hades*?«

Seine Augen verfinstern sich. »Der Name ändert nichts.«

»Sag mal, was hast du eigentlich für ein Problem mit mir? Ich hab dir nichts getan«, blaffe ich ihn an, muss mich innerlich aber sofort korrigieren: *Ich habe ihm nichts getan, von dem er weiß.*

Einige Sekunden lang taxieren wir uns schweigend, bis Maverick sich mit einem leichten Kopfschütteln abwenden will – und dann plötzlich in der Bewegung erstarrt. »Was hast du da?«

Ich folge seinem Blick zu meinen Fingern. Oder eher gesagt meinem kleinen Finger. An dem ich unbemerkt mit dem Ring zu spielen begonnen habe, wodurch die schwarze Tinte darunter sichtbar geworden ist. O nein.

Blinzelnd schaue ich wieder zu Maverick hoch und versuche mich an einem unschuldigen Lächeln. »Nichts?«

»Verarsch mich nicht, Willow.«

»Du kennst meinen Namen also doch«, weiche ich aus. Auch wenn er den Schicksalsfaden zwischen uns nicht sehen kann, ist er schlau genug, um eins und eins zusammenzuzählen.

Maverick hebt seine Hand so, dass ich sein Tattoo gar nicht ignorieren kann. »Was hast du damit zu tun?«, fragt er und betont dabei jedes einzelne Wort, während seine braunen Augen mit jeder Silbe dunkler werden.

Ich beiße mir auf die Unterlippe und suche für einen Moment nach einer Ausrede. Doch Leugnen ist zwecklos.

»Das war keine Absicht«, stelle ich deshalb als Allerserstes klar.

Jetzt geht alles ganz schnell: Maverick springt mit solcher Wucht von seinem Stuhl, dass dieser beinahe umfällt. Reflexartig schnappe ich mir meinen Schulrucksack und die Jacke meiner Schuluniform, da greift der Hades-Sohn auch schon nach meinem Handgelenk. Unter den verwunderten Blicken unseres Lehrers und unserer Mitschüler – Finn allen voran – zieht er mich zur Klassenzimmertür.

»Wir sind sofort wieder da«, brummt Maverick an Mr Simmons gewandt.

Der schüttelt empört den Kopf. »Wenn ihr jetzt einfach den Unterri –«

Den Rest höre ich nicht, weil die Tür hinter uns ins Schloss fällt. Ich reiße mich von Maverick los und reibe mir aus Prinzip das Handgelenk.

»Spinnst du? Was sollte das denn?«

»Was *das* sollte?« Er hat deutlich Mühe, seine Stimme ruhig zu halten, während er mir wieder seine Hand vors Gesicht hält. »Mich interessiert vielmehr, was *das* sollte. Findest du das witzig?«

»Nein!« Ich schüttele den Kopf und schiele zur Klassenzimmertür. Es würde mich nicht wundern, wenn jemand direkt dahinter steht und lauscht. »Können wir das bitte woanders besprechen?«

Ohne ein Wort zu sagen, dreht Maverick sich um und geht mir voran durch den Schulflur. Mitten im Unterricht sind die Gänge ungewöhnlich leer. Dennoch bleibt Maverick erst stehen, als wir die Klassenräume weit hinter uns gelassen haben und an einem breiten, bodentiefen Fenster angekommen sind.

»Also?« Maverick lehnt sich gegen die Wand neben dem Fenster und betrachtet mich mit gehobenen Brauen.

Demonstrativ trete ich einen Schritt zurück und stütze mich mit der Schulter auf der anderen Seite der Glasscheibe an die kalten Steine. Damit er bloß nicht auf den Gedanken kommt, ich würde heimlich auf ihn stehen und hätte all das mit Absicht eingefädelt. Ich beiße mir auf die Unterlippe und nestele an meiner Schuluniform herum.

»Ich schätze, ich habe einen kleinen Fehler gemacht.«

Er sagt nichts, sieht mich nur abwartend an.

»Ich habe aus Versehen einen Liebesfaden zwischen uns gesponnen.«

Da, jetzt ist es raus. Ich habe damit gerechnet, mich besser zu fühlen, sobald die Worte erst mal meinen Mund verlassen haben, aber in Wirklichkeit will ich einfach nur Mavericks vernichtendem Blick ausweichen und verschwinden. Loch im Boden, jetzt wäre ein prima Zeitpunkt, um sich aufzutun und mich zu verschlucken.

Als ich nichts mehr dazu sage, stößt Maverick sich von der Wand ab und fährt sich fluchend mit der Hand durch sein dunkles Haar, wodurch es noch unordentlicher wird als ohnehin schon.

»Du hast also einen ›kleinen Fehler‹ gemacht.« Er sieht mich an und verzieht den Mund. »Alles kein Problem, das bekommen wir innerhalb von fünf Minuten wieder geradegebogen. Warum bist du nicht gleich zu mir gekommen?«

Verdattert blinzele ich ihn an. »Ehrlich?«

»Nein, verdammt!« Er wirft die Hände in die Luft. »Das nennst du einen ›kleinen Fehler‹? Ernsthaft, Willow? Das ist die Untertreibung des Jahrtausends!«

»Und das ist die Übertreibung des Jahrtausends«, murmele ich, rein aus Prinzip.

Maverick ignoriert meinen Einwand einfach. »Ist dir überhaupt klar, was das bedeutet?«

»Glaub mir, ich hatte genug Zeit, darüber nachzudenken, während du vermutlich dein blödes Tattoo angestarrt und auf deine ach so perfekte Persephone-Tochter gewartet hast.«

»Jetzt tu doch nicht so, als wäre ich der Schuldige. Das hast du dir ganz allein eingebrockt.« Verärgert schüttelt er den Kopf. »Wie ist das überhaupt möglich? Ich dachte, alles wird von eurer ... hohen Macht oder so gelenkt.«

»Wird es eigentlich auch. Keine Ahnung, warum sie mich im Stich gelassen hat.« Ich beiße mir auf die Unterlippe. »Das ist mir noch nie passiert. Das dürfte ... eigentlich gar nicht möglich sein.«

Maverick presst die Lippen aufeinander. »Wenn ich nicht darin verwickelt wäre, würde ich es fast lustig finden, dass ausgerechnet die in ihrem Schicksal festhängt, die das aller anderen in den Händen hält.«

»Tja, aber du steckst jetzt wohl unweigerlich mit drin«, zische ich. »Also, willst du mich direkt zum Olymp bringen oder darf ich mich vorher noch von meiner Familie verabschieden?«

»Was?«

»Ob du mich direkt zum –«

»Das habe ich schon verstanden«, fällt er mir ins Wort. »Meinst du ernsthaft, ich will dich den Olympiern zum Fraß vorwerfen?«

»Nicht?«

Er schnaubt. »Denk mal scharf nach, Willow. Ich bin ein Hades-Sohn – ein Nachkomme des Gottes, dem die Olympier seit jeher begegnen, als wäre er weniger wert. Der, dem trotz seiner Macht bis heute keine Position in der wichtigsten Instanz unserer Welt angeboten wurde.«

Ich blinzele.

»Deren sogenannte Regeln interessieren mich einen Scheiß, Willow. Was mich interessiert, ist, wie ich nicht mehr mit jemandem verbunden sein muss«, er hebt seine Hand, als könnte ich vergessen, was er meint, »den ich mir nicht mal selbst ausgesucht habe. Den niemand von euch Moiren ausgesucht hat – wenn das denn irgendwie geht.«

»Wäre das Einfachste für dich nicht, mich einfach auszuliefern?«

»Klar.« Er lehnt sich direkt neben mich gegen die Wand, sodass ich zu ihm aufsehen muss. »Nur dass ich dadurch zulassen würde, dass die Vollidioten sich an deinem Leid ergötzen, ohne selbst dafür einen Finger gekrümmt zu haben. Und vermutlich werde ich dann umso schneller an irgendeine Persephone-Tochter gekettet und darf mich den Rest meiner Tage damit abfinden, jemanden zu vermissen, den deine blöde Schicksalsmacht für mich bestimmt hat. Glaub mir, ich hab wirklich Besseres zu tun.«

Während ich ihn nach wie vor nur anstarren kann, sieht er mich an, als würde ich nicht wissen, was das Ergebnis von eins plus eins ist.

»Nun schalt doch mal dein Gehirn ein. Wie du dir bestimmt bereits denken konntest, kann ich dich nicht besonders leiden.« Ich will ihm schon entgegenschleudern, wie sehr das auf Gegenseitigkeit beruht, als er etwas hinzufügt. »Den Olymp und seine blöden Regeln kann ich allerdings noch weniger leiden. Also würde ich sagen, du hast Glück im Unglück. Ich helfe dir.«

»Was?«

»Ich helfe dir«, wiederholt er. »Aber nur unter einer Bedingung.«

War ja klar, dass die Sache einen Haken hat. »Was willst du?«

»Du spinnst immer die Schicksale der gleichen Menschen, oder? Auch meines? Alle paar Tage ein bisschen weiter?«

»Ja.«

»Wenn ich dir helfe, der Faden verschwunden und die ganze Sache erledigt ist«, sagt er, »rührst du meinen Schicksalsfaden nicht wieder an. Du lässt ihn einfach da, wo er ist. Und du sorgst dafür, dass ihn keine andere Moiren-Tochter anrührt. Keine höhere Macht oder Vorherbestimmung oder so was.«

Ich runzele die Stirn. »Das wäre ja ein zweiter Regelbruch.«

»Das ist dein Problem, nicht meins. Lass dir was einfallen.« Er zuckt mit den Schultern. »Es sei denn, du möchtest doch lieber zum Olymp.«

Ich presse die Lippen aufeinander. Was habe ich schon für eine Wahl? Wenigstens würde mich das von einem großen Problem zu einem etwas kleineren führen – und über das kann ich mir immer noch Gedanken machen, wenn es so weit ist.

Deshalb seufze ich ergeben. »Okay. Abgemacht.«

Maverick nickt. Ein Zucken umspielt seine Mundwinkel.

Über unseren Köpfen ertönt durch die Lautsprecher das blecherne Klingeln unserer Schulglocke. Für mich hat es nie etwas Nebensächlicheres gegeben, aber schon wenige Wimpernschläge später drängen sich die Schülermassen samt ihrer Schicksalsfäden auf die Flure und machen es uns unmöglich, weiter so sorglos über Göttliche zu sprechen.

Maverick stößt sich von der Wand ab und sucht sich seinen Weg durch unsere plappernden Mitschüler.

Ich folge ihm. »Maverick, warte mal!«

Als wir uns gerade auf einem Absatz zwischen zwei Treppen befinden, greife ich nach seinem Handgelenk und ziehe ihn in die Nische in der Wand, die meistens von frisch verliebten Pärchen genutzt wird, um herumzuknutschen. Ich versuche diese Tatsache zu ignorieren und lasse Maverick los. Kurz sehe ich mich um, doch niemand schenkt uns Beachtung und meine Schwestern kann ich auch nirgendwo entdecken. Sehr gut.

»Du scheinst gar nicht so furchtbar sauer auf mich zu sein, wie ich erwartet habe.« Ich senke die Stimme. »Ich habe dein Schicksal an meines gebunden. Unter Göttlichen wie uns ist das nichts Kurzweiliges, das weißt du, oder? Wenn wir es nicht wieder rückgängig machen, bleibt das unser Leben lang. Und du …«, ich wedele mit den Händen, »… bist so ruhig. Ich meine, klar, du ziehst deinen Vorteil aus der Sache, aber trotzdem.«

»Nur um das klarzustellen: Ich *bin* furchtbar sauer.« Er verzieht ungeduldig das Gesicht und wartet, bis eine kichernde Mädchengruppe an uns vorbeigezogen ist. »Was genau hast du denn erwartet? Dass ich vor Wut schäume? Fies werde? Unfair? So wie mein Urahn, hm?«

Perplex trete ich von einem Fuß auf den anderen. Ich mache den Mund auf, um irgendetwas zu sagen, bringe jedoch kein Wort hervor. Denn im Grunde genommen hat er recht: Genau das habe ich erwartet.

Maverick schnaubt. »Du musst nicht antworten.« Er dreht sich um, tritt aus der Nische und geht weiter, während ich wie festgefroren stehen bleibe. Einen Moment später verharrt er doch wieder und wirft mir einen Blick zu. Der Ausdruck in seinen Augen irritiert mich. Im Gegensatz zu sonst ist er nicht distanziert, nicht kalt, sondern einfach nur offen. Für einen Sekundenbruchteil habe ich das Gefühl, bis auf den Grund seiner Seele blicken zu können. »Weißt du, dafür dass du es hasst, wenn ich dich Moira nenne, bist du selbst ziemlich voreingenommen.«

Dann wendet er sich erneut ab und setzt seinen Weg fort.

Ich presse die Lippen aufeinander. Es ist ja nicht so, als hätte er mir nie einen Grund dafür gegeben, ihn für abweisend und kaltherzig zu halten, aber etwas am Ausdruck seiner Augen hindert mich daran, ihm genau das zu sagen.

In meiner Brust flackert etwas auf. Ein warmes Gefühl, das eine Gänsehaut über meine Arme jagen lässt. Ganz leicht nur, dennoch stark genug, um mich aus dem Konzept zu bringen. Ich erstarre. Was ist das? Etwa …? Nein, bitte nicht. *Bitte lass das nicht schon die Auswirkung des Fadens sein.*

Ich schiebe das Gefühl beiseite, ehe es sich verfestigen kann, und folge dem Instinkt, Maverick weiter hinterherzulaufen. »Was hast du jetzt vor?«, frage ich, sobald ich ihn eingeholt habe.

»Mit dir irgendwo hingehen, wo nicht so viele neugierige Ohren sind.« Mit einer Handbewegung schließt er all unsere Mitschüler um uns herum in den Kreis der potentiellen Lauscher ein. »Und wo es ordentlichen Kaffee gibt.«

Es dauert einen Moment, bis mir dämmert, dass er damit sicher nicht die Schulcafeteria meint. »Spinnst du?«, herrsche ich ihn an. »Wir müssen gleich zurück in den Unterricht. Du kannst doch nicht einfach –«

»Und ob ich das kann«, unterbricht er mich, während er mit zielstrebigen Schritten weiter auf den Ausgang zusteuert. »Du hast mein Schicksal an deines gebunden und dadurch so ungefähr alles falsch gemacht, was man falsch machen kann. Dagegen ist ein wenig Schulschwänzen kaum der Rede wert. Außerdem – meinst du wirklich, mich interessiert gerade, was Miss Preston über Churchill zu sagen hat?«

Mich interessieren die ewigen Monologe unserer Geschichtslehrerin zwar ebenso wenig, trotzdem habe ich noch nie die Schule geschwänzt – außer gestern und für den Termin beim Olymp vor zwei Tagen, aber da hatte ich immerhin ein offizielles Entschuldigungsschreiben meiner Mum.

Ich schlucke. Erst Verstoß gegen die olympischen Gesetze, jetzt Schulschwänzen. Mich beschleicht das Gefühl, bei mir sollte es nicht *Sweet Sixteen*, sondern vielmehr *Criminal Sixteen* heißen.

Kurz vor dem Ausgang bleibt Maverick stehen. Er dreht sich zu mir um und betrachtet mich mit dem gleichen überheblichen Blick, den er meistens an den Tag legt.

»Wenn du die Streberin spielen willst, bitte sehr. Ich werde dich nicht aufhalten. Aber ich für meinen Teil werde sehen, wie ich deine Fehler wieder ausbügeln kann.« Er macht einen Schritt rückwärts. »Denn falls dir das immer noch nicht klar sein sollte: Dein blöder Liebesfaden wirkt nicht. Die Vorstellung, den Rest meines Lebens an dich gekettet zu sein, ist ein Albtraum.«

Aua.

Ich versuche mir nicht anmerken zu lassen, wie sehr mich seine Worte treffen. Zwischen uns ist noch nie irgendetwas gewesen, das man auch nur ansatzweise als Sympathie bezeichnen könnte. Nichtsdestotrotz tut es weh, so an den Kopf geknallt zu bekommen, für wie unerträglich der andere einen hält.

Ein Gutes hat es jedoch: Immerhin ist das, was auch immer da gerade meine Brust erwärmt hat, wieder verschwunden. Stattdessen ist da nur der gewohnte Ärger über Maverick, der mich ausnahmsweise mal erleichtert aufseufzen lässt.

»Ich werde nicht zulassen, dass dein Faden seine Wirkung entfaltet«, stellt er jetzt entschlossen fest und drückt mit der Schulter die Eingangstür auf. »Und an deiner Stelle würde ich mit mir zusammenarbeiten.«

Ich atme tief durch und folge ihm. Denn so ungern ich es zugebe: Mir bleibt keine Wahl.

SIEBEN

In der letzten halben Stunde haben Maverick und ich kaum ein Wort gewechselt. Schweigend sind wir in die nächste U-Bahn gestiegen und in Richtung Hyde Park gefahren, wobei ich einfach nicht aufhören konnte, den Schicksalsfaden zwischen uns zu inspizieren. Kaum zu glauben, wie viel Macht so ein blöder magischer Faden besitzt.

Maverick hingegen hat die ganze Zeit konzentriert vor sich hingestarrt. Bestimmt ist er im gleichen Gedankenkarussell mitgefahren, in dem auch ich seit meinem Patzer Dauergast bin.

Jetzt – mit einem Pappbecher voll Kaffee in der Hand – entspannen sich Mavericks Züge langsam. Meine Anspannung löst sich ebenfalls und für einen Moment genieße ich es beinahe, durch den Hyde Park zu schlendern und dem Zwitschern der Vögel zu lauschen.

»Also«, sagt Maverick nach einer Weile und nippt an seinem Kaffee, »was machen wir jetzt?«

Ich zucke mit den Schultern. »Darüber denke ich seit fast zwei Tagen nach – ohne Ergebnis.«

»Deine Schwestern und du teilt euch diesen Moiren-Job, oder? Eine bestimmt die Länge, eine spinnt – das bist dann wohl du – und eine schneidet?«

»Genau«, sage ich. Tee schlürfend denke ich an Sage und Juniper. Ich muss unbedingt pünktlich zum Schulschluss wieder an der Saint Paul Academy sein, es sei denn, ich möchte ihnen direkt erklären, wie mich ausgerechnet Maverick zum Schulschwänzen überreden konnte.

»Kannst du deine Schwester nicht einfach bitten, den Faden wieder durchzuschneiden?«

Um ein Haar verschlucke ich mich an meinem Tee. »Spinnst du?«

Jetzt ist Maverick derjenige mit der Verwirrung im Gesicht. Er scheint nicht den blassesten Schimmer zu haben, wie dämlich sein Vorschlag gewesen ist.

»Sage schneidet nur, um Leben zu beenden. Nicht um irgendwelche Verflechtungen rückgängig zu machen«, erkläre ich. »Mal ganz abgesehen davon, dass ich keine Ahnung habe, ob ihre Schere bei etwas anderem als dem eigentlichen Lebensfaden überhaupt funktionieren würde, lass ich sie damit garantiert nicht irgendwo rumschnippeln. Wer weiß, was das für Auswirkungen hätte.«

»Sorry.« Er hebt abwehrend die Hände. »Ich bin kein Experte bei eurem ganzen Hokuspokus.«

»Unsere Kräfte sind genauso Hokuspokus wie deine eigenen Göttergene, nur dass die keine ätzenden Pflichten mit sich bringen.« Obwohl ich mich bemühe meine Stimme ruhig zu halten, kann ich das leichte Beben daraus nicht verdrängen.

»Höre ich da etwa Neid?«

Ich schnaube. »Das hättest du wohl gerne.«

Doch die Wahrheit ist: Ich bin neidisch auf ihn. Schon seit Mum uns vor Jahren das erste Mal erzählt hat, dass einige Nachkommen für bestimmte Aufgaben verantwortlich sind und andere nicht, wünsche ich mir, wenn überhaupt zu Letzteren zu gehören. Ein den Umständen entsprechend normales Leben führen zu können, in dem ich nicht regelmäßig Schicksale spinnen muss. So wie Maverick. Soweit ich weiß, muss nur der mächtigste der Hades-Söhne der großen Pflicht nachkommen, über das Totenreich zu herrschen. Und Maverick hat in den letzten Jahren nicht aufgehört mir unter die Nase zu reiben, wie viel besser sein Erbe doch ist.

»Und kannst du die Fäden einfach wieder entflechten?«, fragt er nach einer Weile. »Wie einen Zopf?«

Ich schnaube beim Gedanken daran, wie wenig meine Bemühungen gestern etwas gebracht haben. »Glaub mir, das habe ich schon versucht. Wäre das so einfach, hätte ich es längst getan.«

»Verdammt.« Er kickt einen Stein beiseite, der sich auf den Gehweg verirrt hat. »Eine Aphrodite-Tochter zu fragen kommt auch nicht infrage. Dann könnten wir genauso gut direkt zum Olymp gehen.«

Ich brumme zustimmend. Selbst wenn wir nicht die olympische Aphrodite-Tochter um Rat bitten, sondern eine andere, wäre sie verpflichtet ihr Oberhaupt in die Sache einzuweihen. Vermutlich würde keine Stunde vergehen, bis mir der Prozess gemacht werden würde.

»Außer du möchtest mich doch einen Kopf kürzer haben«, sage ich möglichst locker, woraufhin er mir nur ein überhebliches Grinsen zuwirft, das ich als ›Erst mal nicht‹ interpretiere.

Vorhin in der Schule hat Maverick recht gehabt. Was für eine Ironie, dass die Nachfahrin einer Schicksalsgöttin in ihrem eigenen Schicksal festhängt. Meine Vorfahrinnen würden wohl enttäuscht den Kopf über mich schütteln.

»Irgendeine Möglichkeit müssen wir doch haben«, überlegt er laut. »In der Geschichte unserer Ahnen haben sich so viele gegen ihr göttergegebenes Schicksal gewehrt.«

»Die sind meistens entweder draufgegangen oder wahnsinnig geworden. Oder haben auf ihrer Mission zig andere in den Tod gerissen«, gebe ich zu bedenken. »Genau daran hast du den Moiren noch vor wenigen Tagen die Schuld gegeben, falls du dich erinnerst. In Latein.«

Zu meiner Überraschung widerspricht er nicht, sondern seufzt einfach nur.

»Es ist jedes Mal das Gleiche – die Helden gehen zum Orakel, weil sie die Lösung all ihrer Probleme haben wollen, versuchen ihr Schicksal zu verändern und erfüllen es am Ende aus Versehen doch, weil sie den höheren Sinn nicht begriffen haben«, erzähle ich. Ich muss an Großtante Holly denken, die immer Mitleid mit all den tragischen Helden hat und deshalb nicht müde wird ihre Geschichten zu erzählen. »Ich befürchte, wir sind im Vergleich nicht viel besser aufgestellt.«

Für einen Moment starrt Maverick vor sich hin, ohne etwas zu erwidern. Der konzentrierte Ausdruck ist in sein Gesicht zurückgekehrt und lässt ihn ein paar Jahre älter wirken, als er in Wahrheit ist. Dann sieht er mich an. »Sag das noch mal.«

Aufgebracht werfe ich die Hände in die Luft. »Ist das dein Ernst? Hörst du mir gar nicht zu?«

Das scheint er tatsächlich nicht zu tun. »Orakel«, murmelt er geistesabwesend.

Ich nippe an meinem Tee und blinzele ein paarmal irritiert, bevor bei mir der Groschen fällt. Aber natürlich!

»Wir gehen zum Orakel!«, rufen wir gleichzeitig und sind dabei so laut, dass wir die Aufmerksamkeit einer Joggerin auf uns ziehen, die uns gerade mit einem Beagle an der Leine überholt. Wir warten, bis sie wieder genug Abstand zu uns aufgebaut hat.

»Und weil wir aus den Fehlern der Helden lernen können, verstehen wir die Aussagen nicht falsch. Wir nehmen den Orakelspruch heimlich mit dem Handy auf, so können wir ihn uns zur Not in Dauerschleife anhören.« Maverick fährt sich mit der Hand durchs Haar. »Jetzt bleibt nur noch die Frage, wie wir so schnell wie möglich ein Orakel auftreiben.«

»Meine Großtante Holly kennt eines«, sage ich. »*Delphis Orakelei.* Sie tarnen sich als Laden für allerlei übernatürlichen Kram – Tarotkarten, Ouija Boards und so. Im Hinterzimmer führen sie Weissagungen ganz im alten Stil durch. Verwirrung inklusive.«

Seine Mundwinkel zucken. »Na dann hoffe ich mal, die haben dort mehr für uns als ein paar fadenscheinige Behauptungen.«

***

»Maverick und Willow, wie ich gehört habe, habt ihr gestern einen schönen Tag gehabt.«

Die Stimme unseres Klassenlehrers lässt mich zuckend aus meinem Halbschlaf erwachen, in den ich während der Pause versunken bin. Im nächsten Moment ertönt ein viel zu lautes Knallen, als ein Stapel Unterrichtsunterlagen auf dem Lehrerpult landet. Schlagartig starren mich all meine Mitschüler an. Mich und Maverick, der zwei Reihen weiter vorne sitzt und sich von all der Aufmerksamkeit absolut unbeeindruckt zeigt.

Ich versuche es ihm gleichzutun und blinzele Mr O'Connor möglichst unschuldig an. »Hm?«

Doch selbst das engelsgleichste Lächeln kann die Welt nicht vor ihrem Untergang bewahren, wenn Mr O'Connor so schlechte Laune hat wie jetzt.

»Ich hoffe für euch, das Schwänzen hat sich wenigstens gelohnt«, sagt er und sieht uns über den Rand seiner Brille hinweg an. »Denn die versäumten Stunden dürft ihr nächste Woche Freitag während des Nachsitzens gerne nachholen. Eure Eltern werden wir informieren.«

Verdammt. Ich beiße die Zähne aufeinander. Ich musste noch kein einziges Mal in meinem Leben nachsitzen. Damit wird es wohl Zeit, meine Familie in die ganze Sache einzuweihen – denn ganz ehrlich? Eine bessere Erklärung als die Wahrheit, warum ich zusammen mit einem Hades-Sohn die Schule schwänze, habe ich beim besten Willen nicht.

Maverick dreht sich kurz auf seinem Stuhl um und wirft mir einen Blick zu, bei dem seine Mundwinkel zucken. Garantiert ist es für ihn nicht das erste Mal Nachsitzen.

Als Mr O'Connor von uns ablässt und stattdessen einige Schüler wegen versäumter Hausaufgaben zur Schnecke macht, starrt Finn mich an. »Warte mal …«, murmelt er. »Nach eurer … Aktion gestern habt ihr echt zusammen geschwänzt? Ehrlich, ich dachte, der Typ reißt dir den Kopf ab, so, wie er dich aus dem Klassenraum gezerrt hat.«

Ich ziehe die Schultern hoch. »Mein Kopf ist noch dran«, antworte ich lahm und etwas zu laut, was mir einen bösen Blick von Mr O'Connor beschert.

»Willst du dich vielleicht der gesamten Klasse mitteilen, Willow?«, fragt er und rückt seine Brille zurecht. »Oder lieber eine weitere Stunde nachsitzen?«

Hastig schüttele ich den Kopf. »Sorry.«

Wieder wirft Maverick mir über seine Schulter hinweg ein Grinsen zu. Ich presse die Lippen aufeinander. Aber so gerne ich es bereuen würde, mich gestern mit ihm aus der Saint Paul Academy geschlichen zu haben, ich tue es nicht.

Seitdem unser Plan entstanden ist, kann ich es kaum erwarten, endlich

Delphis Orakelei aufzusuchen. Maverick und ich haben die halbe Nacht lang hin- und hergeschrieben, nachdem ich Großtante Holly ein paar Informationen zu den modernen Orakeln entlocken konnte.

Eine einzige Frage. Das ist alles, was uns das Orakel beantworten wird. Und weil wir etwas wissen wollen, was uns beide trifft, können wir nicht tricksen und einfach zwei Fragen stellen.

Eine Einzige nur. Die will gut überlegt sein. Wenn wir nicht die gleichen Fehler wie die berühmten tragischen Helden machen wollen, müssen wir alle Eventualitäten bedenken und unsere Frage so eindeutig wie möglich stellen. Nach einigem Hin und Her sind wir uns um halb zwei in der Nacht endlich einig geworden. Wir werden unsere Frage ebenso simpel wie unmissverständlich formulieren: Wie werden wir den Liebesfaden zwischen uns los, ohne dass jemand dabei stirbt?

Wieder und wieder sage ich mir innerlich die Worte auf, bis Mr O'Connor die Stunde endlich beendet und wir frei sind. Während ich es den anderen gleichtue und aufspringe, um meine Sachen in meinen Rucksack zu schieben, spüre ich ein weiteres Mal Finns Blick auf mir.

»Hör mal«, murmelt er und fährt sich mit der Hand durch sein blaues Haar. »Falls du reden willst, bin ich für dich da. Das weißt du doch, oder?«

Ich wende mich zu ihm um und beiße mir auf die Unterlippe, um nicht direkt mit allem herauszuplatzen. Die Wahrheit für mich zu behalten ist noch nie so schwer gewesen – geschweige denn so wichtig. Denn wenn ich Finn ausgerechnet jetzt in all das verwickele und die Sache mit dem Liebesfaden herauskommt, wird der Olymp mein ganzes Leben umkrempeln und auch auf Finn aufmerksam werden. Das kann ich nicht zulassen. Deshalb zwinge ich mich zu einem Lächeln.

»Danke. Das weiß ich zu schätzen, wirklich.«

Finn bedenkt mich mit einem langsamen Nicken, ehe er eine Verabschiedung murmelt und mich im Vorbeigehen liebevoll an der Schulter anstupst.

Kaum einen Atemzug später tritt Maverick an meinen Tisch.

»Bereit, dich dem Schicksal entgegenzustellen?«, fragt er und seine Mundwinkel zucken, als wäre die ganze Sache für ihn nur ein lustiger Zeitvertreib.

Kurz bin ich versucht ihn daran zu erinnern, dass sein Schicksal genauso von der ganzen Sache abhängt wie meines, doch ich besinne mich eines Besseren. Das wird er schon nicht vergessen haben – sonst würde er mir kaum helfen.

***

Delphis Orakelei liegt klein und versteckt zwischen all den anderen merkwürdigen Läden in London Soho. Ich bin mir sicher, dass wir trotz Handy-Navi einfach daran vorbeigegangen wären, würde in unseren Adern kein göttliches Blut fließen. So aber habe ich das Gefühl, von der heruntergekommenen Fassade mit den dreckigen Schaufenstern magisch angezogen zu werden. Ein verheißungsvolles Flüstern ertönt in meinem Inneren, als wir uns dem Laden nähern. Obwohl ich kein einziges Wort verstehe, muss ich ihm einfach folgen. Ein Urinstinkt der Mythischen, der die feinen Härchen auf meinen Unterarmen dazu bringt, sich aufzustellen.

»Spürst du das?«, wispere ich und starre die Fassade an.

Maverick neben mir brummt zustimmend, klingt im Gegensatz zu mir allerdings alles andere als begeistert. Ich werfe ihm einen Seitenblick zu. Die Stirn hat er skeptisch verzogen und für einen Moment meine ich Nervosität in seinen Zügen zu erkennen. Dann jedoch kehrt die altbekannte Unnahbarkeit zurück in sein Gesicht.

»Meinst du, die Bruchbude hat überhaupt auf?«, fragt er und räuspert sich. »Sieht irgendwie nicht danach aus.«

Ganz unrecht hat er nicht: Hinter den verschmierten Fensterscheiben ist es ungewöhnlich dunkel und wirklich einladend sieht der teils abgeplatzte, in die Jahre gekommene Lack der Gebäudefront nicht aus. Wäre da nicht das Gefühl in meinem Inneren, hätte ich das dämmrige Licht, das hinter dem Glas auszumachen ist, vermutlich übersehen.

»Es ist auf«, murmele ich und schaue zu Maverick. »Ganz sicher.«

»Also«, sagt er und tippt kurz auf seinem Handy herum, ehe er es in seine Hosentasche gleiten lässt. Ach ja, die Tonaufnahme. »Wir gehen da jetzt rein, stellen unsere Frage und konzentrieren uns auf die Antwort. Vielleicht haben wir heute Abend schon alles erledigt und müssen uns außerhalb der Schule nie wieder miteinander abgeben.«

Der arrogante Ton in seiner Stimme bringt mich dazu, ihn finster anzustarren, bevor ich einen Schritt auf *Delphis Orakelei* zu mache und meine Finger um den wuchtigen Türknauf lege. »Ich kann's kaum erwarten.«

Die Tür öffnet sich mit einem lauten Quietschen. Wir treten von der belebten Straße in dämmrige, nebelige Stille. Sofort umhüllt uns der Duft von Räucherstäbchen und Tee. Um uns herum stehen eng aneinandergedrängte Regale aus dunklem Holz, die den Laden wie ein Labyrinth erscheinen lassen. Na super. Fehlt ja nur noch ein Minotaurus, der um die nächste Ecke schielt.

Ich lasse meinen Blick über die Gegenstände in den Regalen wandern. Unzählige Tarotkarten-Sets, einige Ouija Boards, Kristallkugeln und allerlei Kleinkram, dessen Sinn ich nicht verstehe, türmen sich rechts und links von mir auf. Aber all das zieht mich nicht zu sich. Deshalb gehe ich tiefer in den Laden hinein und lasse mich vom Wispern in meinem Inneren leiten, das mich in eine Richtung drängt. Bis hin zu einem alten Verkaufstresen samt mechanischer Kasse, hinter dem eine junge Frau sitzt und ihre Nase in einem Buch vergraben hat.

In dem Moment, in dem ich an sie herantrete, hebt sie den Blick und lächelt mich mit ihren dunkel geschminkten Lippen schmal an. »Herzlich willkommen. Kann ich dir helfen?«

»Ich … ähm …«, stammele ich und schaue zur kleinen Drachenfigur auf der Theke. Ehrlich gesagt habe ich keine Ahnung, ob wir einfach um eine Weissagung bitten können oder ob wir uns als Mythische zu erkennen geben müssen.

»Wir brauchen einen Ratschlag zu unserer Zukunft«, sagt Maverick hinter mir und bringt mich so dazu, wieder zu der jungen Frau zu sehen.

Mit einem wissenden Ausdruck in den Augen legt sie ihr Buch zur Seite und lässt ihren Blick zwischen Maverick und mir hin- und herwandern.

Ich trete von einem Fuß auf den anderen. »*Pánta cho* – ähm …«

»Das ist nicht nötig. Orakelsprüche sind kein Exklusivservice, die sind genauso für Mythische wie für Menschen. Also spart euch eure griechische Floskel.« Mit diesen Worten rutscht sie von ihrem Stuhl und macht eine Handbewegung in Richtung eines Durchgangs, der mit unzähligen Fäden verhangen ist und zwischen all dem Firlefanz hier kaum auffällt.

»Zweiersitzung?«

»Genau.«

»Das erste Mal hier?«

»Ja«, sagt Maverick und wirft mir einen Blick zu, den ich mit einem Schulterzucken erwidere. Je länger wir hier drin sind, desto weniger kann ich mir vorstellen, was uns genau erwartet.

Gemeinsam folgen wir ihr durch den Fadenvorhang. Hier hinten ist es noch dunkler als im Laden selbst, lediglich einige Kerzen erhellen den Raum. Nach allem, was ich erkennen kann, sieht das Ganze mehr aus wie ein vollgestelltes Hinterzimmer als eine heilige Stätte. Daran ändert sich nichts, als die junge Frau auf einen Lichtschalter drückt und flackernd eine dämmrige Deckenlampe angeht. Wirklich hell wird es dadurch nicht, doch immerhin kann ich jetzt mehr erkennen als das, was der Kerzenschein erfasst.

Mitten im Raum stehen sich ein Zweiersofa und ein Ohrensessel gegenüber, deren Lederbezüge rissig und blass sind. Auf den Sitzflächen sind Kartons abgestellt worden und auch überall an den Wänden stapeln sich Kisten in die Höhe. Rechts von mir reichen einige Spinnweben von einem alten Buffetschrank bis hin zur Deckenlampe. Schaudernd rücke ich näher an Maverick heran, der gerade mit angeekelt verzogenem Gesicht einen löchrigen Lappen zur Seite tritt.

»Das hier soll das Orakel sein?«, hakt er mit gepresster Stimme nach.

Die junge Frau zuckt mit den Schultern, während sie die Kartons von den Sitzmöbeln räumt. »Wir haben hier hinten nicht so oft Kundschaft. Wenn's euch stört; niemand zwingt euch, hier zu sein. Ihr könnt natürlich direkt zum olympischen Orakel, aber da sind die Wartezeiten wesentlich länger.«

Und das Risiko, meinen Kopf zu verlieren, wesentlich größer.

Ich werfe Maverick einen warnenden Seitenblick zu.

»Nein, nein, alles gut.«

»Okay.« Sie mustert uns kurz, ehe sie zur Tür an der linken Wand geht und sie öffnet. »Granny!«, ruft sie durch den Türspalt. »Hier sind zwei Teenager, die deinen Ratschlag brauchen.«

Wenig später ertönt ein rhythmisches und lautes Poltern, ehe sich die Tür ganz öffnet und eine kleine alte Frau hineinkommt. Um ihren Hals sind eine Handvoll Ketten aus Holzperlen gehängt, die bei jedem ihrer Schritte klimpern.

Sie lächelt ihre Enkelin an. »Danke, Schätzchen«, sagt sie und sieht zu uns. Von ihr geht das typische Surren der Göttlichen aus. »Hallo, Moiren-Tochter und Hades-Sohn. Ich habe euch bereits erwartet.«

Vielleicht gehört das zu ihrem Standardspruch-Repertoire, aber ihre Aussage verschafft mir dennoch eine Gänsehaut. Ich zwinge mich zu einem Lächeln. »Hallo.«

Maverick nickt, ohne etwas zu sagen.

»Also, ich darf euch mit einem Orakelspruch helfen«, stellt die alte Frau fest und fegt mit der Hand etwas Staub von der Rückenlehne des Sessels, ehe sie sich auf die Sitzfläche fallen lässt. Das Leder knarzt protestierend.

Während ihre Enkelin kurz im Nebenraum verschwindet und mit allerlei Räucherstäbchen wiederkommt, setze ich mich gegenüber von der alten Frau auf die Couch und bemühe mich, nicht zu sehr auf die Spinnen zu achten.

»Genau«, erwidere ich und überlege, wie präzise ich werden kann, ohne eine Frage zu stellen. »Ich habe einen ... kleinen Fehler gemacht und wir müssen das irgendwie wieder geradebiegen.«

Maverick schnaubt und stützt sich mit den Ellenbogen auf die Lehne hinter meinem Kopf, ohne Anstalten zu machen, sich ebenfalls hinzusetzen. Verübeln kann man es ihm nicht – das Leder ist nicht nur ziemlich fleckig, sondern trägt auch einen ziemlich üblen Geruch in sich, der mich an modernde Handtücher erinnert.

Immerhin wabert langsam der Duft von Räucherstäbchen durch den Raum und macht es dadurch etwas erträglicher. Und da ist nach wie vor dieses leise Flüstern in meinem Kopf, das mich dazu bringt, nicht einfach wieder aufzuspringen und die Rumpelkammer zu verlassen.

»Sag Bescheid, wenn ihr was braucht, Granny. Ich halte vorn die Stellung.« Mit diesen Worten lässt uns die Enkelin mit der alten Frau allein.

Die lächelt gutmütig. »Wart ihr schon einmal bei einem Orakel?«

»Nein, aber meine Großtante –«

»Erzähl ihr nicht so viel. Das ist ihr Job«, fällt Maverick mir ins Wort, woraufhin sich die Stirn des Orakels in Falten legt.

Verärgert werfe ich einen Blick in seine Richtung, ehe ich mich wieder zur alten Frau umdrehe. »Entschuldigen Sie bitte sein Verhalten. Er ist ... nur etwas nervös.«

»Verständlich.« Ihre Stirn glättet sich. »Der erste Besuch bei einem Orakel ist etwas ganz Besonderes, etwas Großes. Manchen fehlt es an Mut, ihrem Schicksal ins Auge zu sehen. Ich kann dir jedoch versprechen, Hades-Sohn, es lohnt sich. Sofern man die Weitsicht besitzt, die Weissagungen genau anzuhören und hinter die Worte zu blicken.«

Maverick murmelt etwas, aber diesmal sind seine Worte zu leise, um sie zu verstehen. Ich unterdrücke den Impuls, über ihn die Augen zu verdrehen. Immerhin war das Ganze doch seine Idee.

Ich hebe die Mundwinkel. »Wir dürfen eine Frage stellen, oder?«

Das Orakel nickt. »Ganz genau. Und nur keine Scheu – ich bin zur absoluten Verschwiegenheit über euch und euer Schicksal verpflichtet.«

Ich hole tief Luft, um die Worte auszusprechen, dir mir schon den ganzen Tag im Kopf herumtanzen. »W –«

»Wie werden wir den Liebesfaden zwischen uns los, ohne dass jemand dabei stirbt?«, kommt Maverick mir zuvor.

Eine Weile lang sagt das Orakel gar nichts, sieht uns mit ihren klaren Augen einfach nur an, als würde sie warten, bis wir unsere Frage selbst beantworten. Wenn wir das tun könnten, wären wir ganz bestimmt nicht hier, aber ich verkneife mir den Kommentar. Ich will nicht riskieren, doch noch rausgeschmissen zu werden, weil wir zu unhöflich sind. Der Geruch der Räucherstäbchen wird immer stärker. Ich kann dem Drang nicht widerstehen, auf dem durchgesessenen Polster herumzurutschen, während meine Sinne mehr und mehr vom rauchigen Nebel eingenommen werden, der durch den Raum wabert.

Und von einer Sekunde auf die andere geschieht es. Die Pupillen des Orakels verschleiern sich und ihre hellen Iriden bekommen einen goldenen Glanz. Selbst ohne die Gänsehaut auf meinen Armen weiß ich, was passiert ist: Ihre Seele ist auf der Götter-Ebene, nur ihr Körper verweilt hier bei uns.

Das, was nun aus ihrem Mund kommt, ist nicht mehr ihre Stimme, sondern ein raues Flüstern. Nicht männlich, nicht weiblich, nicht menschlich.

»Der Spross der Liebe zwischen Feinden
Schicksalstochter und Unterweltssohn, gewiss –
wird durch Prüfungen entscheiden,
ob Zufall nicht Schicksal, Schicksal nicht Zufall
und Liebe nicht immer ewig ist.«

Einige Atemzüge lang herrscht noch Stille, dann ist es vorbei. Die Augen des Orakels werden wieder klar und menschlich. Ich habe sogar das Gefühl, dass die intensive Wirkung der Räucherstäbchen schwächer wird.

Ich lasse mir die Weissagung noch einmal durch den Kopf gehen. So eindrucksvoll das Ganze auch gewesen ist, wirklich hilfreich ist sie nicht. Frustriert runzele ich die Stirn und schaue zu Maverick, in dessen Gesicht sich meine Gefühlslage widerspiegelt.

»Und weiter?«, hakt er nach. Gespannt sehe ich die alte Frau an, doch jetzt ist sie diejenige, die nichts mit dieser Aussage anfangen kann. »Wie ›und weiter‹?«

»Das soll's gewesen sein? Das war der gesamte Orakelspruch?«

»Ja.«

Meine Schultern verlieren die Spannung und ich kann gerade so ein enttäuschtes Seufzen unterdrücken.

»Hört mal, Kinder. Ich weiß nicht, was ihr erwartet habt, aber ein Orakel ist kein Ratgeber für Notfallsituationen«, stellt die Frau klar. Ihre Stimme hat einen schnippischen Unterton angenommen, von dem vorher noch keine Spur zu entdecken war. »Den Sinn der Worte müsst ihr schon selbst herausfinden.«

Ich werfe Maverick einen resignierten Blick zu. Aus der ganzen Sache wieder herauszukommen wird wohl nicht so einfach wie erhofft.

Acht

Als ich am Abend nach Hause komme, bin ich keinen Deut schlauer und fünfundzwanzig Pfund ärmer. Maverick hat einen ziemlichen Aufstand gemacht, als uns unangekündigt Geld berechnet worden ist, für – ich zitiere – ›so einen Bullshit‹, doch die Frauen haben nicht mit sich reden lassen. Orakelspruch sei nun mal Orakelspruch und wir hätten gewusst, worauf wir uns einlassen. Wenn uns das nicht passen würde, sollen wir gerne versuchen, Beschwerde beim Olymp einzureichen. Tja, kaum hatten sie das gesagt, habe ich ihnen das Geld in die Hände gedrückt und Maverick aus dem Laden gezerrt. Direkt vor der Orakelei haben sich unsere Wege getrennt. Zumindest für die nächsten Stunden – denn so schnell werde ich ihn wohl doch nicht wieder aus meinem Leben streichen können.

Ich seufze leise, während ich meine Schuhe und meinen Schulrucksack an die Garderobe stelle. Heute scheint mein Pechtag zu sein, denn es ist verdächtig ruhig in der Wohnung. Garantiert hat Mum längst von Mr O'Connor Bescheid bekommen, dass ich neuerdings eine Karriere als Schulschwänzerin anstrebe. Mit Sicherheit haben Juniper und Sage auch schon Verdacht geschöpft, nachdem ich heute nicht mit ihnen nach Hause gefahren bin. Zumindest, wenn man von den irritierten Textnachrichten ausgeht, die sie mir im Laufe des Nachmittags geschickt haben.

Meine Befürchtung bewahrheitet sich, als ich um die Ecke ins Wohnzimmer trete und alle vier dort versammelt vorfinde. Der Raum wird nur vom sanften Licht der Stehlampe erhellt, gepaart mit dem bläulichen Licht des

Fernsehers, den jemand genau bei einer Nahaufnahme von Benedict Cumberbatch pausiert hat.

Meine Schwestern haben es sich auf dem Dreisitzer bequem gemacht, während Mum mit einem Buch auf dem kürzeren Sofa liegt. Großtante Holly lächelt mich von ihrem Ohrensessel aus an, ehe ihr Blick hinunter zu meinen Händen wandert. Ich schlucke. Selbst wenn ich die Tinte an meinem Finger mit einem Ring verberge, kann ich den Liebesfaden nicht vor ihr verstecken. Daran hätte ich früher denken müssen.

»Hi«, murmele ich und sehe zwischen ihnen hin und her. »Sorry, dass ich so spät bin.«

»Triffst du dich mit dem Hades-Sohn aus deiner Klasse?« Mum hebt den Kopf und sieht mich auffordernd an. »Seid ihr zusammen?«

Wenn ich eins außer meinen wüsten Haaren von Mum geerbt habe – wobei Mum die durch ihre Kurzhaarfrisur genauso gut im Griff hat wie ihr Leben –, dann die Abneigung gegenüber Smalltalk. Ausnahmsweise würde ich mich jetzt ganz gerne damit aufhalten. Ich trete von einem Fuß auf den anderen.

»Nein, ehrlich nicht«, sage ich und seufze. »Es ist viel schlimmer als das.«

»Raus mit der Sprache, Kindchen«, fordert Großtante Holly mich auf. »Wir sind eine Familie. Wir haben keine Geheimnisse voreinander. Zumindest keine so großen.«

Ich beiße mir auf die Unterlippe. »Ich will euch wirklich nichts verheimlichen. Aber wenn ich euch einweihe, macht ihr euch dadurch vielleicht vor dem Olymp strafbar. Nur damit ihr Bescheid wisst.«

Sage schnaubt. »Willow. Für dich mache ich mich ohne jedes Zögern strafbar.«

»Egal vor wem«, bestätigt Juniper mit einem energischen Nicken.

Mum schaut mit besorgter Miene zwischen uns hin und her. »Dem kann ich mich nur anschließen.«

»Und ich habe mir ohnehin schon alles zusammengereimt«, murmelt Großtante Holly mit einem Blick auf meine Hände.

»Okay.« Ich stoße einen Schwall Luft aus und setze mich zu Mum aufs

Sofa. Mit einem Ruck ziehe ich den Ring von meinem kleinen Finger und halte meine Hand in die Luft, das göttliche Tattoo für alle sichtbar. »Ich habe Mavericks und mein Schicksal durch einen Liebesfaden miteinander verwoben. Aus Versehen.«

In den nächsten Minuten erzähle ich ihnen all das, was ich in den letzten Tagen verschwiegen habe, und mit jedem weiteren Wort wird die Last auf meinen Schultern leichter. Als ich beim enttäuschenden Orakelspruch ankomme, habe ich mich so sehr in Rage geredet, dass ich über meine eigenen Sätze stolpere und mich nicht beschwere, als Mum mich sanft unterbricht.

Mit einem Seufzen beugt sie sich vor und legt mir eine Hand auf den Rücken. »Ich bin froh, dass du das Ganze jetzt nicht mehr allein ausbaden musst«, sagt sie. »Allerdings auch ein wenig enttäuscht, weil du nicht gleich zu uns gekommen bist.«

»Ich wollte euch damit nicht unnötig verrückt machen. Irgendwie habe ich gehofft, die Sache in ein, zwei Tagen wieder geradezubiegen. Und mit dem Olymp im Nacken …«

»Wir finden eine Lösung«, sagt Sage entschlossen. »Und zwar, bevor die Aphrodite-Tochter etwas merkt.«

»Die Olympier nehmen den Mund doch sowieso viel zu voll.« Großtante Holly schnaubt. »Meinen, sie können ganz allein die Welt regieren. Sieben Milliarden Menschen und die Mythischen sind kreuz und quer auf der ganzen Erde verteilt. Bis du da auffällst, haben wir schlimmstenfalls ein paar Tage, bestenfalls ein paar Wochen Zeit.«

Ich rutsche ein wenig hin und her, bis ich wieder eine einigermaßen bequeme Position gefunden habe. »Ich fürchte, ich kann jede Stunde gebrauchen, die mir bleibt.«

»Ich lasse nicht zu, dass sie dir etwas antun.« Mum ist anzusehen, wie gerne sie auf der Stelle aufspringen, zum Olymp rennen und ihm ihre Meinung darüber geigen würde, was ihnen überhaupt einfällt, die Todesstrafe in Betracht zu ziehen – und das auch noch bei Minderjährigen. Aber genau wie mir sind ihr die Hände gebunden.

Die olympischen Gesetze sind jahrtausendealt. Sie werden sich nicht plötzlich durch den Aufstand einer wütenden Mutter umwerfen lassen. Ganz im Gegenteil – wenn eine von uns zum Olymp gehen und sich beschweren würde, läge die Aufmerksamkeit im Nu auf mir. Das Risiko ist es nicht wert.

»Danke«, murmele ich und schaue von ihr zu meinen Schwestern und schließlich zu Großtante Holly. Uns alle verbinden kräftige rote Schicksalsfäden, doch selbst, wenn ich die nicht sehen könnte, wüsste ich einfach, dass meine Familie immer für mich da sein wird.

»Also«, Juniper setzt sich aufrechter hin, »womit fangen wir an?«

»Auf jeden Fall mit nichts, was unnötige Aufmerksamkeit auf Willow lenken könnte. Lasst uns so lange wie möglich die Füße stillhalten.« Sage schnappt sich die Fernbedienung vom Tisch und beginnt damit herumzuspielen, ohne wirklich auf eine Taste zu drücken.

»Ich denke, wir sollten den Orakelspruch genauer analysieren«, sagt Mum, was ihr ein Nicken von Großtante Holly einbringt. »In den alten Geschichten hatte der am Ende schließlich jedes Mal recht. Hat Maverick dir die Aufnahme geschickt?«

Ich ziehe mein Handy aus der Tasche meines Schulblazers, den ich immer noch anhabe, und sehe auf das Display. Tatsächlich hat Maverick mir bereits eine Audiodatei geschickt, zusammen mit den ungewöhnlich netten Worten:

Kopf hoch, Willow. Wir finden schon eine Lösung.

»Ähm … ja, hat er«, antworte ich lahm und starte die Aufnahme.

Auch beim zweiten Hören werde ich nicht schlauer. Den Gesichtern meiner Familie nach zu urteilen, geht es ihnen ähnlich.

»›Entscheiden, ob Zufall nicht Schicksal, Schicksal nicht Zufall und Liebe nicht immer ewig ist‹?«, wiederholt Sage und runzelt die Stirn. »Was soll das heißen?«

»Und was für Prüfungen?«, fügt Mum hinzu.

Ratlos zucke ich mit den Schultern. »Ich habe nicht den blassesten Schimmer.«

»So typisch, diese Orakelsprüche. Zu nichts zu gebrauchen«, murmelt Großtante Holly vor sich hin. »Ich weiß schon, warum ich damit aufgehört hab. Da kann man sein Geld auch gleich einem Hamster zustecken. Bringt genauso wenig.«

Junipers Mundwinkel zucken.

Leider hat Großtante Holly recht. Je länger ich über die wirren Aussagen des Orakels nachdenke, desto weniger werde ich daraus schlau. Mit einem Seufzen lehne ich mich zurück und lausche der Diskussion der anderen. Aber die können mit den Worten genauso wenig anfangen wie ich und bald verirren wir uns in einem Labyrinth aus Bedeutungen, das weder Anfang noch Ende zu haben scheint.

»Wir sollten uns die Verse einzeln vornehmen. Vielleicht ergeben sie so mehr Sinn«, überlegt Sage, als wir nach gut einer halben Stunde nicht mehr wissen als zuvor. Sie wirft mir einen Seitenblick zu. »Lasst uns morgen damit starten. Willow fallen sowieso schon die Augen zu.«

Ertappt richte ich mich auf. »Stimmt doch gar nicht«, behaupte ich, das Ende meiner Aussage wird allerdings von einem Gähnen verschluckt. Mit einem liebevollen Lächeln schickt Mum mich daraufhin ins Bett.

Da liege ich wenige Minuten später und lausche dem Regen, der beständig gegen mein Fenster prasselt. Das sanfte Trommeln vermischt sich mit den Worten des Orakelspruchs zu einem sanften Wispern der Magie, das mich in einen traumlosen Schlaf wiegt.

***

Den ganzen Samstag verbringen meine Familie und ich damit, über die Liebesfaden-Sache zu grübeln. Aber weder die Orakelanalyse noch der Besuch in der Götter-Ebene mit meinen Schwestern bringt etwas. Und das Schicksale-Spinnen bleibt uns leider nicht erspart. Deswegen ist meine Laune ziemlich mies, als ich mich am Abend auf Großtante Hollys Ohrensessel fallen lasse und den Kopf in den Nacken lege.

»Ich bin total fertig.« Stöhnend massiere ich mir mit den Fingern die Schläfen. »Erinnere mich bitte daran, nie wieder unaufmerksam Schicksale zu spinnen.«

»Mache ich.« Sage klingt genauso erschöpft wie ich, in ihrer Stimme ist jedoch nicht der Hauch eines Vorwurfs zu finden. Sogar auf das obligatorische ›Ich habe dich gewarnt‹ hat sie bis jetzt verzichtet.

Juniper kommt herein, drückt mir mein Handy in die Hand und lässt sich neben Sage aufs Sofa fallen. »Das hat vibriert. Vielleicht dein Schicksalsverbundener?«

Ich werfe ihr einen bösen Blick zu. »Nenn ihn nicht so«, murre ich und sehe aufs Display. Tatsächlich ist die Nachricht von Maverick.

Ich denke, ich habe eine Spur. Triff mich in einer Stunde auf der Millennium Bridge.

»Maverick hat was rausgefunden«, sage ich. »Er will sich gleich mit mir treffen, um darüber zu sprechen.«

»Und er kann dir nicht einfach in der Nachricht schreiben, was er rausbekommen hat?« Juniper wackelt mit den Augenbrauen. »Für mich klingt das, als würde der Liebesfaden schon Wirkung zeigen.«

»Ach, eine Textnachricht wäre für einen Hades-Sohn viel zu unspektakulär. Drama liegt denen im Blut«, kommentiert Großtante Holly mit einem Schmunzeln in der Stimme. Sie tritt ins Wohnzimmer und macht eine Handbewegung in meine Richtung. »Also, Zeit, dich hübsch zu machen und mir meinen Sessel zu überlassen.«

Grinsend stehe ich auf. »Na ja, ich denke, wenn das so ist, brauche ich gar nicht erst zu diskutieren.«

»Vermutlich ist ein persönliches Gespräch ohnehin schlauer.« Sage zuckt mit den Schultern. »Handys können so leicht ausspioniert werden.«

»Hauptsache, du bist vorsichtig.« Mum steht im Türrahmen und lächelt mich an.

Sage nickt. »Soll eine von uns mitkommen?«

Ich beiße mir auf die Unterlippe und schüttele den Kopf. »Nicht nötig. In der Schule komme ich ja auch gut allein mit ihm klar.«

***

Mit ein paar Minuten Verspätung trete ich auf die Millennium Bridge. Schon von Weitem erkenne ich Maverick, wie er sich mitten auf der Brücke mit den Unterarmen auf das Geländer lehnt und über die Themse bis zur Tower Bridge sieht.

Als ich mich neben ihn stelle, wandert sein Blick kurz zu mir. »Hi.«

»Hey.«

Einige Augenblicke lang sagt keiner von uns etwas, nur das Rufen einiger Jugendlicher und der entfernte Gesang eines Straßenmusikers dringen zu uns herüber. Wie surreal das ist, hier ausgerechnet an einem Samstagabend mit Maverick Bennington zu stehen. Und zwar ohne den Drang zu verspüren, ihm an die Gurgel zu gehen. Hätte mir das jemand vor einer Woche gesagt, hätte ich ihn ausgelacht. Ich schlucke. Ob das die Wirkung des Liebesfadens ist?

Ich verdränge den Gedanken.

»Was hast du herausgefunden?«, frage ich.

Ich bemühe mich meinen Tonfall irgendwo zwischen ›Ich bin dankbar, dass du dich damit beschäftigt hast‹ und ›Ich will nicht mehr Zeit mit dir verbringen als nötig‹ zu halten. Doch das ist schwieriger als gedacht, weshalb meine Worte in einem seltsamen Krächzen enden. Na klasse.

»Mehr als du anscheinend. Sonst wärst du nicht sofort angerannt, sobald ich pfeife«, sagt er. »Aber das war ja nicht anders zu erwarten.«

Okay, wow, ich nehme alles zurück. Maverick ist ein Vollidiot und der Liebesfaden wirkungslos.

Ich verdrehe die Augen. »Bist du jetzt hier, um mir weiterzuhelfen oder um mir meinen Samstagabend zu verderben, indem du wieder den Oberarsch spielst? Für den Fall hätte ich nämlich echt Besseres zu tun.«

»Ich verbringe meinen Samstag damit, deinen Kopf aus der Schlinge zu ziehen. Du könntest mir wenigstens dafür danken, anstatt hier nur rumzumeckern.« Maverick hebt die Brauen.

Ich reagiere nicht, woraufhin seine linke Augenbraue zuckt. Er will, dass ich nachgebe.

»Danke«, murmele ich so leise und schnell, dass das Wort nach einem einzigen Brummen klingt.

Er grinst überheblich. »Wie war das?«

Ich stöhne genervt. »Danke.«

»Geht doch.«

Kurz blickt er sich nach allen Seiten um. Jetzt verstehe ich, warum er ausgerechnet eine Brücke als Treffpunkt vorgeschlagen hat: Falls uns jemand belauschen sollte, ist die Chance sehr groß, dass wir das mitbekommen.

»Also: Ich hab mir den Orakelspruch noch mal intensiver angehört und dabei ist mir eine Idee gekommen.« Er fährt sich mit der Hand durchs Haar. »Wenn du göttliche Schlafprobleme hättest, wen würdest du um Rat fragen?«

Mit gerunzelter Stirn sehe ich ihn an, ohne einen Schimmer zu haben, worauf er hinauswill. »Ähm ... einen Hypnos-Sohn?«

»Ganz genau. Einen Nachkommen des Schlafgottes.« Maverick nickt. »So. Und bei göttlichen Liebesproblemen fragst du ...?«

»Aphrodite?«

»Fast.« Er beißt die Zähne aufeinander. »Wäre natürlich das Naheliegendste, doch dann können wir dich ebenso gut direkt zum Olymp bringen. Die Aphrodite-Töchter werden nicht mit sich reden lassen. Besonders nicht die olympische.«

»Ich hab nicht wirklich auf sie geachtet, als ich beim Olymp war«, gestehe ich. »Du denn?«

Ohne jegliches Zögern nickt er. »Klar. Ich habe mir alle zwölf Mitglieder genauer angesehen. Was du auch besser hättest tun sollen.«

»Und hast du dabei was bemerkt, dass du mit mir teilen möchtest? Oder willst du lieber einen auf Klugscheißer machen?«

»Die Aphrodite-Tochter ist«, er legt den Kopf schief, »besonders. Das

Gegenteil von dem, was man sich unter einer Liebesgöttin oder ihrer Nachfahrin vorstellt. Sie wirkt kalt und … unnahbar.«

»Dann gehen wir das Risiko erst recht nicht ein«, entscheide ich. »Ich habe wirklich keine Lust, mein Weiterleben von der Gnade einer Nachkommin abhängig zu machen, die mich mit einem Fingerschnippen einen Kopf kürzer machen könnte.«

»Darauf wollte ich auch gar nicht hinaus.« Maverick stößt sich vom Geländer ab. »Sondern auf jemand anderen. Wenn wir Aphrodite nicht fragen können, fragen wir eben den Nachfahren eines anderen Liebesgottes.«

»Eros«, platzt es aus mir heraus, während eine Gruppe junger Touristen an uns vorbeischlendert. »Der Gott der Liebe und der Leidenschaft.«

Maverick nickt. »Hundert Punkte.«

»Und meinst du, wir können einfach zu einem Eros-Sohn spazieren und ihn um seine Hilfe bitten?« Ich runzele die Stirn. »Was, wenn er direkt zur Aphrodite-Tochter rennt und mich ausliefert?«

»Jeder hat seinen Preis. Wir müssen nur herausfinden, was seiner ist.«

Ich presse die Lippen aufeinander und schaue über die Themse hinweg bis zur Tower Bridge. Das mag vielleicht nicht der klügste Plan sein, doch er ist nun mal alles, was wir haben, und allemal besser als nichts zu tun.

Mein Blick wandert zu Maverick. Seine Gesichtszüge wirken im warmen Licht der untergehenden Sonne weicher und das Zucken um seine Mundwinkel freundlicher. Er bemerkt meine Musterung und das amüsierte Zucken wird zu einem selbstgefälligen Grinsen. Dabei verschwindet das kleine Muttermal auf seiner Wange in einem Grübchen und so wie er mich ansieht, weiß er genau, wie verdammt gut ihn das aussehen lässt.

»Also suchen wir uns einen Eros-Sohn und bitten ihn den Faden wieder zu lösen«, sagt er jetzt. »Wenn das einer außer Aphrodite kann, dann er.«

»Und ich weiß auch schon, wo wir einen finden.« Ich schmunzele. Ausnahmsweise ist das Glück auf unserer Seite. »Im *Under Covers*.«

Maverick wackelt mit den Brauen. »Ich hätte nicht gedacht, dass du dich mit Nachtclubs auskennst.«

»Falsch gedacht«, erwidere ich und verschweige ihm, woher ich das *Under*

Covers kenne. Nämlich aus Großtante Hollys Erzählungen. Vor Ewigkeiten war sie Stammgast im Nachtclub der Eros-Blutlinie und wird nicht müde, ihre Geschichten wieder und wieder zu erzählen – und zu betonen, dass die Eros-Söhne es verstehen, einen Abend unterhaltsam zu gestalten. Kein Wunder. Sie sind immerhin nicht dafür bekannt, besonders keusch zu leben. Wenn wir also irgendwo mit Sicherheit auf einen Eros-Sohn treffen, dann im Nachtclub seiner Familie.

»Das ist also unser Plan?« Maverick grinst. »Undercover ins *Under Covers*?«

Ich zucke mit den Schultern. »Ist ja nicht so, als hätten wir eine andere Wahl.«

Wohl oder übel müssen wir das Risiko eingehen, geradewegs an den Olymp ausgeliefert zu werden. Ich werde das Gefühl nicht los, dass selbst wenn ein Eros-Sohn uns seine Hilfe anbieten sollte, die Sache einen Haken haben wird. Einen gewaltigen Haken.

Neun

Ein kurzer Blick auf die Website des *Under Covers* verrät uns, dass der Nachtclub nur freitags und samstags geöffnet ist. Und weil wir keine Zeit zu verlieren haben, beschließen wir gleich heute hinzugehen. Das ist zwar sehr spontan und vielleicht nicht hundertprozentig durchdacht, aber auf jeden Fall besser, als sechs Tage lang herumzusitzen und tatenlos darauf zu warten, vom Olymp erwischt zu werden.

Auf dem Weg zur nächsten U-Bahn-Station rufe ich bei Mum an und sage ihr, dass wir kurz zu Hause vorbeischauen werden. Maverick ist davon überzeugt, bessere Chancen zu haben, den Eros-Sohn für uns zu gewinnen, wenn wir uns was Hübsches anziehen. Der Gott der Leidenschaft und so. Obwohl ich davon überzeugt bin, auch in meinem Kapuzenpullover leidenschaftlich sein zu können, habe ich nachgegeben.

Während ich in die Wohnung husche und ein schwarzes Top aus meinem Kleiderschrank wühle, erzähle ich meiner Familie von unserem Plan. Maverick habe ich draußen warten lassen – jetzt ist wirklich kein guter Zeitpunkt, ihn Mum und Großtante Holly vorzustellen. Na ja, wenn ich es mir recht überlege, ist vielleicht niemals ein guter Zeitpunkt dafür.

Keine ist wirklich begeistert von unserer Idee, aber es ist nun mal die einzige, zumindest halbwegs erfolgsversprechende Chance, die wir haben. In der Not frisst der Teufel Fliegen – und die Moiren-Tochter bittet einen Eros-Sohn um Hilfe oder so.

»Achte auf ein Attribut«, rät Großtante Holly mir, während ich die wichtigsten Dinge in eine kleine Tasche stopfe, die ich mir von Juniper geborgt habe. »Eros war zwar kein olympischer Gott, jedoch mindestens ebenso stolz. Vermutlich stellen seine Söhne genauso gerne wie die Olympier zur Schau, wie bedeutsam sie sind.«

Ich denke an Maverick, der vermutlich längst ungeduldig neben der Wohnungstür lehnt. Soweit ich mich erinnern kann, hat er in der Schule noch nie sichtbar ein Attribut des Hades getragen.

»Was könnte ein Eros-Sohn denn für ein Attribut haben?«

»Vielleicht einen Pfeil oder einen Bogen, vermutlich aus Gold«, schlägt Sage vor. »Wie seine Liebespfeile. Oder Flügel.«

»Ergibt Sinn. Danke«, murmele ich lächelnd und hänge mir die Tasche über die Schulter. Ich verabschiede mich von meiner Familie und verspreche sie auf dem Laufenden zu halten – und vorsichtig zu sein, wie Mum mir mit ernster Stimme predigt.

Als ich durch die Wohnungstür schlüpfe, wirft mir Maverick einen Blick zu und nickt, nachdem er das Top, die Jeansjacke und das leichte Make-up betrachtet hat, das ich aufgetragen habe.

Die nächste U-Bahn-Station ist nicht weit entfernt. Auf dem Weg erzähle ich Maverick von den möglichen Attributen.

»Zusammen mit dem göttlichen Surren in der Luft sollten wir also einen von ihnen finden, wenn er im *Under Covers* ist«, sage ich schließlich, während die U-Bahn-Durchsage die nächste Haltestelle ankündigt. »Jetzt bleibt nur noch die Frage, wie wir da überhaupt reinkommen. Kennst du zufälligerweise jemanden, der uns auf die Schnelle gefälschte Ausweise machen kann?«

Maverick schnaubt. »Wir sind doch keine Anfänger.«

Ich verdrehe die Augen, kann meine Neugier aber nicht vollkommen unterdrücken. »Lass mich an deiner Weisheit teilhaben, o großer Maverick«, sage ich und lege so viel Sarkasmus wie möglich in meine Stimme.

»Du hast gerade selbst von Attributen gesprochen, Schlaukopf. Ich rede von der Hadeskappe. Wir Nachkommen besitzen zwar nicht die ursprüngliche Kappe, allerdings genauso magische Kopien.«

Er bedeutet mir an dieser Haltestelle auszusteigen. Ich runzele die Stirn und folge ihm. Vermutlich hat er schon längst wieder einen Plan und findet es cool, mich nicht darin einzuweihen. Während wir die U-Bahn verlassen und den Weg zu den Treppen einschlagen, verstehe ich endlich, was er vorhat.

»Clever«, bemerke ich, als wir auf der Rolltreppe einen Platz ergattern, der weit genug von den anderen Menschen entfernt ist, um nicht belauscht werden zu können. »Die Kappe macht unsichtbar, oder? Du setzt sie auf und kannst dich problemlos ins *Under Covers* schleichen.«

»Nicht ich. *Wir.*«

***

Knapp eine halbe Stunde später und nach einem kurzen Zwischenstopp bei Mavericks Zuhause – in das ich nicht mit hineinsollte und wo er sich ebenfalls umgezogen hat – stehen wir in Shoreditch. Das *Under Covers* ist nur eine Straßenecke von uns entfernt. Inzwischen ist es dunkel geworden. Überall in der Umgebung plappern Menschenscharen, die Musik aus den Clubs klingt gedämpft durch die Luft und ich habe das Gefühl, den Bass unter meinen Füßen zu spüren.

Ich nestele an der Hadeskappe in meinen Händen herum, die ich mir von Mavericks kleinem Bruder borgen durfte. Eine einfache, graue Beanie, die alles andere als magisch wirkt. Mal abgesehen von dem kleinen Schildchen am Saum, auf dem ein Zweizack aufgedruckt ist.

Wenn ich Maverick glaube, wird die Mütze mich unsichtbar machen, sobald ich sie aufsetze. Außer er will mich reinlegen – und lacht sich kaputt, wenn ich gleich versuche mich direkt an den Türstehern vorbei in einen der schicksten Clubs dieser Stadt zu schleichen. Allein die Vorstellung lässt mir das Blut in den Kopf schießen.

Kurz schaue ich mich nach allen Seiten um, ehe ich mir die Mütze über den Kopf ziehe. Ich hebe die Hand in mein Blickfeld ... und halte den Atem an. Sie ist tatsächlich nicht mehr zu sehen, ebenso wenig wie die Schicksalsfäden, die sich sonst um meine Finger wickeln.

»Machst du das ab und zu in den Pausen, wenn du deine Ruhe haben willst?«

Maverick hört auf, die Umgebung auszukundschaften.

»Nicht nur ab und zu«, sagt er knapp, ehe er sich ebenfalls seine Hadeskappe aufsetzt und mit einem Wimpernschlag verschwindet. »Kann's losgehen?«

»Ja«, flüstere ich.

Genau wie wir es besprochen haben, biegen wir um die Ecke. Zumindest denke ich, dass Maverick das ebenfalls tut – denn sicher kann ich mir ja nicht sein, solange ich ihn nicht sehe. Das *Under Covers* gelangt in mein Sichtfeld. Das große alte Gebäude ragt förmlich in den Himmel und hat mit den dekorativen Säulen an allen Seiten ein wenig Ähnlichkeit mit antiken Tempeln. Die basslastige, donnernde Musik will allerdings nicht so wirklich ins Bild passen, genauso wenig wie der bullige Türsteher.

Ungesehen von der enormen Warteschlange vor dem Club lasse ich einen Menschen nach dem anderen hinter uns, in der Hoffnung, dass Maverick noch immer neben mir ist. Vielleicht sollte ich ihn fragen, ob ich mir die Kappe ausleihen darf, wenn *Imagine Dragons* das nächste Mal in der Stadt sind.

Als der Türsteher in Hörweite kommt, weist er gerade zwei Mädchen ab, deren Ausweise anscheinend zu amateurhaft gefälscht sind. Auf Mavericks gewisperte Anweisung hin warten wir, bis den nächsten Leuten in der Reihe mit einem Nicken der Zutritt gewährt wird, und hängen uns an sie.

In dem Moment, in dem wir das *Under Covers* betreten, wird die Musik ohrenbetäubend. Für ein paar Sekunden besteht meine Umgebung nur aus Stroboskoplicht und den Beats der DJs, die irgendwo weiter hinten eine Frauenstimme durch die Boxen dröhnen lassen. Es fühlt sich so an, als würde mein Blut in völligem Gleichklang zum Bass durch meine Adern rauschen. Ich mag das Gefühl, bin mir aber nicht sicher, ob das für die restliche Situation hier ebenfalls gilt.

Ein Stück vor uns wiegt sich eine Menschenmenge im Takt der Musik. Auf beiden Seiten ist die Tanzfläche von ausladenden Bars mit jeder Menge Beleuchtung umgeben. Am hinteren Ende des riesigen Saals ragen nicht nur die DJ-Pults in die Höhe, sondern darüber auch eine Empore mit Sitzmöglichkeiten und weiteren Theken.

Hastig stolpere ich beiseite, als ein Typ direkt vor mir auftaucht. Er macht den Eindruck, als hätte er nicht vor auszuweichen. Die wütenden Worte liegen mir schon auf der Zunge, im nächsten Moment fällt mir jedoch wieder ein, dass er mich nicht sehen kann. Die Beleidigung bleibt mir im Hals stecken.

Ich schaue mich um, doch nichts weist auf Mavericks Standort hin. Ich warte, bis eine Gruppe lachender junger Männer an mir vorbeigegangen ist, und wispere seinen Namen. »Maverick?«

»Hier bin ich«, murmelt er dicht an meinem Ohr und verschafft mir eine Gänsehaut.

Ich versuche es auf die Belüftung zu schieben, aber in meiner Jeansjacke ist mir viel zu warm. Schnell schüttele ich das Gefühl ab. »Wie sorgen wir dafür, dass wir uns in diesem Gedränge nicht verlieren?«, frage ich gerade laut genug, damit Maverick mich hören kann. »Das wäre schon schwer genug, wenn wir uns sehen könnten.«

»Gib mir deine Hand.«

Einen Wimpernschlag später streift etwas mein Handgelenk. Einem Instinkt folgend hebe ich meine unsichtbare Hand und lege sie in Mavericks.

»Das biete ich dir nur an, weil ich wirklich keine Lust habe, in ein paar Minuten den ganzen Club nach dir absuchen zu müssen«, sagt Maverick. »Also gewöhn dich besser nicht dran.«

Ich verdrehe die Augen. »Schon klar.«

»Lass uns auf der Empore anfangen. Bestimmt ist dort ein VIP-Bereich.«

Gemeinsam schlängeln wir uns durch die zahlreichen Gäste. Das *Under Covers* hat heute Nacht ein Mosaik aus den unterschiedlichsten Menschen angezogen. Als wir die Glastreppe zur Empore hinaufgehen, kann ich nicht widerstehen und bleibe auf halber Höhe stehen, um fasziniert auf die Tanzfläche zu sehen, auf der die Menge sich nach wie vor der Musik hingibt. Zwischen den Feiernden spannt sich ein Netz aus Schicksalsfäden in den unterschiedlichsten Farben und aus den verschiedensten Emotionen.

»Willow«, drängt Maverick neben mir.

Wir weichen einem betrunkenen Typen aus, der um ein Haar seinen Longdrink auf uns schüttet, ohne es zu merken, und treten schließlich auf die Empore.

Maverick zieht mich in eine kleine Einbuchtung an der Wand. Von hier aus haben wir einen grandiosen Blick auf die Fläche, die direkt über der DJ-Nische liegt. Sie ist mit einigen halbtransparenten Glasfronten vom Rest abgetrennt, lediglich die Seite zur Tanzfläche ist komplett offen. Der VIP-Bereich.

Ich kann spüren, wie Maverick noch etwas näher an mich herantritt. »Lass erst mal nur mich mit ihm reden«, sagt er. »Du bleibst unsichtbar.«

»Wieso das denn?«

»Weil er so dein Gesicht nicht kennt, falls ihm das Ganze zu blöd ist und er lieber zum Olymp geht.«

Das Argument ist wohl oder übel schwer von der Hand zu weisen. »Also gut.«

Mit den Hadeskappen ist es ein Leichtes, den VIP-Bereich zu betreten. Ohne bemerkt zu werden, treten wir am muskulösen Typen vorbei, der den Zutritt zu diesem Abschnitt bewacht und strengstens im Auge behält, wer sich ihm nähert – oder in unserem Fall eben auch nicht. Ich schmunzele.

Im VIP-Bereich ist viel weniger los und die Musik ist weit genug gedämpft, um sich ohne Geschrei unterhalten zu können. Einige bunt gemischte Gruppen haben es sich auf Couches gemütlich gemacht. Aus unerklärlichen Gründen zieht ein blonder junger Mann ganz besonders meinen Blick auf sich. Er sitzt etwas entfernt von den Gruppen und scheint sich daran auch nicht zu stören – ganz im Gegenteil: Er ist voll und ganz damit beschäftigt, seine Aufmerksamkeit der rotblonden Frau zu schenken, die neben ihm auf einem der Sofas sitzt und gerade wie frisch verliebt kichert.

Instinktiv trete ich einen Schritt näher an die beiden heran, kann mich einfach nicht von dem Typen abwenden. Selbst über den wummernden Bass hinweg meine ich ein göttliches Vibrieren zu spüren, das von ihm ausgeht. Und tatsächlich: Als er den Kopf neigt, um herzhaft über eine Aussage seiner

Begleiterin zu lachen, blitzt im Licht ein goldener Stecker an seinem Ohr auf. Er hat die Form eines Pfeils. Treffer.

Ich drücke Mavericks Hand und ziehe sie mit leichtem Ruck in die Richtung des Eros-Sohns. Einen Moment lang scheint keine Reaktion von ihm zu kommen, dann sehe ich ihn plötzlich neben mir. Die Hadeskappe in der freien Hand, ein entschlossener Ausdruck auf dem Gesicht. Die anderen Gäste sind viel zu sehr mit sich selbst beschäftigt, um überhaupt Notiz von dem Jungen zu nehmen, der plötzlich ein Stück entfernt neben ihnen aufgetaucht ist.

Maverick steckt sich die Mütze in die hintere Hosentasche und atmet tief durch, ehe er meine Hand loslässt. Er tritt an die beiden heran und richtet seinen Blick auf die Rotblonde.

»Würdest du uns mal kurz unter vier Augen sprechen lassen?«

Sie hebt den Kopf und mustert ihn irritiert, steht allerdings auf, als der Eros-Sohn ihr ein Handzeichen gibt.

»Das dauert sicher nicht lange«, sagt er und erhebt sich ebenfalls. Seine Stimme ist wie warmer Honig und bereitet mir auf der Stelle eine Gänsehaut. Er kann nicht sehr viel älter sein als wir, vielleicht Mitte zwanzig.

Maverick wartet, bis die Frau sich zurückgezogen hat, und mustert den Eros-Sohn. Eins muss man ihm lassen: Obwohl der blonde Typ einen halben Kopf größer und einschüchternd attraktiv ist, scheint Maverick überhaupt nicht nervös zu sein.

»*Pánta chorei*«, raunt er und mit diesen Worten hellt sich das Gesicht des Eros-Sohns auf.

»*Kaì oudèn ménei*«, erwidert er, sein Blick fährt etwas überrascht an Maverick rauf und runter. »Wer bist du denn? Und wie bist du überhaupt hier reingekommen? Du bist doch locker noch keine achtzehn.«

»Ich habe meine Mittel und Wege.«

Der Typ lacht leise und die Bewegung bringt seine blonden Locken zum Hüpfen. »Ah, lass mich raten.« Er unterzieht Maverick einer ausführlichen Musterung. »Du bist ein Hades-Sohn, richtig? Diese Kappen sind wirklich praktisch.«

Maverick nickt knapp. »Ja. Und ich bin hier, weil ich deine Hilfe brauche, Eros-Sohn.«

Jetzt wird das Lachen des Kerls lauter. »Soso«, sagt er. »Du verrätst mir nicht einmal deinen Namen und verlangst schon meine Hilfe? Das ist selbst für einen Hades-Sohn ziemlich dreist, wenn du mich fragst.«

Zähneknirschend dreht Maverick den Kopf zur Seite. Was für einen anderen wirken mag, als würde er einfach nicht den Eros-Sohn vor ihm anschauen wollen, ist in Wahrheit ein kurzer Blick in meine Richtung. Obwohl er das nicht sehen kann, nicke ich auffordernd.

»Maverick«, murmelt er und wendet sich wieder an den Eros-Sohn.

»Freut mich, Maverick. Ich bin Declan.« Er schmunzelt. »Und ich bin sehr gespannt, wie ich dir helfen kann, mein Hübscher.«

»Die Frage ist erst mal, *ob* du mir helfen kannst«, korrigiert Maverick und setzt seinen distanziertesten Gesichtsausdruck auf. »Die Bedingung ist nämlich, dass das Ganze unter uns bleibt. Niemand darf davon erfahren. Besonders nicht der Olymp.«

»Ah«, macht Declan. Ich bin mir ziemlich sicher Neugier in seinen Augen aufblitzen zu sehen, gepaart mit einem Hauch von Vorfreude. Hoffentlich spürt er in diesem Wirrwarr aus Menschen hier nicht, dass sich noch eine Göttliche ganz in seiner Nähe befindet.

»Also, was kostet dein Schweigen?«

»Wie schade, dass du minderjährig bist und ich vergeben bin. Sonst wäre meine Antwort ein Date mit dir gewesen.« Declans Worte lassen mich zusammenzucken. Damit habe ich nicht gerechnet. »Hades-Söhne sind herrlich. Tun nach außen immer so unnahbar, doch tief in ihrem Innersten ...«

Maverick zuckt nicht einmal mit der Wimper. Er steht nur da und wartet, als hätte eine Medusa-Tochter ihn soeben zu Stein erstarren lassen.

»Aber unter diesen Umständen ...« Scheinbar nachdenkend legt Declan den Kopf schief. »Weißt du was, erzähl mir einfach mal, was dein Problem ist. Dann kann ich immer noch schauen, ob und unter welchen Bedingungen ich dir helfe.«

»Und was ist mit deinem Schweigen?«

Er zuckt mit den Schultern. »Ich verspreche, nichts zu erzählen.«

»Das soll ich dir einfach so glauben?«

»Ich bitte dich.« Tadelnd schüttelt Declan den Kopf. »Ich habe nicht den geringsten Grund dazu, irgendetwas an die Nachkommen von Göttern zu petzen, die sich für etwas Besseres halten. Dabei war Eros lange vor ihnen da, das juckt hier allerdings mal wieder niemanden. Der Olymp interessiert mich nicht – ein wenig Abwechslung hingegen schon.«

Maverick blinzelt ungläubig, als rechnete er damit, dass Declan jeden Moment zu lachen anfängt und ihn auf der Stelle zum Olymp zerrt.

»Wieso das Misstrauen?« Declan hebt eine Augenbraue. »Wenn das einer verstehen sollte, dann jawohl ein Hades-Sohn.«

Ich flehe Maverick innerlich an, Declan einfach zuzustimmen. Eine bessere Option haben wir nicht.

»In Ordnung«, sagt er mit einem Nicken und macht eine Handbewegung in Richtung all der anderen Leute hier im VIP-Bereich. Noch scheinen sie sich nicht für das Gespräch zu interessieren, doch das kann sich jeden Moment ändern. »Können wir das irgendwo besprechen, wo es ruhiger ist?«

Mit einem zufriedenen Lächeln auf den Lippen bedeutet Declan Maverick ihm zu folgen. Nach wie vor unsichtbar laufe ich den beiden hinterher, die Treppe hinunter. Als wir unten angekommen sind, streckt Maverick unauffällig die Hand hinter seinen Rücken. Ich ergreife sie.

Einige Augenblicke später drängeln wir uns durch die Besuchermassen hindurch an der Tanzfläche vorbei und hinter eine der Bars. Dort ist eine Tür, so unauffällig, dass sie eher wie ein Stück der Wand wirkt. Declan öffnet sie und lässt Maverick eintreten, was ich als Gelegenheit nutze, seine Hand loszulassen und ebenfalls in den Raum zu schlüpfen. Sobald Declan die Tür wieder zugezogen hat, herrscht hier vollkommene Stille, nur noch das Echo des Basses rauscht in meinen Ohren.

Das Zimmer scheint eine Art Büro zu sein. An der linken Wand ragen Bücherregale voll mit Ordnern in die Höhe, direkt neben Glasregalen voll mit teuer aussehenden Alkoholflaschen. In der hinteren Hälfte des Raumes steht ein Schreibtisch, ein Stück abseits davon eine Kombination aus einem schicken Sessel aus dunklem Wildleder und einem dazu passenden Sofa. Das Licht hier drin ist auf moderne Art und Weise gedimmt, fast als wollte man den Eindruck erwecken, das Büro würde in irgendeinem U-Bahn-Tunnel liegen.

»Kann ich dir was zu trinken anbieten?«, fragt Declan an Maverick gewandt, doch der schüttelt den Kopf, was Declan mit einem Schulterzucken hinnimmt.

Als der Eros-Sohn sich auf einen der Sessel fallen lässt, blickt Maverick zur Tür, neben der ich stehen geblieben bin. »Ich denke, du kannst dich jetzt zeigen, Willow.«

Ich atme tief durch und nehme mir die Mütze vom Kopf, das Lächeln für Declan schon auf den Lippen.

»Hi«, sage ich und meine Stimme klingt ungewöhnlich hoch. Ich setze mich auf das Sofa. »Sorry fürs Verstecken. Wir wollten auf Nummer sicher gehen.«

»Ah, jetzt wird es interessant.« Declans Schmunzeln ist gleichzeitig das eines kleinen Jungen und eines alten Mannes. Sein Blick wandert zu meiner Hand, an der ich noch immer den Ring trage, um das magische Tattoo zu verbergen. »Freut mich sehr, dich kennenzulernen, Willow. Dein Schicksal ist mit Mavericks verwoben, stimmt's? Durch einen Liebesfaden, hm?«

Okay, der Typ ist nicht nur ziemlich charismatisch, sondern auch nicht auf den Kopf gefallen. Vermutlich hat er vorhin wesentlich mehr als bloß meine Anwesenheit wahrgenommen. Den Liebesfaden zum Beispiel. Ich nicke. »Genau.«

»Und du bist eine Persephone-Tochter?«, fragt er und zwinkert. »Wollt ihr etwa, dass ich mit den Gefühlen ein wenig nachhelfe?«

»Weder noch. Und genau da liegt unser Problem.« Maverick lässt sich neben mich auf das Sofa fallen.

Ich beiße mir auf die Unterlippe. Das ist der Moment der Wahrheit – entweder hält Declan sein Wort oder wir werden im Handumdrehen vor dem Olymp stehen, damit mir der Prozess gemacht wird. Das Risiko muss ich eingehen.

»Ich bin eine Moiren-Tochter«, gestehe ich und nestele am Träger meines Tops herum. »Und habe den Faden zwischen uns aus Versehen gesponnen.«

Das erste Mal seit unserem Auftauchen scheint Declan tatsächlich nicht zu wissen, was er sagen soll. Ungläubig schüttelt er den Kopf.

»Ihr verarscht mich«, behauptet er. »Ist das wieder so eine Aktion von den olympischen Nachfahren, um sich über mich lustig zu machen?«

Ich presse die Lippen aufeinander und schüttele den Kopf. »Nein, ehrlich nicht.«

»Ich dachte, so was geht gar nicht.« Declan runzelt die Stirn. »Werdet ihr Moiren nicht von einer Art höheren Macht gelenkt, wie die Orakel?«

»Im Normalfall ja. Ich war unkonzentriert und hab mich deshalb wohl nicht genug leiten lassen. Und dann war es auch schon zu spät.«

»Sie ist die schlechteste Moiren-Tochter aller Zeiten«, steuert Maverick wenig hilfreich von der Seite bei und hebt demonstrativ seine Hand. »Diese blöden Tattoos sind der Beweis dafür.«

Ein Augenrollen unterdrückend sehe ich Declan an, der nicht halb so genervt aussieht wie Maverick. Ganz im Gegenteil – er mustert uns, als wären wir ein vielversprechender Filmtrailer.

»Mal ganz abgesehen davon, dass Maverick und ich nicht gerade Freunde sind, habe ich damit gegen jede olympische Regel verstoßen.«

»Und weil du es allein nicht wieder geradegebogen bekommst, bittet ihr mich um Hilfe.« Declan sinkt gegen die Rückenlehne seines Sessels und lächelt amüsiert. »Ihr wollt, dass ich die Wirkung des Fadens aufhebe.«

Ich nicke. »Kannst du das?«

»Ja.«

Die Anspannung löst sich aus meinen Schultern. Ich muss mich bemühen, nicht erleichtert zu grinsen. »Und wirst du uns helfen?«

Declan wiegt den Kopf hin und her. »Genau genommen verstoße ich damit selbst gegen olympische Regeln«, sagt er und verzieht die vollen Lippen, was meine Anspannung augenblicklich zurückbringt. »Allerdings kann ich dich ja wohl kaum den Kopf verlieren lassen, nur weil du ungeschickt gewesen bist. Und langweilig wird's mit euch beiden sicher auch nicht.«

Während Maverick sich neben mir nach vorn beugt, habe ich das Gefühl, vor Nervosität nicht mal mehr atmen zu können.

»Na gut, ich helfe euch«, sagt Declan und die Art, wie er die Worte in der Luft hängen lässt, macht mehr als deutlich, dass er ebenfalls seinen Nutzen aus der ganzen Situation ziehen wird. Ein flaues Gefühl macht sich in meinem Magen breit.

Maverick knirscht mit den Zähnen. »Und was kostet uns deine Hilfe?«

Declans Lippen verziehen sich zu einem vielsagenden Grinsen.

ZEHN

Mavericks Anspannung ist förmlich in der Luft greifbar. Seine Augen sind noch eine Spur dunkler als sonst, fast als würden sich die Schatten darin verdichten. »Spuck's aus«, fordert er, als Declan uns für ein paar weitere Sekunden mit seinem Schweigen auf die Folter spannt.

»Ich werde euch vor Prüfungen stellen«, sagt Declan. »Und ihr müsst sie bestehen.«

»Prüfungen?«, wiederholt Maverick, während ich nur perplex blinzeln kann. »Sehe ich etwa aus wie ein Herkules-Sohn?«

Mit zuckenden Lippen legt Declan den Kopf schief. »Na ja, eine gewisse Ähnlichkeit ist da schon ...«

Ich räuspere mich. »Was für Prüfungen sind das?«

Er schnalzt mit der Zunge. »Wenn ich euch das verrate, wäre ja der ganze Spaß vorbei.«

»Ist das dein Ernst?« Maverick sieht aus, als wäre er kurz davor, aufzuspringen und die gesamte Mission abzublasen.

Ich strecke meine Hand aus und schließe meine Finger um das Baumwollhemd an seinen Unterarm, ehe er das wirklich tun kann. Er scheint meine Berührung gar nicht zu bemerken, bleibt aber glücklicherweise sitzen. So wenig mir das auch gefällt – wir sollten uns zumindest Declans gesamten Vorschlag anhören, bevor wir uns zu vorschnellen Entscheidungen hinreißen lassen.

Declan steht auf und nimmt sich ein Glas, das er mit ein wenig Whiskey füllt. »Ihr wollt euer Schicksal umgehen und euer Leben entgegen aller Regeln selbst in die Hand nehmen.« Er lässt sich wieder auf seinen Sessel fallen. »Ihr habt schon durchdacht, dass das Aufheben eures Fehlers ein weiterer Regelbruch ist, oder? Immerhin verstoßt ihr damit irgendwie noch mal gegen die Regel, das Leben zu leben, was für euch vorgesehen ist. Egal, ob die höhere Macht oder der Fehler einer Moiren-Tochter das Schicksal in seine Bahnen gelenkt hat.«

Ich presse die Lippen aufeinander. Ausnahmsweise ist selbst Maverick still.

»Seht ihr? Irgendwie muss ich euch ja auf ein selbstbestimmtes Leben vorbereiten, bevor ich euch in die große weite Welt entlasse«, sagt er, aber irgendwie bezweifele ich, dass seine Motive wirklich so selbstlos sind. Dafür genießt er die ganze Aufregung zu sehr. »Ihr seid immerhin noch fast Kinder.«

Kinder, von denen eines höchstwahrscheinlich den Kopf verliert, wenn es nicht jede Chance ergreift, dem Olymp zu entkommen. Oder nur vielleicht den Kopf verliert, weil es sich auf einen dämlichen Deal einlässt. Ich werfe Maverick einen Blick zu, den er zähneknirschend erwidert.

»Und weil wir Kinder sind, lässt du uns einfach ins offene Messer laufen, ohne uns vorher zu verraten, was das für Prüfungen sind?«, hake ich an Declan gewandt nach.

»Du tust ja so, als hätte ich vor, euch in ein Haifischbecken zu werfen.« Glucksend nippt Declan an seinem Whiskey. »Keiner von euch geht dabei drauf, versprochen.«

Maverick zieht die Stirn in Falten. »Das sollen wir dir glauben? Dir einfach unser Leben anvertrauen?«

»Soweit ich das verstanden habe«, Declan lehnt sich zurück und schlägt die Beine übereinander, »macht das deine Freundin schon längst. Oder wie war das noch mit der olympischen Strafe?«

Ich schlucke.

»Du hast versprochen, nichts zu verraten«, erinnert Maverick ihn.

»Werde ich auch nicht. Aber auf mich macht es den Anschein, als wäre ich eure einzige Chance. Sonst wärt ihr gar nicht hier. Und meine Cousins sind nicht so leicht zu unterhalten wie ich – da würde ich ein Haifischbecken zumindest nicht ausschließen.«

»Wie viele Prüfungen wirst du uns stellen?«

Declan wiegt den Kopf hin und her und schürzt die Lippen. »Das überlege ich mir noch. Ich verspreche euch, das haben wir alles schnell erledigt. Bevor der Olymp davon Wind bekommt.«

»Was ist, wenn wir eine Prüfung nicht bestehen?«, frage ich. »Oder abbrechen wollen?«

»Darum machen wir uns Gedanken, falls es so weit kommen sollte.« Declan stellt sein Glas auf dem kleinen Beistelltisch neben dem Sessel ab. »Wir würden uns schon einig werden.«

Diese Ungewissheit gefällt mir nicht, trotzdem kann ich nicht anders, als sein Angebot annehmen zu wollen. Declan erweckt auf mich zwar den Eindruck, cleverer zu sein, als er vorgibt, trotzdem habe ich nicht das Gefühl, dass er ein falsches Spiel mit uns spielt.

Nur ein wenig Unterhaltungsprogramm gegen die Lösung des größten Problems, das ich in meinem Leben je gehabt habe. Klingt fair. Und was ist schon die Alternative – direkte Verurteilung zum Tode? Nein, danke.

»Kein Haifischbecken?«, hake ich nach.

»Kein Haifischbecken.« Ein Lächeln spielt um Declans Lippen. »Versprochen.«

»Und wann werden die Prüfungen stattfinden?«

»Das werde ich euch dann wissen lassen. Wofür gibt es schon Smartphones?« Jetzt zucken seine Mundwinkel noch mehr. »Wenn ihr ein selbstbestimmtes Leben wollt, solltet ihr euch sowieso ein wenig Spontanität antrainieren.«

Maverick lehnt sich vor. »Und sobald wir deine Prüfungen bestanden haben, trennst du den Faden zwischen uns?«

»Ganz genau.«

Wieder fängt Maverick meinen Blick auf. Er nickt leicht.

Ich atme tief ein und aus. »In Ordnung. Abgemacht.«

***

Selbst der sanfte, kühle Nachtwind kann nichts gegen die Hitze in meinen Wangen tun, die sich dort noch immer hartnäckig festklammert. Und das, obwohl wir gar nicht so lange im Nachtclub gewesen sind. Kaum haben wir seinem Deal zugestimmt und mit Declan unsere Nummern ausgetauscht, hat er uns eigenhändig aus dem *Under Covers* geschoben.

»›Minderjährige dürfen nicht in Nachtclubs‹«, wiederholt Maverick spöttisch und wirft einen letzten Blick auf den modernen Tempel der Eros-Nachfahren, ehe er sich in Bewegung setzt und die Straße hinuntergeht. »Als ob. Das interessiert den überhaupt nicht. Dafür war der Typ viel zu locker.«

»Das ist doch nur ne Ausrede.« Ich schiebe mein Handy, auf dem ich gerade Declans Nummer eingespeichert habe, in die Tasche und folge Maverick. »In Wahrheit plant er längst, wie er die Prüfungen ohne Haifischbecken für sich zu einem Spaß macht. Für ihn sind wir sicher wie ein Blockbuster. Bestimmt hat er schon eine Riesenlieferung Popcorn bestellt.«

Maverick schnaubt. »Und Whiskey.«

»Na dann sollten wir ihn wohl besser bei Laune halten«, sage ich und streiche mir eine Strähne hinters Ohr. »Wenn mein Leben davon abhängt, wie gut er sich unterhalten fühlt.«

»Wer weiß – vielleicht sorge ich für einen Plot-Twist und stoße dich eigenhändig ins Haifischbecken.«

»Und wer würde dann dafür sorgen, dass du deine Persephone-Tochter nach der ganzen Sache weiter auf Abstand halten kannst?« Ich zwinge mich zu einem Grinsen. »Meine Schwestern würden dir das Leben zur Hölle machen.«

»Touché.«

Eine Weile schlendern wir schweigend durch die Straßen. Um uns herum dröhnt noch immer der Bass der Musik aus den verschiedenen Clubs und ein paar der Schlange stehenden Besucher verfolgen uns mit ihren Blicken. Ich tue ihre Aufmerksamkeit als Langeweile ab, kann jedoch nicht vergessen, dass jeden Moment eine von Declans Prüfungen beginnen könnte – oder der Olymp mich zum Prozess zerren könnte. Jetzt fröstele ich doch.

Ich schlinge die Arme um meinen Körper. »Was meinst du, was werden das für Prüfungen sein, die Declan uns vor die Nase wirft?«

»Keine Ahnung. Vielleicht müssen wir eine Hydra bezwingen? Eine Medusa-Tochter austricksen?« Maverick zuckt mit den Schultern, während wir die Clubs hinter uns lassen und an die Themse treten. »Wir sollten uns vermutlich auf das Schlimmste vorbereiten.«

»Und wie genau machen wir das?«

»Frag mich was Leichteres.«

Stöhnend lege ich den Kopf in den Nacken. »Vom Regen in die Traufe, na klasse. Vielleicht sollte ich gleich zum Olymp rennen und es mir freiwillig auf der Guillotine gemütlich machen. Dann erspare ich uns wenigstens all die blauen Flecken und gebrochenen Knochen, die diese blöden Prüfungen uns vermutlich bescheren werden.«

»Hey.«

Mavericks Stimme ist so ernst und warm zugleich, dass sie mich dazu bringt, ihn anzusehen.

»Das werde ich nicht zulassen.«

Bei seinen Worten macht mein Herz stolpernd auf sich aufmerksam. »Wieso nicht?«, wispere ich.

»Ganz einfach.« Seine Mundwinkel zucken. »Meine Freiheit bedeutet mir viel – und die liegt nun mal wortwörtlich in deiner Hand.«

Ich wende den Blick ab und räuspere mich. »Das ergibt Sinn.«

Aus den Augenwinkeln beobachte ich, wie Maverick auf die Themse sieht. Sein Haar ist vollkommen durcheinander und die kühle Nachtluft hat seine Wangen mit einer leichten Röte versehen.

»Komm«, sagt er nach einer Weile. Er sieht wieder zu mir, doch in seinen Augen liegt noch immer der gleiche Ausdruck, mit dem er gerade in die Ferne geschaut hat. Etwas daran lässt meinen Hals trocken werden. Ich versuche das Gefühl abzuschütteln. Es ist eindeutig zu spät, um einen klaren Gedanken zu fassen.

»Hm?«, krächze ich und vergrabe die Hände in meinen Hosentaschen, während ich mich ein zweites Mal innerhalb kürzester Zeit räuspere. Die Kombination aus Müdigkeit und dem Liebesfaden ist eindeutig alles andere als gut für meine Nerven.

»Ich bringe dich nach Hause.«

Blinzelnd erwidere ich seinen Blick. »Das musst du nicht tun. Ich bin alt genug, um allein nach Hause zu gehen.«

»Das weiß ich.« Maverick grinst schief. »Aber ich will verhindern, dass du unterwegs noch einen Abstecher zum Olymp machst und denen unser Schicksal vor die Füße wirfst.«

»Werde ich nicht.«

»Ich gehe lieber auf Nummer sicher.«

»Okay«, sage ich und zucke mit den Schultern.

Nach einem letzten Blick auf die Themse laufe ich in die Richtung, in der ich aus Erfahrung die nächste U-Bahn-Station vermute. Ich brauche mich nicht umzudrehen, um zu wissen, dass Maverick mich begleitet. Und obwohl ich das ihm gegenüber nie zugeben würde, bin ich irgendwie froh darüber. Denn ganz ehrlich – das hier ist London. Hier will man nachts nicht allein unterwegs sein. Vor allem nicht, wenn man den Olymp im Nacken hat.

Während wir den nächsten U-Bahnhof finden, die Treppen zum Bahnsteig hinuntersteigen und uns in die Bahn setzen, wechseln wir kein einziges Wort miteinander. Auch den kurzen Fußweg zwischen der Station und dem Haus, in dem ich mit meiner Familie wohne, legen wir schweigend zurück. Trotzdem weicht Maverick nicht von meiner Seite und bleibt erst stehen, als wir die Wohnungstür im zweiten Stock erreicht haben.

Ich sehe ihn an und will mich gerade von ihm verabschieden, als er noch einen kleinen Schritt in meine Richtung macht. Ich halte den Atem an.

»Kopf hoch, Moiren-Tochter. Das mit den Prüfungen wird schon irgendwie klappen«, sagt er und ein Grinsen zuckt um seine Mundwinkel. »Du bist nämlich viel zu stur, um etwas nicht zu schaffen, das du dir in deinen Dickschädel gesetzt hast.«

Ich beiße mir auf die Unterlippe, um das Lächeln zu unterdrücken, das sich in meinem Gesicht breitmachen will.

»Und du kannst viel zu schlecht verlieren.«

Maverick lacht leise. Dann wendet er sich zum Gehen und steigt ein paar

Stufen hinunter, hält jedoch noch einmal inne. Über seine Schulter hinweg wirft er mir einen Blick zu.

»Gute Nacht, Willow.«

»Gute Nacht, Maverick.«

Ich sehe ihm hinterher, bis er um die Ecke verschwunden ist. Ein paar Sekunden später fällt die Haustür unten quietschend ins Schloss. Vermutlich sollte ich reingehen, ich kann jedoch nicht anders, als mit dem Rücken gegen die Wand zu sinken und die letzten Stunden Revue passieren zu lassen.

Als Juniper eine Weile später die Wohnungstür öffnet, stehe ich noch immer an der Wand gelehnt da und versuche zu begreifen, was all das hier bedeutet.

Neugierig hebt sie die Augenbrauen. »Dachte ich's mir doch, dass ich was gehört habe.« Ihr Blick wandert kurz durchs Treppenhaus. »Stehst du etwa schon die ganze Zeit hier und schmachtest deinem Schicksalsverbundenen nach?«

Ich werfe ihr eine harmlose Beleidung an den Kopf, auf die sie mit einem Lachen reagiert. Vor mir selbst kann ich die Wahrheit jedoch nicht leugnen: Gegen meinen Willen bringt ihre Bezeichnung für Maverick etwas in mir zum Flattern, von dem ich mir nicht sicher bin, was ich davon halten soll.

Zeit, etwas dagegen zu unternehmen.

ELF

Als Maverick und ich am nächsten Freitag zum Nachsitzen antreten, haben wir noch immer nichts von Declan gehört. Eine Tatsache, die auch ohne die ständigen Nachfragen meiner Familie an meinen Nerven zerrt. Auf die Nachricht, die ich dem Eros-Sohn geschickt habe, hat er nicht reagiert. Selbst dann nicht, als ich ergänzt habe, dass die olympischen Nachfahren nicht ewig Däumchen drehen werden.

Immerhin hat Sage mir versichert, mich nicht in einem Haifischbecken sterben zu sehen. Bezüglich der Guillotinen-Option habe ich sie lieber gar nicht erst gefragt. Man soll sein Glück ja nicht überstrapazieren.

»Du darfst zwei Stunden hier drin mit mir verbringen«, reißt Maverick mich aus meinen Gedanken. Er spielt mit einem Kugelschreiber herum. »Kein Grund, so ein langes Gesicht zu ziehen.«

Ich verdrehe die Augen. Außer uns muss heute niemand nachsitzen, weshalb wir ganz allein auf Mr O'Connor warten. Ich bin kurz davor, Maverick zu erzählen, was mir eigentlich Sorgen bereitet, als unser Klassenlehrer hereinkommt und die Tür mit einem ordentlichen Knallen ins Schloss fällt.

»Willow, Maverick, wie schön, dass ihr es ausnahmsweise einrichten konntet«, sagt er und seine Stimme trieft vor Sarkasmus.

Ich unterdrücke ein Schnauben. Der tut so, als würden wir alle Nase lang schwänzen. Keine Ahnung, wie es bei Maverick aussieht, aber bei mir ist das weiter von der Wahrheit entfernt als Pluto von der Sonne.

Als wir beide keine Anstalten machen, diese Pseudo-Begrüßung zu erwidern, lehnt sich Mr O'Connor mit einem Seufzen gegen das Lehrerpult und sieht zwischen uns hin und her. »Für euch steht heute viel auf dem Plan. Für Mr Simmons müsst ihr eine dieser lateinischen Geschichten übersetzen und die rhetorischen Mittel analysieren. Miss Preston möchte von jedem von euch einen kurzen Essay über die Bedeutung Churchills für die Entwicklung Großbritanniens.« Er knallt uns die Zettel mit den Arbeitsanweisungen auf den Tisch und verzieht die Lippen zu einem ironischen Lächeln. »Und wehe, ich höre euch auch nur ein einziges Wort miteinander wechseln. Viel Spaß.«

Spoiler-Alert: Den haben wir nicht. Während Mr O'Connor sich hinter das Lehrerpult setzt und ein Exemplar der *Times* aufschlägt, greife ich nach meinem Stift und wage mich als Erstes an den Churchill-Aufsatz. Am Tisch neben mir murmelt Maverick etwas Unverständliches, fängt jedoch ebenfalls an, als unser Klassenlehrer ihm über den Rand seiner Zeitung hinweg einen mahnenden Blick zuwirft. Zum Glück – ein zweites Mal Nachsitzen können wir uns wirklich nicht leisten, wenn wir uns in jeder einzelnen Sekunde auf eine von Declans Prüfungen gefasst machen müssen.

Die Minuten dehnen sich zu Ewigkeiten aus, aber ich beiße die Zähne zusammen und versuche durchzuhalten. Fast zwei Stunden später arbeite ich gerade an der Stilanalyse des Lateintextes, als eine blecherne Stimme mich aus meiner Konzentration reißt und mich vor Schreck zusammenzucken lässt. Ich stoße mit dem Knie gegen die Unterseite meines Tisches und unterdrücke ein Fluchen, um stattdessen den Worten zu lauschen, die aus dem Lautsprecher über unseren Köpfen tönen.

»Mr O'Connor, bitte kommen Sie umgehend ins Lehrerzimmer. Mr O'Connor, bitte umgehend ins Lehrerzimmer.«

Unser Lehrer zieht bei diesen Worten die Stirn in Falten, steht allerdings auf. »Ich bin nur kurz weg«, sagt er und geht zur Tür. Mit der Hand schon an der Klinke dreht er sich noch einmal zu uns um. »Wenn ich zurückkomme, seid ihr fertig.«

Das habe ich vor. Kaum fällt die Tür hinter Mr O'Connor ins Schloss, beuge ich mich wieder über die rhetorische Analyse und wende mich dem letzten

Stilmittel zu, das ich finde. Je schneller ich all das hinter mich bringe, desto schneller kann ich hier raus.

Aber ich habe die Rechnung ohne Maverick gemacht.

»He.« Er pikt mir mit seinem Stift in den Arm. »Was bedeutet ›temeraria‹?«

Irritiert runzele ich die Stirn und betrachte seinen Tisch. Bis auf die Aufgabenzettel liegt da nur ein einsamer Block, halb mit dem Kugelschreiber beschriftet, der sich immer noch in meinen Arm bohrt. »Hast du kein Wörterbuch dabei?«

»Siehst du etwa irgendwo eins?«

Ich rolle mit den Augen. Seit der Nacht im *Under Covers* haben wir kaum ein Wort miteinander gewechselt und wenn doch, dann nur, um den anderen zu fragen, ob sich Declan schon gemeldet hat. Obwohl ich froh darüber sein will, hat das einen winzigen Teil von mir ziemlich gestört. Blöder Liebesfaden.

»Ich könnte es dir einfach nicht verraten«, antworte ich leicht verspätet und widme mich demonstrativ dem Parallelismus, den ich gerade zu analysieren versuche.

»Damit du Declans Prüfung allein durchstehen musst, während ich nächste Woche noch mal hier rumsitze und Metamorphosen übersetze? Na dann mal viel Glück. Richte Declan meine liebsten Grüße aus.«

»Das Wort bedeutet waghalsig.« Ich seufze und beobachte Maverick aus den Augenwinkeln. »Apollon nutzt das Daphne gegenüber als direkte Anrede, also vielleicht so etwas wie ›du Verwegene‹ oder so.«

Mit einem kurzen Nicken richtet Maverick seine Aufmerksamkeit wieder auf seine Übersetzung – oder zumindest auf die Lücken, so wie es aussieht. Er hat nicht mal den Anstand, Danke zu sagen.

Ich schüttele verärgert den Kopf und setze dazu an, ihn über grundlegende Höflichkeitsfloskeln zu informieren – wenn so was denn überhaupt in seine Erdnuss von Gehirn geht –, entscheide mich allerdings dagegen. Das bringt doch eh nichts.

Ich schreibe den letzten Satz zu Ende, schiebe meinen Kugelschreiber zurück ins Federmäppchen und ziehe mein Handy aus der Tasche. Sobald ich sehe, wessen Name auf dem Display steht, schlägt mein Herz vor Aufregung schneller in meiner Brust. Eine Textnachricht von Declan. Mit zittrigen Fingern öffne ich sie.

Viel Spaß beim Grübeln.

Perplex blinzelnd lese ich den Text noch einmal. Die Nachricht ist erst vor wenigen Minuten eingetroffen. Ich habe nicht die geringste Ahnung, was der Eros-Sohn mir damit sagen will. Interessiert er sich gerade ernsthaft dafür, dass Maverick und ich zusammen nachsitzen?

Ich will Maverick gerade von der Nachricht erzählen, als sich die Tür öffnet. In der Erwartung, im nächsten Moment unseren Klassenlehrer vor mir zu haben, schließe ich schnell den Mund und setze dazu an, mein Handy wegzustecken. Allerdings fällt mir die Kinnlade direkt wieder hinunter, sobald ich sehe, wer da reinkommt. Das ist nicht Mr O'Connor. Das ist nicht mal ein Mensch.

Zuerst denke ich, die Frau hat sich verlaufen. Mit ihrem Aussehen wirkt sie, als gehörte sie in die Musical-Version von *Der König der Löwen*. Ihr Gesicht ist das einer südeuropäischen Schönheit, dunkle Augen schauen aus einem markant geschnittenen Gesicht, das von ebenso dunklen Locken umrahmt wird. Und da hört das Menschliche an ihr auch schon auf. Vom Hals abwärts sieht sie aus wie eine auf zwei Beinen gehende Löwin und ihr kräftig-muskulöser Körper bewegt sich mit einer katzenhaften Eleganz. Als wäre das nicht schon seltsam genug, zieren große, schwer aussehende Flügel ihren Körper. Nur wenige Handbreit über dem Schlangenschwanz sprießen sie aus ihrem Rücken. Und sie ist nackt. Komplett nackt. Ich schlucke. Vielleicht sollte die Frau nicht zurück ins Musical, sondern ich in die Irrenanstalt.

»Ich glaub's nicht«, murmelt Maverick und scheint gar nicht mitzubekommen, dass er die Worte laut ausspricht. »Die Sphinx.«

Jetzt fällt auch bei mir der Groschen. Das, was ich da sehe, ist keine Halluzination durch die Übermüdung, sondern die bekannteste Rätselstellerin der griechischen Mythologie. Allmählich dämmert mir, was Declan mit seiner Nachricht gemeint hat.

»Moiren-Tochter. Hades-Sohn«, sagt sie mit einer rauen Stimme, die beinahe eingerostet klingt. Eindringlich sieht sie Maverick und mich so lange an, als wollte sie ein Rätsel ergründen, das sich tief in unserem Innersten verbirgt. Ihre Iriden sind golden und unmenschlich und erinnern mich an die Götter-Ebene, auf der ich gestern Nachmittag wie immer Schicksale gesponnen habe. An den Fingern der Sphinx wabert kein einziger Schicksalsfaden.

Soweit ich weiß, hat die Sphinx selbst keine Nachkommen, also sitzen wir der Sagengestalt höchstpersönlich gegenüber. Die, die tausende Männer erst erwürgt und anschließend verschlungen hat, weil sie ihr Rätsel nicht lösen konnten. Ehrfurcht erfüllt all meine Zellen – und Angst.

»Willkommen zu eurer ersten Prüfung.«

Ihre Worte lassen meine Handflächen mit einem Mal schwitzig werden. Hektisch werfe ich einen Blick in Richtung Tür, durch die Mr O'Connor jeden Moment wieder hindurchkommen könnte. »Jetzt?«

Obwohl das Wort kaum mehr als ein Krächzen gewesen ist, hat die Sphinx mich verstanden. Sie nickt langsam und sieht betont zur Uhr über der Klassenzimmertür. Ich tue es ihr gleich und starre auf die Zeiger, brauche jedoch einen Moment, bis ich merke, dass der Sekundenzeiger sich nicht mehr bewegt. Gerade eben hat er das noch getan – das Ticken der Uhr hat mich fast wahnsinnig gemacht, während ich den lateinischen Text übersetzt habe. Sie hat die Zeit angehalten. Der Gedanke beschert mir eine Gänsehaut.

»Was soll das?« Maverick zieht die Stirn in Falten. »Weiht er jetzt die gesamte Welt der Mythischen in diese Sache –«

»Das ist also die Dreistigkeit des Hades, von der der Eros-Sohn gesprochen hat«, fällt die Sphinx ihm ins Wort. Sie geht zum Lehrerpult und lehnt sich dagegen, sagt aber selbst nach einigen Momenten des Schweigens nichts zu Mavericks Aussage.

Ich fange seinen Blick auf und zucke so unauffällig wie möglich mit den Schultern. Ich glaube nicht, dass Declan gleich allen Mythischen von uns erzählen wird – immerhin wäre es mit seiner Unterhaltung dann ziemlich schnell vorbei. Also schiebe ich den leisen Zweifel beiseite und konzentriere mich auf die Sphinx.

»Was müssen wir tun?«, frage ich, obwohl ich mir ziemlich sicher bin, die Antwort darauf schon zu kennen.

Das schmale Lächeln auf ihren Lippen bestätigt mich in meinem Verdacht. »Ihr müsst Weisheit und Verstand beweisen. Ein Rätsel lösen.«

Maverick schnaubt. »Ist die Antwort nicht sowieso immer ›der Mensch‹? Was geht wann auf so-und-so-vielen Beinen und so? Morgens auf vier, mittags auf zwei, abends auf drei Beinen? War das nicht so?«

Das Gesicht der Sphinx verfinstert sich.

»Halt die Klappe!«, fahre ich ihn an, woraufhin er zwar protestierend die Hände hebt, aber immerhin still ist. »Was passiert, wenn wir das Rätsel nicht lösen können?«

Als die Sphinx diesmal lächelt, entblößt sie damit die scharfen Zähne, die hinter ihren geschwungenen Lippen liegen. »Das muss der Eros-Sohn entscheiden. Mir wurde verboten, euch als Dessert zu verspeisen.«

Ich weiß nicht, ob mich ihre Aussage beruhigen oder beunruhigen soll – auch wenn sie uns nicht fressen wird, behagt mir der Gedanke nicht, dass sie so etwas überhaupt in Betracht zieht. Mythos hin oder her, beim Hören der Geschichten rollt man vielleicht noch mit den Augen, sobald man so einem Ding jedoch selbst gegenübersteht, verzieht sich der Mut in die hinterste Ecke. Bei mir zumindest.

Maverick hingegen lässt sich von den Worten der Sphinx nicht beeindrucken. Er lehnt sich auf seinem Stuhl zurück und verschränkt die Arme vor der Brust. »Wie lautet das Rätsel?«

Ich zücke meinen Stift, um mitzuschreiben.

Die goldenen Iriden der Sphinx blitzen auf und ihr Körper wird eine Spur aufrechter als ohnehin schon. Als sie spricht, sieht sie einfach an uns vorbei, und ich bin mir nicht einmal mehr sicher, ob sie noch wirklich hier ist oder ob ihre Seele auf eine andere Ebene gewechselt ist. Die Götter-Ebene vielleicht.

»Im Kreise meiner Lieben behütet aufgewachsen und doch fehl am Platz,
schon immer etwas sonderbar – anders als die anderen, vermeintlich –
wehre ich mich gegen das Unvermeidliche und stelle mich gegen mein Schicksal.

Doch mit der Wahrheit vor meinen Augen bin ich noch immer blind.
Und während ich meine verwundbaren Stellen vor der Welt verborgen halte,
liegt auch die Welt vor mir verborgen.
Und so stürze ich mich Hals über Kopf in mein Schicksal,
nichtsahnend, dass ich genau das tue.
Ich halte mich für anders als die anderen,
doch wenn man hinter meine Fassade blickt,
bin ich gleich.
Wer bin ich?«

Maverick und ich wechseln einen verdatterten Blick miteinander. Dann sehe ich auf das, was ich krakelig mitgeschrieben habe. Auf dem Papier ergeben die Worte der Sphinx nicht mehr Sinn. Na gut, was habe ich erwartet – ihr berühmtes Rätsel an Ödipus war ja auch nicht wirklich ein Kinderspiel.

Unsere Verwirrung zaubert der Sphinx ein Lächeln ins Gesicht. »Ihr dürft euch keine Hilfe von außerhalb holen. Der Eros-Sohn hat mich gebeten, euch während des Lösens allein zu lassen. So lange werde ich die Zeit anhalten«, sagt sie und sieht aus, als freute sie sich schon darauf, uns auf alle Ewigkeiten in einem Klassenzimmer einzusperren – woher auch immer sie das mit der Zeit überhaupt kann. Garantiert hat Declan da ebenfalls seine Finger im Spiel. »Ruft mich einfach, sobald ihr die Antwort gefunden habt.«

Kaum hat sie den Klassenraum verlassen, zückt Maverick sein Handy. »Rätsel, tss«, sagt er mir einem Schnauben. »Wir sind hier doch nicht in der Antike. Heutzutage gibt es kein Problem, was nicht bereits ein anderer gehabt hat.«

»Außer aus Versehen einen Liebesfaden zu spinnen, das hatte vor uns noch keiner.« Ich presse die Lippen aufeinander und starre auf sein Handy. »Meinst du nicht, das zählt als Hilfe von außerhalb?«

»Nee, die Hilfe war ja quasi schon da. Bei Rätseln kommt es immer darauf an, die Wörter genau zu analysieren. Warum also nicht auch bei ihren Regeln?« Maverick zuckt mit den Schultern. »Lies mal vor.«

Wo er recht hat. Ich seufze und lese Maverick den Text trotz meiner Skepsis vor. Beim zweiten Lesen sind die Worte noch verwirrender als vorher und ich fühle mich zurück in *Delphis Orakelei* versetzt. Kann hier nicht mal irgendjemand sagen, was er meint, anstatt jedes Wort in ein Kostüm zu stecken?

»Mist.« Maverick steckt sein Handy wieder zurück in seine Hosentasche. »Kein Empfang. Das Internet scheint sich mit dem Anhalten der Zeit nicht zu vertragen.«

Seufzend drehe ich meinen Stuhl, um Maverick besser ansehen zu können, und lese den Text ein drittes Mal. Das So-und-so-viele-Beine-Rätsel wäre mir wirklich lieber gewesen. Als ich den Kopf in den Nacken lege, kann ich beobachten, wie der Sekundenzeiger der Wanduhr noch immer an einer Stelle verharrt, als würde ihn dort jemand festhalten.

Maverick stupst meinen Fuß mit seinem an und bringt mich so dazu, ihn wieder anzuschauen. »Du wirst doch wohl jetzt nicht schon bei der ersten Prüfung schlappmachen«, sagt er und neigt nachdenklich den Kopf zur Seite. »Worauf könnte Declan hinauswollen?«

»Er muss davon ausgehen, dass wir die Antwort kennen«, überlege ich und fahre mir mit dem Ende meines Kugelschreibers über die Lippen. »Oder zumindest irgendwie auf sie kommen können.«

»Stimmt – uns hier Ewigkeiten einfach beim Rätseln zuzusehen, ohne dass wir uns überhaupt der Lösung nähern, wäre zu langweilig. Also jetzt mal angenommen, er beobachtet uns irgendwie.«

Mein Blick wandert zum Fenster, doch dahinter ist nichts Ungewöhnliches zu erkennen. Nur der wie leergefegte Schulhof – um diese Zeit sind die meisten unserer Mitschüler längst ins Wochenende gestartet. Falls uns Declan von draußen beobachtet, muss er sich also unsichtbar gemacht haben. Vielleicht mit einer Hadeskappe? Mir wird mulmig zumute.

Hastig sehe ich mich im Raum um, doch außer uns ist niemand hier. Natürlich nicht. »Meinst du, Declan ist gerade in der Nähe?«, murmele ich.

Maverick zuckt lässig mit den Schultern. »Und wenn schon. Das ist nicht das Rätsel, das wir lösen sollen.«

Ich zwinge mich zu einem Nicken, kann aber nicht anders, als mich noch einmal in alle Richtungen umzudrehen.

»Wen könnte Declan kennen, den wir auch kennen?« Maverick legt die Stirn in Falten.

Jetzt bin ich diejenige, die mit den Schultern zuckt, allerdings ratlos und nicht lässig. »Ich habe keine gemeinsamen Bekannten mit ihm, wenn man von dir und unser aller Urahnen mal absieht.«

»Das ist es!« In Mavericks Augen blitzt etwas auf. »Wir probieren einfach die Götter durch. Oder irgendwelche Sagengestalten und Helden. Eins von beidem muss passen, sonst kennen wir alle drei niemanden gut genug, um ein Rätsel über ihn zu stellen oder zu lösen.«

»Vorausgesetzt, Declan hat das Rätsel gestellt und nicht die Sphinx selbst«, gebe ich zu bedenken.

»Selbst wenn die Sphinx das Rätsel entwickelt hat, wird Declan es beantworten können. Die Sache macht ihm doch nur Spaß, solange er miträtseln kann.« Maverick beugt sich zu meinem Tisch herüber, schnappt sich meinen Block und betrachtet ihn konzentriert. »Verwundbare Stellen vor der Welt verbergen ...«

Ich seufze. »Das trifft so ziemlich auf jeden zu, oder? Ich meine, wer offenbart der Öffentlichkeit schon gerne seine Achillesferse – oh. *Oh.*«

Auf Mavericks Gesicht breitet sich ein Grinsen aus. »Achilles also.«

»Lass uns die anderen Verse checken, bevor wir vorschnell antworten.«

Maverick verdreht die Augen. »Klar, wenn du hier noch ein paar Stunden rumsitzen willst ... nichts lieber als das.«

»Ich habe einfach keine Lust, meinen Kopf zu verlieren, nur weil du ungeduldig bist.«

»Ist ja gut.« Maverick hebt beschwichtigend die Hände, sieht jedoch nach wie vor alles andere als begeistert aus. »Na dann pack mal dein Geschichtswissen aus.«

Ein Lachen kriecht meine Kehle hoch. »Ich hatte gehofft, damit kannst du glänzen.«

»Sehe ich so aus, als würde mich dieser jahrtausendalte Märchenkram interessieren?« Obwohl Maverick wissen sollte, dass das alles andere als Märchenkram ist, scheint sein Desinteresse echt zu sein.

»Na klasse«, murmele ich. »Okay ... Achilles' Mutter hat ihn doch versteckt, oder? Damit er nicht am Trojanischen Krieg teilnimmt. Und zwar am Hof seines Vaters … unter Menschen.«

Maverick zupft konzentriert an seiner Unterlippe. »Und später zieht er trotzdem in den Krieg und erfüllt dabei sein Schicksal.«

»Am Ende stirbt er dann – wie alle anderen Menschen, und ist ihnen doch ziemlich ähnlich.«

»Das sind genug Beweise.« Er nickt entschlossen. »Also, wie geht dieses Rufen jetzt?«

Ahnungslos zucke ich mit den Achseln. »Sphinx? Wir haben unsere Antwort.«

Mehr braucht es nicht: Im nächsten Moment öffnet sich die Klassenzimmertür und die Sphinx kehrt zurück, ihre wachsamen Augen direkt auf uns gerichtet. Auch wenn sie uns neugierig mustert, habe ich das Gefühl, sie weiß längst, wie unsere Antwort ausfallen wird. Ein unangenehmer Schauer jagt mir über den Rücken.

»Also?«, fragt sie mit kratziger Stimme.

Maverick lässt sich weder vom Ausdruck in ihrem Gesicht noch vom Schlangenschwanz irritieren, der peitschend über den Boden wischt. »Achilles. Die Antwort auf dein Rätsel lautet: Du bist Achilles.«

Die Sphinx lächelt und weist mit der flachen Hand in Richtung Klassenzimmertür. Mehr nicht.

Maverick und ich werfen uns einen irritierten Blick zu, lassen uns aber nicht zweimal auffordern. Ich kann es kaum erwarten, den stickigen Klassenraum endlich hinter mir zu lassen, und schiebe hastig meine Sachen in meinen Rucksack. Mr O'Connor wird meine fertigen Aufgabenbearbeitungen hier schon finden. Das Nachsitzen ist ohnehin jeden Augenblick vorbei, sobald die Zeit sich wieder in Bewegung setzt.

In meinen Adern macht sich die Euphorie breit. Wenn die erste Prüfung so einfach gewesen ist, sollten wir das doch schaffen. Vielleicht ist Declan letzten Endes gnädiger mit uns, als er vorgibt. Ich kann ein Lächeln nicht unterdrücken, während ich meinen Rucksack schultere, nach meinem Schulblazer greife und zur Tür gehe.

Maverick tritt eine Sekunde vor mir aus dem Klassenzimmer. Ich bin so darauf konzentriert, die menschenfressende Sagengestalt hinter mir zu lassen, dass ich gar nicht bemerke, wie er wenige Zentimeter vor mir stehen bleibt. Mit voller Wucht laufe ich gegen seinen warmen Rücken und pralle daran ab.

Stolpernd ringe ich mit meinem Gleichgewicht und stütze mich am Türrahmen ab. Mine Beschwerde bleibt mir im Hals stecken, als Maverick einen Fluch ausstößt, der viel zu heftig ist, um ihn auf dem Schulgelände von sich zu geben.

Irritiert stelle ich mich auf die Zehenspitzen und linse an Mavericks Schulter vorbei. Und verstehe, warum er flucht. Mir wird schwindelig: Dort, wo ich den Schulflur erwartet habe, erstreckt sich das Klassenzimmer vor uns, das gleichzeitig auch in meinem Rücken liegt.

Am Pult lehnt die Sphinx und lächelt uns erhaben an. »Euer erster Versuch ist fehlgeschlagen. Ihr habt noch zwei.«

ZWÖLF

Das darf nicht wahr sein. Mit wackeligen Knien schiebe ich meinen Rucksack von den Schultern und lasse mich zurück auf meinen Platz sinken. Maverick hingegen sieht aus, als würde er am liebsten das ganze Klassenzimmer in Schutt und Asche legen – wusste ich es doch, er ist wirklich ein schlechter Verlierer. Wobei mich jetzt nicht einmal mehr die Schadenfreude aufheitert. Ich unterdrücke ein Seufzen und sehe zur Sphinx, beide Hände in den Stoff meiner Schuljacke vergraben.

»An eurer Stelle würde ich mir die nächste Antwort ein bisschen besser überlegen«, sagt sie bloß, dann verschwindet sie wieder aus dem Klassenzimmer und lässt uns allein. Der Sekundenzeiger der Uhr ist noch immer erstarrt.

Ich sehe zu Maverick. Die Anspannung weicht nicht aus seinen Gliedern, als er seinen Stuhl zurückzieht und sich darauf fallen lässt.

Ich presse die Lippen aufeinander. »Und jetzt?«

»Gehen wir alle Sagenfiguren und Helden durch, die wir kennen?« Maverick zuckt mit den Schultern und starrt zur Tür. Er wirkt wie ein Tier in einem Käfig und ich werde das Gefühl nicht los, die Stäbe dazu selbst erschaffen zu haben. Ich wende den Blick ab und versuche die Schuldgefühle beiseitezuschieben.

Um mich abzulenken, erhebe ich mich, greife nach meinem Block und gehe zur Tafel. Auf der einen Seite schreibe ich das Rätsel an, auf der anderen Seite Achilles' Namen, den ich allerdings gleich darauf durchstreiche.

»Wen gibt es denn noch so?«, murmele ich und widerstehe dem Drang, mir die kreidebeschmierten Finger am Rock meiner Schuluniform abzuwischen. »Ödipus?«, schlage ich vor und schreibe den Namen unter Achilles. »Wäre doch ganz geschickt die Sphinx mit einem Rätsel herzuschicken, das sich auf ihren bekanntesten Mythos bezieht, oder?«

»Immerhin rennt der ziemlich blind in sein Schicksal.« Nachdenklich klickt Maverick auf seinem Kugelschreiber herum. »Sobald er seinen Orakelspruch hört, macht er sich vom Acker, damit er nicht wirklich seinen Vater tötet und seine Mutter heiratet – und im Endeffekt tut er doch genau das.«

»Aber das mit den verwundbaren Stellen passt nicht, oder?« Ich werfe einen Blick auf die Tafel und sehe dann zurück zu Maverick.

Der zuckt bloß ein weiteres Mal mit den Schultern. So sehr mich das nervt, kann ich es ihm auch nicht übel nehmen. Ich bin ja selbst keinen Deut besser.

»Verdammt, hätte ich nur besser aufgepasst, als Mum uns all die Geschichten erzählt hat.« Ich reibe mir mit Zeige- und Mittelfinger die Schläfen und versuche mich zu konzentrieren. »Wenn sich irgendjemand irgendwie erschlagen hat oder so, hat mich das wenig interessiert.«

»Geht mir genauso.« Endlich legt Maverick den Kugelschreiber beiseite. »Aber wir müssen unser Bestes geben.«

Innerhalb der nächsten Stunde – so fühlt es sich zumindest an, obwohl der Sekundenzeiger sich nach wie vor nicht von der Stelle rührt – durchforsten wir auf den ungemütlichen Schulstühlen unsere Erinnerungen nach den Helden und Wesen der griechischen Mythologie. Andauernd meinen wir auf dem richtigen Weg zu sein, nur um beim Abgleichen doch auf einen Vers zu stoßen, der überhaupt nicht passt.

Als wir zum wiederholten Mal einen Helden ausschließen, gebe ich einen ärgerlichen Laut von mir und knirsche mit den Zähnen.

Maverick schmunzelt, sieht dabei allerdings nicht gerade amüsiert aus. »Wie du schon sagtest: Das könnte jeder sein. Und gleichzeitig niemand«, stellt er fest und zwickt sich in den Nasenrücken. »Ich glaube, wir übersehen etwas.«

»Vielleicht die Antwort?«, schlage ich genervt vor.

Darauf reagiert er nur mit einem Augenrollen.

»Vermutlich hätten wir Declan einen anderen Deal vorschlagen sollen.« Ich hebe freudlos einen Mundwinkel. »Wollte er nicht gerne ein Date mit dir? Meinst du, man kann ihn noch umstimmen?«

»Das würde das schlimmste Date seines Lebens werden.«

»Das glaube ich nicht. Er fand dich doch so interessant.« Ich beuge mich vor und pikse ihn mit meinem Stift gegen die Schulter. »Von wegen, harte Schale, weicher Kern.«

»Dieser Möchtegern-Psychoanalytiker. Den kannst du echt in die Tonne stecken.« Maverick schnaubt, etwas am Ausdruck in seinen Augen macht mich jedoch stutzig. Vielleicht ist an Declans Aussage mehr dran, als er zugibt.

Ich versuche meinen Blick von Maverick abzuwenden, aber das will mir einfach nicht gelingen. Das erste Mal, seit ich ihn kenne, frage ich mich, was da hinter seiner Fassade steckt. Hinter der Maske, die er für die Welt aufsetzt.

Nach einigen Momenten hebt Maverick die Augenbrauen und sieht mich auffordernd an. »Fertig mit Starren?«

Sofort schießt mir die Hitze in die Wangen. Ohne etwas zu erwidern, wende ich den Blick ab und schaue wieder auf meine Notizen. Ich studiere das Rätsel mit einem Stirnrunzeln und drehe meinen Kopf dann blinzelnd zurück zu Maverick.

»Jetzt mal ehrlich«, sage ich und versuche meiner Stimme einen lässigen Klang zu verleihen. »Selbst wenn du einen weichen Kern hättest, würdest du das niemals zugeben.«

Maverick brummt nur.

»Wer weiß?« Ich muss mich zwingen die nächsten Worte überhaupt laut auszusprechen. Sie fühlen sich viel zu intim an, als würde mich jeder einzelne Buchstabe im nächsten Moment mit einem Speer angreifen. »Vielleicht sind wir ja gar nicht so verschieden?«

Maverick gefällt meine Aussage genauso wenig wie mir, das kann ich ihm ansehen. Seine Augen verfinstern sich. »Ach ja? Und wie kommst du darauf, Sherlock?«

»Ich weiß nicht.« Betont entspannt zucke ich mit den Achseln. »Eventuell durch ein Rätsel.«

Er blinzelt perplex.

»Das soll wirklich nicht komisch klingen, aber vielleicht bist du des Rätsels Lösung, wie man so schön sagt.«

Jetzt sieht Maverick erst recht verwirrt aus. Er zieht die Stirn in Falten. »Was?«

»Lass uns das durchgehen«, entscheide ich und fange an, obwohl Maverick alles andere als begeistert wirkt. »Im Kreise meiner Lieben behütet aufgewachsen ... passt das?«

»Bei meinem Dad. Mit meinem kleinen Bruder«, erwidert er und malmt mit dem Kiefer. Ich habe das Gefühl, er tut das nur, um vom Funkeln in seinen Augen abzulenken, sobald er seinen Bruder erwähnt. »Gibt sicher Schlimmeres.«

»Fehl am Platz? Anders als die anderen?«

Maverick grinst.

»Okay, das war eher eine rhetorische Frage.« Ich gluckse. Abgesehen von der Tatsache, ein Hades-Sohn zu sein, nutzt er jede Gelegenheit, um mir und unseren Klassenkameraden unter die Nase zu reiben, dass er mit keinem von uns etwas zu tun haben will. Ein klassischer Außenseiter.

»Du wehrst dich gegen dein Schicksal«, wiederhole ich den Sinn des nächsten Verses. »Passt. Du willst ja keine Persephone-Tochter.«

»Und das Blindsein?«

Ich muss lachen. »Wenn du das wüsstest, wärst du ja nicht blind.«

»Da ist was dran.« Er wirft einen kurzen Blick zur Tafel. »Die verwundbaren Stellen meintest du gerade, oder?«

Ich nicke.

»Und mit der Ahnungslosigkeit ist es das Gleiche wie mit dem Blindsein. Ein bisschen künstlerische Freiheit muss ja auch dabei sein.«

»Bleibt nur die Frage, was da hinter deiner Fassade steckt.«

Maverick sieht mich zwar immer noch an, doch ich kann förmlich dabei zuschauen, wie er dichtmacht und seine Mauern wieder hochzieht. »Wie gesagt: Das werde ich dir nicht verraten.«

»Das heißt wohl, da gibt es etwas«, murmele ich.

Er blinzelt nicht einmal, gibt rein gar nichts von sich preis. Ich kann es ihm nicht verübeln. Wäre ich an seiner Stelle, würde ich mich genauso wenig für ihn auf den Seziertisch legen.

Das ist der Gedanke, der den Groschen zum Fallen bringt. Die Erkenntnis trifft mich mit einer solchen Wucht, dass ich förmlich das Gefühl habe, mich an den Rändern meines Tisches festhalten zu müssen. Am liebsten würde ich direkt aufspringen und muss mich zwingen ruhig zu bleiben. Schweigend denke ich eine Weile über meine Idee nach, schiebe die Logik in meinem Kopf hin und her und suche nach Indizien, die meinen Verdacht widerlegen. Aber da sind keine. Und mit einem Mal muss ich Maverick recht geben: Declan ist tatsächlich ein Möchtegern-Psychoanalytiker.

»Sphinx?«, rufe ich leise. »Wir haben unsere Antwort.«

Maverick sieht mich irritiert an. »So schnell? Wie war das eben noch mit dem Risiko?«

Doch jetzt können wir es ohnehin nicht mehr ändern: Im nächsten Wimpernschlag kommt die Sphinx zurück in den Klassenraum. Ihr Schlangenschwanz peitscht über den Boden, ihre Mundwinkel zucken heimtückisch.

»Na, da bin ich ja mal gespannt«, schnurrt sie und ihre Stimme verursacht mir eine Gänsehaut.

Am liebsten würde ich jetzt doch einen Rückzieher machen, aber ich zwinge mich ihr direkt in die Augen zu sehen. »Die Antwort auf deine Frage lautet: Du bist Maverick. Und du bist ich«, sage ich. »Du bist wir.«

Die Sphinx reagiert genauso wie gerade eben: Ihre Lippen verziehen sich zu einem Lächeln und sie deutet mit der Hand in Richtung Klassenzimmertür.

Diesmal dränge ich die Euphorie in meinen Adern bewusst zurück. Ich erwidere den Blick, den Maverick mir zuwirft, und schnappe mir meinen Rucksack und meine Jacke. Auf dem Weg zur Tür trete ich an der Sphinx vorbei und greife nach dem Schwamm, um die Wörter von der Tafel zu wischen.

Maverick wartet an der Tür auf mich. Sobald er die Hand um die Klinke legt, halte ich unweigerlich den Atem an. In meiner Brust macht sich die Sorge breit, im nächsten Moment wieder das Klassenzimmer vor mir zu entdecken. Wieder von der Sphinx angegrinst zu werden. Immer noch in einer

Sekunde gefangen zu sein, die sich zu Unendlichkeiten ausdehnt. Doch kaum hat Maverick die Tür geöffnet, kann ich sehen, wie die Anspannung seinen Körper verlässt und sich seine Schultern und Arme lockern.

In der nächsten Sekunde schellt die Schulklingel über den Flur, in der Stille so laut, dass ich vor Schreck zusammenzucke. Hinter mir fällt die Tür zum Klassenzimmer ins Schloss und nimmt die Last auf meinen Schultern gleich mit – oder zumindest einen Teil davon. Wir haben die erste Prüfung bestanden. Ich kann gar nicht anders, als erleichtert zu lachen.

Maverick schmunzelt und wirft einen Blick auf sein Handy. Aus den Augenwinkeln kann ich erkennen, wie die letzte Ziffer der Digitaluhr auf dem Sperrbildschirm eine Minute weiterspringt. Was für ein schöner Anblick.

»Declan richtet seinen Glückwunsch aus.« Er schiebt sein Handy zurück in seine Hosentasche und geht in Richtung Ausgang. »Das war ja noch ganz erträglich.«

Nickend folge ich ihm. »Zwischendurch dachte ich, wir finden nie die Lösung und die Sphinx frisst uns doch.«

»Ach Quatsch. Keiner von uns geht bei den Prüfungen drauf.«

»Und so eine lockere Aussage von Declan soll mich dazu bringen, keine Angst vor der Sphinx zu haben?« Ich schaudere bei dem Gedanken an ihre Reißzähne. »Du kannst mir doch nicht erzählen, dass sie dich nicht eingeschüchtert hat. Zumindest ein winziges, kleines bisschen.«

Darauf erwidert er nichts.

Ich will gerade nachhaken, als Mr O'Connor um die nächste Ecke gehastet kommt. Er sieht zwischen Maverick und mir hin und her. Seine Frisur ist ungewöhnlich unordentlich.

»Maverick, Willow. Habe ich euch etwa erlaubt den Raum zu verlassen?«

Seine Stimme klingt irgendwie belegt und mich beschleicht der Verdacht, dass Declan seine Finger im Spiel hatte.

Ohne mit der Wimper zu zucken, schüttelt Maverick den Kopf. »Nein, Sie haben uns gebeten fertig zu sein, wenn Sie wiederkommen. Das sind wir. Und vor etwa einer Minute hat die Schulklingel zum Schluss der Stunde geläutet, wie Sie sicher gehört haben.«

Ich huste leise, um das Glucksen zu verstecken, das über meine Lippen schlüpft. Etwas an Mavericks übertriebener Höflichkeit – die er sonst wirklich nie an den Tag legt – wirkt extrem frech.

Mr O'Connor blinzelt perplex, dann wedelt er mit der Hand, wie um uns zu verscheuchen. »Bis nächste Woche.«

Nichts lieber als das. Wir erwidern murmelnd seine Verabschiedung und gehen weiter. Kurz bevor wir um die Ecke biegen, sehe ich noch einmal zu unserem Lehrer zurück, der gerade vergeblich versucht die Unordnung auf seinem Kopf mit den Händen zu beseitigen. Was auch immer ihn im Lehrerzimmer erwartet hat, scheint ihn ziemlich aus der Bahn geworfen zu haben.

Gemeinsam erreichen wir den Ausgang. Maverick drückt die wuchtige Tür auf, indem er sich mit der Schulter dagegenlehnt. Ich husche an ihm vorbei ins Freie. Als wir am Ende des Schulgeländes ankommen, bleibe ich zögernd stehen. Ich sehe zu Maverick und fange seinen Blick auf.

»Also dann ...« Ich hebe einen Mundwinkel. »Bis Montag, oder so?«

Das Lächeln auf Mavericks Lippen ist ehrlich. »Bis dann, Sherlock.«

***

Zu Hause erfüllt der Duft nach frisch gebackenen Keksen die gesamte Wohnung. Mit einem zufriedenen Seufzen schließe ich die Tür hinter mir und hänge meine Jacke an die Garderobe. Ich streife meine Sneaker von den Füßen und werfe den Schulrucksack daneben, ehe ich mich daran mache, dem wunderbaren Duft zu folgen und schließlich im Wohnzimmer fündig werde.

Dort hat sich meine gesamte Familie versammelt. Großtante Holly nippt in ihrem Ohrensessel an einem Tee, Mum sitzt auf dem Zweiersofa und meine Schwestern beugen sich auf dem Dreisitzer über etwas, das verdächtig nach einem Biologiebuch aussieht.

»Hey«, begrüße ich sie und lasse mich neben Juniper aufs weiche Polster fallen. »Habt ihr an einem Freitagnachmittag nichts Besseres zu tun, als für die Schule zu lernen?«

Juniper schaut von ihrem Buch auf und grinst mich an. »Fragt die, die bis eben in der Schule war.«

Sage nickt. »Außerdem – was sollen wir schon tun, wenn wir hier auf dich warten müssen? Schicksale spinnen sich nun mal nicht von allein.«

Ich seufze. Selbst mit dem Olymp im Nacken hängt diese ätzende Aufgabe noch an mir. Oder eher gesagt: gerade mit dem Olymp im Nacken. Wenn jetzt jemandem auffällt, dass wir unsere Pflichten vernachlässigen, behält man uns erst recht im Auge.

»Nun lasst das arme Kindchen doch erst mal Luft holen.« Großtante Holly lächelt mich an und steht leise ächzend aus ihrem Sessel auf. »Ich mache dir einen Tee, Liebes.«

Ich lächele. »Danke.«

Mum legt ihr Buch beiseite und schiebt eine Schale mit Zitronenkeksen auf dem Tisch in meine Richtung. Daher also der verführerische Duft, der mich automatisch nach einem der Gebäckstücke greifen lässt.

»Wie war das Nachsitzen?«

Schulterzuckend esse ich den Keks. »Das Nachsitzen selbst ging. Declans erste Prüfung war viel schlimmer.«

Jetzt sieht jede im Raum mich an. »Du hattest deine erste Prüfung?«, hakt Juniper nach. Wie immer, wenn sie aufgeregt ist, ist ihre Stimme lauter als sonst.

In der Küche klappert etwas. »Wirst du wohl mit dem Erzählen warten, bis ich zurück bin!«, ruft Großtante Holly.

Glucksend tue ich ihr den Gefallen. Erst, als ich meine Tasse Earl Grey in den Händen halte und sie es sich wieder in ihrem Sessel gemütlich gemacht hat, erzähle ich von der Sphinx. Ich habe das Rätsel heute so oft gelesen, dass ich es auswendig kann. Kaum hat der letzte Vers meine Lippen verlassen, kann ich sehen, wie meine gesamte Familie nachzudenken beginnt, aber ich bin zu müde, um sie beim Grübeln zu beobachten, und verrate ihnen die Lösung.

»Das hast du gut gemacht«, kommentiert Großtante Holly und die anderen stimmen ihr nickend zu.

»Hoffentlich sind die anderen Prüfungen genauso ungefährlich.« Mum zieht die Wolldecke glatt, die ordentlich gefaltet neben ihr auf dem Sofa liegt. »Wenn nicht, kann sich dieser Declan auf was gefasst machen.«

Ich lächele freudlos. »Ich befürchte, er sitzt am längeren Hebel.«

Mum seufzt. »Ich habe mich mal informiert – im Verdeckten, versteht sich«, sagt sie. »Falls es unter den Moiren-Töchtern jemals einen ähnlichen Fall gegeben hat, ist der nie ans Licht gekommen.«

Juniper presst die Lippen aufeinander. »Und wir können dir wirklich nicht irgendwie helfen?«

»Nein. Declan hat die Prüfungen ganz bewusst nur an Maverick und mich gerichtet.«

»Und wenn er nichts davon erfahren würde?« Sage lächelt grimmig.

»Würde er irgendwie«, erwidere ich. »Er scheint ziemlich viele Mittel zur Verfügung zu haben, woher auch immer. Die Sphinx lässt sich sicher nicht von jedem einfach sagen, was sie tun soll.«

»Typisch Eros-Sohn. Die haben meistens Gefallen bei allerlei Leuten offen.« Großtante Holly schlürft an ihrer Tasse Tee. »Schon praktisch, wenn man Liebe und Leidenschaft beeinflussen kann, ohne direkt dem Olymp berichten zu müssen. Das ist eine begehrte Fähigkeit.«

Ich runzele die Stirn. Dass die Leute auf die Idee kommen, genau das Gegenteil von dem haben zu wollen, worum Maverick und ich gebeten haben, ergibt irgendwie Sinn. Kein neutralisierter Liebesfaden, sondern ein geschaffener. Eine Art schicksalhafter Liebestrank. Bisher habe ich mir nie so intensiv Gedanken darüber gemacht habe. Irgendwie bin ich einfach davon ausgegangen, Declan könnte einen Liebesfaden wirkungslos machen. Der Rest hat mich gar nicht interessiert.

»Das ist alles so verworren.« Ich seufze und greife mir noch einen Keks. »Wie kann das überhaupt funktionieren?«

Mum beugt sich vor und legt mir ihre Hand aufs Knie, um es sanft zu drücken. »Die Antwort darauf kennt wohl nur die höhere Macht.«

»Genau, für kleine Rädchen im Getriebe wie uns ist das viel zu kompliziert.« Sage knirscht mit den Zähnen.

»Um zum Thema zurückzukommen«, Juniper lächelt, »wir können dir vielleicht nicht bei den Prüfungen helfen, aber wir unterstützen dich so gut es geht bei allem anderen.«

»Danke.« Ich hebe die Mundwinkel. »Das mit den Prüfungen packe ich schon irgendwie.«

Mit Maverick, füge ich gedanklich hinzu.

DREIZEHN

Am Sonntagmorgen werde ich vom Nachrichtenton meines Handys geweckt. Sofort bereue ich, letzte Nacht so lange Netflix geschaut zu haben, dass ich mit dem blöden Ding in meiner Hand eingeschlafen bin. Stöhnend blinzele ich gegen das Sonnenlicht, das durch das Fenster in mein Zimmer dringt. Ich habe keine Ahnung, wie spät es ist. So oder so noch viel zu früh.

Als sich meine Augen an die Helligkeit gewöhnt haben, werfe ich einen Blick auf das Handydisplay – und bin auf der Stelle hellwach. Eine Nachricht von Declan.

> Zeit, dem Tod von der Schippe zu springen. Trefft mich in einer Stunde am U-Bahnhof Hampstead.

Ich fluche. Ist das sein Ernst? Hat er nicht letzte Woche noch gesagt, keiner von uns beißt bei dieser ganzen Sache ins Gras? Und jetzt sollen wir dem Tod von der Schippe springen? Was auch immer er meint – der hat doch nicht mehr alle Tassen im Schrank!

Missmutig strampele ich meine Bettdecke beiseite. Tassen hin oder her, Declan hat nun mal mein Leben in der Hand. Ein Blick auf die Uhr verrät mir, dass es kurz vor zehn ist – und damit eindeutig zu früh für mich an einem Sonntagmorgen. Mal ehrlich, so, wie ich ihn einschätze, hat er gestern Nacht wesentlich länger gefeiert als ich Netflix geschaut habe. Wie kann er bitte jetzt schon wach genug sein, um uns gut gelaunt zu einer Prüfung einzubestellen?

Kaum habe ich mein Handy auf meinem Schreibtisch abgelegt, beginnt es das nächste Mal zu surren, diesmal länger. Ich entdecke Mavericks Namen auf dem Display und nehme den Anruf entgegen.

»Hi«, begrüße ich ihn und meine Stimme ist – sehr zu meinem Leidwesen – nur ein müdes Krächzen. Ich räuspere mich.

»Hey.« Im Gegensatz zu mir klingt er ganz normal. »Hab ich dich gerade geweckt?«

»Nope. Das hat Declan schon erfolgreich erledigt.«

»Okay. Ich wollte nur sicherstellen, dass du wach bist und seine Nachricht gesehen hast. Damit ich nicht gleich allein deinen Hintern retten muss.«

»Ich bin wach, keine Sorge.«

»Gut.«

Ein paar Herzschläge lang breitet sich zähflüssiges Schweigen zwischen uns aus. Ich habe das dringende Bedürfnis, die Stille zu füllen, jedoch keine Ahnung, mit was.

»Dann sehen wir uns gleich?«, starte ich einen lahmen Versuch.

»Ja.« Er scheint einen Moment zu zögern. »Bis dann.«

»Bis dann«, murmele ich und lausche kurz dem Tuten in der Leitung, ehe ich mein Handy vom Ohr nehme. Okay, das war seltsam.

***

Als ich mich vom Bahnsteig der Hampstead-Station in Richtung der Treppen schlängele, sehe ich Mavericks Haarschopf bereits von Weitem in der Masse aufblitzen. Doch beim nächsten Blinzeln ist er schon wieder verschwunden und trotz der Menschenmassen hier habe ich das Gefühl, ihn nicht einfach nur aus den Augen verloren zu haben. Er ist weg. In einem Moment war er noch da, im nächsten waren seine Konturen wie in Schatten gehüllt – und jetzt ist er nicht mehr zu entdecken. Und soweit ich das aus der Ferne beobachten konnte, hat er sich nicht die Hadeskappe aufgesetzt.

Verwirrt schüttele ich den Kopf, kann allerdings nicht anders, als die Umgebung nach Maverick abzusuchen. Vergeblich. Ich seufze. Ich bin eindeutig zu müde, wenn ich mir schon seine Anwesenheit einbilde. Vorwurfsvoll starre ich auf meinen kleinen Finger, an dem das magische Tattoo nach wie vor unter Junipers Ring verborgen liegt. Ich brauche dringend mein altes Leben zurück – das, in dem ich an einem Sonntag um diese Zeit noch friedlich im Bett liege.

Als ich oben angekommen bin, sehe ich ein weiteres Mal Mavericks Kopf über die meisten anderen Menschen hinausragen. Diesmal gehe ich gar nicht erst das Risiko ein, dass er wieder verschwindet. »Maverick!«

Kurz vor einer der Personenschranken bleibt er stehen und sieht über seine Schulter. Den älteren Mann, der ihn anschnauzt und sich fluchend an ihm vorbeidrängt, ignoriert er einfach. Stattdessen wandert sein Blick suchend über die Masse, bis er bei mir angelangt ist. Für einen Moment bin ich mir nicht sicher, wie er reagieren wird, und ärgere mich darüber, ihn überhaupt gerufen zu haben. Immerhin sind wir trotz dieser ganzen Sache ja keine Freunde oder so. Doch er wartet tatsächlich, obwohl er dabei nicht unbedingt begeistert aussieht.

»Hi«, begrüße ich ihn, als ich bei ihm angekommen bin.

»Hey.«

Wir passieren die Schranke und machen uns auf den Weg ins Freie. Wie bei unserem Telefonat habe ich das dringende Bedürfnis, irgendetwas zu sagen.

»Du bist auch gerade erst angekommen, oder? Ich glaube, ich hab dich unten schon gesehen, doch dann warst du plötzlich weg. Als hättest du dich in Rauch aufgelöst oder so.«

Er wirft mir einen Seitenblick zu, bleibt jedoch still.

Ich runzele die Stirn. Na gut, also kein Smalltalk.

Gemeinsam treten wir aus der U-Bahn-Station auf den Bürgersteig. Trotz des Wochenendes herrscht geschäftiges Treiben auf den Straßen. Am Zeitungsstand direkt neben dem Stationseingang steht eine kleine Traube von Menschen, in der die Leute leise miteinander sprechen. Das Murmeln erinnert mich an das Surren in einem Bienenstock.

Ich folge Maverick auf die andere Seite des Eingangs und lehne mich an die Backsteine in unserem Rücken. An den Bändern meines Rucksacks herumnestelnd beobachte ich den Hades-Sohn. Während er seinen Blick über die Umgebung streifen lässt, verfinstern sich seine Gesichtszüge.

»Jetzt ist er nicht mal pünktlich«, murmelt er. »Hat er dir mehr über die Prüfung verraten oder bloß diese pseudomysteriöse Tod-und-Schippe-Aussage?«

»Auch nur das mit dem Tod«, sage ich und versuche den Schauer zu verbergen, der mir über den Rücken jagt. Selbst wenn wir laut Declan nicht sterben werden, bin ich jetzt nicht unbedingt begierig darauf, dem Ganzen näher zu kommen als nötig. »Hast du eine Ahnung, was er damit gemeint hat?«

»Nur ne böse Vermutung«, brummt er, ohne seine Antwort näher auszuführen. Bevor ich nachhaken kann, verengt er die Augen. »Aber wir werden es gleich erfahren. Da kommt Declan.«

Tatsächlich. Mit einem strahlenden Lächeln, als würde er uns auf einen gemütlichen Ausflug begleiten wollen, kommt der Eros-Sohn auf uns zu. »Hallo, ihr beiden.«

Murmelnd erwidern wir seine Begrüßung.

Schmunzelnd hebt er eine Augenbraue. »Ihr seid so pünktlich. Ihr könnt die zweite Prüfung wohl kaum erwarten.«

»Ich denke, das können wir erst sagen, wenn wir wissen, was auf uns zukommt.«

Declan grinst. »Hat dir Maverick etwa noch nicht verraten, was in der Station verborgen liegt?«

Ich runzele die Stirn und sehe zu Maverick, doch der macht keine Anstalten, mir irgendetwas zu erklären. Na klasse, dann machen also beide Männer auf cool und geheimnisvoll. Stöhnend rolle ich mit den Augen.

»Offensichtlich nicht. Also, wäre einer von euch beiden so freundlich mir euer ach so großes Geheimnis zu offenbaren?«

»Ihr beide werdet heute in den Hades hinabsteigen.«

Mir klappt die Kinnlade runter. »Was?«

»Ihr beide. Unterwelt. Heute«, wiederholt er feixend, als wäre ich schwer von Begriff.

Maverick schnalzt mit der Zunge. »Meinst du das ernst, Mann?«

»Todernst.« Er gluckst über seinen eigenen Wortwitz. »Was guckst du denn so finster? Ist doch eine schöne Beschäftigung für einen Sonntag. Viel besser als auf dem Sofa herumzuliegen und Netflix zu schauen oder was auch immer ihr sonst so macht.«

»Klar, ich kann mir nichts Schöneres vorstellen, als den Tag damit zu verbringen, in die Unterwelt hinabzusteigen.«

»Für dich ist das quasi wie Nachhausekommen. Halb so wild«, winkt Declan ab und bedeutet uns ihm wieder ins Gebäude zu folgen.

Obwohl alles in mir danach drängt, einfach in die entgegengesetzte Richtung zu rennen, zwinge ich mich ihm zu folgen. Immerhin blüht mir vermutlich ein weitaus üblerer Eintritt in den Hades, wenn Declan mich beim Olymp verpetzt. Wir lassen die Schranken hinter uns und machen uns an den Abstieg.

»Und hier soll irgendwo der Eingang in den Hades sein?«, hake ich nach, als ich meine Stimme wiedergefunden habe und gerade niemand in der Nähe ist, der uns belauschen könnte. »Einfach so?«

»Jap.« Declan zuckt beiläufig mit den Schultern. »Das beste Versteck ist immer noch, etwas gar nicht erst zu verstecken.«

»Und was ist, wenn jemand Unwissendes darauf stößt?«

»Kann er nicht.«

Als wir die nächste Treppe hinter uns lassen, biegen wir nicht in Richtung der Bahngleise ab, sondern halten uns rechts. Umgeben von den alten, weißen Fliesen ist in der Wand eine unscheinbare Metalltür eingelassen.

Declan bleibt davor stehen und sieht zu Maverick. »Würdest du?«

Mit einem Seufzen tritt der vor und legt die Hand an die Klinke. Einen Sekundenbruchteil lang versteifen sich seine Glieder, dann öffnet er die Tür.

»Die ist magisch versiegelt. Nur Nachfahren der Unterweltbewohner können sie einfach aufmachen«, erklärt Declan mit einem Seitenblick zu mir. »Der sicherste Einbruchsschutz der Welt.«

Fasziniert hebe ich die Augenbrauen. Eins muss man ihm wirklich lassen – in der Welt der Mythischen kennt er sich hervorragend aus. Vermutlich hätte ich besser aufpassen sollen, als Mum und Großtante Holly uns in all die Geheimnisse eingeweiht haben, die in gefühlt jedem Winkel der Welt verborgen liegen.

Ich folge den Männern in den spärlich beleuchteten Raum hinter der Tür. Nein, Treppenhaus trifft es besser. Nur ein paar Dutzend Zentimeter vor uns führen Stufen in die Tiefe hinab. Ich schlucke. Das kann ja ein Abstieg werden.

Eine Weile lang gehen wir schweigend die Stufen hinab. Mit jedem Schritt, den wir tiefer unter die Erde vordringen, wird der Druck auf meiner Brust größer.

»Und überlebt man das? So einen Spaziergang in den Hades, meine ich.« Trotz meiner Bemühungen, lässig zu klingen, ist meine Stimme ein ängstliches Quietschen.

»Mach dir keine Sorgen. Mit dem Hades-Sohn an deiner Seite kann dir nichts passieren.« Über seine Schulter hinweg wirft mir Declan ein Grinsen zu. »Oder zumindest nicht viel.«

»Mach ihr keine Angst.« Mavericks Tonfall ist eisig. »Was sollen wir im Hades erledigen?«

»Ganz einfach – eine Flasche mit Wasser aus dem Styx abfüllen. Die kann man immer gut gebrauchen.«

»Ist der nicht giftig?« Ich blinzele perplex. Soweit ich weiß, ist der Fluss nicht gerade dafür bekannt, ein beliebtes Badegewässer zu sein.

»Ach Quatsch. Bei Achilles hat das mit der Unverwundbarkeit durch ein schönes Bad im Styx doch auch geklappt.« Declan winkt ab. »Der alte Hades hat das Gerücht mit dem Gift nur in die Welt gesetzt, damit ihm die Leute nicht mehr die Bude einrennen. Eigentlich macht das Wasser nämlich unverwundbar.«

»Ah«, mache ich, ohne so recht zu wissen, was ich von der ganzen Sache halten soll. Ich habe immer noch keine Ahnung, was da jetzt genau auf uns zukommt, aber Declan scheint nicht viel verraten zu wollen.

»Also nutzt du uns als Paketboten?« Maverick schnaubt. »Wir holen dir dein Wunderwasser und du sparst dir schön die Unterwelt?«

Declan macht keine Anstalten, das abzustreiten. »Wir haben ja alle was davon.«

Darauf antwortet niemand von uns. Nur das Poltern unserer Schritte dringt an meine Ohren, während das Treppenhaus immer rustikaler wird. Die vereinzelt von der Decke hängenden Glühbirnen werden seltener, die Backsteine an den Stufen und Wänden weichen grobem, gehauenem Stein. Ein paarmal stolpere ich fast über meine eigenen Füße, erlange mein Gleichgewicht allerdings zum Glück jedes Mal wieder, sodass mir ein äußerst uneleganter und unfreiwilliger Kopfsprung in den Hades erspart bleibt.

Wobei ich ohnehin keine Ahnung habe, ob mich ein Fall direkt in den Hades befördern würde oder doch nur um die nächste Treppenbiegung. Vielleicht sind wir noch meilenweit von der Unterwelt entfernt. Ich habe jegliches Zeitgefühl verloren. Keine Ahnung, ob wir erst seit Minuten oder schon seit Stunden unterwegs sind. Es würde mich allerdings nicht wundern, wenn die Zeit hier drin ohnehin keinen normalen Regeln folgt – so tief, wie ich mir den Hades vorstelle, wäre man sonst sicher tagelang unterwegs.

Den Göttern sei Dank bleibt uns das erspart. Zwar vergehen gefühlte Ewigkeiten, doch irgendwann nehmen die Treppen ein Ende und wir treten auf einen unebenen Steinboden. Vor uns wird die Wand von einer schiefen schmalen Tür unterbrochen, die noch unscheinbarer wirkt als die oben in der Bahnstation. Die schwarze Lackbeschichtung ist deutlich in die Jahre gekommen und an einigen Stellen abgeplatzt. Trotzdem betrachten Declan und Maverick die Tür mit Ehrfurcht.

Ich runzele die Stirn. »Wie? Das soll der Eingang zur Unterwelt sein? Kein mächtiges Portal? Keine Schattenflammen oder so was?«

Maverick schnaubt. »Wir sind hier doch nicht bei Disney.«

Ich rolle mit den Augen.

»Wie dem auch sei.« Declan sieht zwischen uns hin und her und hebt die Mundwinkel, während er seinen kleinen Rucksack vom Rücken nimmt. »Ich hab hier eine Flasche für euch. Zum Abfüllen.«

Verdutzt nehme ich das Behältnis entgegen, das er in meine Richtung hält. Eine leere – immerhin ausgewaschene – Whiskeyflasche.

»Okay«, sage ich und ziehe das Wort in die Länge.

»Was denn?« Declan schaut mich an, als wüsste er nicht, wie seltsam diese Flasche unter diesen Umständen ist. Ich hege die starke Vermutung, dass er mit Absicht nicht in den nächsten Drogeriemarkt gegangen ist, um ein anderes Gefäß zu holen. Das wäre ja viel zu langweilig für einen Eros-Sohn.

Kopfschüttelnd verstaue ich die Flasche in meinem Rucksack und schultere ihn wieder.

»Und wie sollen wir den Styx finden?«, hakt Maverick nach. Anscheinend kennt er den Hades nicht wie seine Westentasche. An seiner Stelle würde ich allerdings auch nicht ständig darin spazieren gehen. »Google Maps funktioniert hier unten ja wohl kaum.«

»Tja, da müsst ihr wohl etwas retro unterwegs sein.« Diesmal holt Declan etwas aus seinem Rucksack, das wie eine Karte aussieht, und reicht es Maverick. Der betrachtet das zusammengefaltete Ding für einen Moment, ehe er es sich in die Hosentasche stopft.

»Und …«, Declan wühlt wieder kurz in seinem Rucksack, bevor er einen kleinen Stoffbeutel hervorzieht, »eure Fahrkarten. Zum Glück sind die Hades-Regeln im Gegensatz zum Olymp mit der Zeit gegangen – entweder ein Obolus oder ein ordentliches Begräbnis. Ich hätte wirklich keine Lust, euch lebendig zu begraben. Streckt eure Hände aus.«

Wenige Sekunden später liegt ein Obolus auf meiner Handfläche. Skeptisch beäuge ich die Münze und muss an die antiken griechischen Bestattungsrituale denken. O nein.

»Du willst doch nicht etwa, dass wir die in den Mund nehmen, oder?«

»Wenn du lieber als verirrte Seele hundert Jahre am Ufer des Acheron herumgeistern willst, statt dem Styx überhaupt nah zu kommen, kannst du es natürlich auch lassen.« Declan zuckt mit den Schultern und reicht Maverick den Stoffbeutel, der immer noch klimpert. Vermutlich unsere Tickets für die Rückreise. »Deine Entscheidung.«

Maverick schiebt den Stoffbeutel zur Karte in seine Hosentasche. Dann steckt er sich den Obolus in den Mund, tritt an die Unterweltstür und sieht mich auffordernd an.

»Nun komm schon.«

Ich seufze, schließe für einen Moment die Augen und lege mir das Ding unter die Zunge. Dorthin, wo es beim Eintritt in den Hades nicht verloren gehen kann. Und wo der metallische Geschmack jede Zelle meines Mundes dazu drängt, die Münze sofort auszuspucken. Ich unterdrücke das Bedürfnis, das Gesicht zu verziehen, aus Angst, den Obolus auf den Boden fallen zu lassen.

Declan winkt grinsend und macht einen Schritt zurück.

»Gute Reise, Leute. Schreibt mir einfach, wenn ihr wieder unter den Lebenden weilt.«

Und ehe ich mich's versehe, greift Maverick nach meiner Hand, öffnet das Tor zur Unterwelt und zieht mich geradewegs hinein.

Vierzehn

Jemand krempelt meine Organe auf links. So fühlt es sich zumindest an, als ich durch die Tür stolpere. Ich weiß nicht wirklich, was ich erwartet habe – einen Sturz in die Tiefe oder einen Gang durchs Feuer vielleicht –, aber auf jeden Fall nicht das. Das Gefühl ist superekelig, als würde jemand in mich hineingreifen und an Dingen herumzerren, an denen garantiert nicht gezerrt werden sollte.

Ich kneife die Augen zusammen und fasse mir stöhnend an eine Stelle unterhalb meiner Brust, die besonders viel Gezerre abbekommen hat. Noch immer prickelt sie protestierend, als hätte mir jemand von innen gegen die Haut geschnipst. Was für eine angenehme Begrüßung. Am liebsten will ich direkt wieder hier weg.

»Alles in Ordnung?«

Als Mavericks Stimme an meine Ohren dringt, zwinge ich mich kein Feigling zu sein und die Augen zu öffnen.

»Ja«, murmele ich blinzelnd und versuche mich an das Licht hier zu gewöhnen. Es ist ein wenig wie auf der Götter-Ebene, nur nebeliger. Gruselig und doch nicht so höllenfinster und voller Feuer, wie ich es mir vorgestellt habe. Ich nehme den Obolus aus meinem Mund. »Alles bestens.«

Das scheint Maverick mir nicht abzukaufen. Skeptisch legt er den Kopf schief. »Keine Sorge, das lässt gleich wieder nach«, sagt er. »Nach den ersten Malen gewöhnt man sich dran.«

Ich presse die Lippen aufeinander. »Ich hatte eigentlich nicht vor, das Ganze hier zu wiederholen.«

»Falls du's dir jemals anders überlegst, nimm bitte jemand anderen mit.« Während Maverick sich umschaut, wirkt er alles andere als begeistert. Seine Augen verfinstern sich und auf seiner Stirn bildet sich eine Falte, die sonst nur da ist, wenn ein Lehrer ihn zwingt, etwas an der Tafel vorzutragen. Nichtsdestotrotz scheint der Hades ihn willkommen zu heißen: Um seine Schultern wabern Schatten herum, verleihen ihm etwas Mystisches, Erhabenes. Ein Teil von ihm ist hier zu Hause, das ist nicht zu übersehen.

Ich reiße meinen Blick von ihm los, genau wie meine Hand, die er immer noch in seiner hält.

»Wie ich dir schon mehrmals gesagt habe«, antworte ich verspätet, »habe ich mir das alles hier nicht ausgesucht. Geschweige denn dich als ... *partner in crime* oder so.«

Wir befinden uns in einer Art steinigen Schlucht. Wenige Meter vor unseren Füßen macht sie eine kleine Biegung, die Maverick jetzt ansteuert. Ich gehe ihm hinterher.

»Früher oder später wirst du ganz schön froh sein, mich als Partner zu haben«, sagt er geistesabwesend und weist auf etwas, das vor ihm liegt.

Ich folge seinem Blick – und schlucke. Die kalten, kargen Felsen um uns herum flachen nur zu einer einzigen Seite ab. Und ausgerechnet dort erwartet uns jemand. Wie angewurzelt bleibe ich stehen und starre in drei Augenpaare. Ich habe nicht unbedingt Angst vor Hunden – eher einen gewissen Respekt. Aber was da vor mir steht, jagt mir eine Heidenangst ein. Kerberos, der Höllenhund höchstpersönlich. Verdammt, wie konnte ich den nur vergessen?

Zu allem Überfluss hat der nicht die angenehme Größe eines Labradors. Nicht mal die einer Deutschen Dogge. Nein, er ist riesig, größer als ein Braunbär. Und als er knurrend die Lefzen seiner drei Mäuler zurückzieht und damit alle seine schneidend scharfen Zähne entblößt, liegen die genau auf Höhe meiner Augen. O Götter.

Stolpernd weiche ich zurück und – so wenig ich das später jemals zugeben werde – verstecke mich hinter Maverick, der mir über seine Schulter einen undefinierbaren Blick zuwirft.

»Kacke«, fluche ich flüsternd. »Und wie genau stellt Declan sich *das* vor?«

Maverick zuckt mit den Achseln. »Ganz einfach«, sagt er und tritt einen Schritt nach vorn. Ehe er etwas Dummes machen kann, strecke ich die Hand aus und greife nach seinem Unterarm.

»Spinnst du?«, zische ich. »Für den bist du ein Zwischendurch-Snack auf zwei Beinen.«

Maverick schnaubt, was Kerberos dazu bringt, den Kopf in seine Richtung zu drehen. Ich lasse seinen Arm los. Soll er doch selbst klarkommen, wenn er aus der ganzen Aktion unbedingt ein Märtyrer-Event machen möchte. Dann bin ich den blöden Faden immerhin auch los.

Doch ich irre mich. Als Maverick noch einen Schritt auf Kerberos zu macht, legt der die schwarzen Köpfe schief, die sechs Ohren nach wie vor gespitzt. Maverick murmelt etwas, so leise, dass ich die Worte nicht verstehen kann. Kerberos anscheinend schon. Er hört auf zu knurren, legt sich hin und lässt seine drei Köpfe mit einem bebenden Seufzen auf seine Vorderpfoten sinken. Ich starre den Höllenhund an.

Maverick wirft mir einen Blick zu und hebt die Augenbrauen. »Kommst du?«

Ich zwinge mich einen Fuß vor den anderen zu setzen und schnaube betont lässig. »Hat halt seine Vorteile, ein Hades-Sohn zu sein.«

Er zuckt mit den Schultern und geht voran. Wir folgen den abgeflachten Steinen um eine weitere Biegung und stehen plötzlich vor einer Wand aus Nebel. Denke ich zumindest im ersten Moment.

Bis Maverick mir einen warnenden Blick zuwirft. »Wehe, du schreist oder heulst«, murmelt er mit zusammengebissenen Zähnen und zieht seinen Obolus aus der Tasche seiner Jeans. »Dann fliegen wir auf. Und leg dir den Obolus wieder unter die Zunge.«

Während ich seine Anweisung befolge, rolle ich mit den Augen. »Warum sollte ich – oh.«

Das vor uns ist kein Nebel. Sondern Gesichter. Im ersten Moment wirken die wie eine Masse, doch auf den zweiten Blick kann ich Körper ausmachen. Zwar sind ihre Konturen etwas verschwommen und schemenhaft, wie von

Nebel umgeben, aber sie sind da. Die Seelen von Toten. Ich schlucke und sehe auf meine Hand, die im Dämmerlicht zwar weichgezeichnet, jedoch eindeutig lebendig wirkt. Unter denen fallen wir garantiert auf.

Ich fluche leise, doch der Obolus in meinem Mund verwandelt das Wort in ein undeutliches Gemurmel.

»Überfahrt nur bei rechtmäßiger Bestattung oder gegen Bezahlung!«, ruft jemand mit einer Stimme, die so klingt, wie sich ein kalter Schauer über den Rücken anfühlt. Das wird dann wohl der Fährmann sein, der uns über den Fluss ans andere Ende des Ufers und somit tatsächlich in die Unterwelt bringt.

Ich runzele die Stirn. »Welcher Fluss war das jetzt noch genau?«

»Der Acheron, der schwarze Totenfluss«, antwortet Maverick. »Einige glaubten, es wäre der Styx, aber der mündet nur in diesem – leider, sonst wäre die ganze Prüfung wirklich ein Kinderspiel.«

Ich verziehe den Mund. »So ein Pech.«

Nach und nach bewegen sich die Seelen der Toten zum Ufer. Als die letzte Mauer aus ihnen ebenfalls vorgerückt ist, kann ich den Acheron sehen. Das schwarze Wasser macht seinem Namen alle Ehre – unheilvoll und wie dünnflüssiges Öl schwappt es über die Steine der Flussböschung.

Noch viel unheilvoller ist allerdings der Mann, der in einem großen Holzboot im Wasser steht. Hinter ihm haben sich all die Seelen der Toten auf dem Boot versammelt. Obwohl das Gesicht des Fährmanns von einer übergroßen schwarzen Kapuze verborgen wird, bin ich mir sicher, seinen Blick auf uns zu spüren.

»Was ist mit euch beiden? Habt ihr keine Bezahlung dabei?«

Maverick greift nach meinem Handgelenk und zerrt mich in Richtung Ufer, ehe er mich wieder loslässt. Wortlos zieht er den Obolus aus seinem Mund und reicht ihn dem Fährmann. Ohne ihn vorher abzuwischen. Igitt, wie ekelig. Ich muss erneut den Drang unterdrücken, das Gesicht zu verziehen, und tue es ihm gleich.

Der Fährmann mustert uns wesentlich länger als die tatsächlich toten Fahrgäste. Obwohl ich vor Nervosität kaum stillstehen kann, zwinge ich mich genau dazu und betrachte den Mann – oder zumindest das, was man unter der Kapuze und dem dunklen Umhang erkennen kann. Was nicht viel ist. Sein Mund ist zu einer grimmigen Linie verzogen, die die Gesichtspartie noch älter aussehen lässt, als sie ohnehin schon wirkt. Direkt an seinem Kinn prangt eine Narbe, die die Wange hoch verläuft und im Schatten der Kapuze verschwindet. Ich schlucke. Ich bin mir nicht sicher, ob wir einem Charon-Sohn oder dem echten Charon gegenüberstehen.

Meine Hände zucken nervös. Richtige, fleischliche Hände und keine Schatten ihrer selbst. Eindeutig quicklebendig. Mein kräftiger Herzschlag, der bis in meine Ohren dröhnt, bestätigt das.

Wir sind so auffällig, das kann gar nicht funktionieren. Doch obwohl die Skepsis eindeutig in seinen grimmigen Zügen zu erkennen ist, nickt der Fährmann und bedeutet uns sein Boot zu betreten.

»Hört mal«, sagt er leise, als wir einsteigen. »Solange ihr die Bezahlung habt, ist mir egal, ob ihr tote Seelen seid oder mehr als das. Aber das geht nicht allen so, also nehmt euch in Acht.«

Ein Schauer jagt mir über den Rücken. Ich bin unfähig etwas anderes zu tun, als zu nicken, und rücke unweigerlich ein Stück näher an Maverick heran, der sich von Charons Worten unbeeindruckt zeigt und sich wortlos vor die anderen Fahrgäste stellt. Na gut, als Hades-Sohn hat er hier unten wesentlich weniger zu befürchten als ich.

Ohne unsere Antwort abzuwarten, wendet der Fährmann sich ab und konzentriert sich auf das, was vor dem Bug des Bootes liegt. Nur Nebel und schwarzes Wasser weit und breit, egal wie sehr ich auch versuche, etwas anderes zu erkennen.

Ich bin so darin vertieft, mich umzuschauen, dass ich vor Schreck beinahe quietsche, als etwas meine Schulter streift. Ich versteife mich und werfe einen Blick nach hinten, auch wenn alles in mir danach schreit, das nicht zu tun. Tja. Ich hätte lieber auf die innere Stimme hören sollen.

Direkt hinter mir steht ein Geist. Oder eher gesagt die Seele eines Toten, der kaum älter sein kann als Maverick und ich. Ausdruckslos starrt der Junge geradeaus, scheint mich nicht mal wirklich zu sehen. Genau wie bei den anderen Seelen hier kann ich an seinen Händen nicht einen einzigen Schicksalsfaden erkennen. Er trägt eine Schuluniform, die mir allerdings nicht bekannt vorkommt. Ich schlucke trocken und wende mich wieder nach vorn.

Im nächsten Moment spüre ich erneut eine Berührung, diesmal an der rechten Hand, doch sie ist fester. Weniger wie ein kalter Luftzug und mehr wie ein wärmendes Kaminfeuer. Noch während ich zögere mich umzudrehen, höre ich Mavericks Stimme neben mir. Er zieht seine Finger nicht zurück.

»Versuch, nicht darüber nachzudenken«, murmelt er und in seinem Ton schwingt etwas mit, das mir einen Kloß im Hals verursacht. Vermutlich hat Maverick so etwas schon einige Male mit ansehen müssen. Unwillkürlich frage ich mich, ob er eng mit dem mächtigsten Hades-Sohn verwandt ist oder ob er und der Herrscher der Unterwelt nur entfernt einen Vorfahren teilen. Vielleicht müssen die Hades-Söhne ja auch so oder so regelmäßig hierher. Ich traue mich nicht zu fragen.

Während ich mich bemühe die Seelen der Toten in meinem Rücken zu ignorieren und mich stattdessen auf Mavericks Hand zu konzentrieren, treiben wir über das schwarze Wasser des Acheron. Der Fluss ist wesentlich breiter, als ich gedacht habe, und bald verliere ich das Gefühl dafür, wie lange wir schon unterwegs sind. Irgendwann kann ich an den anderen Passagieren vorbei zurück zum Ufer blicken, von dem wir gekommen sind. Schatten wabern dort im Nebel herum. Sie wirken unnatürlich, wie halbwegs lebendige Schatten, die sich orientierungslos an der Steinböschung entlangbewegen. Ich runzele die Stirn. Das sind vermutlich diejenigen Seelen, die weder eine rechtmäßige Bestattung noch einen Obolus vorweisen konnten. Wie schrecklich. Ein flaues Gefühl macht sich in meinem Magen breit.

»Willow«, lenkt Maverick meine Aufmerksamkeit wieder auf sich. »Sieh nicht hin.«

Also schaue ich stattdessen zu ihm und presse die Lippen aufeinander. »Das ist leichter gesagt als getan.«

»Ich weiß.« Er tritt einen Schritt näher an mich heran und blockiert mir damit gleichzeitig die Sicht auf das zurückliegende Ufer. Ein Duft, der mich an Minze und Zartbitterschokolade erinnert und rein gar nicht hierher passen möchte, weht mir in die Nase. »Es kann nicht mehr lange dauern.«

Ich nicke stumm und beobachte, wie Charon das Boot um eine weitere kleinere Flussbiegung lenkt. Maverick behält recht: Wenig später kommt eine steinige Böschung in Sicht, die nicht viel einladender aussieht als ihr Gegenstück auf der anderen Seite.

Der Fährmann lenkt sein Boot dorthin und legt an. Dann dreht er sich zu uns um. »Alle aussteigen!«

Ehe die toten Seelen in unserem Rücken sich an uns vorbeidrängen können, zieht Maverick mich ans Ufer. Er lässt meine Hand erst los, als wir ein Stück entfernt vom Anleger stehen und aus sicherer Entfernung die Seelen beobachten können, die das Boot verlassen. Wie von einem Magneten angezogen folgen sie alle einer Linie, wobei aus der Traube bald eine geordnete Reihe wird, komplett ohne Abstimmung oder Zwischenfälle. Ich schaudere bei dem Gedanken, auch irgendwann so zu enden. Vielleicht sogar früher als mir recht ist, wenn wir es nicht schaffen, Declans blödes Styx-Wasser abzufüllen.

»Die gehen zum Totengericht«, kommentiert Maverick. »Da sollten wir lieber nicht auftauchen, das zieht nur unnötige Aufmerksamkeit auf uns. Vermutlich wollte Charon uns davor warnen.«

Nickend zwinge ich mich, den Blick abzuwenden. »Hast du die Karte?«

Maverick zieht sie aus seiner Hosentasche und faltet sie auseinander. Einen Moment lang ist er still, während sich seine Stirn immer tiefer in Falten legt. Er zieht seine Unterlippe zwischen die Zähne und inspiziert die leere Rückseite der Karte, ehe er zu fluchen beginnt. Die Schatten, die um seinen Körper herumwabern, verdichten sich, lassen ihn für einige Wimpernschläge beinahe eins mit der Unterwelt werden.

Erschrocken sehe ich zu den toten Seelen, doch die stehen in Reih und Glied und interessieren sich nicht im Geringsten für Mavericks Gefluche. Ganz im Gegensatz zu mir. Ich drehe mich wieder zu ihm. »Was ist los?«

Er hört mich gar nicht, so vertieft ist er in seine halblaute Schimpftirade, die jedoch langsam mehr und mehr an Härte verliert und an Resignation gewinnt. »So ein Mistkerl.«

»Was hat er gemacht?«

Jetzt scheint meine Frage zu ihm durchgedrungen zu sein. Maverick hebt den Blick und sieht mir ins Gesicht, wobei sich sein Mund verzieht, als müsste er mir gestehen, mein Haustier überfahren zu haben.

»Declans Karte ist unvollständig«, zischt er und knirscht mit den Zähnen. »Wir haben keine Ahnung, welcher Fluss der Styx und welcher die Lethe ist, der Fluss des Vergessens.«

FÜNFZEHN

Einen Moment lang kann ich nur dastehen und ihn anstarren. Selbst Maverick scheint ausnahmsweise nicht dazu aufgelegt zu sein, mit spöttischen Sprüchen um sich zu werfen. Schweigend erwidert er meinen Blick, bis ich meine Sprache wiederfinde.

»Das heißt, wir müssen es ausprobieren? Indem wir ... was tun? Das Wasser aus den Flüssen einfach trinken?«

Er nickt. »Im schlimmsten Fall, ja. Vielleicht können wir den Flüssen aber ansehen, wer welcher ist.«

»Und das weißt du nicht?« Ich werfe die Hände in die Luft. »Du bist ein Hades-Sohn, Mann!«

Sein Gesicht verfinstert sich und abermals werden auch die Schatten um seine Schultern vielzähliger. »Ich habe meine Besuche hier immer möglichst kurz gehalten. Da fehlte die Zeit für eine ausgiebige Sightseeing-Tour.« Seine Stimme trieft nahezu vor Sarkasmus, als er fortfährt. »Entschuldige vielmals, wenn das jetzt der Prüfung schadet, die *du* uns eingebrockt hast.«

Schluckend presse ich die Lippen aufeinander und schiebe meine Hände in die Tasche meines Kapuzenpullovers. Maverick sieht mich noch für einen Moment aus dunklen Augen an, dann wendet er den Blick ab und starrt wieder auf die Karte. O Mann. Es würde mich nicht wundern, wenn er mir das Ding gleich vor die Füße wirft, Reißaus nimmt und mich in der Unterwelt allein lässt.

»Tut mir leid«, bringe ich hervor. »Das hier ist ... irgendwie zu viel. Alles ist gruselig, kalt und dunkel und ich möchte hier einfach nur schnell wieder weg. Und wenn wir es nicht schaffen, verliere ich höchstwahrscheinlich meinen Kopf und ich bin noch so jung und ich habe –«

»Schon gut«, fällt er mir ins Wort und sieht zurück zu mir, was es mit der Ehrlichkeit für mich auf einen Schlag schwieriger macht. Doch anscheinend nicht für ihn. Als er spricht, ist seine Stimme sanft und warm, nur ein leiser Unterton erinnert an seinen Groll. »Ich war beim ersten Mal auch nervös.«

Ich zwinge mich zu einem Lachen, was sich im Endeffekt allerdings viel mehr danach anhört, als hätte ich mich verschluckt. »Du kannst nervös sein?«

»Und wie.« Er hebt einen Mundwinkel. »Noch viel schlimmer als bei einem unangekündigten Test von Mr O'Connor.«

»Die lassen dich doch nicht mal mit der Wimper zucken.«

Er lacht kurz auf. »Äußerlich nicht, nein. Also, wollen wir uns auf zum Vermutlich-Styx machen?«

Ich nicke. »Wie gehen wir vor?«

»Declan hat hier etwas geschrieben ...«

»Zeig mal.« Ich schnappe mir die Karte aus seiner Hand. Declans Anmerkung darauf ist kaum zu übersehen: In der ansonsten schlichten Gestaltung prangt eine dahingeschmierte Notiz aus Kugelschreibertinte, die mit einem Textmarker umrahmt wurde. Vom Rahmen aus gehen zwei Pfeile in die Richtung unterschiedlicher Flüsse, die sich durch die Unterwelt winden und relativ nah zueinander in den Acheron münden.

Offenbar habe ich zu viel Wasser aus der Lethe getrunken, denn ich habe vergessen, welcher von beiden nun der Styx ist. Der andere Fluss ist die Lethe, da bin ich mir ziemlich sicher. Viel Spaß beim Herausfinden! Und denkt dran: Ihr müsst das allein hinkriegen.

»Was für ein Idiot. Das hat er doch mit Absicht gemacht«, grummele ich.

»So oder so bleibt uns wohl nichts anderes übrig, als nach seiner Pfeife zu tanzen.«

»Und passiert das wirklich, wenn man aus der Lethe trinkt? Vergisst man … etwas? Alles?«

»Keine Ahnung.« Er zuckt mit den Schultern. »Ich glaube, das ist wie mit Gift. Wie stark die Wirkung ist, hängt von der Dosis ab. Ich würde sagen, um alles für immer zu vergessen, muss man schon ordentlich Durst haben.«

Ich nicke stumm.

»Hey, jetzt sei kein Feigling.« Maverick hebt einen Mundwinkel. »Lass uns erst mal zu den Flüssen gehen. Vielleicht kann man die ja so unterscheiden und Declan nimmt uns nur auf die Schippe – solche Psychospielchen scheint er ja zu lieben.«

Ich gebe ihm die Karte zurück und bemühe mich einen Mundwinkel zu heben.

Nach einem kurzen Blick darauf faltet er sie wieder zusammen und stopft sie in seine Hosentasche. »Also – bereit für etwas Unterwelt-Sightseeing?«

»Ich schätze, wir haben keine andere Wahl.«

»Immerhin müssen wir uns nicht den Totenrichtern stellen.« Er sieht finster zu all den toten Seelen hinüber, deren Schlange sich langsam verkleinert, ehe er in eine andere Richtung zeigt, am Ufer des Acheron entlang. »Hier lang.«

Schweigend machen wir uns auf den Weg. Wo ich auch hinsehe, ich kann nichts anderes erkennen als Felsen. Hin und wieder wachsen ein paar einsame Pflanzen aus Rissen im Felsuntergrund. Affodill, wenn ich mich richtig an Großtante Hollys Erzählungen erinnere. Sonst ist hier nichts – nur eine scheinbar unendliche Landschaft aus kargem Stein und Einsamkeit.

Ich verliere erneut das Zeitgefühl. Während wir Meter und Meter hinter uns lassen, nehmen die Steine verschiedenste Formen an, eine trostloser als die andere. Mal türmen sie sich an beiden Seiten zu Felsformationen auf, die uns in eine Schlucht einhüllen, so eng, dass sie mir das Atmen erschwert. Dann werden sie wieder flacher, karg, ohne jedes Zeichen von Leben bis auf die vereinzelten Affodillgewächse.

Einmal, als die Felsen sich unter unseren Füßen nach und nach erheben, laufen wir an einer Klippe entlang. Andauernd verliere ich dank der profillosen Sohlen meiner Sportschuhe den Halt und komme um ein Haar aus dem

Gleichgewicht – und jedes Mal fängt Maverick mich auf und stellt mich zurück auf die Füße.

»Danke«, murmele ich gefühlt zum tausendsten Mal, was er nur mit einem Nicken erwidert. Er ist vollkommen auf etwas in der Ferne fixiert. Ich folge seinem Blick.

Zwischen den Bergspitzen am Horizont ragen schwarze, mächtige Säulen hervor, die Ebenen auf verschiedenen Höhen stützen, sodass sich ein Konstrukt ergibt, das gleichzeitig einem antiken Tempel und einem märchenhaften Schloss ähnelt. Und um die Säulen herum schlängelt sich etwas, das aus der Entfernung aussieht wie weißes Feuer. Das wird dann wohl das Zuhause des mächtigsten Hades-Sohns sein. Ich kann gar nicht anders, als den Atem anzuhalten und den Anblick förmlich aufzusaugen. So viel dazu, hier nicht bei Disney zu sein.

Maverick stößt etwas aus, das wie ein Seufzen klingt.

»Lass uns weitergehen«, murmelt er. Ehe ich reagieren kann, setzt er sich in Bewegung. Ich folge ihm perplex, allerdings nicht ohne den ein oder anderen Blick hinüber zum Hades-Berg zu werfen, von dem uns nur eine steinige Kluft trennt.

Als wir wieder flachen Boden unter uns haben, wird der Schmerz in meinen Füßen allmählich so stark, dass ich kaum noch einen Schritt machen kann. Müde blinzele ich im dunklen Dämmerlicht. Die Beschwerden liegen mir auf der Zunge, aber ich beiße die Zähne zusammen. Doch anscheinend kann Maverick, der die ganze Zeit über kein Wort verloren hat, mir trotzdem alles ansehen.

»Wir sind gleich da«, sagt er und betrachtet mich mit verzogenen Lippen, von denen ich mir nicht sicher bin, wie ich sie interpretieren soll. »Weit kann es nicht mehr sein.«

»Bist du dir sicher? Hier sieht alles gleich aus, vielleicht sind wir noch Tage unterwegs. Ich fühle mich langsam wie in einem Tolkien-Buch.«

Maverick stößt ein kurzes Lachen aus. »Na gut, also die Einöde passt auf jeden Fall, aber ich hoffe, hier begegnet uns kein goldgieriger Drache. Immerhin hast du dich schon bei Kerberos' Anblick verkrochen.«

»Das macht man ja auch, wenn man Menschenverstand hat und nicht absolut überheblich ist.«

»Na ja, anscheinend habe ich genug Verstand, um dir durch die Prüfungen zu helfen.« Er legt den Kopf schief. »Oder warte mal ... ist die Tatsache, dass ich dir überhaupt helfe, vielleicht eher ein Indiz dafür, keinen Verstand zu haben?«

Sein Gesichtsausdruck bringt mich zum Lachen. »Wenn es so wäre, würde ich dir das sicher nicht sagen. Am Ende schadet das deinem übergroßen Ego zu sehr und du verkriechst dich heulend in einer Ecke.«

»An deiner Stelle wäre ich nicht so frech.« Sein Gesichtsausdruck hellt sich auf und er deutet auf etwas, das vor uns liegt. »Sonst teste ich gleich, was davon der Styx ist, indem ich dich einfach reinwerfe. Dann bin ich schön raus aus der Sache.«

Ich folge seinem Blick. Wenige Meter vor uns hört der steinige Boden auf und wird von einem Fluss ersetzt, der nicht ganz so breit ist wie der Acheron. Einige Felsoberflächen brechen durch das Wasser und bilden so eine natürliche Brücke zum anderen Ufer. Dort ist – nach einer Unterbrechung aus Stein – ein weiterer Fluss zu erkennen. Links von uns münden beide Flüsse in den Acheron.

Auch wenn wir die Prüfung noch längst nicht geschafft haben, kann ich das Lächeln nicht verhindern, das sich auf meinen Lippen ausbreitet. »Einer von beiden muss es sein.«

Ohne zu zögern, läuft Maverick auf die Steinbrücke zu. »Lass uns erst mal auf die andere Seite gehen. Vielleicht können wir von da aus Unterschiede im Wasser erkennen«, sagt er und wirft mir über seine Schulter hinweg einen kurzen Blick zu. Anscheinend bemerkt er mein Zögern. »Oder hast du Angst?«

Hastig schüttele ich den Kopf und schlucke den bitteren Geschmack auf meiner Zunge hinunter, während ich Maverick zur Böschung folge. »Unterweltflusswasser und ich sind nur nicht die besten Freunde, das ist alles.«

Für einen Moment dreht sich Maverick zu mir um, zögert. Dann seufzt er, streckt seine Hand nach mir aus und verschränkt seine Finger mit meinen. »Ich lass dich nicht reinfallen. Vertrau mir.«

Ich sehe ihn an und nicke schluckend. »Lass uns rübergehen.«

Gesagt, getan: Ohne dass ich überhaupt die Chance habe, es mir anders zu überlegen, zieht mich Maverick auf den ersten Felsen. Er ist gerade groß genug, um uns beiden Platz zu bieten, und wir müssen beinahe direkt aneinander stehen, damit keiner von uns ins Wasser fällt. Mein Körper beginnt aufgeregt zu prickeln. Ehe mein Verstand in der Lage ist, darauf zu reagieren, zieht Maverick mich schon auf den nächsten Stein. Und dann weiter und weiter, bis wir am anderen Ufer angekommen sind.

Mit sicherem Boden unter den Füßen stoße ich die Luft aus, lasse Mavericks Hand los und trete einen Schritt von ihm weg. Ich bin im Begriff, ihm zu danken, doch er hat längst wieder Abstand zwischen uns gebracht und betrachtet den Fluss auf der anderen Seite. Er wirft mir nicht mal mehr einen Blick zu und der Dank bleibt mir auf der Zunge kleben. Unsicher spiele ich am Bändchen meines Kapuzenpullovers.

Schließlich gehe zu ihm und schaue in den Fluss, dessen Wasser genauso aussieht wie das des gegenüberliegenden. Etwas dunkler als das, was ich von der normalen Welt kenne, als hätte jemand Tinte hineingeschüttet, aber sonst ganz normal.

Maverick knirscht mit den Zähnen. »Verdammt.«

»Und was machen wir jetzt?«, frage ich und sehe von Fluss zu Fluss in der naiven Hoffnung, die Lösung für unser Problem könnte sich mit einem Mal dazwischen auftun. »Können wir nicht einfach die Hand reinstecken und schauen, wie sich das anfühlt?«

Maverick runzelt die Stirn. »Und wie soll sich der Styx anfühlen? Oder die Lethe? Deine Hand wird ja wohl kaum etwas vergessen. Und ich bezweifele, dass du dir sie selbst brechen möchtest, um zu schauen, ob sie unverwundbar ist.«

Ich beiße mir auf die Unterlippe und zucke mit den Schultern. »Ist ja gut. Was schlägst du vor, Sherlock?«

»Wir trinken aus beiden Flüssen. Jeder aus einem, damit es fair bleibt.«

Seufzend lege ich den Kopf in den Nacken und schließe für einen Moment die Augen. »Ich habe gehofft, wir kriegen das irgendwie anders hin.«

Ein paar Sekunden lang ist Maverick still. »Hör mal«, sagt er dann. »Es wird bestimmt nichts passieren. Declan hat uns versichert, dass niemand von uns draufgeht. Daran wird er sich halten – was hätte er schon davon, einen von uns tot zu sehen?«

»Er hat nicht versprochen, dass keiner von uns den Verstand verliert – oder eher das Gedächtnis.«

»Warum sollte er das riskieren?« Er legt den Kopf schief. »Declan wollte Unterhaltung und die ist viel größer, wenn wir beide bei Verstand sind.«

»Ansichtssache.«

Er mahlt mit dem Kiefern. »Wir haben keine Wahl. Falls einer von uns das Gedächtnis verliert, schubse ich ihn eigenhändig in ein Haifischbecken.« Beinahe feierlich hebt er die Hand. »Das schwöre ich.«

Unweigerlich schleicht sich ein Schmunzeln über meine Lippen. »Ich werde dich im Notfall dran erinnern.«

Maverick grinst. »Also – möchtest du lieber eine Portion linkes Flusswasser oder lieber eine Portion rechtes Flusswasser?«

Unentschlossen sehe ich zwischen den Flüssen hin und her. Sie wirken gleich. Absolut nichts deutet darauf hin, welcher von beiden Vergessen und welcher Unverwundbarkeit bringt. Um ehrlich zu sein, möchte ich nicht mal Letzteres haben. Ich will einfach nur normal sein. Und wenn das schon so unmöglich ist, dann wenigstens so normal, wie es für eine Moiren-Tochter irgendwie geht – und zwar ohne einen aus der Reihe tanzenden Liebesfaden. Ich atme einmal tief ein und aus und blicke auf meine Hände. An der rechten Hand tanzen die tiefroten Schicksalsfäden, die mich mit meiner Familie verbinden.

»Ich nehme den rechten«, sage ich, stelle meinen Rucksack auf dem Boden zwischen unseren Füßen ab und trete an den Fluss. Ich lasse mich auf die Knie sinken und schaue über meine Schulter zu Maverick.

Der nickt und macht dasselbe am linken Fluss. »Bereit?«

»Bereit.«

Dann schöpfe ich mit beiden Händen etwas Wasser aus dem Fluss, schließe die Augen und trinke.

SECHZEHN

Kühl und erfrischend fließt das Wasser meine Kehle hinab. Ohne darüber nachzudenken, schöpfe ich mit den Händen noch einmal ein paar Schlucke und trinke sie. Meine Lider flattern entspannt – und was ich sehe, lässt mich auf der Stelle erstarren. Was zur Hölle?

Dämmerlicht umgibt mich. Ich blinzele irritiert, was allerdings nichts an der Szenerie ändert. Für einen Moment glaube ich auf der Götter-Ebene zu sein, aber das Licht ist dunkler, irgendwie bedrohlicher. Während ich mich umschaue, schlägt mein Herz immer schneller in meiner Brust. Überall um mich herum sehe ich nur triste grauschwarze Felsen. Selbst der Fluss vor meinen Füßen wirkt wie in Schatten getaucht. Panik ergreift jede meiner Zellen. Wo bin ich? Wie bin ich hierhergekommen? Und wo war ich überhaupt vorher?

Hektisch springe ich auf und suche nach einer Antwort. Ich weiß, dass sie da irgendwo ist, direkt in meinem Kopf, doch ich komme nicht heran, kann den Gedanken nicht greifen. O Götter.

»Willow? Alles in Ordnung bei dir? Ich glaube …«

Ruckartig drehe ich mich um. Nur wenige Meter entfernt von mir steht Maverick, hinter ihm plätschert ein Fluss, der genauso seltsam gefärbt ist wie der, aus dem ich gerade getrunken habe. Ein Grinsen liegt auf Mavericks Lippen, verblasst jedoch, als ich seinen Blick verwirrt erwidere. Zwischen uns liegt mein Rucksack auf dem steinigen Boden – der kleine Stofftier-Schlüsselanhänger am Reißverschluss macht eine Verwechslung nahezu unmöglich.

»Was …«, murmele ich und sehe ihn skeptisch an. Seit wann nennt er mich denn bei meinem richtigen Namen und nicht mehr Moira? Und was macht er hier? Was machen *wir* hier?

Maverick zwickt sich mit Zeigefinger und Daumen in den Nasenrücken. Er sieht anders aus als sonst, finsterer. Schatten wabern um seine Schultern, als er ein Fluchen ausstößt. Wo hat er diesen Special Effect denn plötzlich her?

»Verdammte Scheiße!«

Entnervt rolle ich mit den Augen. Meine Frage, wo zum Teufel wir hier sind, kann ich mir wohl sparen. »Ich bin auch nicht froh darüber, hier zu sein – wo auch immer das ist. Glaub mir.«

»Was?« Er blinzelt. »Nein, das meine ich nicht. Ähm ...«

Vor Überraschung hebe ich die Brauen. Soweit ich mich erinnern kann, verschlägt es Maverick gerade das erste Mal die Sprache. Sonst wirft er doch nur so mit ebenso oberschlauen wie bedeutungslosen Sprüchen um sich.

»Wärst du jetzt so freundlich mir zu sagen, wo ich hier bin? Oder wie ich hierhergekommen bin?«

»Kannst du dich wirklich nicht erinnern?«

Eins muss man ihm lassen – schauspielerisches Talent hat er. Fast kaufe ich ihm den verzweifelten Ausdruck in seinem Gesicht ab. Vor allem, weil ich ihn noch nie zuvor so gesehen habe.

»Nein«, antworte ich und stöhne. Diskutieren mit diesem Kerl ist ohnehin zwecklos. »Gerade eben war ich noch ...«

Mit einem Mal gehen mir die Worte aus. Bis vor einer Sekunde war ich mir absolut sicher zu wissen, was ich vor zehn Minuten gemacht habe. Doch ehrlich gesagt habe ich nicht den geringsten Schimmer. Ich weiß mit Sicherheit, dass Mum mich vor Kurzem zum Olymp geschleppt hat, um mich denen in ach so schöner, alter Tradition vorzustellen. Wie lange das her ist? Keine Ahnung. Vielleicht erst ein paar Stunden, vielleicht schon einige Tage. Mein Zeitgefühl hat sich anscheinend irgendwo dorthin verflüchtigt, wo ich es nicht erreichen kann.

Ich lege die Stirn in Falten und balle meine Finger an meinen Seiten zu Fäusten, um ihr Zittern zu verbergen.

»Was hast du mit mir gemacht?«

»Gar nichts!« Abwehrend hebt er die Hände und kommt auf mich zu, bleibt aber kurz vor meinem Rucksack stehen. »Was weißt du noch?«

Wieder rolle ich mit den Augen. »Dass du ein selbstgefälliger Idiot bist. Das könnte ich niemals vergessen.«

»Ich mein's ernst.«

»Ich auch.«

Maverick sieht zu meinem Rucksack und murmelt irgendetwas, das ich nicht verstehen kann.

»Du kannst dir das Theater echt sparen.« Ich kämpfe mit den nächsten Worten und das liegt nicht nur am Kloß in meinem Hals. »Dein Streich ist gelungen. Ich brauche deine Hilfe, ich bin von dir abhängig oder was auch immer du hören willst. Und jetzt lass mich einfach wieder nach Hause, okay?«

»So einfach ist das leider nicht.«

Das bringt das Fass zum Überlaufen. Ich reiße die Hände in die Luft und mache ein paar Schritte auf ihn zu, sodass wir uns in der Mitte zwischen den Flüssen treffen. Nur wenige Dutzend Zentimeter und mein Rucksack trennen uns noch.

»Maverick Bennington«, zische ich und starre ihn an, das Kinn nach oben gereckt und die Schultern durchgedrückt. Wenn ich mir die Panik irgendwie anmerken lasse, hat er genau das, was er will. »Du hörst jetzt auf der Stelle auf mit dieser Scheiße oder …«

Ich lasse meinen Satz unbeendet in der Luft hängen. Kacke. Ich hätte mir eindeutig früher überlegen sollen, wie ich ihm drohen kann.

Doch zu meiner Überraschung verziehen sich seine Lippen besorgt, statt das gewohnt überhebliche Grinsen zu bilden.

»Willow, hör mir zu«, fleht er. Ich blinzele perplex. Diesen Tonfall habe ich an ihm noch nie gehört. »Ich habe nichts mit dir gemacht. Du hast gerade Wasser aus der Lethe getrunken, dem Fluss des Vergessens. Freiwillig.«

»Wer's glaubt.« Ich schnaube. »Verarsch mich nicht.«

»Tu ich nicht.« Er sieht mich für ein paar Momente schweigend an und etwas am Ausdruck in seinen Augen bringt mich dazu, ihn diesmal nicht zu unterbrechen. Der Klügere gibt nach und so. »Wir sind im Hades.«

Okay, das war's mit den guten Vorsätzen. Ich schnappe entgeistert nach Luft. »W –«

»Hör mir zu, hab ich gesagt. Du wirst doch nicht schlauer, wenn du mich nicht ausreden lässt.« Entnervt wirft er die Hände in die Luft, wodurch die Schicksalsfäden daran tanzen. Ich versuche mich davon nicht irritieren zu lassen.

So ungern ich es zugebe – vermutlich hat er recht. Ich beiße mir auf die Unterlippe, um ihm nicht gleich wieder ins Wort zu fallen. Allerdings nicht, ohne ihm einen bitterbösen Blick zuzuwerfen.

»Wir sind gemeinsam hinabgestiegen, weil du vor fast zwei Wochen ziemlichen Mist gebaut hast.« Seufzend hält er seine linke Hand direkt vor mein Gesicht.

Ich schnappe nach Luft. Um seinen kleinen Finger schlängelt sich ein Ring aus schwarzer Tinte. Magischer Tinte, das erkenne ich sofort. »Ein Schicksalsverbundenden-Tattoo«, murmele ich und bemühe mich, nicht allzu neugierig auszusehen. »Und was hat das bitte mit mir zu tun?«

Maverick zieht die Unterlippe zwischen die Zähne und fährt sich mit der Hand über den Nacken. »Du hast das gleiche. Weil wir verbunden sind.«

Automatisch schüttele ich den Kopf. »Nein, das kann ja gar nicht sein. Ich bin keine Persephone-Tochter. Unsere Schicksale können überhaupt nicht auf diese Art miteinander verbunden sein«, sage ich und sehe auf meine Hand – kein Tattoo. Um meinen kleinen Finger trage ich Junipers Ring. Ist ja seltsam. Noch immer kopfschüttelnd ziehe ich ihn ein Stück hoch. Und da ist es. Das Tattoo. Und direkt darüber ein rötlich schimmernder Schicksalsfaden, der von meiner Hand zu Mavericks führt. Meine Knie beginnen zu zittern, während mein Blick wieder zu Maverick wandert. »W-was?«

»Du hast einen Liebesfaden zwischen uns gesponnen«, erklärt Maverick halblaut. »Aus Versehen. Anscheinend hast du die höhere Macht einfach ignoriert. Wir wissen nicht ganz genau, wie das passieren konnte.«

»Okay.« Ich stoße stockend Luft aus. In mir regt sich das dringende Bedürfnis, mich irgendwo abzustützen. »Und wie sind wir jetzt von da«, ich hebe meine Hand, »nach hier«, ich deute auf unsere Umgebung, »gekommen?«

Er seufzt. »Ich habe beschlossen dir zu helfen. Zuerst sind wir zum Orakel gegangen, das hat jedoch nur Stuss geredet. Also haben wir uns Declan, einen Eros-Sohn, gesucht und ihn um Hilfe gebeten, damit der Olymp nichts erfährt. Der hat versprochen den Faden wirkungslos zu machen, wenn wir Prüfungen bestehen. Für eine davon müssen wir Wasser aus dem Styx abfüllen. Dazu mussten wir aber aus ihm und der Lethe trinken, um zu wissen, welcher Fluss der Richtige ist. Und du hast die Lethe erwischt. Ich den Styx.«

Verwirrt runzele ich die Stirn. »Das ging jetzt etwas sehr schnell«, sage ich. »Mal ganz abgesehen davon, dass das eher nach dem Inhalt einer seltsamen Serie klingt.«

Maverick presst die Lippen aufeinander. »Es ist die Wahrheit.«

»Und das soll ich dir einfach glauben?«

»Vertrau mir.«

Ich lege den Kopf schief und betrachte Maverick für eine Weile. Dann fällt mein Blick wieder auf den Liebesfaden zwischen uns und auf meinen kleinen Finger, dessen Tattoo sich an Mavericks Hand spiegelt. Das alles kann gar nicht wahr sein. Absolut unmöglich. Trotzdem ist der Faden da – und ich glaube nicht, dass irgendjemand in der Lage ist, so etwas vorzutäuschen. Großtante Holly hat noch nie etwas von einem unechten Schicksalsfaden erwähnt. Zumindest, soweit ich mich erinnern kann. Das hier muss also wahr sein. Vorausgesetzt, dass Maverick mich nicht unter extreme Drogen gesetzt hat, und so wenig ich ihn auch leiden kann, halte ich das für ziemlich unwahrscheinlich.

»Wenn ich uns in dieses ganze Schlamassel reingeritten habe … warum hilfst du mir dann?«, frage ich, ohne ihn anzusehen. »Du könntest mich doch einfach dem Olymp ausliefern.«

»Das möchte ich aber nicht. Es ist eine lange Geschichte. Lass uns erst mal von hier verschwinden, danach erzähle ich dir alles, was du wissen möchtest.« Er seufzt. »Bitte.«

Als ich den Kopf wieder hebe, liegt da etwas Weiches in seinen Augen. Verschwunden sind die Kälte und die Härte, die er sonst immer zur Schau stellt. Ich schlucke. Für den Moment ist er kein rebellischer Hades-Sohn und kein selbstgefälliger Arsch. Er ist nur ein Junge, der mich um etwas bittet. Und ein Junge, der mein Herz zum Stolpern bringt.

»Okay.« Ich lecke mir über die Unterlippe. Ich habe ja sowieso keine andere Wahl. »Lass uns gehen.«

Maverick nickt langsam, ein verhaltenes Lächeln spielt um seine Mundwinkel. »Danke«, murmelt er. »Dann lass uns das Styx-Wasser abfüllen.«

Etwas verloren sehe ich dabei zu, wie er eine leere Whiskey-Flasche aus meinem Rucksack zieht, von der ich nicht die geringste Ahnung habe, wie sie dort hineingekommen ist. Danach geht er zum Fluss hinüber, der die ganze Zeit hinter ihm geplätschert hat, und sinkt davor auf die Knie. Ich folge ihm irritiert und beobachte, wie er die Flasche mit Wasser befüllt.

»Wenn ich alles vergessen habe, weil ich aus der Lethe getrunken habe«, ich zögere, »was ist mit dir passiert, als du aus dem Styx getrunken hast? Ist … ist der nicht giftig?«

Er schraubt den Deckel auf die Flasche und wischt sich die nasse Hand an seinem Hosenbein ab. »Nee, das ist wohl nur so ein Gerücht, damit die Leute nicht wie verrückt den Hades stürmen. Anscheinend macht das Wasser einen schwerer verwundbar, wie Achill oder so.« Er zuckt mit den Schultern. »Ich merke jedenfalls nichts davon. Vielleicht muss man dafür mehr trinken als ein paar Schlucke. Mir geht's gut.«

Ich schnaube. »Und ich hab mal wieder das ganze Pech abbekommen.«

»Nur fürs Protokoll«, sagt er und schiebt die Flasche zurück in meinen Rucksack. »Ich hab dir die Wahl gelassen. Und jetzt lass uns abhauen, bevor wir hier doch noch jemandem über den Weg laufen.«

Nach einem prüfenden Blick in meine Richtung wirft er mir den Rucksack entgegen und geht hinüber zur Lethe, in dessen Wasser Steine liegen. Immer wieder durchbrechen sie die Oberfläche und bilden so eine – ziemlich risikoreiche – Brücke über den Fluss. Ich schultere meinen Rucksack und schlucke. Nach dem Trinken soll ich mich jetzt noch der Gefahr eines unfreiwilligen Bades darin aussetzen? Dieser Eros-Sohn, der uns die Prüfungen stellt, scheint auf jeden Fall eine sadistische Ader zu haben. Ich kann es kaum erwarten, ihm meine Meinung zu dem Ganzen hier zu geigen.

Kurz vor der Flussböschung bleibt Maverick aus dem Nichts heraus stehen. Um ein Haar laufe ich direkt in ihn hinein und setze gerade zu einem Fluch an, als er sich umdreht und nach meiner Hand greift.

Ich runzele die Stirn, viel zu perplex, um sie ihm wieder zu entziehen. »Was soll das denn werden?«

»Auf dem Hinweg hattest du Angst«, sagt er nüchtern. Mehr nicht. Als wäre es das Normalste der Welt, dass der ach so große Maverick Bennington sich nicht über mich lustig macht, wenn mir etwas nicht behagt, sondern mir hilft.

In was für eine Wirklichkeit ich auch immer hier geraten bin – ich habe eindeutig ganz schön viel verpasst. Und zwar wesentlich mehr, als mir lieb ist. Als Maverick mich mit sanftem Druck über die steinige Brücke zieht, müssen wir so eng auf einem der Steine stehen, dass sich unsere Körper unweigerlich berühren. Mein Herz reagiert darauf, indem es gegen meine Rippen rast. *Okay, lieber verräterischer Muskel in meiner Brust, ich denke, wir haben hier einiges zu besprechen.*

Am anderen Ufer angekommen reiße ich meine Hand aus Mavericks und räuspere mich. »Seit wann bist du denn nicht mehr so ein Arsch?«, frage ich und versuche meiner Stimme einen provokativen Klang zu verleihen.

Maverick wirft mir einen kurzen Seitenblick zu, ehe er sich in Bewegung setzt. »Ich bin genau wie sonst auch.«

Ich folge ihm. »Nie im Leben.«

»Dann muss das am Faden liegen, den *du* zwischen uns gesponnen hast.«

Darauf habe ich keine Antwort. Schweigend folge ich ihm durch die steinige Einöde. Hier und da verändert die Landschaft ihre Form, wird zu Bergen und Schluchten und noch mal zu Feldern, aber der Fels bleibt ununterbrochen präsent. Gefühlt besteht die ganze Unterwelt nur aus grauer harter Kälte und finsterem Dämmerlicht. Wohlfühlfaktor minus Eintausend.

Wir laufen eine Ewigkeit. Permanent bemühe ich mich etwas wiederzuerkennen, aber ohne Erfolg. So sehr ich mich auch anstrenge – da ist nichts. Ich blinzele gegen die Tränen der Panik an, die sich unbemerkt in meine Augen geschlichen haben. »Maverick?«

»Hm?«

»Meinst du, meine Erinnerungen kommen irgendwann zurück?« Meine Worte klingen belegt. Ich räuspere mich.

Über seine Schulter hinweg wirft Maverick mir einen kurzen Blick zu. »Keine Ahnung.«

Ah, da ist ja wieder der Maverick, den ich kenne und der sich nicht einen Dreck um andere schert. Ich knirsche mit den Zähnen und versuche vergeblich den Kloß in meinem Hals hinunterzuschlucken.

In nächsten Moment bleibt Maverick stehen und dreht sich ganz zu mir um. »Das wird schon wieder.«

Ich halte ebenfalls an und runzele die Stirn. Ich habe keinen Schimmer, wie genau der Liebesfaden wirkt, aber allem Anschein nach sorgt er für heftige Stimmungsschwankungen. Leider auch in meinem Herzen – während es gerade noch vor unterdrückter Wut gedonnert hat, kann es sich jetzt nicht entscheiden, ob es einen Schlag aussetzen oder aus einem ganz anderen Grund weiterrasen soll.

»Vielleicht ist es, als hättest du dir deinen Dickkopf irgendwo heftig gestoßen.« Er schiebt die Hände in die Hosentaschen und hebt einen Mundwinkel. »Du bist ne Weile verwirrt und dann ist bald alles wie vorher.«

Ich presse die Lippen aufeinander und kann nicht anders, als dieser Hoffnung nachzugeben. Doch trotzdem – da bleibt die Angst, einfach weiter in dieser Situation festzustecken, ohne überhaupt zu wissen, wie genau ich in sie hineingeraten bin. »Was, wenn nicht?«, murmele ich. »Was, wenn ich mich nicht erinnern werde?«

»Dann finden wir eine Lösung.« Maverick lächelt – ein echtes Lächeln ohne jede Spur von Überlegenheit oder Spott, das das Muttermal auf seiner Wange in einem Grübchen verschwinden lässt. »Wenn deine Erinnerungen nicht wiederkommen, schubse ich Declan höchstpersönlich in ein Haifischbecken. Du kannst dich zwar nicht dran erinnern, aber ich hab es geschworen.«

Gegen meinen Willen zucken meine Mundwinkel. »Ich habe zwar keinen Plan, wie dieser Declan so ist, aber ich glaube, das würde ich gerne sehen.«

»Dann lass uns ihm sein blödes Styx-Wasser bringen und schauen, was sich machen lässt.«

»Danke«, kommt es über meine Lippen, ehe ich überhaupt realisiere, dass ich mich gerade bei dem Jungen bedanke, der in den letzten Jahren nicht viel mehr gemacht hat, als mich regelmäßig auf die Palme zu bringen.

»Kein Ding.« Er dreht sich auf dem Absatz um und geht weiter.

Ich folge ihm, kann es jedoch nicht lassen, mich umzusehen. Auf einem Berg, dessen steile Hänge mich immer wieder beinahe abrutschen lassen, ist die Aussicht so gut, dass ich am Horizont etwas entdecke, was wie die Mischung aus einem antiken Tempel und einem finsteren Schloss wirkt. Das ist bestimmt der Sitz des mächtigsten Hades-Sohns. Ich bin erleichtert, ihm nicht über den Weg zu laufen.

Sowieso begegnen wir keiner Menschenseele. Das Totenreich ist wie ausgestorben – und die Atmosphäre hier unten beschert mir die ganze Zeit über so ein mulmiges Gefühl, dass ich mich nicht einmal traue über meinen eigenen Wortwitz zu schmunzeln.

Nach einer Weile erreichen wir ein weites steiniges Feld, auf dem sich Schatten tummeln, die wesentlich greifbarer wirken als die anderen, die durch die Gegend wabern. Ich runzele die Stirn und sehe genauer hin. O Götter. Die Schatten haben menschliche Konturen.

Ich ziehe scharf Luft ein. »Sind das …?«

»Totenseelen«, erwidert Maverick neben mir und nickt. »Auf ihrem Weg zum Gericht. Lass uns lieber ein wenig Abstand zu denen halten, sonst entdeckt uns noch einer der Richter. Wir müssen hier entlang.«

Maverick geht einige Schritte, ehe er sich ein weiteres Mal zu mir umdreht. Er zieht ein kleines Säckchen aus seiner Hosentasche und öffnet den Kordelverschluss. Dann greift er hinein und hält mir seinen Inhalt entgegen. Einen Obolus. Ich nehme ihn aus seiner Hand, eifrig darauf bedacht, dabei nicht mit meinen Fingern seine zu streifen. Was auch immer da der Liebesfaden mit uns anrichtet – wir müssen es nicht absichtlich schlimmer machen, während wir versuchen aus dem ganzen Mist wieder herauszukommen.

»Leg ihn dir unter die Zunge«, weist Maverick mich an und ist im Begriff, das mit seinem eigenen Obolus zu machen. »Ohne Bezahlung nimmt uns der

Charon-Sohn nicht mit hinüber. Und er ist etwas traditionell, was die Position des Dings angeht.«

Etwas widerwillig tue ich, was er sagt. Mit dem metallischen Geschmack der Münze im Mund folge ich ihm zum Ufer eines breiten wilden Flusses, dessen Wasser mich an Erdöl erinnert – schwarz und schmierig. An einem Anleger liegt ein Holzboot, auf dem ein Fährmann steht, dessen Gesicht unter einer großen Kapuze verborgen liegt. Der Charon-Sohn.

Als wir an ihn herantreten, sieht er auf und mustert uns kurz.

»Da seid ihr ja wieder«, begrüßt er uns mit einer Stimme, die mir eine Gänsehaut bereitet. »Und sogar noch an einem Stück.«

Ohne auf seinen Kommentar einzugehen, zieht Maverick die Münze aus seinem Mund und reicht sie dem Fährmann. Okay, ernsthaft? Dafür haben wir uns das ekelige Ding jetzt unter die Zunge gelegt? Ich unterdrücke ein Augenrollen – wenn selbst Maverick nicht gegen so einen Schwachsinn protestiert, soll das was heißen. Also gebe ich dem Fährmann meinen Obolus.

»Rauf mit euch.«

Hinter Maverick steige ich auf das Boot, das unter unseren Füßen gefährlich schwankt. In der hinteren Hälfte ist ein Brett in den Innenraum gezogen, groß genug, um als Bank zu dienen. Ich lasse mich neben Maverick darauf sinken. Wenige Momente später nutzt der Charon-Sohn sein großes Ruder, um sich von der Böschung abzustoßen. Mit einer Mischung aus Angst und Faszination betrachte ich die düstere Landschaft, die an uns vorbeizieht.

»Haben wir es danach geschafft?«, frage ich Maverick flüsternd.

Dieser nickt. »Ja. Gleich nur noch ein paar Treppen und schon stehen wir wieder mitten in London.«

An diesen Gedanken klammere ich mich während des Rests der Bootsfahrt, versuche all die Schatten um uns herum zu ignorieren. Nach ein paar Minuten kommt das andere Ufer in Sicht. Als wir anlegen, verschwende ich keine Zeit und klettere hinter Maverick aus dem Boot.

Der Charon-Sohn beobachtet uns. »Haut lieber schnell ab, bevor hier die nächste Fuhre Tote ankommt.«

In dem Versuch, möglichst schnell von diesem gruseligen Ort zu verschwinden, stolpere ich beinahe über meine eigenen Füße.

Maverick greift mich am Oberarm, bevor ich Bekanntschaft mit dem felsigen Boden machen kann, und wirft mir einen Seitenblick zu. »An deiner Stelle würde ich hinter mir bleiben.«

»Wieso?« Ich entziehe ihm meinen Arm und überhole ihn aus Prinzip um ein paar Schritte. »So ein paar Treppen schaffe i –«

Ich werde von einem Geräusch unterbrochen, das eindeutig nicht menschlich ist. Eine eigenartige Mischung aus Brummen und Knurren. Und kaum wandert mein Blick in die Richtung, aus dem der Laut gekommen ist, weiß ich, was Maverick gemeint hat.

Sofort weiche ich zurück, suche Schutz hinter seinem Rücken. Heilige Scheiße. Nur wenige Meter vor uns liegt Kerberos. Er hat die drei riesigen Köpfe in unsere Richtung gehoben und betrachtet uns aufmerksam. O Götter, das Vieh ist wirklich riesig.

Maverick stößt ein kurzes Lachen aus.

»Alles gut, Kerbie«, sagt er an den Höllenhund gewandt und ich traue meinen Ohren kaum. »Wir sind quicklebendig. Du kannst uns durchlassen.«

Keine Ahnung, ob der schwarze Hund Mavericks Logik nachvollzieht oder ob er aus einem anderen Grund auf ihn hört, aber er legt die Köpfe wieder auf seine Vorderpfoten. Als er diesmal brummt, klingt es einfach nur müde.

Mit gehobenen Brauen dreht sich Maverick zu mir um. »Das schaffst du also allein, ja?«

Ich presse die Lippen aufeinander und bleibe hinter ihm, ohne Kerberos aus den Augen zu lassen.

Wir folgen der Schlucht um eine kleine Biegung. Vor uns taucht eine Steinwand auf, in deren Mitte sich eine türförmige Öffnung befindet. Was auch immer dahinter ist, liegt in völliger Dunkelheit verborgen.

Maverick wirft mir ein Grinsen zu. »Bereit für die Menschenwelt?«

SIEBZEHN

Ich bekomme wieder Luft.

Das ist mein erster Gedanke, als wir durch die Tür treten. Zwar habe ich im Hades ebenfalls atmen können, doch hier fühlt es sich ganz anders an. Lebendiger, wertvoller. Ich bin dort, wo ich hingehöre – dort, wo uns Leben umgibt und nicht nur Felsen. Gierig nehme ich die Luft in meine Lungen auf und für den Moment ist es mir sogar ziemlich egal, wie mies ihre Qualität ist.

Im düsteren Licht des Raumes schaue ich mich um – und erkenne den Ort. Mir fällt ein Stein vom Herzen und ich schließe für einen Moment erleichtert die Augen. Dann mustere ich Maverick. Den Maverick, mit dem ich in den letzten Tagen ganz schön viel durchgemacht habe. Ein wenig fühlt es sich an wie das Aufwachen nach einem tiefen Schlaf, als ich seine Gesichtszüge betrachte und die Erinnerungen ganz langsam zurückkommen.

Ich gebe mir keine Mühe, das Lächeln zu unterdrücken, das sich auf meine Lippen schleicht.

»Nur mal rein hypothetisch«, beginne ich, »wenn ich mich wieder an alles erinnere, können wir Declan trotzdem in ein Haifischbecken werfen?«

Anstatt auf meine Antwort einzugehen, fokussiert Maverick die Tür, aus der wir gerade gekommen sind. Sie sieht immer noch ranzig und alles andere als beeindruckend aus, doch jetzt beschert mir der Gedanke an das, was dahinter liegt, eine Gänsehaut. Umso sprachloser bin ich, als Maverick mit den Schultern zuckt, wieder zu mir blickt und sagt: »Lass uns noch mal zurückkehren.«

Auf der Stelle ist mein Lächeln verschwunden. »Was?«

»Wir haben was vergessen.«

Ich fahre mir mit beiden Händen durch die Haare. »Du willst mich verarschen, oder?«

»Nee.« Er legt die Stirn in Falten. »Wir brauchen noch Wasser aus der Lethe. Am besten eine ganze Badewanne voll.«

Irritiert schüttele ich den Kopf. »Und wofür?«

»Damit wir Declan nicht nur in ein normales Haifischbecken schubsen können, sondern in eins mit Lethe-Wasser.« Seine Mundwinkel heben sich.

Es dauert zwei, drei perplexe Sekunden, bis das Lachen aus mir herausbricht. »Du Spinner!«

»Sollte ich nicht lieber dich so nennen, Moiren-Tochter?«

»Haha«, sage ich trocken, kann das Schmunzeln jedoch nicht unterdrücken.

Die Euphorie darüber, die Hades-Prüfung hinter uns zu haben, ist förmlich in der Luft greifbar. Prickelnd, kitzelnd, knisternd. Wir werfen uns noch ein Lächeln zu, ehe wir uns an den Aufstieg machen. Meine Füße schmerzen, aber der Gedanke daran, bald wieder mitten in London zu sein, treibt mich voran.

Je höher wir die Stufen hinaufsteigen, desto zivilisierter wird das Treppenhaus und bald bestehen die Wände um uns herum nicht mehr aus kargem Felsen, sondern wieder aus Ziegeln. Ich war noch nie in meinem Leben so glücklich darüber, ein paar Backsteine zu sehen. Mal ganz zu schweigen von der Tür, die bald vor uns auftaucht. O Götter. Wir haben es geschafft.

»Endlich«, murmelt Maverick und legt die Hand an die Türklinke. Er wartet kurz, ehe er die Tür aufschiebt, erst mal nur einen Spaltbreit. Sofort dringt Stimmengewirr zu uns hinein – dem Klang nach zu urteilen laufen die unterschiedlichsten Menschen durch den Hampsteader U-Bahnhof. Alles ist laut und durcheinander und das pure Leben.

Am liebsten würde ich mich mitten hineinstürzen, aber ich warte neben Maverick ab, bis die Menschenflut vorüber ist und der Gang verlassen und still daliegt. Dann drückt Maverick die Tür auf und wir treten aus dem Treppenhaus zurück in die U-Bahn-Station. Seite an Seite machen wir uns auf den Weg nach draußen, steigen die letzten Treppen hoch und passieren die Zugangsschranken. Ich spüre die frische Luft schon, als wir uns dem Eingang nähern, und sobald wir endlich ins Freie treten, kann ich gar nicht anders, als einige Male tief ein- und auszuatmen. Das hier ist noch viel besser als die Luft unten am Hades-Tor.

Über den Gebäuden nähert sich die Sonne gerade langsam dem Horizont und taucht unsere Umgebung in das warmgoldene Licht, das ich so liebe. Anscheinend waren wir den ganzen Tag im Hades. Was für ein wunderbarer Sonntag. Nicht. Kein Wunder, dass ich riesigen Hunger habe.

Ich seufze. »Ich könnte ein ganzes Weihnachtsessen verdrücken. Allein.«

»Lass mir auch noch was übrig.« Maverick lacht und zieht sein Handy aus der Hosentasche. »Gleich um die Ecke gibt's einen guten Burger-Laden. Ich schreibe Declan, dass er uns dort treffen soll, um sein blödes Wasser abzuholen.«

»Sehr gute Idee«, erwidere ich und hole ebenfalls mein Handy hervor. Ich habe ein paar verpasste Anrufe von meinen Schwestern und meiner Mum. Schnell tippe ich eine Nachricht in unseren Gruppenchat, um sie wissen zu lassen, dass es mir gut geht.

»Er hat schon geantwortet«, sagt Maverick. »Anscheinend will er das Wasser wirklich unbedingt haben.«

»Und ich den Burger.«

Maverick hebt einen Mundwinkel. »Lass uns vorgehen. Er trifft uns dort.«

Seite an Seite machen wir uns auf den Weg zur nächsten Kreuzung. Wir drängeln uns gemeinsam mit einer Menschentraube über den Zebrastreifen und obwohl ich immer wieder innerlich zusammenzucke, weil ich das Gefühl habe, gleich über die Schicksalsfäden in meinen Augenwinkeln zu stolpern, genieße ich das Chaos um uns herum. Bald kommen wir bei einem kleinen Restaurant mit moderner Fassade an, in das Maverick mich hineinlotst. Ich folge ihm mit knurrendem Magen.

Im Laden riecht es wunderbar nach Fast Food. Links und rechts säumen kleine bunte Tische die schmale Restaurantfläche. Die meisten von ihnen sind besetzt. Maverick entdeckt einen leeren zwischen ihnen und steuert ihn an.

Ich tue es ihm gleich, streife meinen Rucksack von den Schultern und lasse mich auf den Stuhl fallen, der mit dem Rücken zum Gang steht, während Maverick es sich auf der Sitzbank gemütlich macht. Die Wand hinter ihm ist in ebenso bunte Farben getaucht wie die Schicksalsfäden um uns herum.

Wie von selbst wandert mein Blick zum Ring an meinem kleinen Finger. Die Schnur darunter schimmert rötlich. Ich habe das Gefühl, die Farbe ist kräftiger geworden. Oh. Mit stolperndem Herzen schaue ich zu Maverick, der damit beschäftigt ist, sich im Laden umzusehen.

»Danke«, murmele ich.

Er wendet sich mir zu und hebt fragend eine Augenbraue. »Wofür?«

»Dafür, dass du mich im Hades nicht auflaufen lassen hast«, sage ich halblaut. Ich streiche mir eine besonders widerspenstige Strähne hinters Ohr. »Ich meine, du hättest mich einfach da stehen lassen können.«

Ein paar Augenblicke lang kann ich sehen, wie die Zahnräder hinter Mavericks Stirn arbeiten. Sein Kiefer zuckt und ich würde nur allzu gerne wissen, was gerade durch seinen Kopf geht. Dann verschwindet der nachdenkliche Ausdruck und seine Lippen verziehen sich zu dem überheblichen Grinsen, das ich gewohnt bin. »Vielleicht hab ich das sogar gemacht und du kannst dich einfach nicht dran erinnern.«

»Haha.« Ich verdrehe die Augen und greife nach einer der zwei Speisekarten, die vor uns auf dem Tisch stehen. Allein die Namen der verschiedenen Burger lassen meinen Magen erwartungsvoll knurren und ich muss dem Drang widerstehen, gleich die gesamte Karte zu bestellen.

Als einige Minuten später ein Kellner an unseren Tisch tritt, bestelle ich einen Burger mit Bacon und einen Vanille-Milchshake. Maverick entscheidet sich für einen Chicken Burger und einen Schoko-Milchshake. Während wir warten, schreibe ich eine Nachricht an meine Familie, um ihnen zu sagen, dass wir noch etwas essen, bevor ich nach Hause komme. In dem Moment, in dem ich die Nachricht abschicke, spüre ich, wie sich eine Hand auf die Rückenlehne meines Stuhls legt.

»Da seid ihr ja. Nehmt's mir nicht übel, aber ihr seht ziemlich beschissen aus.«

Ich höre das Feixen in Declans Stimme, ehe ich mich zu ihm umdrehe. Im Gegensatz zu uns hat er seinem Aussehen nach einen entspannten Tag gehabt – sein Haar ist top gestylt und sein Shirt sieht aus, als hätte er es gerade frisch aus dem Schrank gezogen.

»Na vielen Dank auch«, grummelt Maverick.

Declan lacht leise und zieht sich einen Stuhl vom Nebentisch heran, der gerade freigeworden ist. Rittlings setzt er sich darauf und stützt sich mit den Unterarmen auf die Rückenlehne. »Kein Grund, beleidigt zu sein«, entgegnet er. »Wäre ich den ganzen Tag lang in der Unterwelt herumspaziert, würde ich auch nicht mehr so fabelhaft aussehen. Obwohl …«, er legt den Kopf schief, »… doch, vermutlich schon.«

Ich rolle mit den Augen, während Maverick irgendetwas murmelt, das ich nicht verstehe.

Der Kellner kommt mit unserem Essen und erkundigt sich bei Declan, ob er etwas möchte, was dieser mit einem Kopfschütteln ablehnt. Wir warten, bis er wieder außer Hörweite ist.

»Also …« Declan sieht zwischen uns hin und her. »Habt ihr das Wasser?«

Maverick nickt finster. »Beim nächsten Mal kannst du dir deinen Scheiß selbst holen.«

»Dann macht euer Leben beim nächsten Mal nicht von mir abhängig.«

Ich presse die Lippen aufeinander und werfe Maverick einen warnenden Blick zu, ehe ich meinen Rucksack auf den Schoß ziehe und ihn öffne. Je schneller wir das erledigt haben, desto schneller kann ich endlich meinen Burger essen. Ich sehe mich schnell nach links und rechts um, ziehe die Whiskey-Flasche hervor und drücke sie Declan in die Hand.

»Da hast du dein Wasser.«

Aber Declan scheint gar nicht daran zu denken, uns jetzt in Ruhe zu lassen. Zwar schiebt er die Flasche nach einem prüfenden Blick in seinen Rucksack, macht allerdings keine Anstalten aufzustehen. Innerlich stöhne ich auf. Er hat doch jetzt sein blödes Styx-Wasser – was will er noch hier?

Demonstrativ wende ich mich meinem Essen zu und nehme einen Schluck von meinem Milchshake, der herrlich kalt meine Kehle hinunterfließt. Etwas an diesem Gefühl erinnert mich an das Lethe-Wasser und lässt mich für einen Sekundenbruchteil erstarren. Entschlossen schiebe ich die Erinnerung beiseite und bemühe mich mir nichts anmerken zu lassen. Trotzdem mustert Maverick mich, als ich den Kopf wieder hebe. Ich unterbreche den Blickkontakt und schiebe mir eine Pommes in den Mund.

Declan bekommt von alldem anscheinend nichts mit. Mit zuckenden Mundwinkeln sieht er zwischen uns hin und her.

»Und ihr habt ganz sicher den Styx erwischt?«

Finster starre ich ihn an, während eine Beleidigung nach der nächsten meine Kehle hinaufwandert. Declan weiß vermutlich genau, wie wir sichergehen konnten, Wasser aus dem richtigen Fluss abzufüllen.

Doch Maverick kommt mir zuvor. Er sieht aus, als würde er gleich über den Tisch springen und Declan an die Gurgel gehen wollen. Klirrend landet sein Besteck auf seinem Teller.

»Wenn Willows Leben nicht von dir abhängen würde, würdest du schon längst nicht mehr so dumm grinsen.«

Declan lacht leise und sieht zu mir. »Dann muss ich mich wohl bei dir bedanken, Willow.«

Schweigend erwidere ich seinen Blick für einen Moment.

Maverick scheint ebenfalls alles andere als begeistert von der Aussicht zu sein, mit Declan Smalltalk zu führen. »Ganz ehrlich, Mann, was willst du?«, fragt er ihn zwischen zwei Bissen. »Dein Wasser hast du und damit haben wir die Prüfung bestanden, oder nicht?«

»Schon, ja.« Declan zuckt mit den Schultern. »Aber wir können uns ein wenig unterhalten, oder nicht? Wir sind doch jetzt so etwas wie Freunde.«

Maverick ist anzusehen, dass er der Aussage nicht im Geringsten zustimmt. Mir geht es ähnlich. Trotzdem – er hat uns in der Hand.

»Nun lasst euch doch nicht alles aus der Nase ziehen.« Gespielt schmollend schiebt Declan die Unterlippe vor. »Wie habt ihr herausgefunden, was der Styx und was die Lethe ist?«

»Wie wohl?« Maverick seufzt entnervt und schiebt sich eine Pommes zwischen die Lippen.

Ich stelle meinen Milchshake ab und atme tief ein und aus. »Wir haben aus ihnen getrunken – jeder aus einem. Die Wirkung der Lethe war ja immerhin abschätzbar.«

Declan sieht aus, als würde er gerade die Stelle seiner Lieblingsserie schauen, auf die er schon während der letzten zehn Folgen gewartet hat. Es wundert mich fast, dass er kein Popcorn dabeihat. »Wer von euch hat aus der Lethe getrunken?«

»Ich«, sage ich bloß.

Sein Grinsen wird breiter. »Und was ist dann passiert?«

»Auf jeden Fall nichts, über das man lachen sollte«, erwidert Maverick gepresst. »Du kannst froh sein, dass sie sich jetzt wieder erinnern kann – Lebensabhängigkeit hin oder her.«

Ich muss an das Haifischbecken denken und verstecke das Kichern, das wie von selbst über meine Lippen kommt, hinter einem Räuspern.

Mavericks Drohung geht einfach an Declan vorbei. Feixend sieht er ihn an. »Also hast du aus dem Styx getrunken?«

Er nickt.

Declans Blick wandert wieder zu mir. »Und du danach auch noch?«, fragt er. »Ich meine, so eine Gelegenheit hat man ja nicht alle Tage.«

Kauend schüttele ich den Kopf. »Nee«, sage ich, sobald ich heruntergeschluckt habe. »Nach der Lethe war mir nicht mehr nach Unterweltwasser zumute.«

Maverick nippt an seinem Schoko-Milchshake. »Welche Auswirkungen wird das mit dem Styx auf mich haben?«

Leichthin zuckt Declan mit den Achseln und klaut sich eine Pommes von meinem Teller. »Frag mich nicht, ich bin kein Unterweltsbiologe«, entgegnet er und lacht leise. Die Bewegung lässt seinen Ohrring im Licht des Restaurants aufblitzen. »Vielleicht sind deine Abwehrkräfte jetzt gestärkt oder so, aber das ist nur eine Vermutung.«

Eine Weile essen wir schweigend. Ich verschlinge meinen Burger und mache mich dann über meine Pommes her.

Als nur wenige übrig geblieben sind, schnappt sich Declan eine davon und steht auf. »Wenn ihr mich jetzt entschuldigen würdet – ich muss zu einem Date«, sagt er und zwinkert.

Wir nicken bloß.

»Ach ja, danke für den *Whiskey*.« Er grinst. »Euch beiden lass ich erst mal ein paar Tage Verschnaufpause. Soll ja alles fair bleiben.«

Maverick schnaubt.

Ich zwinge mich dazu, einen Mundwinkel zu heben. »Bis dann.«

»Ciao!« Mit diesem Wort dreht er sich um, geht zur Tür und ist endlich verschwunden.

Ich seufze erleichtert.

Auch aus Mavericks Zügen löst sich die Anspannung, als hätte man einen Schalter umgelegt. »Ich dachte schon, der geht nie.«

Mit einem zustimmenden Brummen schiebe ich mir die letzte Pommes in den Mund und lehne mich zurück. Nur mit Mühe kann ich ein Gähnen unterdrücken.

Maverick fährt sich mit der Hand durchs Haar, mustert mich kurz und steht dann auf. »Ich geh eben zahlen. Du siehst aus, als gehörtest du auf direktem Weg ins Bett.«

Bevor ich die Gelegenheit habe, etwas Geld hervorzukramen, ist er schon im hinteren Bereich des Ladens verschwunden.

Achselzuckend trinke ich den letzten Schluck meines Milchshakes und lasse zu, dass mir für einen kurzen Moment die Augen zufallen. Oder auch für einen etwas längeren.

»Willow?«

Ich zucke hoch und reiße die Augen auf. »Ja?«, frage ich und meine Stimme klingt ein wenig zu laut in meinen Ohren.

Mavericks Mundwinkel zucken amüsiert. »Wollen wir los?«

»Klar.« Ich stehe auf, schnappe mir meinen Rucksack, der ohne das Styx-Wasser viel leichter ist, und folge Maverick in Richtung Ausgang. »Beim nächsten Mal zahle ich«, sage ich, als er die gläserne Tür der Ladenfront aufstößt.

Er zuckt mit den Schultern. »Okay.«

Ich werfe ihm einen Seitenblick zu, wobei mir unweigerlich der Schicksalsfaden zwischen uns ins Auge fällt. Wider Erwarten ist es halb so wild, all das hier mit Maverick durchzustehen – na ja, er ist zumindest nicht so ein Idiot, wie er sonst immer sein kann. Irgendwie sogar ... nett. Mit einem innerlichen Kopfschütteln verwerfe ich diesen Gedanken wieder. Maverick und nett. Das passt ungefähr genauso gut zusammen wie Hades und Blumenwiesen.

Unschlüssig bleibe ich neben der Tür des Burger-Ladens stehen und sehe zu Maverick. »Na dann, ähm ... gute Nacht?«

»Ich bringe dich noch nach Hause.« Seine Mundwinkel zucken. »Nicht, dass du vergessen hast, wo du wohnst.«

Achtzehn

Meine Beine fühlen sich an wie Blei, als ich mit Finn nach der Mathestunde an meinem Spind stehe. Gefühlt sitzt die Müdigkeit so tief in mir, dass ich sie selbst mit einem Winterschlaf nicht vertreiben könnte. Verdammte Unterwelt. Obwohl unser buchstäblicher Höllentrip mittlerweile einige Tage her ist, zehrt er bis heute an meinen Kräften. Vorhin im Unterricht bin ich für einen Augenblick weggenickt – wobei das Risiko dafür in Mathe ohnehin recht groß ist, aber heute ist es noch viel schlimmer gewesen als sonst. Wenigstens ist jetzt Schulschluss. Vielleicht kann ich Sage dazu überreden, mir ein Nickerchen zu gönnen, ehe wir uns dem Schicksale-Spinnen zuwenden.

Innerlich verfluche ich Declan, während ich mein Mathebuch in meinen Spind schiebe und die Tür schließe. Und ich verfluche das Blut in meinen Adern – weil ich trotz der Müdigkeit gestern und vorgestern Schicksale spinnen musste. Gefühlt haben die letzten Tage nur aus viel zu frühem Weckerklingeln, Schule und Schicksalsfäden bestanden. Zumindest, wenn meine Familie mich nicht über die Hades-Prüfung ausgequetscht, sich über Declans Sinn für Humor aufgeregt und über Möglichkeiten nachgegrübelt hat, mir bei der Sache zu helfen. Leider vergebens.

Immerhin hat Declan uns seit Sonntag in Ruhe gelassen und auch Maverick hat sich mit seinen blöden Kommentaren zurückgehalten. Stattdessen ist er ungewöhnlich still geworden, seit er mich am Sonntag nach Hause gebracht hat.

Immer wieder muss ich darüber nachdenken, wie … lieb er gewesen ist. Wie er sich auf dem Nachhauseweg mehrmals erkundigt hat, ob es mir wirklich gut gehe. Wie er sich ebenso wie meine Familie darüber aufgeregt hat, in welche Gefahr Declan uns bringt. Wie er mit einem ehrlichen Lächeln auf den Lippen gewartet hat, bis ich die Wohnungstür zwischen uns geschlossen habe.

Ich versuche die Gedanken abzuschütteln und mich stattdessen auf Finn zu konzentrieren, der neben mir seinen Spind schließt und etwas über die neue queere Netflix-Serie erzählt, die er gebingewatcht hat.

»Na ja, jedenfalls hat dann der Sohn des Schulleiters –«, sagt er gerade, stoppt jedoch abrupt, als er sich mit dem Rücken gegen seinen Spind lehnt. »Was. Wird. Das. Denn?«, stößt er aus, jedes Wort ein gebannter Atemstoß.

Stirnrunzelnd wende ich mich ebenfalls in die Richtung, in die er sieht, und bereue es sofort.

An der Wand gegenüber von uns marschiert Maverick schnurstracks auf unsere Mitschülerin Leah zu, die in einem Moment noch dabei ist, ihren Spind zu schließen, und im nächsten Moment seine Lippen auf ihren hat. Stürmisch. Leidenschaftlich.

Sämtliches Blut gefriert mir in den Adern, während ich gar nicht anders kann, als weiter hinüberzustarren. Erst ist Leah sichtlich verwirrt, doch sie fasst sich schnell, nimmt ihre Hand von ihrer Spindtür und legt beide Arme um Mavericks Hals, um den Kuss zu erwidern.

»Das ist ja wie ein Unfall«, kommentiert Finn neben mir. »Man will nicht hinsehen, aber man muss irgendwie.«

Ich presse die Lippen aufeinander und nicke, bringe jedoch kein Wort zustande

»Und ich dachte schon, zwischen euch beiden läuft was.«

Das bringt mich endlich dazu, mich von der Szene abzuwenden und Finn anzusehen. »Quatsch«, versichere ich hastig.

Finn zuckt mit den Schultern. »Na ja, irgendetwas hat sich doch zwischen euch verändert in den letzten –«

»Da musst du was missverstanden haben. Zwischen Maverick und mir ist nichts«, falle ich ihm ins Wort. Ich bin mir selbst nicht so sicher, ob ich noch mit Finn spreche oder eher mit meinem Herzen, das einfach nicht aufhören will, sich bei jedem Schlag schmerzhaft zusammenzuziehen.

In meinem Rucksack stößt mein Handy ein Piepen aus. Ich krame es hervor und werfe einen Blick darauf. Eine Nachricht von Declan.

> Wenn einem das Wasser bis zum Hals steht, sollte man noch tiefer tauchen. Oder lieber doch nicht? Trefft mich in einer halben Stunde beim Bootsverleih am Ufer des Serpentine zu eurer dritten Prüfung.

Ich seufze. Auch das noch.

***

Als ich am See mitten im Hyde Park ankomme, steht Maverick schon neben Declan und hat lässig die Hände in seinen Hosentaschen vergraben. Er sieht beinahe friedlich aus, als wäre er nicht gerade beim Herumknutschen unterbrochen worden.

Ich bedenke ihn mit nur einem winzigen Seitenblick und schaue dann zu Declan, der mir bereits entgegensieht. Ich ringe mir ein Lächeln ab. »Hi.«

Declan erwidert mein Lächeln. »Hey«, begrüßt er mich und mustert mich mit schiefgelegtem Kopf. »Oha, hat dich der Ausflug in den Hades etwa so mitgenommen? Mit deinen Augenringen siehst du aus, als könntest du dich unbemerkt einer Waschbärenfamilie anschließen.«

»Haha.« Ich rolle mit den Augen, sage aber nichts weiter.

Maverick hingegen sieht aus, als wollte er unbedingt seinen – höchstwahrscheinlich besonders unnötigen – Senf dazugeben. Ich schaue ihn warnend an.

Declan bemerkt unseren Blickaustausch. »Oh, oh, was ist denn hier los?«, fragt er. »Gibt's etwa Ärger im Paradies?«

Ich sehe auf die Spitzen meiner Schnürschuhe und kann mir ein spöttisches Murmeln nicht verkneifen. »Welches Paradies?«

Maverick stößt ein Seufzen aus. »Komm schon, Mann, heute war echt kein entspannter Schultag und ich muss noch Hausaufgaben machen. Kannst du uns nicht einfach unsere nächste Aufgabe geben?«

Zu meiner Überraschung belässt Declan es wirklich dabei. »Na gut. Nach der Tortur im Hades dachte ich, ihr habt euch ein bisschen Erholung verdient.«

Sein Tonfall lässt mich die Stirn runzeln. »Wieso habe ich das Gefühl, dass die Erholung einen Haken hat?«, frage ich und mustere ihn.

»Ach Quatsch, das wird heute alles ganz harmlos.« Declan zuckt mit den Schultern, doch der Schalk, der in seinen Augen aufblitzt, straft seinen Worten Lügen. O nein. »Ihr müsst nur ein wenig Tretboot fahren. Das ist fast wie Urlaub.«

Ich beiße mir auf die Unterlippe, während mein Blick wie von selbst zu Maverick huscht, der in diesem Moment ebenfalls zu mir herübersieht.

»Nun kommt schon, schlimmer als der Hades kann es doch nicht werden.« Declan senkt seine Stimme, als ein Junge mit einem Dackel an uns vorbeiläuft. »Ihr dürft euch einfach nicht gegenseitig ins Wasser schubsen. Also vertragt euch besser wieder. Am Ende vermasselt ihr sonst die einfachste aller Prüfungen, nur weil ... was auch immer zwischen euch passiert ist.«

Maverick schnaubt.

Allein dafür würde ich ihn zu gerne schon ins Wasser schubsen, bevor die Prüfung überhaupt offiziell angefangen hat. Ich schiebe die Hände in die Jackentaschen meiner Schuluniform, um den Drang zu unterdrücken.

Declan tut so, als würde er davon nichts mitbekommen. »Jedenfalls braucht ihr euch keine Sorgen zu machen, dass euch jemand beim Herumplätschern beobachtet. Ich hatte noch einen Gefallen bei einem Apollon-Sohn übrig. Der hat das Licht so gebrochen, das ihr quasi unsichtbar seid.« Declans Augenbrauen zucken stolz. »Ihr könnt also ruhig rumknutschen, um euch zu versöhnen – was sich neckt, das liebt sich und so.«

»Nein, danke.« Ich vermeide es, Maverick anzusehen, während vor meinem inneren Auge das Bild von vorhin auftaucht, wie er stürmisch Leah geküsst hat. Ich verdränge den Gedanken. »Du hast dem Apollon-Sohn nicht von unserem ... Problem erzählt, oder?«

Entrüstet schüttelt Declan den Kopf. »Ich lasse mir doch nicht die Show versauen.«

Obwohl sich bei seiner Aussage Erleichterung in mir breitmacht, ist da noch immer dieses ungute Gefühl, das ich einfach nicht abschütteln kann. Declan verschweigt uns irgendetwas, da bin ich mir sicher – immerhin würde er kaum eine Illusion über dem See schaffen, wenn wir nur gemütlich Tretboot fahren würden.

Doch so, wie ich Declan kennengelernt habe, wird er uns die Twists an der ganze Sache ohnehin nicht verraten. Lang lebe die Spannung und so.

Deshalb bleibt mir jetzt kaum etwas anderes übrig, als ihn einfach nur abwartend anzusehen. Genau wie Maverick, den ich aus den Augenwinkeln beobachte. Seine Gesichtszüge sind so finster wie ein Sommergewitter.

Auch Declan entgeht das nicht. »Jetzt schaut doch nicht so kritisch. Habt ihr eine Ahnung, wie viel Pfund so ein bisschen Tretbootfahren hier kostet? Ihr könnt wenigstens so tun, als würdet ihr euch freuen.« Wieder grinst er. »Ihr habt den See sogar für euch. Angebliche dringende Wasseruntersuchungen. War gar nicht so schwer, den Vermieter mit ein wenig Entschädigungsgebühr von diesem Märchen zu überzeugen.«

Ich schnaube. Geld spielt keine Rolle – das *Under Covers* ist nicht umsonst einer der schicksten Nachtclubs Londons.

»Nur für euch hab ich außerdem den Typen bestochen, der hier heute trotzdem seine Zeit absitzen muss.«

»Du meinst wohl eher für dein Unterhaltungsprogramm«, wirft Maverick ein.

»Und für die Lösung eures Problems.« Declan macht eine wegwerfende Handbewegung. »Jedenfalls denkt der Typ, du willst Willow einen Antrag machen. Deshalb dürft ihr trotz der angeblichen Wasseruntersuchungen fahren. Ich glaub, ich hab ihm mehr gezahlt, als er sonst im Monat verdient.« Er dreht sich zum Ufer und zeigt auf ein Tretboot. »Darf ich vorstellen? Eure Honeymoon-Yacht.«

Ich rolle mit den Augen und mustere unsere *Yacht*. Es ist ein ganz normales Tretboot, dessen blauer Lack schon von der Sonne ausgeblichen worden ist. Nichts, was auf eine böse Überraschung hindeutet.

Mavericks Augen verengen sich. »Und wann genau haben wir diese Prüfung bestanden?«

»Wenn ihr eine Weile lang damit gefahren seid. Ich lass es euch wissen.« Der Eros-Sohn zuckt mit den Schultern. »Ein Kinderspiel also.«

Ich schlucke den bitteren Geschmack der Skepsis herunter, der sich auf meiner Zunge breitgemacht hat. »Na dann los.«

Neben mir nickt Maverick, woraufhin Declan einen Schritt in Richtung Ableger macht und zum Boot weist. »Ich hab dem Typen vom Verleih gesagt, ihr seid Profis und braucht keine Hilfe beim Einsteigen.«

Und doch bekomme ich genau die, als ich nach Maverick in das Tretboot steige und es gefährlich zu wanken beginnt. Während Declan reflexartig eine Hand in meine Richtung ausstreckt, um mich vom Ufer aus zu stützen, kommt ein »Halt dich an meiner Schulter fest« über Mavericks Lippen. Ich ignoriere Letzteres. Auf Mavericks Hilfe kann ich getrost verzichten.

»Ich lass euch mal allein, damit ihr euch in Ruhe ›aussprechen‹ könnt«, sagt Declan, sobald ich ebenfalls sicher im Boot sitze.

Er malt Anführungszeichen in die Luft, als vermutete er, dass das Aussprechen zwischen uns eher körperlich als verbal stattfinden wird. Womit er ganz schön danebenliegt. Meiner Meinung nach wird es nämlich nur eines sein: nicht-existent.

Doch das scheint Declan nicht zu kümmern – keine Sekunde lang verliert er sein blödes Lächeln. »Wie gesagt: Wenn ihr die Prüfung hinter euch habt, werdet ihr das schon merken. Ich würde euch ja Mast- und Schotbruch wünschen, aber ich befürchte, beim Tretboot passt das nicht so.«

»Haha«, murmele ich in dem Moment, in dem Declan auch schon das Tretboot anschubst. Eine kurze Weile lang sieht er uns noch zu, die Hände in die Hosentaschen geschoben, ehe er sich umdreht und geht.

Mit einem unterdrückten Seufzen werfe ich Maverick einen Seitenblick zu. Er tritt zwar fleißig in die Pedale und lenkt hin und wieder das Ruder zwischen unseren Sitzen, hat allerdings kein einziges Wort gesagt, seit ich ihm beim Einsteigen die kalte Schulter gezeigt habe.

Mir soll's recht sein. Das Zwitschern der Vögel in unserer Umgebung gepaart mit dem leichten Rauschen des Sommerwindes durch die Baumkronen in der Nähe ist ohnehin viel schöner als alles, was je aus Mavericks Mund kommen könnte.

Und trotzdem fällt es mir alles andere als leicht, seine Anwesenheit in den nächsten Minuten auszublenden. Gefühlt nehme ich jede noch so kleine Bewegung von ihm wahr, während sich sämtliche meiner Gedanken nur um ihn drehen.

Immer wieder blitzt das Bild von Mavericks und Leahs Kuss in meinem Kopf auf. Keine Ahnung, warum mich das überhaupt so stört. Sollte es immerhin nicht. Ich habe nicht gelogen, als ich zu Finn gesagt habe, zwischen uns sei nichts. Und doch will mein Herz einfach nicht wahrhaben, dass Maverick eine andere geküsst hat.

Ich rolle mit den Augen und versuche meinem Ärger ein Ventil zu verleihen, indem ich noch kräftiger in die Pedale trete als ohnehin schon. Am liebsten würde ich Maverick die Kontrolle über das Ruder entreißen, um ihm auch nicht die kleinste Möglichkeit zu bieten, in irgendeiner Weise über mein Leben zu bestimmen. Ich kämpfe den Drang nieder. Wer weiß, ob wir dadurch nicht eventuell die Prüfung verpatzen würden. Immerhin hat Declan sich nicht die Mühe gemacht, uns überhaupt zu sagen, was genau die Spielregeln sind.

Einige Minuten später bringt Maverick mich dazu, meinen Entschluss noch einmal zu überdenken. Immer näher kommen wir einer Böschung des Sees, die mit den wild wachsenden Wassergräsern ganz sicher nicht dafür gemacht ist, ein kleines Päuschen einzulegen. Automatisch richte ich mich auf.

»Rechts!«, rufe ich. »Fahr mal ein bisschen mehr nach rechts! Oder willst du einen Unfall bauen?«

»Ich hab das Ruder doch nicht mal in der Hand!«

Irritiert folge ich Mavericks Blick zum Lenker, der nicht wie gewöhnlich geradegestellt ist, sondern an einer Seite festhakt.

»Das macht das Scheißboot selbst«, murrt Maverick und streckt die Hand aus, um daran zu rütteln. Nach einigen Versuchen schafft er es, das Ding zu lösen, und wir entfernen uns langsam wieder vom Ufer. »Hat wohl geklemmt.«

Ich brumme, doch das Geräusch geht im seltsam gedämpften Bellen eines Hundes unter. Irritiert runzele ich die Stirn. Weit und breit ist kein Hund in Sicht. Die feinen Härchen in meinem Nacken stellen sich auf. »Hast du das auch gehört?«

»Ja.«

Mit einem Schulterzucken schaue ich mich noch einmal um, kann jedoch nichts entdecken. Immerhin ist das trotzdem besser, als Maverick anzusehen. Ich lasse meinen Blick über die schönen Gartenanlagen des Hyde Parks gleiten und versuche mich ein weiteres Mal von der Tatsache abzulenken, dass er überhaupt hier ist.

Zumindest, bis ein erstickter Laut, gefolgt von einem Poltern, mich in seine Richtung sehen lässt. Und Maverick mit einem Mal wirklich nicht mehr da ist.

Neunzehn

Was bei allen Göttern?

Ich blinzele irritiert, doch das ändert nichts daran. Maverick ist wie vom Erdboden verschluckt. Dort, wo er gerade noch gesessen hat, ist jetzt einfach … nichts. Auf der Außenkante des Tretbootes stehen kleine Wasserlachen, aber ich habe nicht die geringste Ahnung, ob sie dort vor Mavericks plötzlichem Verschwinden auch schon waren.

Ich unterdrücke ein Schaudern, während ich mich über die Reling des Bootes beuge und auf die Wasseroberfläche blicke. Wenn nicht alle Naturgesetze plötzlich verrücktspielen, kann Maverick nur ins Wasser verschwunden sein. Was bedeuten würde …

»Maverick?«, rufe ich und beuge mich noch ein Stück weiter über das Boot hinaus. So sehr ich mich auch anstrenge, ich kann nicht durch die schimmernd spiegelnde Wasseroberfläche hindurchsehen. Und falls er mir antworten sollte, höre ich ihn nicht.

Kacke – ob das Ganze hier nun zur Prüfung gehört oder nicht, ganz bestimmt habe ich die Prüfung nicht bestanden, falls ich ohne Maverick zurückkehre. Außerdem, selbst wenn es mir in den Fingern juckt, genau das einfach doch zu wagen, bringe ich das nicht über mich.

Als ich gerade dabei bin, mir zu überlegen, was ich jetzt tun soll, durchbricht ein weiteres Mal ein gedämpftes Bellen die idyllischen Klänge der Natur. Direkt darauf folgt ein Knurren. Wie auf Knopfdruck verstärkt das die Gänsehaut in meinem Nacken, obwohl ich immer noch nicht erkennen kann, woher die Geräusche stammen. Schaudernd denke ich an Kerberos zurück. Zum Glück kann der sich schlecht aus dem Hades hierher verirren. Mal ganz abgesehen davon, dass Wasser und Hunde sowieso nicht … o Scheiße.

Natürlich – das ist der Haken am angeblich so entspannten Tretbootfahren. Selbst wenn ich bei Großtante Hollys Erzählungen über die griechische Mythologie nicht die Aufmerksamste gewesen bin, ist da doch eine Tatsache, die sich – bis vor wenigen Sekunden ziemlich weit in den Hintergrund gedrängt – in meinem Gedächtnis verankert hat. In all den Sagen und Mythen ist es so gut wie nie gut ausgegangen, wenn die Helden übers Wasser gefahren sind. Was nicht zuletzt an all den Seeungeheuern gelegen hat, die für gewöhnlich darin hausen. Zum Beispiel das, dessen Unterkörper aus zahlreichen hundeähnlichen Wesen besteht.

Verdammt.

»Maverick!«, brülle ich noch einmal, diesmal wesentlich lauter. Meine Stimme überschlägt sich. Zwar antwortet er nicht, dafür ertönt wieder dieses Knurren und Bellen und jetzt weiß ich endlich, woher es kommt – aus dem Wasser unter mir.

Declan hat uns vielleicht nicht in ein Haifischbecken geworfen, aber dafür hat er uns der Skylla serviert. Einem Wasserungeheuer, das einst eine junge Frau gewesen sein soll, die von einer anderen Frau aus Eifersucht in ein Monster verwandelt worden ist. Seitdem besteht ihr Unterleib aus mehreren Hunden. Und als wäre das nicht schon gruselig genug, hat sie einen Wahnsinnsappetit.

Na klasse. Das ist schlimmer als ein Haifischbecken. Wesentlich schlimmer! Ich meine, bei allen Göttern, will Declan uns umbringen?

Alles in mir drängt danach, einfach zur nächsten Böschung des *Serpentine* zu schnellen und abzuhauen. Mitten in die Straßen Londons, in denen mich aller Erfahrung nach weder Hunde noch Meeresungeheuer angreifen. Doch das geht nicht. Ich habe keine Wahl.

Hektisch sehe ich mich nach irgendetwas um, das mir zur Verteidigung dienen kann. Wenn die Skylla Maverick gepackt hat, sieht das alles andere als gut für uns aus. Ich muss mich beeilen, habe keine Zeit zu verlieren. Deshalb entscheide ich mich für das Erstbeste: Einen dicken, am Ufer liegenden Ast, dessen Ende spitz abgebrochen ist.

Meine Füße treten so heftig in die Pedale des Tretboots, dass ich einige Male abrutsche, aber schließlich stößt das Boot gegen die Böschung. Ich versuche nicht darüber nachzudenken, was ich hier eigentlich vorhabe, während ich an Land klettere, unsere Rucksäcke dort ablade und mit einer Hand nach dem Ast greife, der beruhigend schwer in meiner Hand liegt.

Das alles hier kann einfach nicht gut gehen.

Declan ist wahnsinnig. Ganz eindeutig. Trotzdem würde er nicht zulassen, dass Maverick oder ich bei einer seiner Prüfungen draufgehen. Obwohl ich mir ab und an keinen Reim aus dem Eros-Sohn machen kann, weiß ich einfach, dass er uns nicht ins offene Messer laufen lassen würde – zumindest nicht allzu weit hinein. Dieser Gedanke bringt mich dazu, meine Panik hinunterzuschlucken und mit dem Ast in der Hand ans Ufer zu treten.

»Du bist ein noch größeres Arschloch als Maverick, Declan«, fluche ich extra laut – falls er uns tatsächlich zuschauen sollte. Ehe ich es mir anders überlegen kann, springe ich ins Wasser.

In den ersten Sekunden erkenne ich rein gar nichts, kann nur gegen das Wasser anblinzeln, das unbarmherzig in mein Gesicht trifft und meine Augen reizt. Nach und nach gewöhnen sie sich jedoch daran und ich schaue ins dreckige Halbdunkel des Sees. In den letzten Tagen sind die Temperaturen gesunken und die Kälte des Sees trifft auf meine Haut wie tausende kleine Nadeln.

Hastig versuche ich mich zu orientieren, aber alles erscheint gleich. Das denke ich zumindest, bis ein grollendes Bellen in meine Ohren dringt und ich mich dorthin umdrehe – und so schnell zurückweiche, dass ich mich im Wasser beinahe selbst überschlage.

Vor mir im Wasser starre ich in das Gesicht einer jungen Frau. Nein, viel eher das eines Mädchens, das kaum älter sein kann als ich. Die Skylla sieht aus, als würde jemand ihr eine Taschenlampe unters Kinn halten – nur dass das Licht nicht daher stammt, sondern von ihren Haaren, die bläulich leuchten – fast wie diese biolumi-irgendwas Algen, von denen unsere Biolehrerin vor einigen Wochen erzählt hat.

Einen Moment lang bin ich wie gefesselt, kann das Mädchen nur anstarren.

Dann streckt die Skylla ihre kleine schlanke Hand aus und streicht mit ihren kalten Fingern über meine Wange. Kurz bin ich noch hypnotisiert von ihren Augen, die mich mit dem goldenen Schimmer unweigerlich an die Götter-Ebene erinnern. Doch im nächsten Moment wird mir bewusst, was ich hier tue, und ich weiche wieder zurück. Ach du Scheiße.

Als ich genug Abstand zwischen uns gebracht habe, bin ich endlich in der Lage, mehr zu erkennen als ihre filigranen Gesichtszüge. O Götter. Keine Ahnung, in welches dieser sechs bestienartigen Augenpaare ich zuerst schauen soll – wobei das vermutlich auch egal ist. Die sechs Hunde, die den Unterkörper der Skylla bilden, sehen exakt gleich aus. Und leider sind sie keine niedlichen Corgis, sondern wilde abstruse Gestalten, die nicht so klein sind wie das Mädchen selbst. Sie wirken wie eine Mischung aus Wölfen und Haien und ihre Haut ist schuppig wie die eines Fisches. Ich schlucke.

Einer der Hunde hat sich in Mavericks Arm festgebissen und zerrt mit einem Knurren daran, in das seine Doppelgänger mit einfallen.

Mavericks Blick trifft auf meinen. Sein Gesicht, das in das bläuliche Licht der Skylla getaucht ist, ist vor Schmerz und Wut verzerrt. Er zappelt im Griff der Bestie. Vergessen ist all der Ärger ihm gegenüber. Alles in mir schreit danach, ihm zur Hilfe zu eilen, doch meine Lungen erinnern mich brennend daran, Luft zu brauchen. Genau wie Maverick. Scheiße.

Ich strecke den Ast mit beiden Händen von mir und strampele mit den Beinen, um an die Oberfläche zu gelangen. Ich bete zu allen Göttern, deren Namen mir einfallen, dass die Skylla mich nicht verfolgt – und werde erhört.

Ich gönne mir nur wenige Sekundenbruchteile Luft, ehe ich ein weiteres Mal hinabtauche. In meinem Kopf rattern die Gedanken wie wild durcheinander. Ich habe keine Ahnung, wie ich das Ganze hier anstellen soll, geschweige denn die geringste Kampferfahrung. Also bleibt mir nichts anderes übrig, als meinen Instinkten zu folgen und auf Autopilot zu schalten.

Diesmal erwartet mich die Skylla bereits. Sobald ich tief genug bin, drängt sie in meine Richtung – und mit ihr die Hunde und Maverick. Ich schnelle zurück, sehe panisch zu Maverick, der mit dem freien Arm irgendetwas gestikuliert, das ich nicht verstehe. Währenddessen macht die Skylla einen weiteren Satz auf mich zu. Ich halte den Ast wie einen Schild vor mich.

In dem Moment, in dem die Skylla ihren Mund aufreißt, presse ich vor Schreck die Lider zusammen und warte auf … nichts. Erst, als ich die Augen wieder öffne, wird mir klar, was Maverick mit seinen Gesten gemeint hat: Die Skylla hat sich im Ast verbissen. Meine Hände umrahmen ihr Gesicht, halten den Ast links und rechts davon. Ich muss mich zwingen ihn nicht auf der Stelle loszulassen. Die Skylla zappelt wild und es kostet mich all meine Kraft, ihrem Wüten standzuhalten. Doch das wird nicht ewig helfen. Irgendwann wird der Ast brechen, ich muss also schnell sein.

Ich denke nicht länger nach, lasse den Ast los und schwimme zu Maverick, dessen Widerstand gegen das Hundewesen immer schwächer wird. Sein Gesicht ist schmerzverzerrt und seltsam abwesend zugleich. Mit ausgestreckter Hand greife ich nach seiner Schulter und will ihn von dem Ungeheuer wegzerren, doch sobald meine Finger ihn berühren, rast etwas von der Seite auf mich zu und lässt mich zurückzucken. Ein anderer dieser Hunde. Mist.

Sicherheitshalber weiche ich noch ein Stück von der Skylla zurück, ehe ich ein weiteres Mal hinauftauche, um meine brennenden Lungen mit Luft zu füllen. Wieder vergehen nur wenige Sekunden, ehe ich mich zurück auf den Weg nach unten mache. Inzwischen hat sich die Skylla vom Ast befreit und faucht mir entgegen, sobald ich mich nähere. Mit wild klopfendem Herzen sehe ich zu Maverick, doch er erwidert er meinen Blick nicht mehr. Er ist im Griff des Hundewesens ohnmächtig geworden. Und wegen all der anderen verdammten Hunde, die mich genau wie ihre Herrin mit gefletschten Zähnen beobachten, habe ich nicht mal den Hauch einer Chance, Maverick überhaupt zu erreichen. Kacke. Ganz große Kacke.

In Ermangelung besserer Alternativen schwimme ich erneut an die Oberfläche. Jetzt jedoch nicht nur für ein paar Sekunden. Weil ich keine Ahnung habe, was ich sonst tun soll, kämpfe ich mich zurück ans Ufer und eile mit vor Nässe triefender Schuluniform zu meinem Rucksack, um mein Handy hervorzukramen. Wie von selbst wählen meine Finger Declans Nummer.

Der nimmt meinen Anruf innerhalb von wenigen Sekunden entgegen. »Seid ihr schon fertig?«

»Hast du nicht mehr alle Tassen im Schrank?«, fahre ich ihn an und schaue mich hastig nach unerwünschten Mithörern um. Außer mir ist niemand zu sehen. »Komm jetzt sofort her und hilf mir. Wie kannst du so was überhaupt zulassen? Du hast doch gesagt, du lässt uns nicht sterben!«

»Willow, beruhig dich erst mal.«

»Ich soll mich beruhigen?«, fahre ich ihn an. Meine Stimme bricht und ich spüre, wie mir die Tränen über die Wangen laufen. »Wie soll ich mich beruhigen? Maverick ist da unten und ...«

»Mist«, fällt Declan mir ins Wort. »Ich hab ja gehofft, du lässt gar nicht erst zu, dass die Skylla ihn schnappt. So habt ihr euch nämlich in die schwer –«

»Declan!«, unterbreche ich ihn. »Wir haben keine Zeit. Du musst mir helfen. Maverick ... er ist bewusstlos. Ich habe keine Ahnung, was ich tun soll. Die Skylla lässt mich nicht an ihn heran und ...«, ich breche ab und schluchze.

»Alles wird gut, versprochen.« Declans Stimme klingt mit einem Mal ungewohnt sanft. Hoffentlich bekommt der Arsch gerade ein richtig schlechtes Gewissen. »Hör zu, im Anblick seiner Feinde sollte man besser nicht gleich zu Stein erstarren, sondern sie erstarren lassen.«

»Was?« Ich wünschte, ich könnte ihn durchs Telefon hinweg an die Gurgel gehen. »Eins deiner blöden Rätsel? Ausgerechnet jetzt? Ernsthaft?«

»Schau im Tretboot nach, ich hab euch sicherheitshalber ein kleines Hilfsmittel ins Boot gelegt. Aber nicht in die Augen sehen, ja?«

Damit legt er auf und lässt mich allein zurück. Fassungslos werfe ich mein Handy zurück zu meinem Rucksack und eile zum Boot.

»Zu Stein erstarren ... nicht in die Augen sehen«, murmele ich. »Medusa!«

Tatsächlich liegt im Pedalen-Bereich des Bootes etwas, das ich zuvor für Dreck oder eine verirrte Alge gehalten habe, sich jetzt jedoch als Schlange herausstellt. Einen Moment lang betrachte ich sie skeptisch, froh über die Tatsache, dass ihr Gesicht von mir abgewandt ist. Sie rührt sich nicht. Ich kann nur hoffen, dass es sich bei ihr wirklich um das Überbleibsel einer Medusa-Frisur handelt und ihr Blick jeden zu Stein erstarren lässt. Keine

Ahnung, auf welchem Schwarzmarkt man so etwas ergattert, aber das ist mir auch egal.

Ich orientiere mich kurz, ehe ich die Augen schließe und nach der Schlange greife. Glatt liegt sie in meiner Hand, während ich zum Ufer zurückirre und vom kalten Wasser empfangen werde. Ich tauche so lange hinab, bis ich das blaue Licht der Skylla-Haare hinter meinen geschlossenen Lidern erahnen kann. Dann strecke ich die Schlange in meiner Hand aus und halte sie so lange in alle möglichen Richtungen, bis das Licht erlischt. In der Hoffnung, dass sie einfach nach unten sinkt, lasse ich die Schlange anschließend so weit seitlich von mir los wie möglich.

Erst ein, zwei Sekunden später traue ich mich die Augen zu öffnen – und muss im nächsten Moment den Drang unterdrücken, erleichtert auszuatmen. Es hat funktioniert. Die Skylla ist tatsächlich zu Stein erstarrt.

Ich nehme mir nicht die Zeit, den Erfolg zu feiern, sondern schwimme zu Maverick, der im jetzt steinernen Gebiss des Hundes festhängt. Wenigstens hat seine Bewusstlosigkeit den Vorteil, dass er selbst noch aus Fleisch und Blut besteht. Jede Menge Blut sogar, wenn ich die Bisswunde so betrachte. Ich greife nach seinem unverletzten Arm und will ihn aus seiner Falle befreien, aber das geht nicht, ohne die Wunde weiter aufzureißen. Mit zusammengepressten Lippen sehe ich zwischen Maverick und den steinernen Zähnen hin und her, doch mir fällt keine bessere Möglichkeit ein. Hoffentlich verzeiht er mir das später. Mit einem Ruck befreie ich ihn aus dem Kiefer des Hundes und ziehe ihn mit mir.

Während die Wasseroberfläche näher und näher kommt, wage ich es nicht, zurück zur Skylla zu schauen. Und auch, als unsere Köpfe sie durchbrechen und ich mit hektisch schlagendem Herzen nach Luft schnappe, blicke ich nicht zurück.

Ich zerre Maverick in Richtung Böschung, auf der ich unsere Rucksäcke abgelegt habe, und befördere ihn ans Ufer. Immer noch ist niemand außer uns hier.

»Maverick!«, rufe ich und beuge mich über ihn. Er reagiert nicht. »Maverick! Wach auf!«

Kurzerhand schlage ich ihm erst auf die eine, dann auf die andere Wange. Vergebens. Er bleibt einfach still liegen, sein Gesicht beunruhigend blass. Fluchend lege ich meine Hände aufeinander und presse sie auf seine Brust. Drücke. Einmal, zweimal, dreimal. Immer wieder – bis Maverick sich plötzlich ruckartig aufrichtet, wie wild hustet und Wasser spuckt.

Nachdem er sich beruhigt hat, dreht er sich mit Tränen in den Augen zu mir um und blinzelt perplex. »Was …?«

»Die Skylla hat dich runtergezogen«, erkläre ich, obwohl seine Erinnerungen daran vermutlich gleich zurückkehren werden. Zumindest bis zu seiner Ohnmacht. »Declan hatte eine Medusaschlange im Boot versteckt, aber ich war nicht gerade schnell. Sorry.«

Er räuspert sich und presst für einen Moment die Lippen aufeinander. »Alles gut«, sagt er und seine Stimme klingt ganz heiser. »Danke … dass du mich gerettet hast.«

Nickend fahre ich mir mit der Hand durch die nassen Haare und zupfe an meinen triefenden Klamotten. »Geht's? Also auch dein Arm … einer der Hunde hat dich ziemlich schlimm erwischt.«

Er schält sich aus der Jacke seiner Schuluniform und hebt seinen verletzten Arm. Das Hemd hat sich an der Wunde rot verfärbt und ist zerrissen. Nach wie vor keuchend versucht er mit der gesunden Hand das Hemd hochzukrempeln. Ich schiebe seine Finger beiseite und übernehme das für ihn. Sein Gesicht verzieht sich, aber kein Ton kommt über seine Lippen.

Als seine Wunde sichtbar wird, ziehe ich die Stirn in Falten. Zwar sieht man deutlich, wo sich die Zähne des Tiers in Mavericks Unterarm gegraben haben, doch …

»Du blutest kaum noch«, murmele ich.

»Tut auch schon weniger weh. Anscheinend hab ich über Nacht göttliche Selbstheilungskräfte entwickelt«, sagt er, klingt allerdings nicht ganz überzeugt. Immerhin verfügen wir Nachfahren über kein Wunderheilungsfeature.

Seine Worte bringen mich allerdings auf eine Idee, die nicht ganz so abwegig ist. »Du hast aus dem Styx getrunken. Declan hat gesagt, das könne Auswirkungen haben. Vielleicht sind da Reste des Styx in deinem Blut oder so.«

»Ist ja eigentlich egal«, kommentiert Maverick und sieht mich an. Etwas in seinem Blick verändert sich, wird weicher, aber im nächsten Moment verhärten sich seine Gesichtszüge schon wieder. »Na ja, das war dann wohl die Prüfung, schätze ich. Declan ist ein Arsch.«

»Meine Rede.«

Wir tauschen ein Lächeln aus. Ich habe damit gerechnet, mein Ärger über ihn und den Kuss würde nach der Prüfung zurückkehren, doch ich habe mich geirrt. Ich bin einfach nur froh, dass ihm nichts Schlimmes passiert ist.

Mit einem Seufzen schlinge ich die Arme um meinen Körper und sehe auf den *Serpentine,* auf dessen Oberfläche sich die Sonne spiegelt. Wenn ich nicht wüsste, was unter dieser friedlichen Fassade verborgen lauert, könnte ich den Anblick beinahe genießen. Mich vielleicht sogar freuen, die dritte Prüfung hinter mich gebracht zu haben. So aber schießt mir nur der Gedanke durch den Kopf, dass ich dem See nicht mehr näher kommen werde als nötig.

»Ist bei dir alles gut?«, fragt Maverick neben mir.

Ich wende mich ihm zu und hebe nickend die Mundwinkel. »Ja. Mir ist nur etwas kalt.«

Für eine Weile malmt Maverick still mit den Kiefern. »Lass uns ein Taxi nehmen und zu mir fahren«, schlägt er schließlich vor und im ersten Moment bin ich mir sicher, dass er einen Scherz macht. Aber er sieht vollkommen ernst aus.

»Was?«

»Ich lass dich doch nicht triefend nass quer durch London fahren. Der Weg zu mir ist wesentlich kürzer.«

Ich beiße mir auf die Unterlippe.

»Jetzt komm schon – ich werde dich wohl kaum zum Olymp führen.« Maverick rollt mit den Augen und das ist das einzige Indiz dafür, dass er noch der Alte ist. Der, der keine Gelegenheit auslässt, um mich aufzuziehen. »Wir ziehen uns was Trockenes an, essen eine Kleinigkeit und danach gehst du wieder nach Hause. Sieh's als Dank an. Weil du mich nicht ertrinken lassen hast.«

Für eine Sekunde wirkt es so, als würde er noch etwas hinzufügen wollen, aber er tut es nicht. Dennoch bringt der Ausdruck in seinen Augen mich dazu, mit dem Kopf zu nicken, ehe ich mir der Geste überhaupt bewusst bin. Was mir dafür mit einem Mal umso bewusster ist, ist der Liebesfaden zwischen uns. Schnell schiebe ich den Gedanken daran beiseite. »Okay.«

»Na dann komm.« Maverick rappelt sich hoch, streicht ein paar Strähnen aus seinem Gesicht, die ihm nass an der Stirn kleben, und schnappt sich seinen Rucksack und seine Jacke.

Ich tue es ihm gleich und schaue kurz zurück auf das verlassene Tretboot, ehe ich an seiner Seite den See hinter mir lasse.

Jedes Mal, wenn mein Blick unterwegs Mavericks trifft, blitzt etwas in seinen Augen auf, das beim nächsten Blinzeln direkt wieder verschwunden ist. Doch diese winzigen Momente reichen, um etwas in mir zum Flattern zu bringen. Stumm verfluche ich mein dummes Herz dafür.

Immer noch ziemlich nass und durchgefroren erreichen wir schließlich ein Ende des Hyde Parks.

Skeptisch mustere ich ein vorbeifahrendes schwarzes Taxi. »Meinst du, uns nimmt so nass überhaupt jemand mit?«

Maverick zuckt mit den Schultern. »Für die richtige Summe bestimmt.«

Und er behält recht: Keine fünf Minuten später sitzen wir auf der Rückbank im Auto eines alten Taxifahrers, der uns zwar erst misstrauisch beäugt, uns nach ein paar Worten von Maverick jedoch schnell hineingewunken hat. Kaum ist das Auto losgefahren, schiebt Maverick die Scheibe zu, die uns vom Fahrer trennt.

»Wir sollten Declan anrufen«, grummelt er und zieht sein Smartphone aus seinem Rucksack.

Im nächsten Moment hat Maverick den Hörer schon am Ohr und wartet mit grimmiger Miene, bis der Eros-Sohn das Gespräch annimmt.

Allerdings lässt Maverick ihn nicht mal zu Wort kommen. »Scheiße Mann, was bei allen Göttern ist in dich gefahren?«

Um Declans Antwort hören zu können, beuge ich mich ein Stück über den mittleren Sitz und damit nicht nur nah ans Handy, sondern auch nah an

Maverick, der trotz der Feuchtigkeit in seiner Kleidung eine angenehme Wärme ausstrahlt.

Ich höre Declan lachen. »Nun hab dich nicht so. Ich hab euch doch nur einen Schrecken eingejagt.«

Neben mir vibriert Mavericks Körper förmlich vor Wut. »Das nennst du einen Schrecken?«, fragt er mit brodelnder Stimme. »Ich wär fast draufgegangen.«

»Ach Quatsch.« Noch immer liegt ein amüsierter Ton in der Stimme des Eros-Sohns. »Ich war auf alle Eventualitäten vorbereitet.«

Maverick fährt sich mit der Hand übers Gesicht, entscheidet sich aber anscheinend dazu, nicht weiter darauf einzugehen. »Und seit wann haust sie da unten? Und überhaupt – müsste sie nicht irgendwo in Griechenland sein?«

»Die ursprüngliche Skylla hat eine Handvoll Nachkommen – und eine davon lebt eben im *Serpentine.* Keine Ahnung, wie lange schon.«

Ich erschaudere. »Wieso hat sie bisher keine Touristen angegriffen?«

Anscheinend hört Declan mich. »Na ja, normalerweise ist sie mit einem Bann belegt.« Wieder ist da ein Schmunzeln in seiner Stimme. »Ein Poseidon-Sohn war mir allerdings noch einen Gefallen schuldig. Und bevor ihr fragt – nein, dem habe ich ebenfalls nichts von eurer Situation erzählt.«

Etwas in seinem Tonfall ist der Tropfen, der das Fass bei mir zum Überlaufen bringt. Kurzerhand nehme ich Maverick das Handy aus der Hand. »Du bist ein Idiot«, fahre ich Declan an.

»Ein Idiot, von dem abhängt, wie lang dein Köpfchen an deinem Körper hängt«, entgegnet er gelassen.

Ich ignoriere seinen Einwand einfach. »Du hast versprochen uns nicht in ein Haifischbecken zu werfen. Das eben war viel schlimmer als ein Haifischbecken.«

»Aber es war kein Haifischbecken.« Ich kann sein Schulterzucken vor meinem inneren Auge sehen. »Was regt ihr euch überhaupt so auf? Ihr habt die Prüfung bestanden und ihr lebt noch. Ist also alles gut.«

Schnaubend rolle ich mit den Augen, doch Maverick nimmt mir das Smartphone weg, ehe ich Declan eine weitere Beleidigung an den Kopf werfen kann. Ohne ein weiteres Wort zu sagen, legt Maverick auf. Mit zusammengepressten Lippen schaut er mich an.

Seufzend lehne ich mich zurück in meinen Sitz. »Ich hasse es, von ihm abhängig zu sein.«

»Ich auch.«

»Er ist ein Arsch«, brumme ich.

»Meine Rede«, erwidert Maverick und die Tatsache, dass er meine Worte von vorhin wiederholt, bringt mich zum Grinsen.

ZWANZIG

Maverick lebt mit seinem Bruder und seinem Vater in einer Wohnung im Obergeschoss eines schicken Stadthauses, das ich bisher nur von außen kenne. Das Gebäude ist auf eine elegante Art und Weise alt und somit kaum mit dem Haus zu vergleichen, das ich mein Zuhause nenne. Innen wurde anscheinend mal renoviert, denn hier ist alles modern. Die noch immer feuchten Sohlen meiner Schnürschuhe, die in meiner Hektik unfreiwillig mit mir baden gegangen sind, quietschen, als ich hinter Maverick die gefliesten Treppen hinaufgehe.

»Dad ist vermutlich nicht zu Hause«, erklärt Maverick, während er den Schlüssel ins Schloss steckt und die Wohnungstür öffnet. »In letzter Zeit arbeitet er wieder mal viel. Aber Henry müsste da sein.«

»Dein kleiner Bruder?«

»Genau.« Maverick streift seine Schuhe ab, was ich ihm gleichtue. »Der zweite Raum links ist das Badezimmer, da kannst du duschen. Ich leg dir frische Kleidung vor die Tür.«

»Danke.« Mit meinem Rucksack auf dem Rücken husche ich dorthin und schließe die Tür hinter mir. Das Bad ist zwar klein, aber modern und ordentlich und immer noch größer als das bei uns zu Hause. Die Gedanken darüber, wie seltsam es ist, in Mavericks Wohnung zu duschen, schiebe ich geflissentlich beiseite. Schließlich mache ich das nur, weil ich einen guten Grund dafür habe.

Ich hole mein Smartphone aus meinem Rucksack und schicke eine

Nachricht an meine Familie, die bis jetzt nur weiß, dass Declan uns zu einer neuen Prüfung gerufen hat. Ich fasse mich kurz, auch wenn ich später jedes Detail der Prüfung erzählen werde müssen. Mum ist immer noch sauer, dass ihr in dieser Sache die Hände gebunden sind, weshalb sie sich umso mehr sorgt, mir könnte in den Prüfungen etwas zustoßen. Was ich ihr nicht verübeln kann.

Mit einem Schaudern schäle ich mich aus meiner klammen Schuluniform und stelle mich unter die Dusche. Länger als notwendig stehe ich unter dem heißen Wasserstrahl und warte, bis dieser auch das letzte bisschen kalte Panik von mir spült, das mir noch immer in den Knochen sitzt. Mangels besserer Alternativen seife ich mich mit dem bereitstehenden Männerduschgel ein, doch das ändert nichts daran, wie unglaublich gut mir die Dusche tut.

Als ich schließlich wieder aus der Dusche trete, hat die Feuchtigkeit den Spiegel über dem Waschbecken beschlagen lassen. In der Kommode neben dem Waschbecken finde ich ein Handtuch und trockne mich ab. Dann öffne ich die Tür ein Stück weit, um die Kleidung hineinzuziehen, von der Maverick gesprochen hat. Eine Boxershorts, eine Jogginghose und ein Kapuzenpullover. Schnell schlüpfe ich hinein. Die Sachen sind zwar etwas groß, dafür jedoch umso kuscheliger – und viel zu gut duftend. Ich kämpfe gegen den Drang an, meine Nase im Stoff zu vergraben und ein paar tiefe Atemzüge zu nehmen.

Bevor die Versuchung Überhand nehmen kann, trete ich auf den Flur. Ich greife nach der Tüte, die Maverick ebenfalls vor die Tür gelegt haben muss, und stopfe meine nasse Kleidung hinein, ehe ich sie zusammen mit meinem Rucksack an die Garderobe stelle.

Aus einem Raum auf der rechten Seite dringen Geräusche, denen ich folge und damit augenscheinlich im Wohnzimmer lande. Durch die Fenster scheint Sonne und lässt die feinen Staubpartikel in der Luft sichtbar werden, was das Zimmer auf eigenartige Weise gemütlich wirken lässt. Genau wie die großen Pflanzen, die überall verteilt stehen und die ich in Mavericks Zuhause so gar nicht erwartet hätte.

Auf einem gemütlich aussehenden, türkisfarbenen Sofa in der Mitte des Raumes sitzt Maverick neben einem Jungen, der zwar einige Jahre jünger aussieht als er, ihm ansonsten aber wie aus dem Gesicht geschnitten ist. Sein kleiner Bruder, schätze ich.

Die beiden haben Controller in der Hand und sind so sehr in ihr Videospiel vertieft, dass sie mein Auftauchen gar nicht bemerken. Was mir die perfekte Gelegenheit bietet, Maverick eingehend zu mustern. Er ist nicht mehr so nass wie vorhin und statt seiner Schuluniform trägt er jetzt eine knielange Stoffshorts – und kein Oberteil.

Ich schlucke, während ich versuche meinen Blick von seiner nackten Brust zu lösen. Vergeblich. Mir gelingt es unerklärlicherweise einfach nicht, woanders hinzusehen – bis Maverick den Kopf hebt und mich beim Starren erwischt. Sofort zucken seine Mundwinkel.

Mit einem Räuspern starre ich auf den Fußboden vor mir und spüre, wie mir die Hitze in die Wangen steigt. Blöder Liebesfaden.

Ich zwinge mich zu Mavericks kleinem Bruder zu sehen.

»Hey, ich bin Willow«, stelle ich mich lahm vor. »Du bist also Henry?«

Der sieht kurz vom Fernseher auf. »Jap. Und du die mit dem Liebesfaden?«

Ich blinzele überrascht. Also hat Maverick von der Sache erzählt. »Ähm … ja, die bin ich wohl.«

Maverick scheint das Spiel zu pausieren. »Hast du Hunger?«, fragt er an mich gewandt.

Nickend trete ich von einem Fuß auf den anderen. »Ein wenig.«

Als hätte er das erwartet, nickt jetzt auch Maverick. »Wir könnten Nudeln machen«, schlägt er vor, wartet meinen zustimmenden Blick ab und steht auf. »Ich mach das gleich. Lass mich nur noch schnell unter die Dusche springen.«

Im nächsten Moment quetscht er sich bereits an mir vorbei durch den Türrahmen, wobei er mir so nah kommt, dass ich bloß den Finger ausstrecken müsste, um ihn zu berühren. Auf der Stelle wird meine Kehle trocken. O Götter, seit wann reagiere ich denn so heftig auf ihn?

Darum bemüht, mir nichts anmerken zu lassen, folge ich Maverick in den Flur. »Ich kann schon mal mit dem Kochen anfangen«, sage ich und meine Stimme klingt belegt. Ich räuspere mich. »Irgendetwas schneiden oder so.«

Über seine Schulter hinweg wirft er mir ein Lächeln zu. »Gerne.«

Wenige Minuten später stehe ich in der kleinen, aber hellen Küche der Benningtons und schneide Gemüse, bis sich Maverick zu mir gesellt. Wie ich trägt er eine Jogginghose und ein Sweatshirt.

Ich werfe ihm ein Lächeln zu, während er aus einem der weißen Hängeschränke im Landhausstil Nudeln hervorholt. »Was macht dein Arm?«

Er zuckt mit den Schultern. »Ist alles halb so wild.«

Nickend schneide ich die Paprika weiter und beobachte aus den Augenwinkeln, wie Maverick in einem altmodischen Kessel Wasser aufsetzt.

Als die Nudeln fast fertig sind und die Soße munter vor sich hin köchelt, habe ich das Bedürfnis, die Stille zwischen uns mit Worten zu füllen. »Kochst du viel?«

»Gezwungenermaßen.« Er holt ein paar Teller aus einem weiteren Hängeschrank. »Auf Dauer ist Tiefkühlpizza nicht so meins.«

Der verbitterte Ton, der in seiner Aussage mitschwingt, lässt mich die Stirn runzeln. »Was ist mit deinem Dad?«

»Kaum da.«

»Oh.« Ich presse die Lippen aufeinander. Wieder ist da dieser brodelnde Unterton. In dem Versuch, Smalltalk zu betreiben, habe ich mich wohl äußert zielsicher in eine Sackgasse navigiert. Oder vielleicht eher an einen Abgrund – denn ich traue ich mich nicht einen weiteren Schritt in diese Richtung zu machen.

Doch zu meiner Überraschung sieht Maverick mich mit einem Mal ganz direkt an. »Ich glaube, hier zu Hause erinnert ihn zu viel an Mum.« Er schnaubt, aber ausnahmsweise gilt der Laut eindeutig nicht mir. »Obwohl die genau genommen ja auch nie wirklich viel da war. Geschweige denn ist.«

Wie von selbst bewegt sich meine Hand in Mavericks Richtung. Ich lege meine Finger auf seine und werfe ihm ein aufmunterndes Lächeln zu. Keine Ahnung, wen von uns beiden diese Geste mehr überrascht. Als ich gerade dazu ansetze, etwas zu sagen, entfernt sich Maverick von mir.

Er räuspert sich. »Kein Grund zu lauschen.«

Ich brauche einen Moment, um zu verstehen, dass die Worte nicht an mich gerichtet sind.

Irritiert drehe ich mich in die Richtung, in die Maverick jetzt schaut. Ich könnte schwören, dort neben der Tür bis eben höchstens einen Schatten im Augenwinkel gesehen zu haben. Doch plötzlich verschwindet ebendieser Schatten und Henry steht vor uns. Auf seinen Lippen breitet sich ein viel zu unschuldiges Lächeln aus, während er dem Blick seines Bruders begegnet. Ich runzele die Stirn und mustere Henry. Er hat keine Hadeskappe bei sich. Was war das denn?

Bevor ich die Gelegenheit habe nachzuhaken, welche Schattenspielchen hier gespielt werden, ergreift Maverick das Wort. »Kannst du bitte die Teller und das Besteck verteilen, Henry?«, fragt er mit einem so sanften Lächeln im Gesicht, als hätte das ernste Gespräch vor wenigen Minuten gar nicht stattgefunden.

»Jap«, murmelt der und fängt an den Tisch zu decken. Sobald Geschirr und Besteck angerichtet sind, nimmt Henry die Salz- und Pfeffermühlen entgegen, die Maverick im zeitgleich hinhält. Die beiden sind ein eingespieltes Team und ich weiß für einen Moment nicht so recht, wo ich auf ihrem Spielfeld stehen muss.

Umso froher bin ich, als Maverick mich beim Essen aktiv in den Smalltalk einbindet. Wir unterhalten uns über Henrys Schule und seine liebsten Marvel-Filme. Mavericks Bruder lacht viel häufiger als er und wirft mir immer wieder ein Lächeln zu. Genauso wie Maverick, der viel gelassener und ausgeglichener wirkt als sonst und sogar den ein oder anderen Witz erzählt. So oft hat er mich in der gesamten Zeit, die wir uns kennen, nicht angelächelt. Ich sehe auf den Liebesfaden zwischen Maverick und mir – langsam glaube ich zu spüren, wie er seine Wirkung entfaltet, denn jedes Mal, wenn Maverick mich anlächelt, quittiert mein Herz das mit einem Salto.

»Möchtest du noch was?«, holt Mavericks Stimme mich aus meinen Gedanken.

Ich schüttele den Kopf. »Nein, danke.«

Mit einem Nicken steht er auf und beginnt unsere Sachen in den Geschirrspüler zu räumen. Hastig gehe ich ihm zur Hand, was er mit einem gemurmelten »Danke« quittiert.

Henry schiebt quietschend seinen Stuhl zurück, springt auf und eilt Richtung Türrahmen. »Darf ich mit den Jungs zocken?«, fragt er schon halb im Flur verschwunden und die Aufregung lässt seine Stimme heller klingen. »Heute ist ein neues Erweiterungspack erschienen, das wir ausprobieren wollen.«

Maverick zuckt mit den Schultern. »Klar. Viel Spaß.«

»Prima!« Henrys Augen funkeln vorfreudig. »Bis dann, Willow.«

»Ciao.« Lächelnd winke ich ihm zu, doch im nächsten Moment hat er uns schon den Rücken zugekehrt.

Maverick lacht leise, während er die Spülmaschine schließt.

»Danke für das Essen«, murmele ich. Ohne Henry ist die Küche plötzlich ziemlich still.

»Nichts zu danken.« Mit locker verschränkten Armen lehnt er sich gegen die Küchentheke. »Wie gesagt: Sieh's als Dank dafür an, dass du mich nicht mit der Skylla verrotten lassen hast.«

Ich lache. »Ich befürchte, da wäre nicht viel von dir übrig geblieben, was verrotten kann.«

Maverick erschaudert, stimmt aber in mein Lachen ein. »Na, das ist doch umso mehr ein Grund, dir zu danken.«

Ich trete von einem Fuß auf den anderen. »Eigentlich muss ich mich bei dir bedanken«, erwidere ich. »Dafür, dass du mich nicht beim Olymp verpfeifst – selbst wenn du von irgendwelchen Ungeheuern geschnappt wirst.«

»Ich hab ja auch was davon.« Wieder zuckt er mit den Schultern. »Von wegen selbstbestimmtes Schicksal und so.«

Nickend mache ich einen Schritt in Richtung Flur. Der Deal mit Maverick stellt noch mal ein ganz eigenes Problem dar – dem kann ich mich jedoch stellen, wenn ich einigermaßen sicher bin, aus der Olymp-Sache in einem Stück herauszukommen.

»Jedenfalls ...«, beginne ich, ohne zu wissen, was ich eigentlich sagen will.

Wir haben geduscht und gegessen – von mehr hat niemand gesprochen. Und doch fühlt sich der Gedanke, jetzt einfach zu verschwinden, komisch an.

Maverick scheint es ähnlich zu gehen. »Willst du noch etwas bleiben?«, fragt er und mein Herz stolpert so sehr, dass es sich anfühlt, als hätte Maverick synchron zu seinen Worten am Liebesfaden zwischen uns gezupft. Was er vielleicht wirklich getan hat.

»Wir könnten aufs Dach gehen«, fügt Maverick hinzu, ehe ich überhaupt eine Antwort hervorbringe. »Die Aussicht ist wirklich schön.«

Das Gefühl, das seine Worte in mir auslösen, lässt mich überrascht blinzeln. Mit einem Mal kommt es mir so vor, als hätte der Liebesfaden zwischen uns seine volle Wirkung entfaltet. Da ist nicht mehr nur die kleine Stimme, die mir zuflüstert, dass Maverick in Wahrheit vielleicht doch gar nicht so blöd ist. Stattdessen schreit die Stimme mir förmlich ins Ohr und deutet mit zahlreichen Neonpfeilen auf Maverick. Na klasse.

Unsicherheit blitzt in seinem Blick auf – etwas, das so gar nicht zu dem Maverick passen will, den er sonst immer zur Schau stellt, und das gleichzeitig unglaublich echt wirkt. »Also natürlich nur, wenn du willst.«

Mein Verstand sagt mir, dass ich ablehnen sollte, um den Liebesfaden zwischen uns nicht noch kräftiger werden zu lassen. Aber mein Herz bringt mich wie von selbst zum Nicken. »Klar. Gerne.«

EINUNDZWANZIG

Maverick hat nicht zu viel versprochen. Keine Ahnung, wie ich mir das Dach des Wohnhauses vorgestellt habe – vor allem nicht, nachdem ausgerechnet Maverick den Ort als schön bezeichnet hat. Jedenfalls habe ich garantiert nicht an eine romantische Rückzugsoase gedacht. Und doch ist er genau das. Mit einem Mal habe ich das Gefühl, mitten in einem Hollywood-Film gelandet zu sein. Lauter hübsche Pflanzen, ein paar gemütlich wirkende Holzmöbel und eine atemberaubende Aussicht auf den Sonnenuntergang inklusive.

Fasziniert sehe ich mich um. »Nett.«

Mit einem Lächeln schließt Maverick die Tür hinter sich und reicht mir eine der beiden Cola-Dosen, die er mit nach oben gebracht hat. »Henry hat es hier letztes Jahr in den Sommerferien hübsch gemacht, davor war's ziemlich langweilig.«

»Ganz allein?«

»Nee, mit Mum. Sie war … länger da als sonst.« Sofort ist der freundliche Ausdruck aus seinem Gesicht verschwunden und stattdessen hält wieder die kühle Distanziertheit Einzug.

Offensichtlich sind Eltern bei ihm ein heikles Thema. Deshalb gehe ich nicht weiter darauf ein, sondern nutze die Gelegenheit, um die Frage zu stellen, die mir jetzt schon fast eine Stunde lang auf der Seele brennt.

»Apropos Henry«, fange ich an und lasse mich auf einen Holzstuhl fallen, »was war das eigentlich vorhin, als wir gekocht haben? Als du Henry gesagt hast, er soll nicht lauschen, da hatte ich das Gefühl …«

Maverick setzt sich neben mich auf einen weiteren Stuhl. Seine Mundwinkel zucken, was mich augenblicklich verunsichert. Doch er sagt nichts.

»Ich weiß nicht.« Ich zucke mit den Schultern und dabei ist mir nur allzu bewusst, wie absurd mein Gedanke klingen wird, sobald ich ihn ausgesprochen habe. »Ich hätte schwören können, dass da erst bloß Henrys Schatten war. Und plötzlich war der Schatten weg und Henry war da.«

Das Grinsen auf Mavericks Lippen wird noch eine Spur breiter, versteckt sogar das Muttermal an seiner Wange in einem Grübchen. »Ja.«

»Ich meine, das ist doch – was?« Erst ein paar Momente später kapiere ich, was er da gerade gesagt hat. »Hast du mir gerade zugestimmt?«

»Ja.« Er trinkt einen Schluck seiner Cola. »Henry hat seinen Schatten benutzt, um uns zu belauschen – oder eher, um es zu versuchen.«

»Also kann Henry sich von seinem Schatten lösen und ihn einfach wie einen Spion vorausschicken? Wie Peter Pan, nur dass sein Schatten nicht so zickig ist?«

»So ungefähr, ja.« Er nickt, legt jedoch gleich darauf den Kopf schief. »Wie ein Hades-Sohn trifft es aber besser. Er ist nicht der Einzige, der so was kann.«

Ich runzele die Stirn.

Unbeeindruckt sieht Maverick auf die Londoner Skyline, die sich vor uns erstreckt. »Ich weiß nicht, warum dich das so beeindruckt. Immerhin habt ihr Moiren-Töchter doch selbst Fähigkeiten.«

»Schon, aber …« Nachdenklich kaue ich auf meiner Unterlippe. »Irgendwie habe ich mir nie Gedanken darüber gemacht, dass ihr Hades-Söhne was könnt.«

Er gluckst. »Na herzlichen Dank auch.«

»Mann, du weißt, wie ich das meine. Dass ihr was … Außergewöhnliches könnt.« Ich bemühe mich ihm einen verärgerten Blick zuzuwerfen, kann allerdings nicht anders, als in sein Lachen mit einzustimmen.

Eine Weile lang schauen wir schweigend Richtung Horizont. In der Ferne kann ich die Themse erkennen, auf deren sonst so trüber Oberfläche sich die Sonne spiegelt. Ich unterdrücke ein zufriedenes Seufzen. Es ist Ewigkeiten her, seit ich das letzte Mal wirklich zur Ruhe gekommen bin. Schließlich kommt mir ein Gedanke. »Darf ich dich was fragen?«

Schulterzuckend wirft er mir einen Seitenblick zu. »Wirst du doch sowieso.«

»Stimmt.« Ich grinse. »Kannst du das auch, dich einfach von deinem Schatten lösen?«

Er schüttelt den Kopf.

»Kannst du ... kannst du denn etwas anderes?«

Mit einem Schmunzeln nippt er an seiner Cola. »Dir auf die Nerven gehen?«

»Das kannst du sogar ganz hervorragend.« Ich rolle mit den Augen. »Aber mal ernsthaft. Also kannst du etwas, du weißt schon, Göttliches?«

Diesmal reagiert er nicht. Ich glaube bereits keine Antwort darauf zu bekommen, als er dann doch nickt. »Ich kann durch die Schatten springen«, murmelt er. »Von einem Schatten zu irgendeinem anderen, quasi.«

Ich lege den Kopf schief. »Als würdest du dich teleportieren? Einfach so, zu einem Ort deiner Wahl?«

»Platt gesagt, ja. Nur über dem Olymp scheint eine Art magischer Schutz zu liegen.«

»Das ist ja megacool.«

In mir steigt Neid auf. Während ich damit gestraft bin, nahezu tagtäglich irgendwelche Schicksale zu spinnen, kann Maverick so was Praktisches. Allerdings sieht er auch nicht wirklich begeistert aus. Eher im Gegenteil, weshalb ich mich dafür entscheide, lieber nicht nach den Details zu fragen. Nicht, dass der Waffenstillstand zwischen uns plötzlich vorbei ist und er mich irgendwo in der Sahara aussetzt. Vorausgesetzt, er kann Leute mit sich transportieren.

Eine Frage kann ich mir dennoch nicht verkneifen. »Warum benutzt du trotzdem die U-Bahn? Den ganzen Stress könntest du dir einfach sparen.«

Maverick presst die Lippen aufeinander und wendet den Blick ab, sodass ich nur noch ein Ohr und sein verwuscheltes schwarzes Haar sehe. »Du solltest doch wohl am besten wissen, dass man diesen ganzen Götterkram ab und zu einfach vergessen will«, sagt er und seine Stimme geht beinahe im Lärm der Stadt unter, der bis zu uns nach oben dringt.

Ich schlucke. Er hat absolut recht damit und trotzdem – oder vielleicht gerade deswegen? – erwischt mich seine Aussage eiskalt. Okay, vermutlich war mir schon vorher klar, dass Maverick ziemlich genervt davon ist, sich in eine Persephone-Tochter verlieben zu müssen. Aber dass er sich so sehr gegen das Nachfahren-Leben sträubt wie ich, hätte ich nicht erwartet.

Ich beobachte ihn aus den Augenwinkeln. Inzwischen hat er sich zwar ein wenig zu mir zurückgedreht, doch der harte Zug um seine Lippen bleibt. In diesem Moment ist er wieder der unnahbare Maverick, den er in der Schule immer zur Schau stellt, und ich frage mich, ob er sich am liebsten einfach woandershin teleportieren würde. Wäre ich an seiner Stelle, würde ich das wohl in jeder unangenehmen Situation machen – was mich auf eine Idee bringt.

»Warte mal ...« Ich runzele die Stirn. »Warum hast du dich nicht weggebeamt, als die Skylla dich hatte?«

Jetzt dreht er sich wieder ganz zu mir um, seine Stirn ebenso in Falten gelegt wie meine eigene. »Erstens, nenn es bitte nicht Beamen«, sagt er. »Zweitens geht das nicht so einfach – es erfordert eine Menge Konzentration. Die hatte ich in diesem Moment beim besten Willen nicht. Und drittens kann ich das nur allein. Was hätte ich also tun sollen? Dich einfach allein lassen?«

Ich muss an den Kuss zwischen Leah und ihm denken und zucke mit den Schultern. Doch der ernste Ausdruck, der bei seinen Worten in sein Gesicht getreten ist, hindert mich daran, das Thema anzuschneiden. Maverick hätte mich selbst dann nicht mit der Skylla allein gelassen, wenn er gekonnt hätte. Mit einem Mal wird mir klar, dass es zwei Mavericks gibt – der, den er der Welt zeigt, und der, der er wirklich ist. Ich bin fest entschlossen, Letzteren besser kennenzulernen.

Ich zwinge mich den Gedanken an den Kuss beiseitezuschieben und kuschele mich in Mavericks Pullover. »Habt ihr Hades-Söhne eigentlich alle was mit dem Hades zu tun? Also der Unterwelt.«

»Nee, zum Glück nicht. Nur der mächtigste Hades-Sohn lebt mit seiner direkten Familie dort und sorgt für Ordnung.« Sein Kiefer zuckt. »Wir anderen sind trotzdem gezwungen, das Schicksal unseres Vorfahren zu leben.

Davon ist unter den Hades-Söhnen so gut wie niemand befreit. In unserer Blutlinie existieren kaum nicht-göttliche Nachfahren.«

Im Gegensatz zu sonst liegt keine Spur des Vorwurfs in seiner Stimme. Ob er überhaupt merkt, dass er mir nicht mehr die Schuld am Ganzen gibt? Ich selbst spüre beinahe körperlich, wie mir eine Last von den Schultern genommen wird, die mir bis jetzt nicht mal bewusst gewesen ist. Von Maverick nicht mehr als Gegner betrachtet zu werden tut gut.

Ohne darüber nachzudenken, strecke ich meine Hand aus und lege sie auf Mavericks, drücke sie leicht. Unser Liebesfaden kitzelt meine Haut. »Das muss hart sein.«

»Hart ist gar kein Ausdruck«, murmelt Maverick und seine Stimmlage erweckt den Anschein, als wäre ihm gar nicht bewusst, dass er die Worte laut ausspricht.

Sein Blick ist einige Sekunden lang auf unsere Finger fixiert und als er den Kopf hebt, raubt mir das Funkeln in seinen Augen den Atem. Ich habe das Gefühl, bis tief in sein Innerstes sehen zu können, und was ich sehe, lässt mich gleichzeitig ängstlich und vorfreudig werden. Als ob man an einem Abgrund steht und nicht weiß, ob man fallen oder fliegen wird, wenn man noch einen einzigen Schritt macht.

»Mum war schon kaum da, als ich klein war, und nach Henrys Geburt ist sie beinahe komplett von der Bildfläche verschwunden. Ab und zu taucht sie für ein paar Tage auf, nur um wieder wie vom Erdboden verschluckt zu werden.« Mit einem Seufzen sieht er auf das abendliche London. »Blöderweise kann man ihr nicht mal einen Vorwurf machen, ohne ein schlechtes Gewissen zu haben. Sie ist ja selbst bloß eine Gefangene in ihrem Schicksal.«

»Wie wir alle«, wispere ich, ohne meinen Blick von ihm zu lösen.

Er nickt. »Egal, ob sie es will oder nicht, sie kann nicht bleiben – weil das Leben sie dazu zwingt, andere Dinge zu tun.« Seine Finger zucken unter meinen. »Henry bricht es jedes Mal das Herz, wenn sie wieder geht. Und ehrlich gesagt ... habe ich Angst, er könnte daran zerbrechen, sobald die Vorherbestimmung ihn ebenfalls eine Frau lieben lässt, die ihn immer wieder verlassen muss.«

In meiner Brust ist es eng geworden und ich habe das Gefühl, dass jeder Atemzug ein Kraftakt ist, während Mavericks Gesicht aus purer Traurigkeit besteht. Es gibt keine Worte, die das, was er erlebt, besser machen können. Ich wünschte, ich könnte ihn und seine Familie aus diesem Teufelskreislauf befreien, aber ich weiß nicht wie. Und doch fasse ich den Entschluss, genau das zu versuchen. Nicht wegen des Deals, den wir geschlossen haben, sondern weil ich es möchte.

Ich schiebe meine Hand unter Mavericks und verschlinge unsere Finger miteinander, was ihn dazu bringt, mich wieder anzusehen. Vorsichtig erwidert er das Lächeln, das ich ihm schenke, und obwohl ich nichts sage, bin ich mir sicher, dass er weiß, was ich denke.

ZWEIUNDZWANZIG

»Und ich dachte schon, du verstößt heute gegen die Kleiderordnung und gehst in Mavericks Pullover zur Schule.« Juniper wackelt mit den Augenbrauen und huscht in eine noch etwas leerere Ecke des U-Bahn-Waggons.

Mit Sage an meiner Seite folge ich ihr, lehne mich gegen die Plexiglasscheibe und rolle mit den Augen. »Haha. Sehr witzig.«

»Was denn? Gestern Abend hast du ausgesehen, als würdest du das Teil nie wieder ausziehen wollen. Hast du nachts damit gekuschelt?« Juniper grinst. »Uns kannst du ruhig alles verraten, wir erzählen auch nichts weiter.«

Ich stöhne genervt und versuche mir nicht anmerken zu lassen, wie nah ihre Worte der Wahrheit kommen. Zwar habe ich nicht mit dem Kapuzenpullover gekuschelt, aber ich kann nicht leugnen, vor dem Schlafengehen meine Nase darin vergraben und einige tiefe Atemzüge getan zu haben. Und ganz eventuell habe ich dieses Prozedere heute Morgen wiederholt.

Damit Juniper mir das nicht an der Nasenspitze ansieht, wende ich mich ab und schaue zu Sage. »Jetzt hilf mir doch mal.«

Statt mir den Rücken zu stärken, zuckt die nur mit den Schultern. »Ganz unrecht hat sie nicht.«

»Sehr hilfreich, danke.« Ich versuche mich an einem entnervten Blick, aber das Lachen meiner Schwestern ist ansteckend.

Ich hätte wissen müssen, dass das Thema noch nicht vom Tisch ist. Schon gestern hätten meine Schwestern – vor allem Juniper – am liebsten jedes Detail über den Nachmittag mit Maverick erfahren und haben nur Ruhe gegeben, weil Mum sie ermahnt hat, mir eine Pause zu gönnen. Dadurch ist ihre Neugier allerdings genauso wenig abgeflacht wie Großtante Hollys. Nachdem ich die Tatsache, dass ich bei ihm zu Hause gewesen bin, mit einer Handbewegung abgetan habe, als wäre sie nicht so wichtig, hat Großtante Holly mir einen wissenden Blick zugeworfen, zum Glück jedoch nichts gesagt. Ich frage mich, ob ihr aufgefallen ist, dass das Rot meines Liebesfadens mit jedem Tag ein wenig kräftiger wird. Der Gedanke lässt mich auf meinen kleinen Finger sehen. Ich beginne mit dem Ring daran herumzuspielen.

»Pass auf dein Herz auf«, murmelt Sage neben mir.

Ich hebe den Kopf und nicke perplex. »Ähm … ich versuch's.«

Juniper scheint ebenso wenig wie ich zu wissen, was sie sagen soll. Sie sieht zwischen uns hin und her, bis sie schließlich bei mir hängen bleibt. »Wie ist dein Schicksalsverbundener eigentlich so?« Sie grinst, als ihr Spitzname für Maverick mich erneut mit den Augen rollen lässt.

Unschlüssig beiße ich mir auf die Unterlippe. »Keine Ahnung.« Ich zucke mit den Schultern. »Ganz okay, denke ich. Meistens nicht so ein Arsch, wie ich befürchtet habe, aber auch kein … ich weiß nicht.«

Sage wirft mir einen Seitenblick zu. Obwohl sie kein Wort mehr sagt, habe ich das Gefühl, von ihr analysiert zu werden. Mich würde jedenfalls brennend interessieren, was ihre Erkenntnisse sind – denn um ehrlich zu sein, habe ich keine Ahnung, wie es in meinem Inneren aussieht. Aller Wahrscheinlichkeit nach herrscht dort ein reines Chaos voller Wenns und Abers. Voller versuchter Distanz und nervösem Kribbeln.

»Es fällt mir schwer, ihn noch genauso unerträglich zu finden wie vor dieser ganzen Sache mit … ihr wisst schon«, gebe ich zu. »Ich will glauben, dass er ein Arsch ist, aber im nächsten Moment macht er Dinge, die das Gegenteil beweisen. Dann ist er plötzlich lieb zu mir und kümmert sich so sehr um seinen Bruder und ist so viel mehr als nur ein blöder Hades-Sohn. Und dann verhält er sich doch wieder wie ein Arsch. Und trotzdem kann ich ihn einfach nicht *nicht* mögen. Es ist …«

»Kompliziert«, beendet Juniper für mich. »Wobei ich nach wie vor davon überzeugt bin, dass er diese Leah nur geküsst hat, um dich eifersüchtig zu machen.«

Ich seufze resigniert. Davon habe ich meinen Schwestern gestern erzählt, als ich mit ihnen allein gewesen bin. Eigentlich dürfte ich mich an dem Kuss gar nicht so sehr stören. Schließlich kann er küssen, wen auch immer er will. Trotzdem – spätestens seit gestern Abend will ein Teil von mir da sehr wohl Mitspracherecht haben. Was das Ganze nicht einfacher macht.

»Apropos kompliziert«, Sage wartet, bis sich ein Pärchen an uns vorbeigedrängelt hat, ehe sie weiterspricht, »ich habe mir noch mal Gedanken über den Orakelspruch gemacht.«

Interessiert sehe ich sie an. »Und, bist du auf irgendwelche Masterpläne gestoßen, die sich zwischen den Zeilen versteckt haben?«

»Leider nicht.« Sie schüttelt den Kopf. »Bis jetzt haben sich allerdings einige Elemente daraus bewahrheitet – der ›Spross der Liebe‹ wird wohl Declan sein und die Prüfungen gibt es im wahrsten Sinne des Wortes. Declan entscheidet also anhand eurer Aufgaben über … was auch immer genau.«

»Das ist wohl die große Frage.« Ich beiße mir auf die Unterlippe.

»Du musst dich wohl auf dein Schicksal verlassen.« Juniper gluckst.

Ich schnaube. Klar. Weil ich zu dem Schicksal ja so ein gutes Verhältnis habe.

***

Selbst mit einigen Wochen Übung fällt es mir schwer, gleichzeitig Sages und Junipers Gespräch zu lauschen und mich auf die Schicksalsfäden vor mir zu konzentrieren. Nach meinem Patzer mit Maverick darf ich mir keinen weiteren Fehler erlauben und bemühe mich deshalb, wirklich jede kleinste Gehirnzelle auf das Spinnen der Schicksalsfäden zu fokussieren.

Ein bisschen ist das wie beim Nähen: Wenn man sich zu sehr anstrengt den Faden ins Nadelöhr zu bekommen, klappt es erst recht nicht. Immer wieder entgleiten mir die Fasern, die Juniper mir anreicht, die göttliche Spindel rutscht beinahe aus meinen Fingern und das dämmrige Licht der

Götter-Ebene macht meine Augen müde. Anscheinend hat selbst die höhere Macht keine Lust mehr, meine Fehler für mich auszubaden.

»Miss Preston hat dem Sohn vom Direktor wohl eine Fünf reingedrückt«, tratscht Juniper. Im Gegensatz zu mir scheint ihr ihre Aufgabe keine Mühe zu machen. »Das hat sich bis jetzt niemand getraut.«

Seufzend richte ich die Spindel, als sie wieder einmal droht mir zu entgleiten.

Auf meiner anderen Seite zuckt Sage lässig mit den Schultern. »Das hat er verdient. Der Kerl hat die Dummheit wirklich mit Löffeln gegessen.«

Ich verdrehe die Glücksfasern zu einer Schnur und verknote sie mit dem dazugehörigen Lebensfaden.

Ha – hätte ich mir nur einen Glücksfaden statt eines Liebesfadens angelacht. Dann müsste ich mir jetzt keine Gedanken darum machen, warum ich heute jedes Mal, wenn Maverick mich angeschaut hat, erstarrt bin. Als wäre er plötzlich eine Medusa. Was Quatsch ist. Die einzige lähmende Schlange weit und breit ist mein dummes Herz. Vermutlich habe ich heute wie ein planloses Schaf ausgesehen, während ich Maverick immer wieder angestarrt habe, ohne ein Wort über meine Lippen zu bringen. Finn hat mich sogar darauf angesprochen und gefragt, ob alles okay sei.

Verärgert über mich selbst schüttele ich den Kopf. Es ist ja nicht so, als hätte ich nicht größere Sorgen als die, wie Maverick von mir denkt.

»Mir hat Miss Preston auch eine Fünf reingedrückt«, stoße ich hervor, ehe ich es mir anders überlegen kann.

Das bringt jetzt sogar meine Schwestern aus dem Konzept. Sofort verharren sie in ihren Bewegungen. Ihre goldenen Götter-Ebenen-Augen betrachten mich ruhig, als ich vorsichtig nach links und rechts schiele. Schluckend presse ich die Lippen aufeinander.

Schließlich reagiert Juniper als Erste. »Dieser Churchill-Test?«

Ich nicke.

»Warum hast du denn nichts gesagt?«

Darauf fällt mir keine gute Antwort ein.

»Ich weiß nicht.« Ich seufze. »Als wir heute nach der Schule nach Hause gefahren sind, war alles so entspannt. So normal – als gäbe es diese ganze Maverick-Sache gar nicht. Ich wollte das nicht mit den schlechten Nachrichten kaputtmachen.«

Wieder sehen meine Schwestern mich an, ohne etwas zu sagen. Vielleicht denken sie dasselbe wie ich – jetzt habe ich nicht nur mein Moiren-Dasein und Declans Prüfungen am Hals, sondern dazu noch wesentlich mehr Arbeit mit der Schule als im Normalfall.

Sage schürzt die Lippen und legt ihre freie Hand auf meinen Rücken. »Lasst uns die Schicksale für heute Schicksale sein lassen.«

Das lassen Juniper und ich uns nicht zweimal sagen: Routiniert nehme ich die Hände meiner Schwestern in meine und schubse meine Seele wieder zurück in meinen Körper. Wie immer sind wir rein physisch auf dem Dreiersofa in unserem Wohnzimmer geblieben, während wir mit unserem Bewusstsein in der Götter-Ebene gewesen sind. All meine Nerven heißen meinen Geist mit einem unangenehmen Kribbeln willkommen. Wenigstens wird mir inzwischen nicht mehr übel, wenn ich die Ebenen wechsele.

Als ich die Lider hebe, glaube ich in einer Parallelwelt gelandet zu sein. Gegenüber von uns sitzt Großtante Holly wie immer in ihrem Ohrensessel und nippt an einem dampfenden Tasse Tee, dessen Bergamotten-Duft bis zu uns herüberdringt. Im Gegensatz zu sonst schenkt sie uns allerdings kaum Beachtung –denn ihre Aufmerksamkeit klebt förmlich am jungen Mann, der auf dem Zweiersofa sitzt.

Ich blinzele irritiert. »Maverick?«

»Willow«, erwidert der nur, als wäre es das Normalste auf der ganzen weiten Welt, uneingeladen in unserem Wohnzimmer aufzutauchen. Was es definitiv nicht ist.

Ehe mir die Geste bewusst wird, suche ich das Wohnzimmer nach peinlichen Gegenständen ab. Aber zum Glück ist da nichts außer ein paar uralter Kinderfotos, auf denen ich einigermaßen erträglich aussehe.

Allerdings scheint Maverick meinen kontrollierendes Umhersehen zu bemerken. Seine Mundwinkel zucken verdächtig. Er weiß ganz genau, dass er mich mit seinem Auftauchen ziemlich überrumpelt. Das ist so typisch.

Ich spüre die Blicke meiner Schwestern auf mir. Vermutlich überlegen sie gerade genau wie ich, was Maverick hier zu suchen hat und wie ich reagieren werde. Wobei Letzteres vermutlich der Grund ist, warum sie selbst still bleiben.

Großtante Holly hingegen ist viel zu sehr damit beschäftigt, ihn ausgiebig zu betrachten. Für mich hat sie nur einen Seitenblick übrig. »Du hast Besuch, Liebes«, sagt sie, als wäre das nicht eindeutig. Ein Lächeln spielt um ihre Lippen, während sie zum Liebesfaden zwischen Maverick und mir schaut.

Weil er keine Anstalten macht, sich zu erklären, stelle ich tatsächlich die offensichtlichste aller Fragen. »Was machst du hier?«

»Dich abholen«, sagt er und schiebt die Hände lässig in die Taschen seiner Collegejacke.

»Wozu? Und wie bist du hier reingekommen?«

»Durch die Tür.« Jetzt sieht er mich an, als wäre ich tatsächlich ein planloses Schaf. »Holly hat mich reingelassen.« Er wirft meiner Großtante ein Lächeln zu, das diese entzückt erwidert. Zumindest hat er sie nicht zu Tode erschreckt, indem er sich einfach hierher gebeamt hat.

Ich rolle mit den Augen. »Und wozu möchtest du mich abholen?«

»Zur nächsten Prüfung. Declan hat geschrieben und du hast weder auf seine Nachricht noch auf meinen Anruf reagiert.«

»Als wäre dein Tag nicht anstrengend genug«, murmelt Juniper neben mir. Aus den Augenwinkeln kann ich erkennen, wie Sage mitleidig das Gesicht verzieht.

Ich seufze. »Die nächste Prüfung ist jetzt schon?«

»Jap. Declan will uns wohl keine Erholung gönnen.« Er zuckt mit den Schultern.

Aus den Augenwinkeln kann ich erkennen, wie Sage ihren Blick an mir auf- und abwandern lässt. »Willst du dir vielleicht lieber etwas anderes anziehen, Willow?«

»Ähm … klar.« Ich sehe an mir herunter auf meine ausgewaschenen Leggins, in die ich direkt nach der Schule geschlüpft bin. Sie ist über und über mit kleinen Katzen-Gesichtern bedruckt. So viel also dazu, dass hier nichts

Peinliches ist. Hastig springe ich auf und laufe zur Wohnzimmertür. »Ich bin sofort wieder da.«

Während ich über den Flur eile, spitze ich die Ohren. Im Wohnzimmer bleibt es für einige – vermutlich ziemlich unangenehme – Momente still. Gerade, als ich die Tür meines Zimmers hinter mir zuziehen möchte, höre ich Großtante Hollys rauchige Stimme. »Sag mal, Jungchen, ist euer Liebesfaden eigentlich auch körperlicher Natur? Jetzt, wo ihr den Eros-Sohn mit im Boot habt?«

Ich erstarre in meiner Bewegung.

»Ähm …« Maverick klingt so peinlich berührt, wie ich ihn noch nie gehört habe. Zu schade, dass ich sein Gesicht gerade nicht sehen kann. Vielleicht hätte ich ihn wegen Großtante Holly vorwarnen sollen – aber immerhin ist er derjenige, der unangekündigt in unsere Wohnung geplatzt ist.

Sage eilt zu Mavericks Rettung. »Großtante Holly!«, tadelt sie. »So was kannst du doch nicht einfach fragen.«

Juniper kichert. »Also, mich würd das auch mal interessieren.«

»Wie dem auch sei«, sagt Großtante Holly. »Egal, wie stark euer Liebesfaden werden mag, du lässt gefälligst die Hose zu, ist das klar?«

Ich beiße mir auf die Unterlippe, um nicht loszuprusten. In dem Moment, in dem Maverick »Ist klar …« murmelt, schließe ich leise meine Zimmertür hinter mir.

Ich tausche meine Leggins gegen eine lockere Jeanshose, ziehe meine Jeansjacke über das Ringelshirt, das ich trage, und binde mir die Haare zusammen. Dann schnappe ich mir mein Handy vom Schreibtisch. Auf dem Display leuchtet Declans Nachricht auf.

Zeit für eure vierte Prüfung. Trefft mich in einer Dreiviertelstunde vor dem British Museum, um der Gefahr ins Auge zu sehen.

Seufzend schiebe ich das Handy in die Tasche meiner Jeansjacke und mache mich wieder auf den Weg ins Wohnzimmer. Keine Sekunde zu früh, denn so, wie Maverick mich ansieht, erlöse ich ihn gerade von einer weiteren peinlichen Frage von Großtante Holly.

»Was will Declan denn am British Museum?«, komme ich ihr zuvor.

»Keine Ahnung.« Maverick steht auf und stellt sich neben mich. »Uns hoffentlich nicht zu einer dieser langweiligen Führungen zwingen. In dem Fall bin ich mir nicht sicher, ob ich das durchstehe.«

Ich lache. »Wir würden schon das Beste draus machen.«

Junipers Blick wandert zwischen uns hin und her. »Da bin ich mir sicher«, murmelt sie, was ihr einen sanften Stoß von Sage einbringt.

Ich ignoriere ihren Kommentar. »Bis später, Leute. Sagt Mum, sie soll mir was zu essen aufheben, wenn ich nicht rechtzeitig zurück bin.«

»Machen wir.« Sage lächelt. »Passt auf euch auf.«

»Viel Spaß!«, flötet Juniper und tauscht ein Grinsen mit Großtante Holly aus.

Augenrollend ergreife ich Mavericks Arm und ziehe ihn zur Wohnungstür. Während wir die morschen Treppenstufen nach unten steigen, schweigen wir beide. Vermutlich steht Maverick wegen Großtante Hollys Inquisition noch unter Schock.

»Danke fürs Abholen«, sage ich schließlich und halte Maverick die Haustür auf. Sofort werden wir vom Stadtlärm empfangen – dem Rauschen der Autos und Busse, Fahrradklingeln und zahlreichen entfernten Unterhaltungen.

»Kein Ding.«

Auf dem Weg zur nächsten U-Bahn-Station betrachte ich Mavericks Profil. Ich lasse meinen Blick über die wüsten Haare wandern, über seine etwas zu blasse Haut und die kantigen Wangenknochen. Sein Kiefer zuckt und ich bin mir sicher, dass er mein Starren bemerkt, doch er sagt nichts. Kein selbstsicherer Kommentar, kein Necken, gar nichts. Stattdessen tut er so, als würde er überhaupt nicht mitbekommen, wie ich ihn förmlich anschmachte. Und obwohl mir so viele Worte auf der Zunge liegen, bleibe ich ebenfalls still.

Wir erreichen die Station und gehen immer tiefer unter die Erde. Das Schweigen zwischen uns ist gleichzeitig beruhigend und unangenehm – und damit auf die Art und Weise außergewöhnlich, wie es nur mit Maverick sein kann.

In der U-Bahn setzen wir uns auf zwei benachbarte Plätze. Um uns herum unterhalten sich Dutzende Menschen, deren unzählige Schicksalsfäden quer durch das Bahninnere wabern, aber mein Blick huscht immer wieder zu Maverick. Als unsere Haltestelle – Tottenham Court Road – nur noch eine weitere Station entfernt ist, sieht er zu mir. »Bereit?«

Einige Herzschläge lang verliere ich mich in seinen dunkelbraunen Augen, fasziniert von den goldenen Sprenkeln in ihnen, die mir nie zuvor aufgefallen sind. Trotz des ungemütlichen Lichts der U-Bahn wirken sie warm, beinahe einladend. Als würde er mich bereitwillig in seiner Seele willkommen heißen, wenn ich mich traue.

In mir regt sich etwas. Mit einem Mal weiß ich, dass ich mich nicht beschweren würde, sollte er mich jetzt küssen. Ganz im Gegenteil.

Doch das tut er nicht. Stattdessen hebt er fragend die Augenbrauen. »Willow?«

Ich erwache aus meiner Starre und nicke eilig. »Ähm … ja klar … bereit, schätze ich«, stammele ich und schiebe die Hände in die Taschen meiner Jeansjacke, nur um sie im nächsten Moment wieder herauszuziehen.

Über unseren Köpfen sagt der Sprecher der U-Bahn an, dass wir jeden Moment in die Tottenham Court Road einfahren, und holt mich damit komplett zurück in die kalte Realität. Die, in der Maverick sich nur mit mir abgibt, um diesen blöden Liebesfaden loszuwerden. Die, in der das auch mein Ziel sein sollte. Zumindest, wenn ich meinen Kopf behalten will.

Neben mir steht Maverick auf und wartet, bis ich es ihm gleichgetan habe, ehe er sich den nächsten Türen nähert. Ich folge ihm.

Seite an Seite machen wir uns auf den Weg an die Oberfläche. Wir drängeln uns an zahlreichen Touristengruppen vorbei, die irgendwelche Fotos machen. Als das British Museum in Reichweite kommt, verschlägt es mir wieder einmal den Atem – genau wie an dem Tag, an dem ich mit Mum hier war, um mich beim Olymp vorzustellen.

»Egal, was Declan sich ausgedacht hat, schlimmer als meine Vorstellung beim Olymp kann die Prüfung nicht werden«, murmele ich gedankenverloren.

Maverick lacht leise. »Aufgeblasene Vollidioten.«

»Das kannst du laut sagen.« Ich hebe die Mundwinkel. »Dagegen ist Declan ja beinahe bescheiden.«

»Und das muss was heißen.«

»Wenn man vom Teufel spricht.« Ich strecke locker die Hand aus, um Maverick auf Declan aufmerksam zu machen, der ein Stück entfernt von uns dasteht und auf sein Smartphone schaut.

Als er uns kommen sieht, schiebt er das Handy in seine Hosentasche und legt mit einem Grinsen den Kopf schief, was seine blonden Locken zum Hüpfen bringt. »Da seid ihr ja endlich.«

»Sorry. Ich war noch auf der Götter-Ebene beschäftigt und habe deine Nachricht erst nicht bemerkt.«

»Kein Ding, die Prüfung läuft nicht weg.« Wie um sich zu vergewissern, dass sie das nicht plötzlich doch tut, blickt er kurz über seine Schulter, ehe er wieder uns anschaut. »Also, seid ihr bereit?«

»Kommt drauf an wofür«, brummt Maverick.

Ich nicke – halb, um ihm zuzustimmen, und halb, um Declan zu signalisieren, dass die Prüfung starten kann. Was ich mir jedoch sofort anders überlege, als Declan Mavericks Frage beantwortet.

»Ihr werdet dem Olymp einen Besuch abstatten.«

DREIUNDZWANZIG

Ich warte darauf, dass Declan loslacht und uns damit aufzieht, wie leicht man uns zum Narren halten kann, aber das tut er nicht. Stattdessen sieht er nur von mir zu Maverick, wobei er wieder diesen Blick draufhat, als würde gerade eine extrem spannende Stelle seiner Lieblingsserie laufen.

»Wie bitte?«, krächze ich im gleichen Moment, in dem Maverick abwehrend den Kopf schüttelt.

»Du meinst hoffentlich den Berg Olymp.« Er verschränkt die Arme vor der Brust und macht einen Schritt nach vorn, wie um mich vor Declan abzuschirmen. Ehrlich gesagt bin ich ihm dafür gerade ganz dankbar.

»Nope.« Lässig schüttelt Declan den Kopf. »Wenn ihr ein selbstbestimmtes Leben haben wollt, müsst ihr lernen, euch der Gefahr zu stellen. Ihr ins Auge zu blicken.«

»Du bist doch bescheuert«, murmelt Maverick. »Das werden wir im Leben nicht tun.«

Declan zuckt mit den Schultern. »Na schön. Darf ich euch dran erinnern, dass ihr keine Wahl habt?«

Meine Knie werden weich. Ich trete von einem Fuß auf den anderen, um mein Gleichgewicht zu halten.

»Entweder geht ihr zum Olymp und versucht euch an der Prüfung«, Declan grinst verschlagen, »oder ihr geht zum Olymp und stellt euch direkt. Eure Entscheidung.«

»Wir machen's. Wir machen deine Prüfung«, bringe ich hervor, bevor

Maverick die Gelegenheit hat, ihn noch weiter zu provozieren. Immerhin hat Declan recht – er hat uns in der Hand.

»Sehr gut. Ist sowieso nicht so wild, wie es klingt. Um diese Uhrzeit haben die meisten olympischen Nachfahren schon längst Feierabend – der Vorteil daran, dass man sich auf die griechische Ortszeit geeinigt hat«, sagt Declan und grinst. »Der Empfang ist zwar rund um die Uhr besetzt, aber keine Sorge, ich lenke die Dame ab. Als kleine Starthilfe für euch, quasi. Und überhaupt, den Olymp zu betreten ist ja nicht illegal.«

Maverick schnaubt. »Nee, nur äußerst verdächtig.«

»Na dann würde ich mich an eurer Stelle nicht erwischen lassen.«

»Wobei eigentlich genau?«, hake ich nach. »Sollen wir irgendetwas im Olymp erledigen oder einfach ein wenig herumspazieren?«

»Ich bitte dich. Das wäre ja langweilig.«

»Was willst du diesmal, Declan?«, fragt Maverick mit einem entnervten Seufzen.

»Den Handspiegel der Aphrodite.«

»Wie bitte?«, platzt es aus mir heraus. Irgendwie bin ich davon ausgegangen, wenn überhaupt nur eine Kleinigkeit aus dem Olymp mitbringen zu müssen. Eine Büroklammer oder so. Meinen potentiellen Henkern vor der Nase herumzutanzen ist immerhin schon gefährlich genug. Na ja, ich hätte es besser wissen sollen – Declan gibt sich nicht mit Kleinigkeiten zufrieden.

Maverick sieht aus, als wüsste er nicht, ob er die ganze Sache hier abblasen oder lieber Declan an die Gurgel gehen will. Vermutlich beides.

»Der Spiegel wird seit jeher an die olympische Aphrodite-Nachkommin weitergegeben, also müsste Leana ihn jetzt haben. So, wie ich sie einschätze, ist er irgendwo in ihren Gemächern im Olymp. Vermutlich liegt er offen herum – die Olympier prahlen gern. Er ist kaum zu übersehen, mit goldenen Verzierungen.« Er zuckt mit den Schultern. »Ein Kinderspiel also.«

Maverick schnaubt. »Was machen wir, falls du dich irrst und der Spiegel nicht in ihrem Zimmer ist?«

Nachdenklich legt Declan für einen Moment den Kopf schief. »Dann bringt ihr mir ein anderes schönes Souvenir mit und macht ein Beweisfoto von Leanas Räumlichkeiten.«

»Und wenn wir erwischt werden?« Allein die Vorstellung bringt mich zum Erschaudern. Ich hasse Declan dafür, dass er uns dem Olymp auf einem Silbertablett serviert, und muss den Drang niederkämpfen, meiner Familie eine Abschiedsnachricht zu schicken. So darf ich nicht denken.

Declan zuckt lässig mit den Schultern. »Für den Fall würde ich mir an eurer Stelle eine gute Ausrede einfallen lassen.«

»Also klauen wir den Spiegel«, Maverick schiebt missmutig die Brauen zusammen, »und danach haben wir die Prüfung bestanden?«

Nickend fährt Declan sich mit einer Hand durch die Locken. »Wenn ihr in einem Stück wieder rauskommt, ja.«

»Und wie kommen wir zurück?«

»In einer Stunde müsst ihr zurück in der Lobby sein. Da lass ich euch abholen.«

Maverick und ich tauschen einen Blick miteinander. Er hebt fragend die Augenbrauen. Ehe ich es mir anders überlegen kann, nicke ich.

»Gut«, sagt Maverick. »Bringen wir's hinter uns.«

»Prima.« Declan grinst, dreht sich um und geht in Richtung British Museum. Mit einer Handbewegung über seiner Schulter bedeutet er uns, ihm zu folgen. »Euer Taxi wartet nämlich schon.«

Mit gerunzelter Stirn laufe ich ihm hinterher, was mit dem Zittern meiner Knie bestimmt alles andere als elegant aussieht. »Taxi?«

»Ein Hermes-Sohn. Oder wie hast du gedacht, dass ich euch zum Olymp und wieder zurück bringe?«

Ein weiteres Mal tauschen Maverick und ich einen Blick.

»Declan lässt jeden nach seiner Pfeife tanzen«, murmelt er und schmunzelt. Das Zucken seiner Mundwinkel ist ansteckend und bringt mich trotz der ziemlich beschissenen Umstände zum Lächeln.

»Für den richtigen Preis ist eben jeder zu kaufen.« Declan schaut kurz zu uns zurück, ehe er zu einem Kerl in den Vierzigern hinübergeht, der ziemlich gelangweilt dreinblickt. »Hi. Sorry für die Verspätung, wir mussten da noch eine Kleinigkeit klären. Das sind die zwei, die du eskortieren sollst.«

»Schon gut.« Der Typ sieht flüchtig in unsere Richtung. »Also wie abgemacht? Erst dich und dann die beiden?«

»Ganz genau.« Declan wirft uns ein Grinsen zu. »Viel Erfolg.«

Bevor einer von uns etwas darauf erwidern kann, stellt sich Declan zusammen mit dem Hermes-Sohn ans Ende der Museumsschlange. Maverick und ich hingegen treten ein Stück zurück.

Ich starre auf die Spitzen meiner Sneaker. »Ich hab Angst.«

Aus den Augenwinkeln bemerke ich, wie Maverick mich betrachtet. »Wir schaffen das schon«, sagt er. »Ich lass nicht zu, dass sie dich schnappen. Oder Declan uns auflaufen lässt.«

Wie von selbst heben sich meine Mundwinkel, wenn auch nur schwach. »Danke.«

Gefühlt vergehen Ewigkeiten ohne eine Spur vom Hermes-Sohn. Nervös trete ich von einem Fuß auf den anderen und sehe mich um, doch die Schicksalsfäden zwischen all den Menschen hier erinnern mich nur allzu deutlich daran, wem wir gleich direkt in die Arme laufen werden. Verdammt, was denkt Declan sich bloß bei diesen Prüfungen? Genauso gut könnte er mich direkt zur Guillotine zerren.

Ich stoße ein Seufzen aus. »Gibt's irgendwas, was du mir noch sagen willst, bevor ich geköpft werde?«, frage ich halb im Spaß, halb aus Angst und schaue zu Maverick. Ich bemühe mich um ein Grinsen, um meinen Worten ihren Ernst zu nehmen.

Maverick macht nicht die geringsten Anstalten, mein Schmunzeln zu erwidern. Er malmt mit den Kiefern und mustert mich kurz, ehe er ebenfalls seufzt. »Der Kuss mit Leah hat mir nichts bedeutet.«

»Was?« Perplex schüttele ich den Kopf. Mit dieser Antwort habe ich nicht gerechnet.

»Ich will, dass du das weißt«, sagt er, als würde das alles erklären.

Ich bringe keinen Ton über meine Lippen und starre ihn einfach nur an, während in meinem Kopf die Gedanken rasen. Keine Ahnung, wie ich darauf reagieren soll. Doch dafür habe ich ohnehin keine Gelegenheit, denn im nächsten Moment taucht endlich der Hermes-Sohn auf. Vermutlich sollte ich mich sowieso erst mal darauf konzentrieren, diese Prüfung zu überleben, bevor ich mich mit meinen Gefühlen für Maverick auseinandersetze.

Der Hermes-Sohn schenkt uns kaum Beachtung. Worüber ich ganz dankbar bin. Je weniger er uns beachtet, desto weniger wird er sich an uns erinnern können, sollte es zu Nachforschungen des Olymps kommen. Mit einem knappen Nicken bedeutet er uns ihm in die Warteschlange zu folgen – die diesmal eindeutig zu schnell vorangeht.

Kurz bevor wir den Eingang des Museums erreichen, sieht Maverick am Hermes-Sohn vorbei zu mir und unsere Blicke verhaken sich ineinander. Seine Mundwinkel heben sich zu einem aufmunternden Lächeln. Ich will es erwidern, doch im gleichen Moment greift der Hermes-Sohn nach meinem Oberarm und reißt mir den Boden unter den Füßen weg.

Der Sprung ist kein Stück erträglicher als beim letzten Mal. Wieder ist da nur dieses graue Licht. Mein Körper wird gleichzeitig in alle Richtungen gerissen und ich weiß nicht mehr, wo oben und wo unten ist. Dann ist es so schnell vorbei, wie es angefangen hat, und ich stehe auf festem Boden.

Keuchend schaue ich die anderen an – oder eher gesagt nur Maverick, denn der Hermes-Sohn ist schon wieder verschwunden. Das würde ich jetzt auch gerne können.

Mit einem Seufzen lege ich den Kopf in den Nacken. Die Kuppel über uns gibt die Sicht frei auf einen sternengetränkten Nachthimmel, der mir den Atem raubt. Er sieht magisch aus, beinahe wie in einem Disney-Film.

»Wow«, flüstere ich. »Ist das schön.«

Maverick lässt mich einen Moment staunen, bevor er mich in die Realität zurückholt. »Komm. Lass es uns hinter uns bringen.«

Nickend senke ich den Blick und setze mich in Bewegung. Der Olymp sieht noch genauso und gleichzeitig vollkommen anders aus als beim letzten Mal. Was vermutlich am sanft-warmen Dämmerlicht liegt, in das alles hier getaucht ist und das garantiert mit dem magischen Sternenhimmel zusammenhängt. Wenn wir aus einem anderen Grund hier wären, würde ich mich hier wohlfühlen. So jedoch kann ich nicht anders, als alle Richtungen auszukundschaften, während wir durch den Eingangsbereich laufen.

Im Gegensatz zum letzten Mal ist der Empfang unbesetzt. Declan hat also sein Wort gehalten. Immerhin.

Wir lassen den Empfang und die Warteecke mit den petrolfarbenen Sofas hinter uns und treten in den breiten Gang, durch den ich auch letztes Mal geführt worden bin. Eine Wahl haben wir sowieso nicht – das hier ist der einzige Weg, der von der Lobby abzweigt. Wobei ich Geheimgänge allerdings nicht ausschließen würde. Vielleicht hat Declan ja einen genutzt, um die Empfangsdame von hier wegzulocken.

Wie bei meinem ersten Besuch bringen mich die Malereien an den Wänden zum Staunen. Diesmal fallen mir mehr Details auf und ich meine sogar Hades erkennen zu können, als Maverick nach meiner Hand greift.

»Komm«, sagt er und zieht mich sanft weiter. Ich habe gar nicht gemerkt, dass ich langsamer geworden bin. »Wir haben keine Zeit zum Herumtrödeln.«

Ich beiße mir auf die Unterlippe und gehe hastig neben ihm her, wobei mir die Berührung unserer Finger nur allzu bewusst ist. Bei jeder Bewegung streichen unsere kleinen Finger sanft gegeneinander.

Wir folgen der Biegung des Flurs und steigen eine Treppe hinauf. Den Korridor, der sich vor uns erstreckt, erkenne ich wieder. Es ist der mit den unzähligen Statuen von olympischen sowie nicht-olympischen Göttern und Helden, die die linke und die rechte Seite des Gangs säumen. Auch hier ist alles in ein anderes, warm-bläuliches Licht getaucht. Ich werfe einen kurzen Blick an die Decke – ebenfalls ein Sternenhimmel. Alles hier fühlt sich so surreal an. Wie ein Traum. Schnell kneife ich mir mit der freien Hand in die Hüfte. Aber nichts ändert sich. Das hier ist die Realität.

Maverick betrachtet eine Statue, die ein Stück von uns entfernt auf der rechten Seite steht. Hades, der mit einem Zweizack in der Hand und Kerberos zu seinen Füßen auf einem Thron sitzt.

Ich will Maverick gerade darauf aufmerksam machen, dass wir keine Zeit haben, seinen Urahn zu begutachten, als ich Männerstimmen höre. Sie kommen von irgendwo vor uns und obwohl sie noch zu weit entfernt sind, um Worte zu verstehen, kommen sie eindeutig näher.

Hastig sehe ich mich nach allen Seiten um. Doch hier ist keine Tür, hinter der sich ein Versteck für uns bieten könnte. Nur der Malereien-Gang hinter uns und eine weitere Treppe vor uns. Die Treppenstufen hinaufzuhasten würde viel zu viel Lärm machen – und eventuell würden wir den Männern dadurch direkt in die Arme laufen. Kacke.

Maverick scheint die Stimmen ebenfalls zu hören. Sein Blick fängt meinen auf, während seine Finger sich fester um meine schließen. In seinen Augen erkenne ich die gleiche Panik, die auch in mir aufsteigt.

Wir sitzen in der Falle.

Vierundzwanzig

»Scheiße!«, flucht Maverick leise und seine Finger drücken meine schmerzhaft fest. Wie ich sieht er sich um, doch im Gegensatz zu mir erstarrt er danach nicht zur Salzsäule, sondern zerrt mich zur Rückseite der Hades-Statue. Hinter dem grobgehauenen Thron des Unterweltsgottes drückt er mich auf den Boden und sinkt neben mir in die Hocke. Meine Beine zittern so sehr, dass ich mich einfach auf meinen Hintern fallen lasse.

Die Statue ist schmaler, als sie auf den ersten Blick gewirkt hat, und die Seiten unserer Körper sind fest aneinandergepresst, damit wir beide dahinter passen. Aus irgendeinem Grund scheint mein Herz das für einen geeigneten Anlass zu halten, noch schneller zu hämmern als ohnehin. *Vielen Dank auch, Herz. Als hätte ich nicht gerade genug andere Sorgen.*

Neben mir schiebt Maverick eine Hand in die Tasche seiner Collegejacke. Er holt etwas Graues daraus hervor und drückt es mir in die Hand. Weicher Stoff schmiegt sich an meine Finger. Die Hadeskappe.

Erleichtert stoße ich Luft aus und warte, dass er eine weitere Kappe hervorkramt. Die seines Bruders vielleicht. Aber das tut er nicht. Perplex schiebe ich die Brauen zusammen. »Nur eine?«, zische ich.

Maverick nickt. »Ich wusste ja nicht, dass wir sie brauchen – haben wir bisher nie. Sonst hätte ich Henrys eingepackt. Meine hab ich halt immer dabei.«

Innerlich fluchend presse ich die Lippen aufeinander. »Und nun?«

»Setz sie auf.« Mavericks Blick ist drängend. »Du hast größere Probleme als ich, wenn du erwischt wirst.«

Da bin ich mir nicht so sicher. Egal, wer von uns geschnappt wird – sie würden Maverick oder mich zu einer Nachkommin Aletheias bringen und uns zwingen die Wahrheit zu erzählen. Dann sähe es für uns beide alles andere als rosig aus. Schwere Verstöße gegen die olympischen Gesetze – das ist nicht verhandelbar. Ab mit dem Kopf, wie die Herzkönigin sagen würde. Scheiße, scheiße, scheiße.

»Jetzt mach schon!«, zischt Maverick.

Schluckend setze ich mir die Mütze auf. Wir haben keine Zeit zum Diskutieren. Die Stimmen kommen stetig näher. Die dazugehörigen Schritte hallen durch den Korridor, während die Männer allem Anschein nach die Treppe hinuntersteigen. Ihr Echo gesellt sich zum Hämmern meines Herzens. Das Blut rauscht in meinen Ohren.

Ich beiße mir auf die Unterlippe, um bloß keinen Ton von mir zu geben, und sehe zu Maverick, der mit dem Kopf gegen die Rückseite von Hades' Thron gelehnt die Augen geschlossen hält. Einem Instinkt folgend rücke ich ein Stück näher an ihn heran.

Die Angst, die ich die ganze Zeit im Zaum halten konnte, legt ihre kalten Finger um meine Kehle und nimmt mir die Luft zum Atmen. All die Gedanken, die ich bisher nicht zugelassen habe, stürmen meinen Kopf. Reißen die Barrikaden, die ich mühsam errichtet habe, einfach um, als wären sie nur hauchdünn.

Was ist, wenn sie uns erwischen? Wenn sie uns hier finden – Moiren-Tochter und Hades-Sohn so eng aneinandergepresst, wie sie es eigentlich gar nicht sein sollten.

Ich könnte mich selbst schütteln. Ich habe zugelassen, von Declan geradewegs in die Höhle des Löwen geschickt zu werden. Bereitwillig habe ich sein Spielchen mitgespielt, ohne mir Gedanken darüber zu machen, wie verdammt hoch der Einsatz ist. Und jetzt zahle ich den Preis dafür.

Die Stimmen sind inzwischen nah genug, um über das Rauschen meines Blutes hinweg Worte zu verstehen.

»Sie ist sauer, weil ich letztens im Pub mit der Kellnerin geflirtet hab.« Diese donnernde Stimme kenne ich. Zayn, der Zeus-Sohn. »Dabei dachte ich, das Thema wäre endlich durch. Nichts da. Wenn es nach ihr geht, darf ich anderen Frauen nicht mal hinterhersehen.«

Zayns Gesprächspartner lacht. »Na ja, mit deiner aktuellen Frisur muss sie sich ja eigentlich gar keine Gedanken darum machen, ob du fremdgehen könntest«, sagt er und seine Worte haben diesen typisch kumpelhaften Klang, den Männer so gerne an den Tag legen. Ich bin mir sicher, die Stimme noch nie zuvor gehört zu haben. »So wie du momentan aussiehst, will dich eh keine.«

Zayn schnaubt. »Danke fürs Erinnern.«

»Immer gerne.«

Als Zayn jetzt wieder spricht, geht er direkt neben uns entlang. Nur die Hades-Statue trennt uns von ihm. Ich lege mir eine Hand auf den Mund, um das Wimmern zu unterdrücken, das meine Kehle hinaufklettert. Neben mir presst Maverick die Lippen aufeinander.

»Vielleicht hat der Nichtsnutz von Friseur bald einen Gewitterschaden«, grollt Zayn.

»Was für ein Zufall«, säuselt der andere.

»Du sagst es. Wie schade aber auch.«

Die beiden verlassen den Statuen-Korridor und langsam verhallen ihre Schritte, als sie die Treppe zum Malereien-Gang hinuntersteigen. Ich wage es nicht, mit der Wimper zu zucken, bis die Schritte ganz verklungen sind und einer Stille weichen, die mich gleichzeitig beruhigt und verunsichert.

Erst, als noch eine weitere Minute alles ruhig geblieben ist, ziehe ich mir die Hadeskappe vom Kopf und sehe Maverick an.

Der rollt mit den Augen. »Eine verpatzte Frisur? Ernsthaft? Der mächtigste Zeus-Sohn unserer Zeit hat keine anderen Sorgen?«

Wie von selbst schleicht sich ein Lächeln auf meine Züge. »Hallo? Das sind doch wohl ernst zu nehmende Anliegen«, sage ich gespielt streng. »Allemal ein Grund, bei jemanden einen Blitz einschlagen zu lassen. Wie kann dieser Nichtsnutz es nur wagen, dem ach so mächtigen Zayn die Haare nicht hübsch genug zu schneiden?«

Jetzt zucken Mavericks Lippen ebenfalls. »Wenn die Welt so funktionieren würde, wäre Mr O'Connor schon längst im Hades eingesperrt.«

Glucksend richte ich mich auf. »Also ich würde mich nicht beschweren.«

Als Maverick ebenfalls aufsteht, will ich ihm die Hadeskappe in die Hand drücken, doch er schiebt meine Hand beiseite und schüttelt den Kopf. »Behalte sie, solange wir hier sind.«

Ich erwidere einen Moment lang regungslos seinen Blick, ehe ich die Mütze in die Tasche meiner Jeansjacke stopfe. »Danke.«

Nachdem wir uns kurz zur Treppe umgesehen haben, die zurück in den Gang mit Malereien führt, machen wir uns auf den Weg tiefer in den Olymp. Jede Ecke hier ist mit so viel Liebe zum Detail ausgearbeitet und ich muss mich beherrschen, nicht immer wieder stehen zu bleiben und alles zu betrachten. Wir kommen zu dem Gang, von dem aus ich das letzte Mal in den Raum der Aletheia-Tochter gelotst worden bin.

Mit gerunzelter Stirn betrachtet Maverick die schlichten Türen links von uns. »Wie sollen wir das Zimmer der Aphrodite-Tochter eigentlich finden?«

»Ehrlich gesagt habe ich nicht den blassesten Schimmer«, gebe ich zu. »Vielleicht ist er irgendwie gekennzeichnet? So wie der Versammlungsraum des Olymps, der hatte doch Schnitzereien in der Tür.«

»Hoffen wir's.« Maverick zieht sein Handy aus seiner Hosentasche, lässt es nach einem kurzen Blick auf das Display allerdings gleich wieder hineingleiten. »Empfang hab ich hier jedenfalls nicht.«

»Also auch keine Möglichkeit, Declan zu fragen«, schlussfolgere ich, während wir um eine Ecke biegen.

Nickend fährt Maverick sich mit der Hand durchs Haar. »Bis hierhin haben wir schon fast zehn Minuten gebraucht. Wir müssen strategisch vorgehen – wenn wir in jedes Zimmer stürmen, braucht das zu viel Zeit.«

»Blöd nur, dass wir uns hier kaum auskennen. Oder bist du bei deiner Vorstellung hier weiter rumgekommen als in den Versammlungsraum des Olymps?«

Er schüttelt den Kopf. »Ich wollte das Ganze so schnell wie möglich hinter mich bringen.«

»Dito.«

»Dann sollten wir wohl den Olymp-Raum als Anhaltspunkt nehmen. Ich wette, die olympischen Nachkommen haben ihre persönlichen Räumlichkeiten direkt in der Nähe.«

Im Laufen lege ich den Kopf in den Nacken und stöhne. Das darf nicht wahr sein. »Du willst mich doch nicht etwa diese ganzen Treppen hochzwingen, oder?«

Maverick wirft mir ein Grinsen zu. »Ich kann dich auch hochtragen.«

Leise lachend verpasse ich ihm einen Stoß in die Seite. »Haha.«

Die nächsten Minuten verbringen Maverick und ich damit, unzählige Treppenstufen hinaufzusteigen. Erst versuche ich mitzuzählen, gebe jedoch auf, als ich mir bei einer Stufe nicht mehr sicher bin, ob es Nummer hundertzwei oder doch schon hundertzwölf ist.

Ehrlich – ich hab die Treppen schlimm in Erinnerung, aber so schlimm? Nope. Wobei die Tatsache, dass ich mich enorm bemühe vor Maverick nicht ins Schwitzen zu geraten, das Ganze vermutlich um einiges erschwert. Nicht, dass das überhaupt etwas bringen würde. Spätestens nach ein paar Minuten sehe ich garantiert alles andere als lässig aus und bin mit einem Mal froh, dass uns zwar jede Menge Prunk, jedoch kein einziger Spiegel umgibt.

Gefühlt irren wir Ewigkeiten herum und steigen tausende Stufen hoch, näher und näher an die Sternenhimmelkuppel heran, die doch unerreichbar bleibt. Immerhin begegnen wir niemandem mehr, was meine Nervosität allerdings nur bedingt interessiert. Ich setze gerade dazu an, Maverick zum bestimmt zehnten Mal danach zu fragen, wie viel Zeit wir noch haben, als wir an eine Abzweigung kommen, die mir bekannt vorkommt. Vor unseren Füßen führt eine Treppe wieder knapp einen Meter hinab und macht anschließend eine Biegung. Links von uns erstrecken sich weitere Stufen bis hinauf zu einer einzigen hölzernen Doppelflügeltür.

»Der Versammlungsraum«, stoße ich hervor und deute hinauf. Selbst auf die Entfernung meine ich die Schnitzereien in der Holztür erkennen zu können – die Olympier.

Nickend sieht Maverick für einen Moment hinauf, bevor er sich wieder nach vorn wendet. »Es kann nicht mehr weit sein.«

Womit er recht behält. Kaum sind wir um die nächste Biegung gegangen, erstreckt sich endlich ein Gang vor uns, der keine einzige Stufe besitzt. Na endlich. Und was noch besser ist – im Korridor ist niemand. Ganz im Gegenteil, es ist mucksmäuschenstill. Vermutlich hat Declan richtig gelegen und die olympischen Nachkommen sind längst im Feierabend.

Rechts von uns zweigen einige Türen ab – und tatsächlich: In das Holz der Tür sind zwar nicht die olympischen Götter selbst oder ihre Namen geschnitzt, dafür aber Symbole.

»Das sollte nicht allzu schwierig werden«, murmelt Maverick.

»Zumindest nicht so schwierig wie das Sphinx-Rätsel«, stimme ich zu. »Wie viel Zeit haben wir noch?«

»Fünfunddreißig Minuten«, sagt Maverick nach einem kurzen Blick auf sein Handydisplay. »Wobei wir besser ein wenig Zeit für den Rückweg einplanen. Wir sollten uns also beeilen.«

»Na dann komm.« Ich greife nach seiner Hand und ziehe ihn vorbei an einer Tür mit einem Flügel und einer mit einem Hirsch. »Was könnte Aphrodites Attribut sein?«

»Eine Rose, ein Schwan …« Er stößt ein nachdenkliches Brummen aus. Plötzlich hält er so schnell an, dass er mich ins Taumeln bringt. »Eine Rose.«

Verwirrt schiebe ich die Brauen zusammen. »Das hast du schon gesagt.«

»Und ich hatte recht.« Mit einem Grinsen lässt er meine Hand los und deutet auf die Tür vor uns. Genau auf seiner Augenhöhe ist dort eine Rose ins dunkle Holz geschnitzt.

Ich ziehe scharf die Luft ein. »Also …«, murmele ich. »Wir sollten wohl besser klopfen? Nur für den Fall.«

Ich habe zwar nicht die geringste Ahnung, was wir tun sollten, sollte die Aphrodite-Tochter – oder irgendjemand anderes – tatsächlich die Tür öffnen, aber anzuklopfen erscheint mir allemal besser, als einfach hineinzuplatzen. Die Erklärungsnot wäre um einiges größer, würden wir einfach in das Büro der Aphrodite-Tochter stolpern.

Doch wir haben Glück, denn auf mein zaghaftes Klopfen reagiert niemand. Während ich noch mit mir ringe, zieht Maverick die Hadeskappe aus der

Tasche meiner Jeansjacke und setzt sie mir kurzerhand auf den Kopf. Meine Kopfhaut kribbelt dort, wo seine Finger sie gestreift haben.

»Sicher ist sicher«, murmelt er, legt die Hand auf die Klinke und drückt sie hinunter.

»Sie ist nicht abgeschlossen«, wispere ich und kann unser Glück kaum fassen. Das hier läuft eindeutig zu gut, um wahr zu sein.

Bevor uns – oder eher gesagt ihn – hier doch noch jemand sehen kann, schiebt Maverick mich in das Zimmer, das den Göttern sei Dank tatsächlich leer ist, und zieht die Tür wieder hinter uns ins Schloss. Sobald wir einen Fuß über die Schwelle setzen, wird der Raum in gemütliches Licht getaucht, wie von Dutzenden Kerzen. Praktisch. Und wunderschön.

Das warme Licht passt hervorragend zum Rosengarten im Inneren des Raumes. Oder besser gesagt zu dem, was sich im ersten Moment wie einer anfühlt. Staunend halte ich für eine Sekunde den Atem an und sehe mich um. Wohin ich auch schaue, entdecke ich blassrosa Rosen in weißen Vasen.

»Na, der liegt die Liebe ja wohl im Blut«, kommentiert Maverick neben mir und geht weiter in den Raum hinein, der – auf den zweiten Blick – wohl eine Art Büro zu sein scheint. Links und rechts führt je eine Tür in ein weiteres Zimmer.

»Auf jeden Fall.« Ich ziehe mir die Hadeskappe vom Kopf, stopfe sie zurück in meine Tasche und mache ein paar Schritte auf den riesigen weißen Schreibtisch zu, der auf seinen goldenen Füßen mitten im Raum steht. Die Tischplatte ist penibel aufgeräumt, nur ein paar cremefarbene Briefbögen liegen neben einem altmodischen Füller im Schatten einer Rosenvase. An der Wand dahinter reiht sich ein Fenster an das nächste und bietet einen atemberaubenden Blick auf einen Sternenhimmel. Mich juckt es in den Fingern, mich genauer umzusehen, dafür fehlt uns jedoch eindeutig die Zeit.

»Siehst du den Spiegel irgendwo?«

Maverick schüttelt den Kopf und tritt von einer Kommode zurück, die zwischen all den Regalen steht. »Lass uns im nächsten Raum suchen.«

Vielleicht wäre es schlauer, sich aufzuteilen, aber ehrlich gesagt möchte ich um nichts in der Welt allein hier herumschnüffeln. Deshalb folge ich Maverick durch die linke Tür in einen wesentlich kleineren Raum. Ein Ankleidezimmer. Gegenüber von uns ragt ein weißer Kleiderschrank neben einem kleinen Sofa in die Höhe, auf dem jemand eine Stola zurückgelassen hat, und auf unserer rechten Seite steht eine passende Kommode mit –

»Der Spiegel der Aphrodite«, sagt Maverick.

Automatisch wandern meine Mundwinkel in die Höhe, während ich erst den Spiegel und anschließend Maverick ansehe.

Der erwidert mein Grinsen. »Wir haben ihn.«

Ich nicke enthusiastisch. »Wir haben ihn«, wiederhole ich und kann nicht anders, als auf den Fußballen auf- und abzuhüpfen.

»Ja.« Maverick grinst. »Wir haben es geschafft.«

Meine Finger prickeln, während meine Hände wie von selbst in Mavericks Richtung zucken, in dem Drang, ihm um den Hals zu fallen. In dem Moment, in dem ich dem Bedürfnis nachgeben will, dringt etwas an meine Ohren.

Vor der Bürotür sind Schritte zu hören. Scheiße!

Maverick presst für einen Sekundenbruchteil die Lippen zusammen, ehe er mir mit einem Wedeln der Hand bedeutet, die Hadeskappe aufzusetzen. Ich zögere nicht seiner Anweisung zu folgen und presse mich mit dem Rücken gegen die Wand links der Tür.

Maverick hingegen sieht sich um, aber auch dieser Raum bietet eher wenige gute Versteckmöglichkeiten – nur der dicke Vorhang am Fenster gegenüber von mir scheint geeignet. Zu dem Schluss kommt er wohl ebenfalls, schleicht auf Zehenspitzen dorthin und verschwindet hinter dem roséfarbenen Stoff. Und das keine Sekunde zu früh: Beim nächsten Atemzug wird die Tür des Büros mit einem leisen Quietschen aufgeschoben.

Ich halte den Atem an. Wenn wir Glück haben, kommt Leana – oder wer sonst gerade hereingekommen ist – nicht mal in diesen Raum. Doch während ich auf die Schwelle zwischen Büro und Ankleidezimmer starre, wird mir unser Fehler bewusst. Das Licht ist schon an gewesen – wir haben es angehen lassen, als wir hineingekommen sind. Und wer auch immer hier ist, weiß vermutlich, wie das Licht funktioniert. O Götter.

Wo wir gerade noch Glück gehabt haben, scheint sich jetzt das Pech zu häufen: Kaum habe ich meinen Gedanken zu Ende gedacht, nähern sich die Schritte dem Ankleidezimmer, werden lauter und lauter. Im nächsten Moment kommt eine junge Frau herein, die höchstens Ende zwanzig sein kann.

Leana. Obwohl ich ihr bei meinem ersten Besuch im Olymp kaum Beachtung geschenkt habe, erkenne ich sie sofort. Sie ist wunderschön – ihre rotblonden Haare fließen in sanften Wellen über ihre Schultern und rosenrot geschminkte Lippen zieren ihr feines porzellanweißes Gesicht. Das schwarze Kleid, das um ihre Beine spielt, scheint wie für sie geschneidert zu sein.

Leana lässt ihren Blick durchs Zimmer gleiten. Einen Herzschlag lang glaube ich, sie sieht mir direkt in die Augen, dann setzt sie sich wieder in Bewegung und geht zur Kommode. Sie lässt sich auf den Hocker gleiten, der davorsteht, und greift nach dem Handspiegel der Aphrodite. Ausgiebig betrachtet sie sich darin, legt den Kopf schief und fährt sich mit der Hand durchs Haar. Sie scheint vollkommen in ihrem Element zu sein. In mir regt sich die Hoffnung, dass sie das Licht vielleicht nicht bemerkt hat.

Doch im nächsten Moment teilen sich ihre Lippen und ohne überhaupt in Mavericks Richtung zu blicken, fragt sie mit glockenklarer Stimme: »Darf ich fragen, was du da hinter meinem Vorhang machst?«

Ich presse die Lippen aufeinander. O nein.

Während ich mich vor lauter Zittern an der Wand in meinem Rücken abstützen muss, tritt Maverick hinter dem Vorhang hervor. Er starrt für ein, zwei Sekunden mit malmenden Kiefern auf den Teppich vor sich, ehe er den Blick hebt und zerknirscht zu Leana sieht, die sich ihm immer noch nicht zugewandt hat.

»Hallo, Hades-Sohn«, begrüßt sie ihn und ihre Worte geben nicht den geringsten Hinweis auf ihre Gefühlslage.

»Hallo, Leana«, entgegnet er, ohne mit der Wimper zu zucken.

Die Aphrodite-Tochter schiebt ihre markanten Brauen zusammen. Sie ändert den Winkel ihres Handspiegels, sodass sie vermutlich Maverick darin sehen kann – und er sie. »Was hast du hier zu suchen?«

Maverick schiebt die Hände in die Taschen seiner Collegejacke, nur um sie im nächsten Moment direkt wieder hinauszuziehen. In diesem Augenblick wird mir klar, dass wir uns nicht an Declans wohl wichtigsten Rat gehalten haben. Wir haben uns für den Notfall keine Ausrede überlegt. O Kacke.

»Also?«

»Ähm …« Ein weiteres Mal schiebt Maverick die Hände in seine Taschen. Er schrumpft regelrecht zusammen.

Ich bin kurz davor, mir die Hadeskappe vom Kopf zu reißen und ihm zur Hilfe zu eilen. Zwar habe ich keine Ahnung, was ich in diesem Fall sagen würde, aber es fühlt sich falsch an, ihn einfach so dastehen und unser Unglück allein ausbaden zu lassen. Doch als würde er meine Gedanken hören, sieht Maverick jetzt direkt in meine Richtung. Seine Augen funkeln warnend und ruhen einen Moment auf mir, als würde er sichergehen wollen, dass ich in meinem Versteck bleibe.

»Also?«, hakt Leana zum zweiten Mal nach, ihre Stimme immer noch absolut kalt. »Soll ich die anderen Olympier holen oder willst du mit mir reden?«

»Das hier … war nur eine dumme Mutprobe«, bringt Maverick hervor. »Mein … mein Bruder hat behauptet, ich würde mich nicht trauen in den Olymp einzudringen … und in die persönlichen Räumlichkeiten von einem von euch. Und ich war so blöd, das Gegenteil beweisen zu wollen.«

»Ah«, macht Leana und legt den Spiegel beiseite. »Ihr Jungs und euer Stolz. Der hat euch noch nie gut gestanden.«

Maverick presst die Lippen aufeinander. »Tja«, sagt er. »Hinterher ist man immer schlauer.«

Leana steht auf. »Komm«, befiehlt sie, geht ins Büro und bedeutet ihm, es ihr gleichzutun.

Er folgt ihrer Aufforderung, sieht allerdings zunächst kurz zu mir. Auf Zehenspitzen schleiche ich den beiden hinterher. Als ich über die Schwelle trete, setzt Maverick sich gerade auf einen der beiden Armlehnenstühle am Schreibtisch. Ich stelle mich an die Tür zum Korridor, von wo aus ich beide gut im Blick habe.

Leana nimmt gegenüber von Maverick Platz. »Eine Mutprobe also?«

Er nickt. »Das war wohl ganz schön dumm.«

»Kann man so sagen.« Leana lächelt schmal. »Oder man nennt es beim Namen: Das war ein Einbruch.«

»Es tut mir leid. Es war wirklich nur eine Mutprobe.«

Leana wiegt den Kopf hin und her. »Ja?«

»Ja. Ehrlich.«

»Du kannst von Glück reden, an mich geraten zu sein. Zayn ist nicht so freundlich, wenn er einen Einbrecher auf frischer Tat ertappt. Er würde ... weitaus anders reagieren.«

Maverick schließt für einen Moment die Augen. »Und wie reagierst du?«

Ich weiß nicht, ob ich das Lächeln, das sich auf Leanas Lippen bildet, als freundlich oder als gruselig interpretieren soll. Irgendwie ist es beides. Sie sieht nicht so aus, als würde sie Maverick gleich einen Kopf kürzer machen wollen, doch in ihrem Blick funkelt etwas. Sie weiß etwas, das wir nicht wissen, da bin ich mir sicher.

»Ich habe eine Vorliebe für mutige junge Männer«, entgegnet sie. »Und sich hier reinzutrauen war ganz schön mutig. Und das ohne deine Hadeskappe, nehme ich an?«

Er nickt steif. Ich presse die Lippen aufeinander, damit das Geräusch, das meine Kehle hinaufklettert, nicht den Weg nach außen finden kann. Ohne mich wäre Maverick gar nicht in dieser Situation. Er macht das alles hier nur für mich – und für einen Deal, von dem ich nicht mal mit Sicherheit weiß, ob ich meinen Teil der Vereinbarung halten kann.

Leana hebt eine Augenbraue. »Was genau war das Ziel der Mutprobe?«, fragt sie. »Wie sollst du deinem Bruder deinen Mut beweisen?«

»Ich ... ich soll ein eindeutiges Foto machen von ... mir in einem der Räume.«

Clever.

Leanas Lächeln wird breiter, ihre roten Lippen geben den Blick auf zwei Reihen perlweißer Zähne frei. »Lass uns ein Selfie machen.«

Ich runzele überrascht die Stirn.

Maverick sieht nicht weniger irritiert aus. »Was?«

»Wir machen ein Selfie«, wiederholt Leana und grinst jetzt so sehr, dass sich in ihren Wangen kleine Grübchen bilden. »Damit du die Mutprobe schaffst. Und danach verschwindest du von hier, okay?«

»Ehrlich?« Maverick schiebt die Brauen zusammen, sichtlich unsicher, ob die Sache nicht doch noch einen Haken hat. »Du verpetzt mich nicht?«

»Wie gesagt: Ich habe ein Faible für mutige Kerle.«

Mavericks Mundwinkel zucken. »Danke.«

Er zieht sein Handy aus der Tasche, dreht sich etwas, um halbwegs in die gleiche Richtung zu schauen wie Leana, und macht ein Foto von den beiden. Während Maverick ein Gesicht aufsetzt, als wäre er sich nicht sicher, ob er lächeln oder demütig schauen soll, bildet sich auf Leanas Lippen erneut dieses schmale Lächeln, das mich vorhin schon verunsichert hat.

Dann schiebt Maverick das Handy zurück in seine Hosentasche und steht auf. »Danke«, sagt er noch einmal. »Ich werd's nicht noch mal machen. Versprochen.«

»Da bin ich mir sicher.« Sie sieht Maverick zu, wie er einige Schritte Richtung Tür macht, ehe sie sich ebenfalls erhebt.

Als Maverick die Hand auf die Klinke legt und die Tür aufzieht, nutze ich die Gelegenheit, um schon mal aus dem Raum zu eilen und mir das Geschehen vom Korridor aus anzuschauen. Leana hingegen betrachtet einen Augenblick lang mit schiefgelegtem Kopf die Blumenvase auf dem Schreibtisch, ehe sie eine einzelne Rose herausnimmt und damit auf Maverick zugeht.

»Warte kurz«, macht sie ihn auf sich aufmerksam.

Der dreht sich noch einmal zu ihr um. Ich beuge mich etwas zur Seite und kann sehen, wie er die Rose annimmt, die Leana ihm entgegenhält.

»Nimm die hier mit als … Beweis für deinen Bruder«, sagt sie. »Aber verletz dich nicht an den Dornen. Die Liebe kann tückisch sein.«

FÜNFUNDZWANZIG

»Wir haben den Spiegel nicht«, murmele ich bestimmt zum zehnten Mal, als Maverick und ich uns durch die Warteschlange vor dem British Museum kämpfen, um zu einem ruhigeren Fleck auf dem Vorplatz zu kommen. Ich werde die Vorstellung nicht los, wie Declan reagieren wird, wenn wir ihm gleich ohne das Erbstück entgegentreten. »Wir haben ihn nicht.«

Ich bin mir nicht sicher, ob ich seit der Begegnung mit Leana überhaupt etwas anderes gesagt habe. Der Schock sitzt mir noch immer in den Knochen und die letzten Minuten sind wie im Flug vergangen. Was daran liegen könnte, dass wir die Treppen zurück zur Lobby förmlich hinuntergerannt sind. Nur falls sich Leana das Ganze doch anders überlegt. Weshalb Maverick mich mit zusammengepressten Zähnen angewiesen hat, die Hadeskappe aufzulassen, bis wir den Hermes-Sohn in der Lobby erreichen. Auch wenn ich das Angebot nicht ausgeschlagen habe, habe ich die ganze Zeit vor mich hingemurmelt. Wodurch meine Tarnung im Ernstfall wohl aufgeflogen wäre – was zum Glück nicht passiert ist.

Maverick hat am Anfang noch versucht mich zu beruhigen, nach einigen Minuten jedoch aufgegeben und mir wortlos die Hand gereicht. Und bis zu diesem Moment nicht losgelassen. Nicht, dass ich mich beschweren würde. Ganz im Gegenteil.

Jetzt drückt er sanft meine Finger. »Das wird schon nicht schlimm sein«, sagt er leise und zieht mich zu einer steinernen Bank. »Wir haben immerhin das Foto.«

Gerade, als ich mich auf die Bank fallen lasse, taucht Declan neben uns auf. Mit einem Grinsen sieht er zwischen uns hin und her. »Ihr seid ja beide noch am Leben«, kommentiert er.

»Sehr witzig«, murmelt Maverick in dem Moment, in dem mir ein »Wir haben den Spiegel nicht« herausrutscht.

Declan hebt die Augenbrauen. »Warum nicht?«

»Leana ist in ihre Suite gekommen – und wir konnten den Spiegel ja wohl schlecht direkt vor ihrer Nase stehlen. Dafür hab ich ein Selfie mit ihr gemacht.« Maverick zieht sein Smartphone hervor, tippt kurz darauf herum und hält es Declan entgegen. »Reicht das?«

»Ach, daher hast du also die hübsche Rose.« Mit einem Kopfnicken deutet Declan auf die Blume in Mavericks anderer Hand.

»Lenk nicht ab.«

Ein, zwei Sekunden lang betrachtet er das Foto, ehe er mit den Schultern zuckt.

»Auch gut«, sagt er. »Herzlichen Glückwunsch zur vierten Prüfung. Ihr habt bestanden.«

»Wie?«, platzt es aus mir heraus. »Wirklich?«

Declan nickt. »Ihr wart da und habt der Gefahr ins Auge geblickt. Genau das war ja das Ziel. Ich könnte euch jetzt wieder stundenlang über die Prüfung ausquetschen, aber ihr lasst euch ja sowieso alles aus der Nase ziehen. Dann macht das keinen Spaß.«

»Und w–«

»Jetzt hör auf nachzuhaken, damit er es sich nicht doch noch anders überlegt«, fällt Maverick mir ins Wort. Trotz seiner harschen Worte ist der Blick, den er mir zuwirft, beinahe sanft.

Declans Lippen verziehen sich zu einem Grinsen. »Ganz genau. Spart euch die Kraft lieber für eure letzte Prüfung. Ihr hört nächste Woche von mir.«

Mit diesen Worten dreht er sich um und verschwindet in der Menschenmenge um uns herum, ehe wir überhaupt die Gelegenheit haben, irgendetwas zu erwidern.

Überrumpelt schüttele ich den Kopf. »Hat er gerade gesagt, die nächste Prüfung wird die letzte sein?«

»Das habe ich zumindest auch gehört.« Maverick grinst.

Bevor mein Geist überhaupt realisiert hat, was ich da tue, ist mein Körper schon aufgesprungen und mit einem kleinen Hopser um Mavericks Hals gefallen. Als ich es kapiert habe, schreit mich mein Verstand an, mich von Maverick zu lösen, doch da legt er die Arme um mich und drückt mich an sich. Und bei allen Göttern, obwohl wir uns nur umarmen, hämmert mein Herz mit einem Mal gegen meine Rippen, als würde ich in einer Achterbahn sitzen.

Sein Duft – Minze und Zartbitterschokolade – steigt mir in die Nase. Etwas an dieser Kombination lässt mein Gehirn all meinen Zellen befehlen, Maverick nie wieder loszulassen. Ich schließe die Augen und hoffe, er spürt das wilde Pochen direkt an seiner warmen Brust nicht.

»Wir haben es bald geschafft«, murmelt er. Sein Mund ist so dicht an meinem Ohr, dass sein Atem auf meiner Haut kitzelt. Ganz ehrlich? Wenn das hier der Lohn dafür ist, all die Prüfungen zu bestehen, will ich es nicht mal geschafft haben. Das hier soll nie aufhören. Und das ist falsch.

Deshalb trete ich einen Schritt von Maverick zurück, werfe dem Liebesfaden zwischen uns einen bösen Blick zu und zwinge mich zu einem Nicken. Wie mechanisch heben sich meine Mundwinkel. »Ja.«

Mavericks Lächeln ist bei Weitem nicht so falsch wie meines. »Wollen wir noch ein Stückchen gehen? Vielleicht an die Themse?«

Wieder ist es mein Körper, der entscheidet und unbeirrt mit dem Kopf nickt.

Seite an Seite lassen wir das British Museum hinter uns und überqueren die Straße. Während ich das Bedürfnis habe, mein Handy herauszuholen und mich von meiner Karten-App leiten zu lassen, scheint Maverick genau zu wissen, wo es langgeht. Trotzdem krame ich kurz mein Smartphone hervor – wenn auch nur, um meine Familie wissen zu lassen, dass es mir gut geht, ehe das Gerät wieder in meiner Jackentasche verschwindet.

Eine ganze Zeit lang schlendern wir schweigend nebeneinander her.

»Ich kann immer noch nicht ganz fassen, dass die Aphrodite-Tochter uns einfach gehen lassen hat«, sagt Maverick, als die Themse in Sicht kommt, die ins orangebläuliche Licht des Sonnenuntergangs getaucht ist. Er biegt nach links ab, Richtung St Paul's Cathedral und Millennium Bridge.

»Sie hat *dich* gehen lassen«, korrigiere ich. »Mich hat sie ja nicht gesehen. Auch wenn ich die ganze Zeit das Gefühl hatte, dass sie mich anstarrt. Ist das normal?«

»Jap. Ging mir die ersten paar Male bei der Hadeskappe genauso.« Er schiebt die Hände in die Taschen seiner Jacke.

Wieder schweigen wir für einige Minuten. Als wir unter der Blackfriars Bridge hindurchgegangen sind, durchbreche ich die Stille.

»Jedenfalls hast du recht. Ich dachte echt, jetzt wäre es für uns gelaufen.« Allein die Erinnerung an Leanas plötzliches Hereinkommen lässt mich erschaudern. »Doch du hast uns gut aus dem Schlamassel gerettet.«

Maverick grinst. »Die Sache mit der Mutprobe hat sie mir tatsächlich so abgekauft.«

»Ich will deinem Ego jetzt nicht zu sehr schmeicheln, aber du hast toll improvisiert.« Ich werfe ihm ein Lächeln zu. »Es war ganz schön dumm von uns, uns vorher keine Ausrede zu überlegen. Obwohl Declan uns das extra noch geraten hat.«

Er brummt zustimmend. »Ich hab die ganze Zeit befürchtet, sie könnte etwas bemerken. Sie hat so komisch geguckt.«

Mit einem seltsamen Gefühl im Magen denke ich an den Ausdruck im Gesicht der Aphrodite-Tochter zurück. »Ihr Lächeln war irgendwie gruselig.«

»Ja, oder? Und diese Sache mit der Rose. Was sollte das?« Lachend sieht Maverick auf die Rose in seiner Hand, ehe er kurzerhand den Stängel abbricht und mir das verbleibende, dornenlose Ende im Laufen seitlich ins Haar steckt. Seine Finger sind meinem Gesicht dabei für einen Moment so nah, dass ich mir einbilde ihre Wärme auf meiner Haut spüren zu können.

Die Rose bleibt in meinen zurückgebundenen Haaren stecken, die von dem ganzen Hadeskappe-auf-und-wieder-Absetzen schon ziemlich ungeordnet sind.

Ich kichere. »Ich habe nicht den blassesten Schimmer.«

»Ist ja auch egal«, sagt er, während wir die Millennium Bridge hinauflaufen. »Hauptsache, wir haben es hinter uns.«

Langsam nicke ich. »Danke, dass du ... für mich eingestanden bist.«

»Kein Ding.« Er zuckt mit den Schultern. »Ist doch selbstverständlich.«

Genau das ist es eben nicht, aber ich habe das Gefühl, das weiß er selbst. Wie von selbst heben sich meine Mundwinkel. »Du ...«

Irgendetwas bringt mich dazu, mich zu unterbrechen und Maverick zu betrachten. Die untergehende Sonne in meinem Rücken zeichnet seine Gesichtszüge weich. Sein Haar, das schon vor der Prüfung ein reinstes Durcheinander gewesen ist, steht verwuschelt von seinem Kopf ab, aber das scheint ihn gar nicht zu interessieren.

Das hier ist der echte Maverick. Nicht der, der der Welt die kalte Schulter zeigt. Sondern der, dessen Augen warm funkeln, als er den Kopf in meine Richtung dreht.

»Ich?«, hakt er nach.

Ich blinzele perplex und brauche einen Moment, um zu kapieren, dass ich meinen Satz gerade gar nicht beendet habe. Was auch immer ich sagen wollte, ist zu weit in den Hintergrund gerückt, um es noch zu fassen zu bekommen. »Ich hab den Faden verloren«, gebe ich zu.

»Und das als Moiren-Tochter. Nicht sehr gewissenhaft.«

Sein neckender Tonfall bringt mich zum Kichern. »Ich bin wohl nicht die beste Moiren-Tochter.«

Maverick bleibt stehen und als wären wir magisch miteinander verbunden – was wir ja irgendwie auch sind –, halte ich ebenfalls inne, ohne bewusst darüber nachzudenken.

»Ansichtssache«, murmelt er und seine Mundwinkel zucken. Doch im Gegensatz zu sonst wirkt er durch diese Geste nicht bloß amüsiert, sondern ...

Ich lege den Kopf in den Nacken, um den Ausdruck in seinem Gesicht besser analysieren zu können, aber er bleibt mir ein Rätsel. Ich weiß nur, dass die Art und Weise, wie er mich ansieht, mir den Atem raubt.

Das Licht der untergehenden Sonne bringt die goldenen Sprenkel in seinen

Augen zum Funkeln, als sich Mavericks Gesicht meinem nähert. Wie schon gestern auf der Dachterrasse beschleicht mich das Gefühl, bis auf den Grund seiner Seele sehen zu können. Diesmal macht mir der Gedanke keine Angst. Ganz im Gegenteil. Mein Herz pocht voller Vorfreude gegen meine Rippen. Überdeutlich spüre ich jeden einzelnen Schlag in meiner Brust. Ich brauche keinen Liebesfaden zwischen uns, um zu wissen, dass seines im gleichen Takt schlägt.

»Maverick«, wispere ich atemlos.

Und dann streichen seine Lippen über meine. Ohne Vorwarnung und doch frage ich mich, wie ich jemals davon ausgehen konnte, dass wir uns nie küssen werden. Denn ganz ehrlich? Das hier – sein Mund, der sanft und fragend gegen meinen drückt – ist das einzig Richtige.

Maverick zu küssen ist, als würde ich nach einer langen Reise auf Umwegen endlich nach Hause kommen. In ein leichtes, prickelndes Zuhause, in dem Maverick mich damit begrüßt, dass er mit der Zunge leicht über meine Unterlippe fährt, seine Hände auf meine Taille legt und mir am gesamten Körper eine Gänsehaut beschert.

Wie von selbst schließen sich meine Lider. Sein Geschmack nach Minze und Zartbitterschokolade übernimmt die Kontrolle über meinen Körper, lässt mich den Kuss erwidern. Ich könnte gar nicht anders. Es ist, als bräuchte ich nur das hier zum Überleben. Wer braucht schon so etwas Belangloses wie das Atmen, wenn man den Menschen küssen kann, dessen Schicksal im wahrsten Sinne des Wortes mit dem eigenen verbunden ist?

Ein Geräusch irgendwo zwischen Knurren und Keuchen dringt aus Mavericks Kehle direkt an meinen Mund, während er den Abstand zwischen uns verringert und mich an sich schmiegt. Ich lege meine Arme um seinen Hals und ziehe, die Hände in seinem Haar vergraben, sein Gesicht näher an meines heran.

Er streicht mit seinen Lippen über meine, als wäre ich alles, was er zum Leben braucht. Alles, was er sich immer ersehnt hat. Alles, was sein Schicksal ist.

Wenn es nach mir geht, müssten wir niemals damit aufhören – da sind nur er und ich, *wir* ... und das schreiende Kleinkind ein paar Meter weiter. Mit einem Mal ist der Moment vorbei.

Ich öffne die Augen und beobachte, wie Maverick perplex den Kopf zum Ursprung des Geräusches dreht, ehe er einen Schritt zurücktritt und sich so von mir löst. Jetzt, wo sich sein Körper nicht mehr an meinen presst, ist mir plötzlich kalt, obwohl es heute angenehm warm ist.

Unsere Blicke verhaken sich ineinander, offenbaren viel mehr, als Worte es je könnten, und doch kann ich kaum abwarten, was Maverick als Nächstes sagen wird. Mein Herz pocht kräftig in meiner Brust, will wieder Mavericks Wärme spüren, seine Lippen auf meinen.

»Willow«, entkommt es seinen Lippen, als würde er jetzt erst in der Realität ankommen. Er bringt noch etwas mehr Abstand zwischen uns und rempelt dabei beinahe einen Passanten an. Doch das scheint er gar nicht zu bemerken.

Erwartungsvoll erwidere ich seinen Blick.

»Scheiße«, murmelt er und fährt sich mit beiden Händen durch seine Haare, als hätte er überhaupt eine Chance, sie zu bändigen. In seinen Augen flackert etwas auf, bleibt aber nicht lange genug, um es deuten zu können. »Das ... das hätte nicht passieren dürfen.«

Und während ich noch versuche den Sinn seiner Worte zu verstehen, tritt er einen weiteren Schritt zurück und ist beim nächsten Wimpernschlag verschwunden.

SECHSUNDZWANZIG

Obwohl ich weiß, wie albern das ist, würde ich die Tür zu unserer Wohnung am liebsten gar nicht öffnen. Aber ich kann nicht Ewigkeiten in unserem Hausflur stehen und hoffen, dass sich das alles hier als schlechter Scherz entpuppt.

Wenn es nach mir ginge, würde ich stumm in mein Zimmer marschieren und mich auf meinem Bett zu einer Kugel zusammenrollen. Wo ich endlich in Ruhe all meine Tränen vergießen kann, anstatt sie wie auf der U-Bahn-Fahrt hierher so gut es geht zurückhalten zu müssen. Doch so weit wird es nicht kommen. Ich kenne meine Familie. Sie werden nicht zulassen, dass ich mich einfach in mein Zimmer verkrieche, ehe ich nicht mit ihnen über die Prüfung gesprochen habe – erst recht nicht, wenn sie meine vom Weinen verquollenen Augen sehen. Dann werde ich mit ihnen über etwas ganz anderes reden müssen. Oder eher über jemanden. Ausgerechnet den, an den ich gerade nicht denken will.

Doch solange ich mich nicht plötzlich wie ein gewisser Jemand aus unangenehmen Situationen einfach wegteleportieren kann, führt kein Weg daran vorbei. Deshalb öffne ich mit einem Seufzen die Wohnungstür, streife meine Schuhe ab und hänge meine Jacke an die Garderobe. Mit einem tiefen Atemzug wappne ich mich für die bevorstehende Inquisition. Je schneller ich sie hinter mich bringe, desto eher kann ich mich tatsächlich in meinem Bett verkriechen und heulen.

Aus der Küche dringen die Stimmen meiner Familie an mein Ohr, unterlegt mit dem typischen Geklapper von Geschirr. Auf Zehenspitzen schleiche ich zur Zimmertür und luge in den Raum. An der Küchentheke herrscht emsiges Treiben. Mum, Sage und Juniper machen sich an Mixer und Waffeleisen zu schaffen, während Großtante Holly mit ihrem üblichen Earl Grey am Küchentisch sitzt. Sie beobachtet das Geschehen aus Adleraugen – und entdeckt leider auch mich, was mir die letzte Chance nimmt, einfach vorbeizuschleichen.

»Da bist du ja, Kindchen«, begrüßt sie mich mit einem Lächeln. »Wir dachten schon, du bleibst wieder länger bei deinem Hades-Sohn.«

Schulterzuckend presse ich die Lippen aufeinander.

Mum sieht über ihre Schulter und begrüßt mich lächelnd. Sie lässt Juniper beim Waffeleisen stehen und kommt auf mich zu, um mich in ihre Arme und damit auch in die Küche zu ziehen. »Alles gut?«, fragt sie murmelnd an meinen Scheitel.

Ich gebe ein undefinierbares Brummen von mir.

»Du siehst ganz schön fertig aus«, stellt sie fest, als sie mich wieder ein wenig von sich schiebt und einer ausgiebigen Musterung unterzieht.

Schnell wende ich den Blick ab, um meine verweinten Augen vor ihr zu verstecken. »Fertig ist gar kein Ausdruck«, gebe ich zurück und schlurfe zu meinem Stuhl gegenüber von Großtante Holly, um mich darauf fallen zu lassen.

»Du kommst jedenfalls genau zur richtigen Zeit«, sagt Juniper. Aus dem Augenwinkel kann ich ihr Grinsen erkennen. »Ich hab die anderen davon überzeugt, zum Abendessen Waffeln zu essen. Der Teig ist gleich fertig.«

»Lecker«, kommentiere ich, aber meine Stimme ist kaum mehr als ein Krächzen und überzeugt nicht mal mich selbst. Von der Euphorie, die die Aussicht auf heiße Waffeln sonst in mir weckt, ist nichts zu spüren. Sie wird aufgesogen von einem emotionalen schwarzen Loch mit dem blöden Namen Maverick.

Über den Rand ihrer Teetasse hinweg taxiert Großtante Holly mich. »Ein bisschen Zucker kannst du für deine Nerven gerade sicher gut gebrauchen.«

Vermutlich sogar besser, als sie denkt. Ich ringe mir ein Nicken ab.

Sage, die sich irgendwann in der letzten Minute mit dem Rücken an die Küchentheke gelehnt hat, betrachtet mich mit schiefgelegtem Kopf. »Was ist los?«, fragt sie. »Habt ihr die Prüfung nicht geschafft? Du hast doch geschrieben, dir geht es gut.«

Ihre Frage bringt alle anderen dazu, mich abwartend zu betrachten. Ich senke den Blick, bringe es nicht fertig, in ihre Gesichter zu sehen, weil dann die Tränen nicht mehr weit entfernt wären. Aber selbst ohne sie anzuschauen, weiß ich, was ich in ihren Augen finden werde. Die eigenartige Kombination aus Hoffnung, Sorge und Angst, die uns begleitet, seit ich den Fehler meines Lebens begangen habe.

»Doch … wir haben sie geschafft«, antworte ich leise.

»Aber?«, hakt Mum nach und ihr Tonfall bringt mich ganz automatisch dazu, den Kopf zu heben. Ihre Brauen sind voller Skepsis zusammengezogen und ich kann förmlich beobachten, wie die Zahnräder hinter ihrer Stirn sich ratternd drehen.

Ich setze zu einer Antwort an, doch es schnürt mir die Kehle zu. Zu heftig, um auch nur ein einziges Wort hervorzubringen. Ich bemühe mich um ein tapferes Lächeln, scheitere jedoch kläglich. Stattdessen kämpfen sich die Tränen den Weg zurück durch die dünne Barriere, die ich auf dem Weg nach Hause aufgebaut habe, und steigen mir in die Augen. Bevor mit dem nächsten Blinzeln auch schon die erste über meine Wange läuft, ist Juniper bei mir und umarmt mich. Mit zittrigem Atem versinke ich in ihrer Umarmung und schließe die Augen, was die Tränen allerdings nicht zum Versiegen bringt.

Wenige Momente später spüre ich, wie jemand mit der Hand sanft über mein Haar streicht. Mum.

Zum Glück ist wenigstens die dämliche Rose verschwunden, die Maverick so heuchlerisch hineingesteckt hat. Von der sind nämlich bloß noch eine Handvoll zerknüllter Blütenblätter in meiner Jackentasche übrig geblieben. Und das auch nur, weil mein dummes Herz es nicht über sich gebracht hat, die Rose einfach wegzuwerfen.

Eine Zeit lang bleiben wir genau in der Position, ich auf meinem Stuhl sitzend, während Juniper mich im Stehen etwas umständlich in ihre Arme geschlossen hat. Irgendwann tritt Mum einen Schritt zurück, geht um den Tisch herum und lässt sich auf ihren Platz sinken.

»Was ist denn los?«, fragt sie mit sanftem Nachdruck in der Stimme.

Großtante Hollys Blick wird weich. »Das sieht man doch. Die Liebe.«

Ich presse die Lippen aufeinander. Dem kann man wohl nicht widersprechen.

Sage gleitet auf den Stuhl neben Großtante Holly. »Hat Maverick was gemacht?«

»Wer sonst?«, entgegne ich resigniert und kann ein Schluchzen nicht unterdrücken.

Besorgt legt Mum die Stirn in Falten. »Hat er dir wehgetan?«

»Ja«, sage ich, korrigiere mich aber schnell, als ich die schockierten Blicke der anderen sehe. »Nein ... also nicht körperlich.«

Juniper löst sich aus unserer Umarmung. »Dem reiße ich den Arsch auf«, murmelt sie und lässt sich auf ihren Platz direkt neben mir fallen. Ausnahmsweise tadelt Mum nicht einmal ihren derben Tonfall.

Ich lache freudlos. »Ich werde dich nicht davon abhalten.«

Sage kräuselt die Lippen. »Was hat er angestellt?«

»Er ...«, fange ich an, unterbreche mich jedoch mit einem Kopfschütteln. Wenn ich ehrlich zu mir selbst bin, hat er zwar den finalen Schritt gemacht, aber der Kuss ging nicht nur von ihm aus. »Wir haben ... wir haben uns geküsst.«

Da ist sie. Die Wahrheit über das, von dem ich die ganze Zeit behauptet habe, es werde nie passieren. Doch entgegen meiner Erwartung sieht niemand hier überrascht aus. Junipers Mundwinkel zucken, während Sage die Lippen aufeinanderpresst. Mum hingegen betrachtet mich einfach nur.

Großtante Holly stellt ihre Teetasse vor sich ab. »Das war doch absehbar.«

»Nein, überhaupt nicht«, protestiere ich schwach.

»Eure Schicksale sind durch einen Liebesfaden aneinandergebunden«, erinnert mich Sage mit sanftem Nachdruck.

Ich werfe verzweifelt die Hände in die Luft. »Das weiß ich.«

Mum lächelt mitleidig. »Das hat nun mal gewisse ... Nebenwirkungen.«

»Ich weiß.« Ich fahre mir mit beiden Händen übers Gesicht. »Der Kuss war ja gar nicht das Problem.«

Jetzt ernte ich tatsächlich Überraschung.

»Warte mal.« Juniper zieht ihre Unterlippe zwischen die Zähne. »Wenn der Kuss nicht das Problem gewesen ist, was dann?«

Ihre Worte reichen aus, um die Tränen wieder über meine Wangen laufen zu lassen. »Danach …« Ich schluchze. »Danach ist er einfach abgehauen. Er hat gesagt, dass das ein Fehler war, und ist verschwunden.«

Abwartend liegen die Blicke meiner Familie auf mir.

»Und vielleicht hat er auch recht. Schließlich ist es immer noch der Liebesfaden, der uns so empfinden lässt.« Verärgert über mich selbst wische ich mir die Tränen aus dem Gesicht, die unaufhörlich über meine Wangen fließen. »Aber der Kuss hat sich nicht wie ein Fehler angefühlt. Er hat sich *echt* angefühlt.«

»Shit«, murmelt Juniper.

Ich seufze. »Das Schlimmste ist, dass es sich angefühlt hat, als würde ihm das auch gefallen. Er hat mich immerhin nicht direkt weggestoßen.« Seufzend denke ich daran zurück, wie er sich förmlich an mich geklammert hat. »Ganz im Gegenteil.«

Mit einem mitfühlenden Lächeln legt mir Mum eine Hand auf die Schulter und drückt sie sanft. Großtante Hollys Blick hingegen bleibt für einen Moment offensichtlich an meinem und Mavericks Liebesfaden hängen, ehe sie tief seufzt und an ihrem Tee nippt.

»Selbst wenn es sich nicht echt angefühlt hätte, war das eine blöde Aktion von ihm.« Kopfschüttelnd schürzt Juniper die Lippen. »Man geht doch nicht einfach, nachdem man jemanden geküsst hat.«

»Tja.« Ich zucke mit den Schultern. »Das gilt wohl nicht für Maverick.«

»Der Junge ist nicht vor dir weggelaufen«, sagt Großtante Holly verschwörerisch. »Sondern vor seinen Gefühlen. Sich in dich zu verlieben macht ihm Angst.«

»Weil er sein Schicksal selbst bestimmen will.« Ich beiße mir auf die Unterlippe. Diese Tatsache hat er ja deutlich betont, als wir den Deal gemacht haben. »Wenn er sich in mich verlieben sollte, würde er genau das machen, was der Liebesfaden zwischen uns bedeutet. Und das will er nicht.«

»Vielleicht denkt er ja gar nicht mehr so.« Sage wiegt den Kopf hin und her.

»Vielleicht gefällt es ihm, Zeit mit dir zu verbringen, obwohl es sich wie ein Zwang anfühlen sollte. Und genau das stört ihn.«

»Und was ist mit dir?«, fragt Großtante Holly. »Wie denkst du? Möchtest du den Faden überhaupt noch loswerden?«

»Ich weiß nicht.« Mit einem hilflosen Schulterzucken presse ich die Lippen aufeinander. »Ich mag es. Das, was da zwischen uns ist. Zumindest, solange Maverick nicht gerade einfach so verschwindet. Es fühlt sich nicht wie etwas an, das man unbedingt beenden sollte.«

Juniper fährt sich mit der Zunge über die Lippen. »Kannst du es nicht einfach zulassen? Dich darauf einlassen, was zwischen euch ist?«

»Dann kommt ihr früher oder später der Olymp auf die Schliche«, gibt Sage zu bedenken.

»Genau das ist das Problem.« Wieder steigen mir die Tränen in die Augen. »Ich will Maverick mögen, wirklich – aber er will den Liebesfaden zwischen uns loswerden. Und vermutlich sollte ich das auch wollen, wenn ich an meinem Leben hänge.«

Obwohl ich meiner Mutter ansehen kann, dass ihr eine Erwiderung schon auf der Zunge liegt, bleibt sie still. Genau wie die anderen. Vermutlich hat mein Tonfall deutlich gemacht, dass noch ein Aber folgt.

»Aber ich bin mir nicht einmal mehr sicher, ob ich das will. Oder ob es das Risiko wert ist, ihn zu mögen.«

Jetzt schüttelt Mum den Kopf. »Er ist ein Junge. Du wirst dein Leben nicht für ihn aufs Spiel setzen«, sagt sie. Obwohl der mitleidige Ausdruck ihren Worten die Schärfe etwas nimmt, sind sie trotzdem hart. »Bis vor Kurzem hast du Maverick nicht mal leiden können. Was ja kein Wunder ist – der Liebesfaden bestimmt deine Gefühle. Er vernebelt dir die Sinne.«

»Genau.« Sage nickt. »Ich denke, deine Priorität sollte sein, den Faden wieder loszuwerden.«

Großtante Holly lehnt sich mit der Tasse in beiden Händen auf ihrem Stuhl zurück. »Andere Mütter haben auch schöne Söhne. Oder Töchter.«

Juniper wirft ihr einen leicht verärgerten Seitenblick zu. »Das ist nicht gerade hilfreich, solange sie Liebeskummer hat.«

»So oder so. Du wirst nicht wegen dieses Jungen dein Leben riskieren«, sagt Mum und schafft es irgendwie, ihre Worte gleichzeitig streng und liebevoll klingen zu lassen. »Das kann ich einfach nicht zulassen.«

Ich lächele freudlos. »Na dann muss ich meinem Herzen wohl zu verstehen geben, dass wir einen Faden zu lösen haben.«

***

Gut eine Stunde später habe ich einen neuen Niedrigrekord aufgestellt: Ich habe nur eine einzige Waffel herunterwürgen können. Und das, obwohl Juniper, Sage und Mum ihr Bestes gegeben haben, um das Gesprächsthema von allen Dingen wegzulenken, die im Entferntesten mit irgendetwas Göttlichem oder Schicksalen zu tun haben. Was meinen Kopf leider nicht davon abgehalten hat, gedanklich in einer Endlosschleife um Maverick zu kreisen. So lecker die Waffeln auch geduftet haben, der Gedanke an ihn hat mir immer wieder die Kehle zugeschnürt. Allein dafür sollte ich sauer auf ihn sein und nur umso mehr alles daransetzen, den blöden Liebesfaden schnellstmöglich loszuwerden. Doch leider will das mein Herz nicht so recht kapieren.

Als ich nach dem Zähneputzen in mein Zimmer gehen will, steuert mein Körper wie von selbst meine Jacke an der Garderobe an, in deren Tasche noch immer mein Handy liegt. Ich ziehe es heraus und zwinge mich, zuerst in mein Zimmer zu gehen und die Tür hinter mir zu schließen, ehe ich einen Blick darauf werfe. Doch kaum rastet sie mit einem Klicken im Rahmen ein, beleuchtet das bläuliche Licht des Displays schon mein Gesicht.

Nichts. Keine Nachricht von Maverick, kein verpasster Anruf. Als wäre heute Abend nichts geschehen. Als hätten wir uns nie geküsst.

Mit einem frustrierten Seufzen suche ich mir im Schein meines Handys den Weg zu meinem Bett. Ich schalte meine Nachttischlampe an und setze dazu an, das Handy auf mein Bett zu pfeffern, doch da liegt schon etwas. Ein Umschlag, darauf eine einzelne rosafarbene Rose.

Ich runzele die Stirn und lege mein Smartphone stattdessen auf den Nachttisch, während mein Herz in den Marathonmodus wechselt. Vielleicht hat Maverick keine Textnachricht geschrieben, sondern einen Brief? Immerhin hätte er sich einfach hier ins Zimmer beamen können – Schatten gibt es auf jeden Fall genug.

Mit fahrigen Händen greife ich nach dem Umschlag und lasse mich neben der Rose auf den Po plumpsen. Ich brauche drei Versuche, um den Umschlag zu öffnen, und mit jedem Mal schlägt mein Herz schneller. Als ich es endlich schaffe, reiße ich ihn dabei beinahe in zwei Hälften.

Meine Finger zittern, als ich die kleine Karte herausnehme, die sich in dem Umschlag verbirgt. Das dicke, cremefarbene Papier ist an den Rändern leicht ausgefranst. Mein Blick fällt auf die Wörter, die mit Füller darauf geschrieben wurden.

Keine Sorge. Ich behalte dich im Auge.

Sofort bekomme ich eine Gänsehaut. Das ist mit Sicherheit nicht Mavericks Handschrift. Die einzelnen Buchstaben strotzen nur so vor Eleganz und Rundungen und sind damit eher das Gegenteil von dem, was ich von Maverick aus der Schule kenne. Und doch weiß ich, wer sie geschrieben hat. Wer solches Papier auf seinem Schreibtisch hat. Wer mir – mal abgesehen von eventuell Maverick – eine rosafarbene Rose schenken würde. Wer meine Anwesenheit im Olymp wohl trotz der Hadeskappe bemerkt hat. Leana.

SIEBENUNDZWANZIG

Die nächsten Tage verbringe ich in einem Zombie-Zustand.

In der Schule vermeide ich es tunlichst, Maverick anzusehen – was auf Gegenseitigkeit beruht – und danach spinnen Juniper, Sage und ich nur so viele Schicksale wie unbedingt nötig. Am späten Nachmittag gibt meine Familie ihr Bestes, mich beschäftigt zu halten. Von Shoppingtouren über gemeinsames Lernen bis hin zu Brettspielen ist alles dabei. Doch all ihre Versuche, mich damit von Maverick abzulenken, scheitern kläglich. Bei jeder sich bietenden Gelegenheit fangen meine Gedanken wieder an, sich um ihn zu kreisen, und ich habe nicht den Hauch einer Ahnung, wie ich dieses Karussell stoppen soll.

Was die Situation nicht besser macht, ist die Tatsache, dass ich mich permanent beobachtet fühle. Sobald ich das Haus verlasse, spüre ich förmlich, wie sich Blicke in meinen Nacken brennen. Doch jedes Mal, wenn ich mich umdrehe, ist da niemand, der mich anstarrt. Vielleicht bilde ich mir das alles auch nur ein, aber mich lässt der Gedanke nicht los, die ganze Zeit über unter Beobachtung zu stehen.

Kein Wunder. Der Schrecken über Leanas Nachricht – oder sollte ich sie besser als Drohung bezeichnen? – sitzt mir noch in den Knochen. Obwohl seitdem mittlerweile fast eine Woche vergangen ist, habe ich nichts mehr von ihr gehört. Was die Sache nur umso seltsamer macht. Warum sollte sie mich so offen bedrohen, nur um sich im Anschluss versteckt zu halten? Sie könnte mich immerhin direkt an den Haaren zum Olymp ziehen und mich einen Kopf kürzer machen lassen – was mir eine Gänsehaut bereitet, sobald ich darüber nachdenke.

Doch während ich aufgekratzt darauf gewartet habe, was als Nächstes passiert, ist einfach rein gar nichts Ungewöhnliches geschehen. Weshalb ich bisher noch niemandem von der Nachricht erzählt habe.

Ich schiebe den Gedanken an Leanas Drohung beiseite, während ich die Straße hinauflaufe, in der Maverick wohnt. Wie von allein schließen sich meine Finger fester um die weiche Beanie in meiner Hand. Die Hadeskappe.

Nach der Prüfung letzte Woche hat sie noch in der Tasche meiner Jeansjacke gesteckt, als Maverick abgehauen ist. Bisher hat er sie zwar nicht wieder eingefordert, aber ich halte es nicht aus, sie länger bei mir zu behalten.

Egal, wo ich die Kappe in meinem Zimmer aufbewahrt habe, ihre Gegenwart war mir nur allzu bewusst. Selbst als sie in einer Kiste unter meinem Bett lag, vollkommen außer Sichtweite und von ein paar weiteren Kisten und unzähligen Wollmäusen umgeben, habe ich sie gespürt. Habe mir eingebildet den Duft von Minze und Schokolade, der an ihr haftet, in meinem ganzen Raum zu riechen. Also muss die Kappe weg.

Maverick die Hadeskappe persönlich zu übergeben kommt allerdings nicht infrage. Auf keinen Fall werde ich das andauernde Schweigen dafür unterbrechen, ihm seine blöde Kappe zu bringen.

Deshalb nutze ich den ersten Nachmittag dieser Woche, an dem Juniper und Sage länger in der Schule bleiben müssen als ich, um den Plan in meinem Kopf in die Tat umzusetzen. Ich werde die Mütze in seinen Briefkasten stopfen. Ganz einfach.

Wenige Schritte später stehe ich vor dem Haus, in dem Maverick wohnt. Bevor ich es mir anders überlegen kann, zwänge ich die Mütze in den Schlitz des Briefkastens, bis sie darin verschwunden ist. So. Problem gelöst.

Als ich mich gerade abwenden will, kribbelt eine Gänsehaut in meinem Nacken. Wieder überkommt mich das Gefühl, überwacht zu werden. Ich wappne mich innerlich, ehe ich mich herumdrehe und meinen Blick schweifen lasse – und entdecke, wer mich anstarrt.

Nur wenige Meter entfernt steht Maverick und beobachtet mich. Um uns herum geht das normale Leben weiter, Menschen drängen sich vorbei und unterhalten sich miteinander, wir hingegen sind vollkommen still. Schluckend erwidere ich seine Musterung, sehe selbst auf Distanz, wie er jeden einzelnen Muskel angespannt hat. Der Schicksalsfaden zwischen uns zerrt förmlich an mir – hin zu ihm. Ich bin kurz davor, nachzugeben und zu ihm zu laufen. Ihn ein weiteres Mal mein Herz zertrampeln zu lassen. Aber ich halte stand, drehe mich um und gehe.

***

Am Freitag hat sich Declan immer noch nicht gemeldet. So langsam fühlt sich alles surreal an. Wo vor wenigen Tagen wiederkehrende Nachrichten von Declan und regelmäßige Gespräche mit Maverick gewesen sind, herrscht jetzt eine gähnende Leere. Fast, als wäre all das nie passiert und ich hätte die letzten Wochen nur geträumt. Was natürlich zu schön wäre, um wahr zu sein.

Als es nachmittags zum Schulschluss klingelt, fasse ich mir ein Herz. Ich schiebe meine Sachen in meinen Rucksack und schnappe mir meine Jacke. Dann springe ich von meinem Platz auf, rufe Finn eine hastige Verabschiedung zu und laufe Maverick hinterher. Ich schaffe es nicht, ihn im Klassenraum einzuholen, und muss mich mit den anderen Schülern durch die Tür auf den Gang schieben. Auf Zehenspitzen sehe ich mich um, entdecke seinen Hinterkopf in der Menge.

»Maverick!«, rufe ich laut.

Ich ernte ein paar irritierte Blicke meiner Mitschüler und einen Kommentar darüber, wie unhöflich es ist, anderen Menschen ins Ohr zu schreien, doch das ist mir egal. Maverick erstarrt. Ein Mädchen schüttelt entnervt mit dem Kopf, als es einen Bogen um ihn machen muss, aber davon lässt er sich nicht irritieren.

Er dreht sich um und lässt seinen Blick über die Masse schweifen, bis er an mir hängen bleibt. Entgegen meiner Erwartung setzt er sich nicht sofort wieder in Bewegung, um möglichst viel Distanz zwischen uns zu bringen. Er bleibt stehen, bis ich ihm nah genug bin, um sich in normaler Lautstärke zu unterhalten.

Er hebt beide Augenbrauen und mustert mich von Kopf bis Fuß. »Hm?«

Etwas atemlos sehe ich ihn an, weiß plötzlich nicht mehr, was ich eigentlich genau sagen will. Ich bemühe mich, nicht allzu offensichtlich auf seine Lippen zu starren. Jetzt, da ich weiß, wie wunderbar weich sie sich anfühlen, habe ich das dringende Bedürfnis, sie mit meinen zu versiegeln. Ich bin ganz kurz davor, ihn zu fragen, warum er nach unserem Kuss einfach abgehauen ist, doch ich zwinge mich, mich auf das Wichtigste zu konzentrieren.

»Ähm ... ich wollte bloß wissen, ob du ... schon was von Declan gehört hast«, stammele ich.

Maverick schüttelt den Kopf. »Nee. Wieso?«

»Ach ... nur so. Ich hab ... mich einfach gefragt, wann die letzte Prüfung ist.«

Schulterzuckend schiebt er die Hände in die Taschen seiner Collegejacke. »Diese Woche, hat Declan doch gesagt.«

Ich beiße mir auf die Unterlippe. »Ja, aber die Woche ist fast um und er hat sich immer noch nicht gemeldet.«

»Mach dir keinen Kopf. Er wird sich schon melden, bevor der Olymp Wind von der Sache bekommt.«

Seine Worte lassen mir schlagartig das Blut aus dem Gesicht weichen. Der Olymp – oder besser gesagt Leana – weiß es längst. Nur hat Maverick davon keinen Schimmer. Ich öffne den Mund und bin versucht, meine Reaktion hinter einer lockeren Aussage zu verstecken, aber da ist es schon zu spät.

Mavericks Stirn legt sich in Falten. »Du verheimlichst mir doch etwas«, stellt er fest und taxiert mich ein weiteres Mal von oben bis unten. »Was ist passiert?«

Ich presse die Lippen aufeinander. Das lässige Nachfragen habe ich ja ganz hervorragend hinbekommen. Nicht.

Mit einem leisen Seufzen ergreift Maverick meine Hand – was genügt, um mein Herz wie wild schlagen zu lassen –, zieht mich zur nächsten Tür und damit direkt in die Besenkammer.

»Was ist passiert?«, wiederholt er, während er mit der freien Hand den Lichtschalter betätigt.

Der Raum ist so klein, dass ich die Wärme spüren kann, die Maverick ausstrahlt. Mit noch immer hämmerndem Herzen löse ich mich von ihm und trete einen Schritt zurück, komme allerdings nicht weit, da ich mit dem Rücken an ein Regal stoße.

Okay, das ist so ziemlich das Gegenteil von dem, was ich mir unter Distanz zu Maverick vorgestellt habe. Je schneller ich es hinter mich bringe, desto eher kann sich mein armes Herz wieder beruhigen.

»Ich habe eine Nachricht bekommen. Von Leana«, gestehe ich und versuche irgendwo anders hinzusehen als zu Maverick.

»Was für eine Nachricht?«

»Es war nur ein Satz«, sage ich und habe das Bedürfnis, mich abzustützen. Ich sehe mich um, aber da ist lediglich der vollgestaubte alte Overheadprojektor. Besser als nichts. »›Ich behalte dich im Auge‹.«

Maverick flucht. »Und das erzählst du mir erst jetzt?«

Betont gelassen zucke ich mit den Schultern. »Na ja, du hast ja auch nicht gerade das Gespräch mit mir gesucht.«

Mavericks Kiefer malmen, er sagt jedoch nichts.

Ha, eins zu null für mich. Obwohl das der dumme Muskel in meiner Brust irgendwie nicht als Erfolg verbuchen will.

Ich seufze. »Jedenfalls bedeutet das«, die nächsten Worte kleben an meiner Zunge und ich brauche einen Moment, um sie über meine Lippen zu kriegen, »dass Leana mich beobachtet. Dass sie mehr weiß, als sie wissen dürfte.«

»Scheiße.«

Nickend fahre ich mir mit beiden Händen übers Gesicht. »Was machen wir jetzt?«, frage ich und bemühe mich eine tapfere Miene aufzusetzen, aber meine Stimme bricht und lässt meine Fassade bröckeln.

»Wir sollten versuchen ruhig zu bleiben«, sagt er und klingt mit einem Mal viel sanfter. Irgendetwas an seinem Tonfall weckt in mir das Bedürfnis, mich in seine Arme zu werfen. Ich kämpfe es nieder. »Declan wird sich sicher bald melden, wir bringen die letzte Prüfung hinter uns und Leana hat nichts mehr gegen dich in der Hand. Okay?«

Obwohl mir das Blut plötzlich in den Ohren rauscht und es mir schwermacht, ihn überhaupt zu verstehen, nicke ich.

»Hör mal, mach dir nicht zu viele Gedanken. Wir schaffen das«, schiebt er hinterher. »Wir sollten uns einfach auf das Loswerden des Fadens konzentrieren. Das sollte unsere Probleme lösen.«

Wieder nicke ich, obwohl es mir diesmal schon wesentlich schwerer fällt. Ich bekomme kaum Luft und das liegt nicht an der schlechten Luft hier drin. Wenn Maverick mich und mein dämliches Herz fragt, habe ich ohne den Faden immer noch ein Problem. Oder dann erst recht. Bevor mir etwas Dummes über die Lippen rutschen kann, vibriert es gleichzeitig in meiner Blazer- und Mavericks Hosentasche.

Alarmiert sehen wir uns an. »Declan.«

Womit wir recht haben. »›Manchmal muss man sein Schicksal in die eigene Hand nehmen‹«, lese ich vor. »›Seid ihr bereit für eure letzte Prüfung?‹«

»›Trefft mich heute um zwanzig Uhr vorm Borough Market‹«, fügt Maverick hinzu.

»Was soll denn dieser Spruch jetzt schon wieder bedeuten?«, murmele ich.

»Keine Ahnung.« Er zuckt mit den Schultern. »Das werden wir wohl noch herausfinden.«

Ich nicke abermals und komme mir langsam ziemlich dumm vor. Doch das scheint Maverick gar nicht mehr mitzubekommen.

Er hat die Hand auf die Türklinke gelegt, bereit, die Besenkammer zu verlassen. »Also …«, sagt er und schiebt die Tür auf, »… bis heute Abend.«

Und ehe ich überhaupt die Gelegenheit habe, seine Verabschiedung zu erwidern, ist er auch schon verschwunden. Mal wieder.

***

Als ich wenige Minuten nach der vereinbarten Zeit am Borough Market ankomme, ist der sonst so überfüllte Lebensmittelmarkt ungewöhnlich leer. Selbst von Maverick fehlt noch jede Spur, obwohl er mit seinem Beamen im Gegensatz zu mir nicht von überfüllten U-Bahn-Stationen aufgehalten werden kann. Wie seltsam – bisher ist er nie spät dran gewesen.

Ich sehe mich nach allen Seiten um, entdecke jedoch weit und breit keinen Maverick. Mit einem kurzen Blick auf mein Handy checke ich, ob ich wirklich an dem Eingang stehe, den Declan uns vorhin noch genannt hat. Tue ich. Und zwar sieben Minuten später als vereinbart, Maverick müsste also längst hier sein. Ich runzele die Stirn. Er wird mich doch jetzt nicht auf den letzten Metern im Stich lassen. Bestimmt ist er jeden Moment hier.

Ich will gerade dazu ansetzen, ihm eine Nachricht zu schreiben, als eine Stimme mich aufsehen lässt.

»Hey.« Mit seinem typischen Grinsen auf den Lippen kommt Declan auf mich zu. »Was schaust du denn so bedrückt? Freust du dich nicht auf die letzte Prüfung?«

Die Art und Weise, wie er »letzte Prüfung« betont, lässt meinen Magen einen aufgeregten Hüpfer machen. Während die Gedanken in meinem Kopf rasen, bugsiert Declan mich zu einer nahegelegenen Bank und bedeutet mir mich zu setzen. Ich lasse mich neben ihm nieder.

»Also …«

»Wir müssen kurz warten«, sage ich hastig. »Maverick ist noch nicht da. Er kommt bestimmt gleich.«

»Ganz bestimmt.« Etwas am Lächeln auf Declans Lippen sieht mit einem Mal falsch aus.

Bevor ich seinen Ausdruck allerdings deuten kann, streckt er seine Hand nach mir aus und greift nach meinem Oberarm. Dann wird meine Seele aus meinem Körper gezerrt.

ACHTUNDZWANZIG

Im nächsten Moment sind wir nicht mehr am Borough Market. Statt der abendlichen Lichter Londons umgibt uns ein Dämmerlicht, das mir allerdings beinahe genauso vertraut ist.

»Was?«, stoße ich aus und reiße mich von Declan los, der selbst in Götter-Ebenen-Gestalt noch seine Finger um meinen Arm gelegt hat. »Was soll das?«

»Die letzte Prüfung findet auf der Götter-Ebene statt«, erklärt Declan, streicht über die Toga, in die er hier gehüllt ist, und zieht leicht die Brauen hoch, als wäre das selbstverständlich.

»Tatsächlich?«, frage ich entnervt und werfe die Arme in die Luft. Selbst hier sehe ich mich nach Maverick um, doch er ist nirgends zu entdecken. Natürlich nicht. Da sind nur Schicksalsfäden weit und breit. »Und wie soll Maverick davon erfahren, wenn er gleich zum Market kommt und niemanden findet? Warum hast du nicht einfach auf mich gehört und ein bisschen gewartet?«

Vollkommen unbeeindruckt verschränkt Declan die Arme vor der Brust und betrachtet mich abwartend. Und dann wird mir alles klar. Maverick ist nicht einfach unpünktlich – er ist aus irgendeinem anderen Grund nicht zur Prüfung aufgetaucht, und zwar einem, den Declan allem Anschein nach kennt.

Ich vergrabe meine Finger, die mit einem Mal zu zittern beginnen, im Stoff meiner Toga. O nein. O nein, o nein, o nein. »Wo ist Maverick?«

»Nicht hier.«

»Aber …«, stammele ich. Bis jetzt ist Maverick bei jeder Prüfung an meiner

Seite gewesen und wenn ich ehrlich bin, weiß ich nicht, ob ich irgendeine von ihnen ohne ihn geschafft hätte. »Was ist mit ihm? Ich dachte, wir müssen die Prüfungen immer gemeinsam bestehen. War das nicht der Sinn der Sache?«

Declan lächelt. »Tja, dieses Mal liegt es nur an dir.«

Am liebsten würde ich auf der Stelle durchdrehen. Es kostet mich all meine Willenskraft, genau das nicht zu tun.

»Warum?«, frage ich mit bebender Stimme. »Warum kann er nicht hier sein? Oder will er nicht hier sein? Hat er …«

»Die letzte Prüfung ist eine Sache zwischen dir und mir, Willow«, sagt Declan. »Mavericks Anwesenheit würde dich nur ablenken, vertrau mir.«

Ich schlucke. »Was ist es?«, hauche ich. »Was ist die letzte Prüfung?«

»Eigentlich trifft *Deal* das Ganze diesmal etwas besser.« Declan legt den Kopf schief und fasst sich mit Daumen und Zeigefinger ans Kinn, als wäre ihm dieser Gedanke gerade erst gekommen. Was ich ihm nicht abkaufe. »Ich erkläre mich hier und jetzt bereit, den Liebesfaden zwischen Maverick und dir zu lösen.«

Bei seinen Worten macht mein Herz einen Hüpfer, doch ich zwinge mich, mich nicht zu früh zu freuen. Daran muss einfach was faul sein. »Und als Gegenleistung soll ich was tun?«

»Nur deiner Aufgabe nachgehen«, sagt er und zuckt mit den Schultern. »Mavericks Schicksal spinnen.«

Ich runzele die Stirn. »Ohne meine Schwestern kann ich nicht spinnen«, rufe ich ihm ins Gedächtnis und lasse meinen Blick durch die Götter-Ebene wandern. Von Juniper und Sage ist nichts zu sehen.

»Ich weiß. Deshalb habe ich dir im Vorfeld Hilfe besorgt. Eine alte Moiren-Freundin von mir, eine Zuteilerin, hat sich bereit erklärt dir zu helfen. Sie hat die Fasern, die du in Mavericks Leben spinnen sollst, schon vorbereitet.« Declan deutet auf eine Stelle links vom ihm. Tatsächlich liegen dort auf dem Boden allerlei Fasern, wie ich sie sonst von Juniper gereicht bekomme. »Da du so nicht im üblichen Moiren-Gespann webst, sondern allein, sollte die höhere Macht einen geringeren Einfluss auf deine Bewegungen haben.«

»Wie …«, beginne ich, muss mich jedoch einen Moment sammeln, bevor ich meine Gedanken in Worte fassen kann. »Wie ist das möglich? Wie konnte deine Freundin das überhaupt tun?«

»Manche Dinge sollte man nicht zu sehr hinterfragen«, erwidert Declan bloß. »Es ist ganz einfach: Du bringst eigentlich nur alles wieder ins Lot und dafür löse ich euren Liebesfaden.«

»Was meinst du damit, ich soll alles wieder ins Lot bringen?«

»Du sorgst dafür, dass das Schicksal zurück in die Bahnen gelenkt wird, in denen es vor deinem Fehler gelaufen ist«, erklärt Declan. »Wenn euer Faden gelöst ist, ist es an der Zeit, dass Maverick seine Vorherbestimmung erfüllt.«

»Ich soll sein Schicksal mit dem einer Persephone-Tochter verbinden?«, hake ich nach und schlucke. Damit würde ich so ziemlich das Gegenteil von meinem Deal mit Maverick machen: Nicht nur wieder an seinem Schicksal herumwerkeln, sondern ihm ausgerechnet das aufhalsen, das er von allem in der Welt am wenigsten möchte.

Declan scheint das nicht zu interessieren. Er nickt unbekümmert. »Genau.«

»Das will Maverick nicht«, bringe ich hervor. »Wir haben abgemacht, dass ich –«

»Ach Willow«, fällt er mir ins Wort. »Denk doch mal an das, was *wir* abgemacht haben. Überleg mal, wie weit du gekommen bist. Du bist so kurz davor, das alles geschafft zu haben. Nur noch eine letzte kleine Prüfung. Eine einzige Handbewegung – mehr trennt dich nicht davon, dein normales Leben zurückzubekommen.«

Ich presse die Lippen aufeinander.

Declan bemerkt meinen Ausdruck und seufzt. »Hör zu«, sagt er und hebt freudlos einen Mundwinkel. »Ich verstehe ja, dass Maverick und du als Team zusammengewachsen seid. Dass er dir etwas bedeutet. Das ist auch gar nicht verwunderlich, schließlich seid ihr durch einen Liebesfaden verbunden.«

Gefühlt sind wir durch so viel mehr verbunden als durch einen Liebesfaden, aber ich habe nicht die Gelegenheit, diesen Gedanken auszusprechen. Declan lässt mich gar nicht erst zu Wort kommen.

»Außerdem würde es früher oder später sowieso so kommen«, fährt er fort. »Du beschleunigst das Ganze nur etwas.«

»Ich weiß nicht …«, murmele ich. In meinem Bauch breitet sich ein dumpfes Gefühl aus, das ich nicht so einfach abschütteln kann. »Als Maverick zugestimmt hat mir zu helfen, hat er das nur unter der Voraussetzung getan, dass ich ihm im Gegenzug auch helfe.«

Interessiert hebt Declan die Brauen.

»Maverick und ich haben den Deal gemacht, dass ich nach der ganzen Sache versuche, sein Schicksal von der Vorherbestimmung fernzuhalten. Schließlich habe ich es schon mal geschafft, die höhere Macht irgendwie zu umgehen«, erkläre ich. »Er kann die Vorstellung, an eine Persephone-Tochter gekettet zu sein, nicht leiden.«

Declan lacht auf. »Ihr glaubt doch nicht wirklich, dass das funktioniert, oder?«

»Warum denn nicht?«

»Denk doch mal nach.« Er schnalzt mit der Zunge. »Dass du euch beide vorübergehend zu Schicksalsverbundenen machen konntest, ist eine Sache. Da hat die höhere Macht vermutlich gepennt oder so, keine Ahnung. Aber das ist nicht der Normalfall. Du solltest am besten wissen, wie unfehlbar sie normalerweise ist. Wir Nachfahren durchleben schon seit Tausenden von Jahren das Schicksal unserer Urahnen, ohne Ausnahme.«

»Aber …«

»Nichts aber. Dein Part eures Deals war von Anfang an zum Scheitern verurteilt: Selbst wenn du Mavericks Schicksal nicht mehr gesponnen hättest, hätte es höchstwahrscheinlich eine andere Moiren-Tochter getan. Und wenn nicht, wäre irgendwo auf dieser Welt eine Persephone-Tochter übrig geblieben, die früher oder später dem Olymp aufgefallen wäre.« Declan seufzt. »Maverick ist ein schlauer Junge, doch anscheinend auch ein wenig zu blind, was seine Hoffnungen betrifft. Man kann den Lauf der Dinge nicht ändern. Ihr genauso wenig wie alle anderen.«

Das klingt einleuchtender, als mir lieb ist.

»Stell dir mal vor, ihr zieht euren Deal durch. Was meinst du, was dann passieren wird, hm? Wie steht der Olymp dazu, wenn ein Hades-Sohn sich seinem Schicksal widersetzt?«

»Vermutlich nicht gut«, murmele ich.

»Gar nicht gut«, bestätigt Declan. »Du weißt selbst am besten, wie die Olympier zu Regelbrechern stehen. Geschweige denn zu den Nachfahren des Hades.«

Ich schlucke bei der Vorstellung, die sich in meinem Kopf aufbaut: Maverick vor dem Olymp. Vermutlich hat Declan recht. Wir dürfen uns diese Naivität nicht erlauben, wenn sie uns geradewegs in unser Ende führt.

»Hier und jetzt hast du aber die Chance, dafür zu sorgen, dass es gar nicht erst so weit kommen muss.« Declan betrachtet mich mit der Andeutung eines Lächelns auf seinen Lippen. »Du handelst nicht gegen ihn, Willow. Sondern für ihn. Um ihn zu schützen.«

Wie von selbst nicke ich. Ich versuche mein ungutes Bauchgefühl beiseitezuschieben. »Okay. Ich mach's.«

Auf Declans Lippen breitet sich nun ein richtiges Lächeln aus. »Prima! Na dann stör ich dich nicht länger«, sagt er und tritt einen Schritt zurück. »Viel Erfolg bei deiner letzten Prüfung, Willow.«

Ich nicke langsam, schließe kurz die Augen und atme tief durch. Ich schaffe das. Schicksale zu spinnen ist das, was ich die letzten Wochen gefühlt in jeder freien Minute getan habe. Rein vom Handwerk her sollte das hier ein Kinderspiel werden. Nur einen Faden spinnen und ihn mit einem anderen verweben. Nichts leichter als das.

Trotzdem zittern meine Finger, als ich schließlich zu den roten Fasern hinübergehe, sie in die eine Hand nehme und mit der anderen Mavericks Lebensfaden greife.

Sobald meine Finger die Fasern des Liebesfadens berühren, setzt mein Herz einen Schlag aus. Vor meinem inneren Auge tauchen Bilder des Schicksals auf, das ich hier weben soll. Bilder, wie Maverick sich von der Vorherbestimmung getrieben in eine Persephone-Tochter verliebt. Wie sein Herz daran zerbricht, wieder und wieder Lebewohl zu ihr sagen zu müssen, sie nie für immer bei sich haben zu können. Obwohl ich eindeutig einen Liebesfaden spinnen soll, etwas, das positiv sein sollte, schlagen negative Gefühle auf mich ein wie Fausthiebe.

Als wäre das nicht schon hart genug, dichtet mein Kopf weitere Bilder hinzu, die nicht den Fasern, sondern meinen Erinnerungen entspringen. Mavericks Gesichtsausdruck, als wir den Deal geschlossen haben – seine Hilfe gegen meine Hilfe und damit endlich die Chance, der Vorherbestimmung zu kommen. Die Traurigkeit in seinem Blick, als er von seiner Mutter erzählt hat. Und Mavericks Einsamkeit, die sich seit jeher durch sein Leben zieht und die jetzt mein Herz überschwemmt.

Ich lasse den Faden los, doch die Bilder haben sich längst in mein Gehirn eingebrannt. Das kann ich Maverick nicht antun. Es geht nicht.

Als ich den Kopf hebe, sieht Declan mich abwartend an. »Gibt's ein Problem?«

»Ich kann das nicht«, hauche ich.

»Wie bitte?« Er legt den Kopf schief.

»Ich kann nicht«, wiederhole ich, diesmal lauter.

»Wie, du kannst nicht? Du musst.« Entrüstet schüttelt er den Kopf. »Das ist deine letzte Prüfung. Wenn du's nicht tust, bestehst du nicht.«

»Ich weiß«, sage ich und spüre, wie mir die Tränen in die Augen steigen. »Aber ich kann Maverick das nicht antun. Ich will nicht dafür verantwortlich sein. Nicht nach allem, was wir zusammen durchgestanden haben.«

Declan presst die Lippen aufeinander. »Du weißt, was das bedeutet.«

Er wird den Liebesfaden zwischen mir und Maverick nicht lösen. All die Prüfungen sind umsonst gewesen. Die Erkenntnis ist wie ein Schlag in die Magengrube und ich muss mich zusammenreißen, um nicht auf den kühlen Boden der Götter-Ebene zu sinken. Stattdessen vergrabe ich die Hände im Stoff meiner Toga.

»Bitte«, stoße ich aus und bemühe mich die Tränen in meinen Augen zurückzudrängen. »Kannst du mir nicht eine andere Prüfung stellen?«

Declan verzieht keine Miene.

»Zwei weitere Prüfungen? Drei?«, flehe ich. »Oder lass mich mein eigenes Schicksal in eine blöde Richtung spinnen. Hauptsache, ich muss Maverick das nicht antun.«

Jetzt schüttelt er den Kopf. »Regeln sind Regeln.«

Hastig mache ich einen Schritt auf ihn zu. »Ich –«

»Tut mir leid, dass es so enden muss, Willow«, sagt er noch, dann verschwindet er aus der Götter-Ebene.

Ich folge ihm so schnell wie möglich wieder zu unseren Körpern, die wir regungslos auf der Bank am Borough Market zurückgelassen haben. Doch ich bin trotzdem zu langsam: Während ich vom plötzlichen Gestaltwechsel mit einem ekeligen Schauer zu kämpfen habe, ist Declan bereits aufgestanden und hat sich einige Schritte von der Bank entfernt. Er sieht kurz zu mir zurück, bevor er sich umdreht und geht, wobei er Maverick, der ziemlich perplex dasteht und uns anstarrt, einfach ignoriert.

Declan hinterherzurennen würde nichts bringen. Er hat seine Entscheidung längst gefällt. Dennoch kann ich meinen Körper nicht davon abhalten, jetzt ebenfalls aufzuspringen und einige Schritte in die Richtung zu machen, in der Declan gerade um die nächste Ecke verschwindet.

Im gleichen Moment, in dem ich resigniert in meiner Bewegung verharre, stellt Maverick sich mir in den Weg. »Was hab ich denn hier verpasst?«

Ich presse die Lippen aufeinander. »Die letzte Prüfung.«

»Was?«, ruft er, senkt allerdings gleich darauf seine Stimme. »Die letzte Prüfung? Wie das denn? Und wie ist sie gelaufen?«

Ich hole tief Luft. »Ich hab sie nicht geschafft.«

»Jetzt verarschst du mich.«

Ich schüttele den Kopf, während in meinem Kopf wieder die Bilder von Mavericks Schicksal mit der Persephone-Tochter auftauchen.

»Ist das dein Ernst? Hättest du nicht einfach auf mich warten können, statt so überpünktlich anzufangen?« Er fährt sich mit beiden Händen durch seine Haare. »Was sollte das überhaupt? Ich hab einen riesigen Schrecken bekommen, als ich euch da so regungslos sitzen sehen habe. Stell dir mal vor, das hätte der Falsche bemerkt.«

»Überpünktlich?«, wiederhole ich nur und schnaube. »Du warst ja nicht rechtzeitig hier.«

»Warte mal ... wann hat die Prüfung begonnen?«

Ich hebe die Augenbrauen. »Ernsthaft? So ernst nimmst du das Ganze also?«

»Beantworte doch einfach meine Frage.«

»Um acht.«

Er stößt ein freudloses Lachen aus. »Declan hat mir geschrieben, die Prüfung beginnt eine halbe Stunde später als ursprünglich geplant«, sagt er und zieht sein Handy aus der Hosentasche. Wenig später leuchtet mir Declans Nachricht tatsächlich entgegen.

»Was …?«

»Declan hat das mit Absicht so eingefädelt. Er wollte die Prüfung von vornherein nur dir stellen«, schließt Maverick und steckt sein Handy wieder weg. »Was solltest du denn machen?«

Ich presse die Lippen aufeinander. »Dein Schicksal verweben«, bringe ich hervor, obwohl mein Mund auf einmal ganz trocken ist. »Mit dem einer Persephone-Tochter. Und im Gegenzug hätte Declan unseren Faden neutralisiert.«

»Und das hast du nicht?«

»Nein«, erwidere ich. »Ich konnte nicht.«

Einige Herzschläge lang bleibt Maverick still, während in seinem Blick etwas aufflackert, das ich nicht deuten kann. Er knirscht mit den Zähnen und seufzt. »Du hättest es tun sollen.«

Mir klappt die Kinnlade herunter. »Du willst das doch alles nicht. Du wolltest versuchen der Vorherbestimmung zu entkommen. Deshalb haben wir überhaupt den Deal gemacht.«

»Klar, aber …« Er reibt sich mit der Hand über den Nacken. »Ich wär schon irgendwie klargekommen.«

Sprachlos starre ich ihn an.

»So allerdings, ohne Declans Hilfe?« Er zuckt mit den Schultern. »So haben wir weiter den Olymp im Nacken. Dein Leben ist in Gefahr. Das ist viel schlimmer als die Vorherbestimmung. Ich hätte mich damit arrangieren können.«

»Ernsthaft?« Fassungslos schüttele ich den Kopf. Ich habe doch nicht alles für ihn aufgegeben, nur um mir das jetzt vorwerfen zu lassen. »Willst du hier den edlen Ritter spielen, oder was? Denn eins kann ich dir sagen: Das bist du nicht. Du bist nämlich ein Arsch, Maverick. Ein Arsch, der direkt abhaut, nachdem er ein Mädchen geküsst hat. Den es einen Scheiß interessiert, wie sich das Mädchen dabei fühlt. Wie *ich* mich dabei fühle.«

Er öffnet den Mund, doch ich lasse ihn gar nicht erst zu Wort kommen.

Ich spüre, wie mir die Wuttränen in die Augen steigen, aber ich zwinge mich keiner einzigen davon den Weg über meine Wangen zu ermöglichen. »Im Grunde könntest du froh sein, wenn der Olymp mich umbringt. Würde ja all deine Probleme lösen.«

Abwehrend hebt Maverick die Hände, seine Brauen schieben sich zusammen und verfinstern sein Gesicht. »Das stimmt ni–«

»Und wie das stimmt!«, unterbreche ich ihn und senke meine Stimme nur, weil ein Passant ein Stück weiter den Kopf hebt und uns genauer in Augenschein nimmt. »Den Scheißfaden wärst du los. Und davonlaufen, wenn ich dich küsse, müsstest du auch nicht mehr. Wär doch prima.«

»Das –«, setzt er wieder an.

»Weißt du was, Maverick? Du musst dich endlich entscheiden. Für oder gegen mich. Erst trampelst du auf meinem Herzen rum und jetzt tust du so, als würdest du es beschützen wollen. Das geht nicht.«

»Ich versuche nur vernünftig zu handeln!« Er verschränkt die Arme vor der Brust.

Aus meiner Kehle dringt ein gehässiges Schnauben. Ich werfe die Hände in die Luft. »Was soll daran denn bitte vernünftig sein?«

»Das zwischen uns ist nicht echt!«, ruft er. »Das ist immer noch dieser Faden zwischen uns! Egal, was wir zu fühlen glauben, wir bilden uns das nur ein! Das sind nicht *unsere* Gefühle!«

Seine Worte treffen mich. Hart. Und doch ist da dieses eine Wort, das mein Herz Hoffnung schöpfen lässt. *Wir.*

»Und warum fühlt es sich dann so echt an?«, wispere ich. »Warum fühlt es sich wie das einzig Richtige an, wenn wir uns küssen?«

Maverick schluckt, sein Adamsapfel hüpft in seinem Hals auf und ab.

»Oder hat es sich für dich nicht echt angefühlt?«

»Doch«, raunt er. »Das hat es.«

Wie von selbst findet meine Hand den Weg zu ihm. Ganz leicht fahre ich mit meinen Fingern über seine Wange. Die Berührung stößt knisternde Stromschläge in meine Fingerkuppen. »Und fühlt sich das hier falsch an?«, flüstere ich.

Mavericks Blick verhakt sich mit meinem. Seine Augen sind so dunkel, dass die karamellfarbenen Sprenkel darin kaum noch zu sehen sind. »Nein«, haucht er und kommt mir ein Stück näher. »Es fühlt sich an wie alles, was ich will.«

Im nächsten Moment passiert es einfach. Ich weiß nicht, wer von uns beiden die letzten Zentimeter zwischen uns überbrückt, aber mit einem Mal sind seine Lippen auf meinen.

Ganz automatisch schiebe ich jeden vernünftigen Gedanken beiseite. Viel Denkvermögen habe ich gerade sowieso nicht übrig. All meine Sinne sind auf Maverick gepolt. Auf seine Zunge, die sanft und fordernd zugleich gegen meine stößt. Auf seine Hände, die auf meiner Hüfte liegen. Auf seinen Zartbitterschokoladenduft, der mich einlullt, und unseren Liebesfaden, der um uns herumtanzt und der mir mit einem Mal nicht mehr so schlimm vorkommt. Vielleicht müssen wir ihn gar nicht loswerden, sondern einfach nur einen Weg finden, ihn vor dem Olymp zu verbergen.

Mein Herz hämmert wild in meiner Brust und meine Knie zittern wie verrückt, weshalb ich kaum eine andere Möglichkeit habe, als mich an Maverick festzuklammern, während ich den Kuss erwidere. Ich küsse ihn, als wäre er die Luft, die ich zum Atmen brauche. Ist er vielleicht auch – denn das hier fühlt sich so verdammt richtig an, so verdammt echt, dass ich mich frage, wie ich es die letzten Tage überhaupt ohne ihn ausgehalten habe.

Ich fahre mit den Händen über den Stoff seines T-Shirts, während er seine Finger in meinem Haar vergräbt und mich so nah an sich heranzieht wie irgendwie möglich. Zumindest, bis wir beide wohl oder übel Luft holen müssen.

Unsere Lippen lösen sich nur so weit voneinander, wie es unbedingt nötig ist, um Sauerstoff in unsere Lungen strömen zu lassen. Keuchend erwidere ich Mavericks Blick. Er betrachtet mich anders als je zuvor. So … verletzlich. Offen. Liebevoll.

»Ich …« Ich mache einen Schritt zurück. Ganz langsam nur, als wären Maverick und ich Magneten und es mir beinahe unmöglich, mich der Anziehungskraft zwischen uns zu widersetzen. »Wir …«

»Willow Fynch?«

Der Klang meines Namens lässt mich den Kopf wenden und zur Seite sehen. Direkt in das Gesicht eines blonden Hünen, der mir nicht im Geringsten bekannt vorkommt. Er hat die Augenbrauen zusammengeschoben und taxiert mich.

Ich nicke, bringe jedoch keinen einzigen Ton über meine Lippen. Lippen, die gerade noch Mavericks berührt haben.

»Ich wurde von der olympischen Aphrodite-Nachkommin geschickt. Ihnen wird vorgeworfen, gegen olympische Gesetze verstoßen zu haben. Ich bin befugt, Sie im Namen Leanas vorläufig festzunehmen.«

Neunundzwanzig

Alles geht ganz schnell. Während ich den Fremden noch anstarre, vermutlich mit kugelrunden Augen und weiterhin unfähig, ein einziges Wort hervorzubringen, tritt Maverick vor. Eindeutig, um auf den Typen loszugehen.

Dieser scheint damit zu rechnen. Ohne ein weiteres Wort ergreift er mich am Oberarm und zerrt mich zur Seite, sodass Maverick ins Straucheln gerät. Ich weiß, was jetzt kommt, und irgendwie schaffe ich es, mich aus meiner Starre und somit aus seinem Griff zu reißen.

»Lass sie in Ruhe, du Mistkerl«, knurrt Maverick und ballt die Fäuste.

Doch der Kerl ist schneller. »Miss Fynch, Sie müssen mich zum Olymp begleiten«, sagt er und legt seine Hand ein weiteres Mal um meinen Oberarm. Ich versuche ihn zu treten, aber er weicht mir aus. »Und Sie sollten uns besser gehen lassen, Mr Bennington. Es wird für alle Beteiligten angenehmer, wenn Sie mich nicht dazu zwingen, Verstärkung zu rufen.«

In dem Moment, in dem das Achterbahn-Gefühl sich einen Weg durch meinen Körper zu bahnen beginnt, schaffe ich es noch, Mavericks Blick aufzufangen. In seinen Augen spiegelt sich meine Angst. Ich will etwas sagen, irgendetwas, doch beim nächsten Atemzug wird mir die Welt unter den Füßen weggerissen. Zwei, drei Herzschläge lang sehe ich weder Licht noch Dunkelheit und dann stehe ich plötzlich im Olymp. Wie letztes Mal ist alles hier in ein dämmriges Licht getaucht, das Gemütlichkeit und Besinnlichkeit vorgaukelt.

Erst jetzt kapiert mein Verstand so richtig, was hier eigentlich los ist. Leana ist mir auf die Schliche gekommen – worauf auch immer sie gewartet hat, ihre Drohung ist echt gewesen. Und nun bin ich hier und werde vermutlich nie wieder etwas anderes sehen, bevor mein Leben vorbei sein wird. Nicht einmal mehr meine Familie. Ein Wimmern kommt über meine Lippen, während meine Knie den Dienst versagen und unter mir wegklappen.

Ehe ich auf dem kalten Steinboden aufkommen kann, verstärkt der Hermes-Sohn seinen Griff um meinen Oberarm und zieht mich mit einem schmerzhaften Ruck wieder hoch. Das alles, ohne mir auch nur einen einzigen Blick zuzuwerfen. Ich reiße mich von ihm los und reibe mir über die Stelle, an der er mich gerade gepackt hat. Meine Freiheit ist von kurzer Dauer. Schon im nächsten Moment bin ich erneut im Griff des Hermes-Sohns gefangen.

»Je mehr du dich wehrst, desto ungemütlicher wird es für dich«, zischt er und setzt sich in Bewegung, wobei er mich mit sich schleift, als wäre ich ein Staubsauger, der nicht so will wie er.

Von der Lobby aus beobachtet uns die gleiche Empfangsdame wie bei meinem ersten Besuch – Olivia, wenn ich mich recht erinnere – mit Argusaugen. Von der höflichen Freundlichkeit, die sie damals ausgestrahlt hat, ist heute nichts mehr zu erkennen. Vermutlich hat sie eine klare Meinung zu Regelbrechern, zu denen ich jetzt ganz offiziell gehöre.

Ich wende den Blick ab und schaue stattdessen zum Wartebereich, was ich allerdings direkt bereue. Denn auf einem der Sofas sitzt Leana. Mit übereinandergeschlagenen Beinen sieht sie mir direkt ins Gesicht, während wir näher kommen. Auf ihren Lippen liegt wieder dieses schmale Lächeln, das ich schon letzte Woche nicht einschätzen konnte. Als wir nur noch wenige Schritte entfernt sind, erhebt sie sich, wobei die dünnen Lagen ihres schwarzen Kleides um ihre Beine spielen. Zusammen sind die Stoffschichten gerade mal dick genug, um nichts Explizites darunter erkennen zu können.

»Es gibt keinen Grund, so grob mit ihr umzugehen«, sagt sie an den Hermes-Sohn gewandt, als wäre sie nicht diejenige, die mich mit einem Lächeln auf den Lippen zu meiner Hinrichtung führen will.

Ehe ich es verhindern kann, dringt ein Schnauben aus meiner Kehle. Ich versuche das Geräusch mit einem Husten zu kaschieren, doch Leanas Blick nach zu urteilen kauft sie mir das nicht ab.

Der Hermes-Sohn scheint ihre Aussage aus einem ganz anderen Grund lachhaft zu finden. Er grummelt irgendetwas von »Ungehorsam« und »Teenagern«.

Leana ignoriert sein Gemurmel. »Danke, Andrew«, sagt sie und nickt. »Sie können jetzt wieder gehen. Verzeihen Sie bitte, dass wir Sie so spät am Abend gerufen haben.«

Mit einem knappen Nicken wendet er sich ab. Kurz überlege ich mich doch freiwillig an ihn zu klammern, um ihm gar keine andere Wahl zu lassen, als mich mit wegzuteleportieren. Realistisch betrachtet stehen meine Chancen jedoch denkbar schlecht, weshalb ich stattdessen die Arme vor dem Körper verschränke und den Blick der Aphrodite-Tochter trotzig erwidere. Wovon die sich leider nicht beeindrucken lässt.

»Willow Fynch, gegen dich wird der Vorwurf erhoben, gegen die olympischen Gesetze verstoßen zu haben«, verkündet sie. »Das verpflichtet dich dazu, dich unverzüglich dem olympischen Gericht zu stellen. Begleitest du mich bitte?«

Da sind sie. Die Worte, die ich in den letzten Wochen unzählige Male in meinen Albträumen gehört habe und von denen ich gehofft habe, sie niemals wirklich hören zu müssen.

Ich schlucke vergeblich gegen den Kloß in meinem Hals an, bringe aber kein Wort heraus. Was soll man auch sagen, wenn man dem Tod ins Auge blickt, ganz allein? Für einen Moment bin ich versucht, ihren Vorwurf einfach abzustreiten und zu behaupten, nie in meinem Leben gegen eine olympische Regel verstoßen zu haben. Doch da sie mich gleich vermutlich ohnehin von einer Aletheia-Tochter verhören lässt, bringt das wohl nichts.

Deshalb bleibt mir kaum etwas anderes übrig, als der olympischen Aphrodite-Tochter zu meiner Anhörung zu folgen, wobei ich Olivias vernichtenden Blick förmlich in meinem Rücken spüre.

Diesmal habe ich keinen Kopf für die Wandmalereien, die die Geschichte der Götterfamilien zeigen. Dafür drehen sich meine Gedanken viel zu sehr um meine eigene Familie. Um meine Mum. Was sie wohl gerade macht? Wartet sie zu Hause in der Küche auf mich, in den Händen einen Kaffee, wie immer, wenn es spät wird? Fragt sie sich, warum ich noch nicht von mir hören lassen habe?

Und was ist mit Juniper und Sage? Wissen die beiden sogar, dass unsere Verabschiedung heute die letzte war? Haben sie meinen nahenden Tod schon gesehen und mich trotzdem einfach gehen lassen, weil man das Schicksal nun mal nicht ändern kann, egal, wie sehr man sich auch bemüht?

Dieses Scheißschicksal. Man kann sich nicht dagegen wehren, das wird mir jetzt klar, während ich wie mechanisch die zahlreichen Stufen hochgehe. Ich habe es genauso wenig geschafft, mein eigenes Schicksal in die Hand zu nehmen wie Maverick.

Maverick.

Mir wird mein Weinen erst bewusst, als die Tränen mir längst über die Wangen rinnen. Ich fahre mir mit beiden Händen übers Gesicht, doch schon im nächsten Moment sind neue Tränen da, weshalb ich es aufgebe. Immerhin verstößt weinen gegen kein bescheuertes Gesetz. Wobei das alles hier sowieso nicht schlimmer kommen könnte.

Mein Herz hämmert mir bis zum Hals, während ich hinter Leana die Treppen hinaufsteige. Falls sie erwartet, dass ich irgendetwas sage, lässt sie sich das zumindest nicht anmerken. Die ganze Zeit über hält sie den Kopf stur geradeaus gerichtet und als die Treppe eine Biegung macht, kann ich erkennen, wie sie ihre Lippen fest aufeinanderpresst. Fast, als würde sich etwas in ihr gegen das sträuben, was sie hier gerade tut. Was Quatsch ist. Sie ist ja diejenige, die mich überhaupt erst bei den anderen Nachfahren verpetzt hat.

Viel zu schnell kommen wir beim Versammlungssaal der Olympier an. Kaum ist die Tür in Sichtweite, erstarren meine Beine und weigern sich noch einen weiteren Schritt zu machen.

Das bringt Leana nun doch dazu, mir einen Blick zuzuwerfen. »Bitte, Willow.« Sie klingt beinahe traurig. Was für eine beschissene Heuchlerin. »Es führt kein Weg daran vorbei.«

»Ich …«, setze ich an, weiß aber selbst nicht so recht, was ich eigentlich sagen will, weshalb ich mit zitternden Lippen dastehe, ohne einen Ton hervorzubringen.

Nun lächelt sie sogar – ein echtes Lächeln, nicht so ein schmales. »Du musst jetzt tapfer sein.«

Ich will ein Schnauben ausstoßen, doch es endet eher als ein klägliches Wimmern. Ha! Tapfer sein. Weil das ja so einfach ist, wenn man den nächsten Sonnenaufgang nicht mehr erleben wird.

Die Aphrodite-Tochter scheint es ohnehin nicht zu interessieren, ob ich ihren Ratschlag befolge oder nicht. Sie wirft mir noch einen kurzen Seitenblick zu, ehe sie die letzten Schritte zur Tür des Versammlungsraums geht und die Hand auf die Klinke legt. »Komm!«, fordert sie mich auf und öffnet die Tür.

Kurz wäge ich meine Möglichkeiten ab. Mich jetzt dem Olymp stellen oder hier stehen bleiben und abwarten, was passiert. Wobei das höchstwahrscheinlich nicht angenehmer als die Anhörung wäre. Eher im Gegenteil.

Schweren Herzens löse ich mich aus meiner Starre und folge Leana. Meine Beine fühlen sich an wie Wackelpudding, was ich wohl nicht nur den vielen Stufen, sondern größtenteils meiner Angst zu verdanken habe.

Selbst wenn ich versuchen würde mich auf den spätabendlichen Himmel zu konzentrieren, der hinter der Glasfront an den Wänden zu erkennen ist, könnte ich es nicht. Schon beim ersten Mal hier hatte ich das Gefühl, von all den abwartenden Blicken beinahe in die Knie gezwungen zu werden. Heute ist es noch schlimmer. Ich kann gar nicht anders, als bei all der Aufmerksamkeit den Kopf einzuziehen und mich so klein wie möglich zu machen.

»Da ist sie ja endlich«, kommentiert Zayn, der Zeus-Sohn. Er lehnt sich auf seinem Thron zurück und mustert mich abschätzig. »Falls du noch mal auf die bescheuerte Idee kommen solltest, gegen all unsere Gesetze zu verstoßen, Moiren-Tochter, lass dich doch bitte tagsüber erwischen.«

»Es wird kein nächstes Mal geben«, ruft ihm jemand links von mir in Erinnerung. Ein Mann mittleren Alters, dessen Lippen sich zu einem Grinsen verziehen, während er mich von oben bis unten mustert. An dem grob gehauenen Thron, auf dem er sitzt, lehnen Schwert und Schild. Der olympische Nachkomme des Ares, dem Gott des Krieges und des Massakers.

Schluckend trete ich von einem Fuß auf den anderen.

Leana wirft dem Ares-Sohn einen bösen Blick zu und lässt sich auf ihren Platz gleiten.

»Können wir direkt loslegen?«, fragt ein Kerl mit zotteligem rotem Bart, der nur wenig älter sein kann als der Ares-Sohn. Sein Stuhl ist komplett aus Eisen geschmiedet, die Beine haben die Form von Flammen, die sich zur Sitzfläche hinaufzüngeln. Das ist wohl der Hephaistos-Sohn, dessen Fachgebiet die Schmiedekunst ist. Empathie zählt dafür auf jeden Fall nicht zu seinen Stärken. »Je früher das Theater hier ein Ende hat, desto eher können wir nach Hause.«

Ein ungläubiger Laut kämpft sich meine Kehle hinauf, aber ich beiße mir auf die Unterlippe und bleibe still. Klar. Meine bevorstehende Hinrichtung ist nicht viel mehr als ein störendes Ereignis, das die armen Olympier aus ihrem Feierabend holt. Der Kerl hat sie doch nicht mehr alle. Wenn hier einer das Recht hat, sich zu beschweren, dann bin das ja wohl ich.

Das scheint Zayn allerdings nicht so zu sehen. »Bringen wir das so schnell wie möglich hinter uns«, sagt er und seine Lippen verziehen sich zu einem anzüglichen Grinsen, während er an den Ares-Sohn gewandt mit den Augenbrauen wackelt. »Es ist ja nicht so, als hätte ich zu Hause nichts Besseres zu tun. Immerhin wartet da jemand auf mich.«

Der Ares-Sohn kichert wie eine Hyäne, doch damit bleibt er der Einzige. Die meisten anderen lächeln entweder nur mild oder verziehen genervt das Gesicht. Die Frau, die links neben Zayn sitzt, versteift sich in ihrem Sessel und wirft ihm einen bösen Blick zu. Ihre Rückenlehne sieht aus wie das ausgebreitete Federkleid eines Pfaus. Die olympische Hera-Tochter. Sie ist in Mums Alter und irgendwie treibt mir allein diese Tatsache die Tränen in die Augen. Ich wünschte, Mum wäre hier. Und Juniper und Sage. Großtante Holly. Maverick.

»Wir müssen auf die Tochter Aletheias warten«, merkt eine ältere Frau an, die links sitzt. Über ihrem Kopf ist die Lehne ihres Stuhls zu einer Eule geformt, während an der Ecke ein Prunkhelm lehnt. Weisheit und strategische Kampfführung. Die Athene-Tochter also.

Hinter mir öffnet sich geräuschvoll die Doppelflügeltür und lässt mich über meine Schulter schauen. Als hätte sie nur auf ihr Kommando gewartet, kommt die Aletheia-Tochter hinein. Es ist die gleiche wie beim letzten Mal. Diesmal trägt sie ihre rotbraunen Locken zu einem Dutt hochgebunden, was meinen Blick noch viel mehr auf den kleinen Saphir lenkt, der an ihrer Halskette befestigt ist.

»Hallo zusammen«, sagt sie mit ihrer kehligen Stimme. Hinter ihr schließt sich die Tür wieder. Mit einem leichten Lächeln auf den Lippen stellt sie sich an die Wand daneben, ohne ihren Blick von Zayn zu lösen. »Entschuldigen Sie bitte die Verspätung.«

Zayn nickt. »Dann können wir jetzt ja anfangen.«

Auf die Plätze, fertig, Hinrichtung. Ohne dass ich es verhindern kann, klammern sich meine schwitzigen Finger in den Stoff meiner Jeans. Mein Herz schlägt mir bis zum Hals, während sich mein Magen schmerzhaft zusammenzieht.

Der junge blonde Mann, der in der Reihe der Olympier ganz links sitzt, direkt neben Leana, beugt sich vor und zieht so meine Aufmerksamkeit auf sich. An der Rückenlehne seines gemütlich aussehenden Sessels prangen zwei Flügel. Der olympische Hermes-Sohn.

»Willow Fynch, wir haben konkreten Verdacht, dass du gegen olympische Gesetze verstoßen hast«, erklärt er. »Wir werden dich zu dem Thema anhören und dir einen Prozess machen. Alles, was du sagst, wird von der Aletheia-Tochter auf seinen Wahrheitsgehalt geprüft. Du kannst also nicht lügen. Hast du das so weit verstanden?«

Ich beiße mir auf die Unterlippe und nicke.

»Wir werfen dir vor, als Moiren-Tochter dein eigenes Schicksal gesponnen und dein Schicksal über einen Liebesfaden mit dem eines Hades-Sohns verbunden zu haben.« Leana betrachtet mich mit schiefgelegtem Kopf. »Willst du dich dazu äußern?«

»Das war keine Absicht!«, platzt es aus mir heraus, bevor ich darüber nachdenken kann. Aber genau das ist immerhin die Wahrheit.

Allerdings scheint das Leana eher wenig zu interessieren. »Kannst du uns erzählen, wie es dazu gekommen ist?«, hakt sie nach. »Und was seitdem passiert ist?«

Unsicher lecke ich mir über die Lippen. »Mit jedem Detail?«

Es ist der Hermes-Sohn, der mir meine Frage mit einem Nicken beantwortet. »Mit jedem Detail.«

Schluckend senke ich den Kopf, ehe ich tief Luft hole. Ich habe keine Ahnung, wo ich anfangen soll, und die Blicke der olympischen Nachfahren, die erwartungsvoll auf mir liegen, machen die Sache nicht besser. Eher ganz im Gegenteil.

»An dem Tag, an dem ich mich hier vorstellen musste, hatte ich nachmittags Lateinunterricht. Wir haben Ovids Metamorphosen gelesen. Die Geschichte rund um Pyramus und Thisbe«, sage ich und kann das Zittern nicht aus meiner Stimme verbannen. »Und das hat dann irgendwie zu einer Diskussion in unserer Klasse geführt, bei der mein Mitschüler, ein Hades-Sohn, mich provoziert hat. Er weiß von meinem Erbe und hat mich dafür verantwortlich gemacht, dass das Schicksal immer wieder so mies ist.«

»Und was hat das jetzt mit deinem Verstoß zu tun?«, murrt der Ares-Sohn.

»Ruhe!«, unterbricht ihn eine Frauenstimme, die ich nicht zuordnen kann. »Lass das Mädchen erzählen.«

Das tue ich. Auch wenn sich meine bebende Stimme einfach nicht beruhigen will und ich wieder und wieder gegen den Kloß in meinem Hals anschlucken muss, berichte ich ihnen alles. Oder eher fast alles. Bestimmte Details – wie die Gefühle, die Maverick inzwischen in mir auslöst – verschweige ich ganz bewusst. Das geht die Olympier einfach nichts an. Falls der Aletheia-Tochter das auffallen sollte, sagt sie nichts dazu. Vielleicht ist es gar nicht wichtig.

Hier geht es nicht um meine Gefühle. Es geht einzig und allein um meine Taten. Und um die Menschen, die mir dabei geholfen haben. Als ich nämlich versuche, die Namen all derjenigen zu verschweigen, die von meinem Patzer wissen und mir in den letzten Wochen geholfen haben, greift Zayn ein und fragt mich direkt danach. Mit der Aletheia-Tochter in meinem Rücken habe ich gar keine andere Wahl, als ihre Namen zu verraten. So schwer mir das auch fällt – denn das bedeutet, dass der Olymp ihnen nach meiner Anhörung ebenso einen Prozess machen kann, um sie dafür zu bestrafen, mir geholfen zu haben. Wenn auch nicht mit dem Tod – der ist Regelbrechern wie mir vorbehalten.

Nach einigen Minuten, in denen meine Stimme immer erstickter geworden ist, stellt keiner mehr Zwischenfragen. Ich erzähle von den Prüfungen, die Declan uns gestellt hat. Während einige Begriffe – wie Hades oder Skylla – einen Teil der Olympier kurz hellhörig werden lassen, bin ich mir die meiste Zeit über nicht sicher, ob mir überhaupt alle zuhören. Der Hephaistos-Sohn zum Beispiel sieht aus, als wäre er in eine Art Halbschlaf gesunken, und die Hestia-Tochter neben ihm macht auch keinen wacheren Eindruck.

Ich versuche mich davon nicht irritieren zu lassen. Als ich bei den Ereignissen des heutigen Abends ankomme, sind meine Worte kaum mehr als ein Flüstern. Ich verschweige, dass Maverick und ich uns geküsst haben und meine Lippen trotz allem, was seitdem passiert ist, immer noch prickeln, wenn ich daran denke.

»Und jetzt«, schließe ich und räuspere mich, »bin ich hier.«

»In Ordnung«, sagt Zayn. Während meines Monologs hat er mir zwar nicht gerade an den Lippen gehangen, doch wenigstens sieht er einigermaßen wach aus. »Du weißt, welche Strafe für deine Vergehen angesetzt ist, oder?«

Nickend senke ich den Kopf, um die Tränen zu verstecken, die mir in die Augen steigen. Wie könnte ich das nicht wissen?

»Nun dann. Wir müssen einstimmig ent –«

Er wird vom Krachen der Doppeltür hinter mir unterbrochen. Irritiert drehe ich mich um. Die Tür wurde aufgestoßen und zwischen den Flügeln steht niemand Geringeres als Maverick. Wie auf Kommando hämmert mein Herz noch mehr, als es das ohnehin schon die ganze Zeit über macht. Was tut er hier?

Ohne die Olympier überhaupt eines Blickes zu würdigen, läuft er auf mich zu. In seinen Augen ringen die unterschiedlichsten Emotionen miteinander. Direkt hinter ihm ist meine Mum, die gegen ihre Tränen anblinzelt und so aussieht, als würde sie jeden Moment entweder zusammenbrechen oder alles hier in Fetzen reißen. Hinter ihnen kommen Juniper, Sage und Großtante Holly hinein. Letztere keucht vor Anstrengung und wird von Declan gestützt, den ich beim besten Willen nicht erwartet habe. Was genau hat er hier zu suchen? Erst lässt er mich nach dieser bescheuerten letzten Prüfung einfach so stehen und jetzt taucht er auf, als wäre nichts gewesen. Langsam habe ich von den ganzen Göttlichen echt die Schnauze voll.

Als Letzte stürmt Olivia hinein. »Entschuldigung!«, ruft sie und schnappt nach Luft. Aus ihrem vorhin noch so ordentlichen Dutt haben sich zahlreiche Strähnen gelöst. »Sie sind einfach an mir vorbeigerannt! Ich konnte sie nicht aufhalten!«

»Keinen Schritt weiter!«, bellt Zayn hinter mir, als Mum und Maverick mich fast erreicht haben. Ich müsste bloß meine Hand ausstrecken, um sie zu berühren.

Während meine Familie und Declan wie vom Donner gerührt stehen bleiben, ist Maverick förmlich anzusehen, wie er mit sich hadert.

Das scheint Zayn ebenfalls zu bemerken. »Ich warne dich, Junge«, grollt er. »Tu, was ich sage, oder es wird noch ungemütlicher für deine kleine Moiren-Tochter, als es ohnehin schon ist.«

In Mavericks Augen flackert Hass auf, aber er bleibt stehen.

»Maverick«, murmele ich. »Mum.«

Mum nickt, wobei ihr die Tränen über die Wange laufen, und in dieser kleinen Geste steckt so viel mehr, als Worte es je ausdrücken könnten. Wenn sie könnte, würde sie für meine Fehler geradestehen, das weiß ich vom Grunde meines Herzens. Doch das geht nicht.

Hinter ihr stützen sich Juniper und Sage gegenseitig, während Declan Großtante Holly mit einer Hand an ihrem Arm davon abhält, etwas höchstwahrscheinlich Dummes zu tun.

Unter den Olympiern hat sich aufgeregtes Gemurmel breitgemacht, das wie Rauschen an meine Ohren dringt. Zayn mustert uns abschätzig und wiegt den Kopf hin und her, als hätte er noch nicht entschieden, wie er mit der Störung umgehen will.

Die Artemis-Tochter, die dem Hermes-Sohn gegenübersitzt und mich bei meinen Schilderungen die ganze Zeit aus Adleraugen gemustert hat, kommt ihm zuvor. Sie erhebt sich und schreitet elegant von der Empore herunter.

»Wir beruhigen uns jetzt alle mal«, sagt sie und sieht in die Runde, ehe sie sich an meine Familie wendet. »Ihr dürft bleiben. Jedoch nur, solange ihr den Prozess nicht stört und euch an den Rand stellt.«

Zwischen meiner Familie, Maverick und Declan erfolgt ein Blickwechsel, an dessen Ende Mum nickt. »In Ordnung«, erwidert sie und schenkt mir ein beruhigendes Lächeln, obwohl sie selbst vermutlich am besten weiß, dass nichts hieran beruhigend ist. Ganz im Gegenteil. Ich habe gegen die Gesetze des Olymps verstoßen und gewusst, was meine Strafe sein würde. Daran hat wohl von Anfang an kein Weg vorbeigeführt.

Meine Familie, Maverick und Declan gehen an den Rand, wobei Junipers und Mavericks Mienen so wutverzerrt sind, dass es mich wundert, wie ruhig sie bleiben.

»Sie dürfen jetzt gehen, Olivia«, weist Zayn die Empfangsdame an, die das ganze Spektakel still beobachtet hat. Ich drehe mich zu ihm um. Er wartet, bis Olivia verschwunden ist. »Wo waren wir stehengeblieben?«

Obwohl das eindeutig eine rhetorische Frage gewesen ist, kichert der Ares-Sohn. »Dabei, über ihren Tod zu entscheiden.«

Während die Tränen wieder über meine Wangen laufen, schaue ich zu meiner Familie. Es ist aus. Das Spiel ist vorbei.

»Also«, sagt Zayn mit einem Seufzen, »sind sich alle einig, dass Willow Fynch gegen unsere Gesetze verstoßen hat und dafür ihre rechtmäßige Strafe – den Tod – erhalten muss? Wer anderer Meinung ist, möge das bitte kundtun.«

Wimmernd sehe ich von einem Olympier zum anderen und damit in zwiegespaltene Gesichter. Einige wenden den Blick an, halten es anscheinend nicht aus, mich anzuschauen. Denn sie haben längst entschieden. Gegen mich. Regeln sind nun einmal Regeln. Und ich habe sie gebrochen. Niemand wird sich für mich aussprechen.

Ich schließe die Augen. Mein Schicksal ist besiegelt.

»Ich erhebe Einspruch.«

DREISSIG

Blinzelnd starre ich Leana an. Mit erhabener Miene und überkreuzten Beinen hat sich die Aphrodite-Tochter in ihrem Sessel zurückgelehnt. Nichts weist mit Sicherheit darauf hin, dass sie die Worte gerade gesagt hat, und doch ist das ihre Stimme gewesen. Ganz sicher. Vorausgesetzt, ich habe mir das in meiner Panik nicht eingebildet. Den entgeisterten Blicken der anderen nach zu urteilen scheint das nicht der Fall zu sein. Jetzt sind sogar die Olympier, die bis eben noch schläfrig gewirkt haben, hellwach.

»Was?«, fragt Mum überrascht und spricht wohl das aus, was alle denken.

Nur in Declans Blick steht keine Überraschung. Er zwinkert mir kurz zu, aber was auch immer er mir damit sagen will, ich verstehe es nicht. Ich verstehe überhaupt nichts mehr.

»Soll das ein Scherz sein, Leana?«, knurrt Zayn.

Ja, das würde ich auch gern wissen.

Entschieden schüttelt Leana den Kopf. »Nein.«

»Du hast sie doch selbst ausgeliefert«, stellt der Poseidon-Sohn mit gerunzelter Stirn fest. Die Demeter-Tochter neben ihm nickt zustimmend.

»Allerdings nicht, um sie in den Tod zu schicken«, sagt Leana. »Sondern, um mit euch über ein paar grundlegende Dinge zu diskutieren. Etwas muss sich verändern.«

Ich fange die Blicke meiner Familie auf. Sie alle sehen genauso verwirrt aus, wie ich mich fühle. Offenbar hält Sage Maverick mit einem Stoß ihres

Ellenbogens davon ab, etwas zu sagen, denn er schließt seinen Mund, den er gerade geöffnet hat, wieder und sieht sie trotzig an.

»Und das muss jetzt sein?«, fragt der Hephaistos-Sohn und legt den Kopf in den Nacken. »Um diese Uhrzeit?«

»Ich konnte nicht länger warten«, erklärt Leana und sieht zu Declan, der ihren Blick mit dem Anflug eines Lächelns erwidert. Langsam bekomme ich das Gefühl, er ist nicht nur aus eventueller Sympathie mir gegenüber hier.

»Und was genau wolltest du mit der Auslieferung des Mädchens bezwecken, Leana?« hakt die Demeter-Tochter nach. Sie stützt ihre Ellenbogen auf die Armlehnen ihres Stuhls, die aus Bambus gebunden sind, und hält in diplomatischer Manier die Hände vor ihrem Oberkörper verschränkt.

»Wir sollten unsere Gesetze überdenken«, sagt Leana geradeheraus.

Der Ares-Sohn stößt ein heiseres Lachen aus. »Unsere Gesetze sind seit Jahrtausenden unverändert.«

Nur mühsam unterdrücke ich ein Augenrollen. Ja, vielleicht ist genau das das Problem.

Doch die anderen Olympier scheinen das ähnlich zu sehen wie der Ares-Sohn. Zustimmendes Gemurmel bricht aus, wobei alle immer wieder zwischen Leana, Declan, meiner Familie und mir hin- und herschauen.

Wie auch immer sie auf die Idee kommen, ich könnte mehr wissen als sie. Ich weiß ja selbst nicht mal mehr, wo oben und wo unten ist. Meine Knie zittern und ich wünschte, ich könnte mich irgendwo hinsetzen.

»Was soll das plötzlich?« Die Athene-Tochter betrachtet Leana mit schiefgelegtem Kopf.

»Das solltest du doch am besten wissen.« Auf ihren Lippen erscheint wieder dieses schmale Lächeln. »Oder kannst du mit deiner Weisheit rechtfertigen, eine Minderjährige hinzurichten, die bloß einen dummen Fehler gemacht hat? Nur, weil unsere Regeln es so vorschreiben?«

Der Apollon-Sohn presst die Lippen aufeinander. »Das war doch schon immer so«, sagt er. »Bisher sind wir nie von unseren Regeln abgewichen. Was hat sich plötzlich verändert?«

Jetzt beugt sich Leana vor. »*Wir* sollten uns ändern.«

Der Poseidon-Sohn schnaubt, stellt einen Ellenbogen auf die Armlehne seines Throns und stützt den Kopf auf die dazugehörige Hand. Sein langes, zu Zöpfen geflochtenes Haar umrahmt nicht nur sein Gesicht, sondern auch seinen Arm. »Die Gesetze sind von den Göttern selbst gemacht«, kommentiert er. »Sie sind alles, an das wir immer geglaubt haben.«

»Aber nicht alles, was die Götter gemacht haben, war richtig«, murmelt die Hera-Tochter. So leise, dass ihre Worte kaum zu verstehen sind und doch umso mehr Eindruck machen.

Bei Zayn scheint das einen Nerv zu treffen. »Kommt jetzt wieder diese Eifersucht-Leier?«, sagt er mit einem Stöhnen. »Ihr Hera-Töchter findet wirklich bei jeder Gelegenheit einen Grund, auf uns herumzureiten.«

Die Hera-Tochter wirft die Hände in die Luft. »Ist das dein Ernst?«, fragt sie und aus ihren Augen, die bis zu diesem Moment ruhig und sanft gewesen sind, sprüht Feuer. »Die Welt dreht sich nicht nur um euch Zeus-Söhne.«

»Leana und Yvette haben recht«, meldet sich die Artemis-Tochter zu Wort. Direkt über ihrem Kopf wird ihre Rückenlehne von einem prächtigen Geweih geschmückt. »Die Götter haben in ihrem langen Leben einige Fehler gemacht. Warum also sollten die Regeln nicht auch ein Fehler sein?«

Neben ihr fährt sich der Apollon-Sohn mit beiden Händen übers Gesicht. Verübeln kann ich's ihm nicht.

Der Ares-Sohn schnaubt. »Und welche Fehler wären das zum Beispiel?«

Die Demeter-Tochter räuspert sich leise und zieht damit die Aufmerksamkeit auf sich. »Unschuldige Mädchen entführen«, sagt sie und ihr Blick huscht zu Maverick, der sie mit aufeinandergepressten Kiefern ansieht.

Natürlich – Hades hat damals Demeters Tochter Persephone in die Unterwelt gelockt. Die Blutlinien sind zwar inzwischen so weit auseinander, dass die Persephone-Töchter nicht mehr mit den Demeter-Töchtern verwandt sind, doch das ändert nichts. Die Demeter-Töchter müssen nach wie vor das Schicksal ihrer Urahnin leben und – auf die eine oder andere Weise – eine Tochter verlieren.

Maverick dafür verantwortlich zu machen ist nicht fair. Er kann nichts dafür. Ich beiße mir auf die Unterlippe und grabe meine Fingernägel in meine Handflächen, um mich selbst zur Ruhe zu zwingen.

Als Nächstes wandert der Blick der Demeter-Tochter zu Zayn. »Oder vergewaltigen.«

»Was guckst du mich so an?« Zayn schüttelt den Kopf. »Wir sind vielleicht an das grobe Schicksal unserer Urahnen gebunden, irgendwie. Aber das bedeutet nicht, dass wir jeden einzelnen Fehler von ihnen wiederholen müssen.«

Leana hebt vielsagend die Augenbrauen, als hätte er ihr gerade recht gegeben. Mit einem Mal verstehe ich, worauf sie hinauswill. Das ist clever. Ziemlich clever.

Auch Zayn scheint sein Eigentor erkannt zu haben. Er streicht sich mit den Fingern durchs Haar und seufzt. »Was schlägst du vor? Was sollen wir mit dem Mädchen machen?«

Rechts von mir murmelt die Hestia-Tochter irgendetwas, ich bin jedoch zu weit entfernt, um ihre Worte zu verstehen.

Leana lächelt schmal. »Lassen wir Willow gehen. Danach können wir immer noch über unsere Gesetze debattieren.«

Ich wage kaum zu atmen. Verstohlen sehe ich in die Gesichter meiner Familie. Sie alle – besonders Großtante Holly – erwecken den Anschein, als würde ihnen etwas auf der Zunge liegen. Aber sie halten sich zurück.

Als mein Blick auf Mavericks trifft, verhaken sie sich für einen kurzen Moment ineinander. In seinen Augen flackert die Hoffnung. Hoffnung, die sich gegen alle Vernunft auch in mir breitmacht. Die umso mehr wächst, als ich das zuversichtliche Lächeln auf Declans Lippen entdecke.

Und die in dem Moment zerbricht, in dem Zayn ein ungläubiges Lachen ausstößt. »Niemals!«

Leana betrachtet ihn stumm und hebt die Augenbrauen.

»Du bist genauso wahnsinnig wie deine Urahnin. Die musste auch ständig ihre weichherzigen Ideen von Liebe auf der Welt verbreiten und hat sich gewundert, wenn daraus nur Chaos resultierte.« Zayn schüttelt missbilligend den Kopf. »Frauen immer mit ihrer Liebe und ihren Gefühlen. Bla, bla, bla.«

Kurz bricht Durcheinander zwischen den Olympiern aus. Der Poseidon-Sohn und der Hephaistos-Sohn nicken zustimmend und sagen irgendetwas, das vom aufgebrachten Gemurmel der anderen verschluckt wird. Alle weiblichen Nachkomminnen im Raum scheinen Zayn mit ihren Blicken zu erdolchen – allen voran Leana und die Hera-Tochter.

Als wieder Ruhe eingekehrt ist, taxiert die Hera-Tochter – Yvette, wenn ich ihren Namen richtig verstanden habe – Zayn von der Seite.

»Wie kommt es«, fragt sie, »dass du nicht mit Zeus' Taten in Verbindung gebracht werden willst und doch Leana mit Aphrodite vergleichst? Du misst da mit zweierlei Maß.«

»Immerhin versuche ich nicht wie eine Wahnsinnige aus einer puren Laune heraus alles umzuschmeißen«, entgegnet Zayn.

Eine pure Laune – so nennt man also heutzutage gängige Moralvorstellungen.

»Ich finde das nicht wahnsinnig«, merkt die Demeter-Tochter an. »Ich kann nachvollziehen, was Leana möchte.«

Die Artemis-Tochter nickt. »Ich auch.«

Auf Leanas Lippen breitet sich ein siegessicheres Lächeln aus.

»Ich meine, seht sie euch doch mal an.« Die Artemis-Tochter deutet mit der Hand in meine Richtung, als könnte irgendjemand meine Anwesenheit vergessen haben. Wobei – zuzutrauen wäre es einigen von ihnen. »Sie ist noch ein Kind. Und sie hat nichts von alledem mit Absicht getan, sonst hätte sie sich nicht so bemüht den Faden zwischen sich und dem Hades-Sohn«, ihr Blick wandert kurz zu Maverick, »wieder zu lösen. Die Arme hatte die ganze Zeit über ihren Tod zu befürchten.«

Yvette lächelt mich gutmütig an. »Das sehe ich auch so. Zumal sie zum Zeitpunkt ihres Fehlers kaum mit ihren Kräften vertraut war. Wir wissen alle, wie schwierig es sein kann, sich an sie zu gewöhnen.« Sie schaut in die Runde. »Ich teile Leanas Einspruch und bin gegen ihre Hinrichtung.«

Die Artemis-Tochter und die Demeter-Tochter nicken. »Ich auch«, sagen sie beinahe synchron.

Aus Zayns Kehle dringt ein entnervtes Stöhnen, das wie das entfernte Grollen eines Donners klingt. »Das kann doch nicht euer Ernst sein.«

»Und wie es das ist«, entgegnet Leana.

Seufzend fährt sich der Hermes-Sohn mit der Hand durchs Haar. »Das führt doch hier zu nichts.«

»Ich schlage vor, wir einigen uns auf eine alternative Strafe für die Moiren-Tochter«, sagt die Athene-Tochter. »Eine, die nicht in ihrem Tod endet. Über eine Hinrichtung wird hier ohnehin keine Einigung herrschen.«

In der plötzlichen Stille könnte man eine Stecknadel fallen hören. Alle Blicke liegen erwartungsvoll auf Zayn, mein eigener eingeschlossen.

Der presst die Lippen aufeinander und taxiert mich. Er sieht an mir hoch und runter, als könnte ihm irgendetwas an meinem Äußeren verraten, wie er am besten mit mir umzugehen hat. Ich beiße mir auf die Unterlippe, um ihr Zittern zu unterdrücken, höre allerdings im nächsten Moment damit auf, weil mir klar wird, dass das ebenso unsicher aussieht.

Dann – gefühlte Ewigkeiten später – nickt er. »In Ordnung.«

Ich stoße einen Schwall Luft aus. Mit einem Mal zittern meine Knie so sehr, dass ich mich bemühen muss weiter aufrecht zu stehen. Nicht vor plötzlicher Erleichterung erschöpft auf den Boden zu sinken, sondern weiter dazustehen und mein Urteil abzuwarten. Egal, was jetzt kommt. Schlimmer als der Tod kann die Strafe ja gar nicht sein.

Ich sehe kurz zu meiner Familie, Maverick und Declan und hebe zaghaft die Mundwinkel. Das Flackern der Hoffnung in Mavericks Augen ist zu einem Funkeln geworden. Alles wird gut werden.

Zayn stößt ein Seufzen aus. »Also, irgendwelche Vorschläge?«, fragt er und sieht mahnend zu Leana. »Sie unbestraft wieder gehen zu lassen, kommt immer noch nicht infrage.«

»Was ist, wenn wir am Kern des Problems beginnen?« Die Athene-Tochter neigt den Kopf. »Lasst uns den Liebesfaden zwischen ihr und dem Hades-Sohn durchtrennen.«

EINUNDDREISSIG

»Das ist doch keine Strafe.« Die Hestia-Tochter runzelt die Stirn. »Damit tun wir ihr einen Gefallen.«

Wenn die wüsste, wie falsch sie liegt. Alles in mir protestiert, aber ich zwinge mich ruhig zu bleiben. Mir nicht anmerken zu lassen, was die Vorstellung, den Faden zu verlieren, in mir auslöst. Es ist genau das, worauf ich die ganze Zeit über hingearbeitet habe. Ob es auch das ist, was ich wirklich will, steht allerdings auf einem ganz anderen Blatt. Zumindest, wenn man meine mit einem Mal schwitzigen Hände bedenkt. Oder mein Herz, das widerwillig gegen meine Rippen hämmert, um mich daran zu erinnern, dass es bei der Sache auch noch ein Wörtchen mitzureden hat. Und daran, wie richtig sich der Kuss mit Maverick vorhin angefühlt hat.

Wie von selbst schnellt mein Blick zu ihm. Jetzt liegt kein bisschen Hoffnung mehr in seinen Augen. Nur etwas anderes, viel Düsteres. Widerwillen und … Angst?

»Ganz im Gegenteil. Nicht, Leana?«, fragt die Athene-Tochter und bringt mich so dazu, wieder nach vorne zu schauen.

Die hingegen sieht zwischen Maverick und mir hin und her und seufzt leise. »Die beiden haben tatsächlich Gefühle füreinander entwickelt«, sagt sie. »Vielleicht wollen sie den Faden noch lösen, aber sicher nicht, weil sie sich nicht mögen. Das tun sie längst.« Sie stockt kurz. »Sehr.«

Schluckend senke ich den Kopf. In mir sollte sich nichts dagegen wehren, den Faden loszuwerden. Ich sollte dankbar sein. Dass ich am Leben bleiben darf. Dass Maverick und mir das gegeben wird, was seit Wochen unser Ziel gewesen ist. Warum also fühlt es sich dann so an, als würde hier gerade mein schlimmster Albtraum in Erfüllung gehen?

»Also würden wir ihnen ihre Liebe wegnehmen, wenn wir den Faden durchtrennen«, stellt Zayn fest.

Mit angehaltenem Atem hebe ich den Kopf. Der Ares-Sohn schnaubt gehässig. Rechts von mir scheint der Hephaistos-Sohn etwas sagen zu wollen, doch er schließt seinen Mund wieder und bleibt still.

Leana ignoriert die beiden und nickt.

Mein Herz entschließt sich dazu, dass das Hämmern nicht genug ist, und krampft sich zusätzlich zusammen. *Bitte nicht. Bitte, bitte nicht.*

»In Anbetracht der Tatsache, dass sie nur einen dummen Fehler gemacht hat, erscheint mir das Strafe genug«, sagt die Hera-Tochter.

»Außerdem ist sie noch minderjährig«, fügt die Artemis-Tochter hinzu. »Das dürfen wir nicht vergessen.«

Zayn sieht in die Runde. »Bestehen irgendwelche Einwände gegen dieses Strafmaß?«, fragt er und schaut zu meiner Familie, Declan und Maverick. Sein Blick bleibt bei Letzterem hängen. »Unter den Olympiern, versteht sich.«

Diesmal wage ich es nicht, die Gesichter der Nachfahren zu betrachten. Ich will gar nicht wissen, wie sie mich ansehen. Für wie gnädig sie sich selbst halten, während sie mir etwas nehmen, das sie vermutlich gar nicht ganz verstehen. Obwohl ich weiß, dass die Götter längst tot sind, bete ich zu ihnen, dass sich auch jetzt jemand für mich stark macht. Jemand Einspruch erhebt. Aber alles bleibt still. Viel zu still.

»Dann ist es entschieden.«

»Das könnt ihr –«, ruft Maverick und zieht so alle Blicke auf sich. Bevor er seinen Satz zu Ende bringen kann, greift Mum nach seinem Arm und gibt ihm mit einem Ruck zu verstehen, still zu sein. Er knirscht mit den Zähnen, sagt jedoch nichts mehr.

Mit zusammengepressten Lippen sehe ich zu Mum, die mir ein trauriges Lächeln schenkt. Ich weiß, dass sie für das alles nichts kann, trotzdem lässt ihr Lächeln die Wut in mir aufflammen. Vermutlich denkt sie sich, dass alles ja doch noch ganz gut ausgegangen ist. Schließlich bleibe ich am Leben. Aber am meisten ärgere ich mich über mich selbst. Denn auch wenn ich weiß, dass sie mit diesem Gedanken recht hätte, kann ich mich nicht freuen. Es geht einfach nicht.

Der Hermes-Sohn übergeht den kleinen Zwischenfall einfach. »Willow Fynch, der Olymp verurteilt dich wegen des Verstoßes gegen unsere Gesetze«, sagt er. »Aufgrund deiner Minderjährigkeit und der Tatsache, dass du deine Taten nicht mit Absicht begangen hast, hat sich der Olymp für ein geringeres Strafmaß als üblich entschieden. Zur Strafe wird der unrechtmäßige Liebesfaden zwischen dir und dem Hades-Sohn Maverick Bennington durchtrennt.«

Unweigerlich steigen mir die Tränen in die Augen und rinnen über meine Wangen. Obwohl sich alles in mir gegen diese Strafe wehrt, kann ich nichts tun. Ich nicke stumm und senke meinen Blick wieder, starre auf den Liebesfaden zwischen mir und Maverick, der mir inzwischen so vertraut ist.

»Ich las–«

»Junge, wenn du nicht endlich die Klappe hältst, sorge ich dafür, dass für deine Freundin alles noch viel schlimmer wird«, fällt Zayn ihm ins Wort, seine Stimme ein Gewitter. Aus den Augenwinkeln erkenne ich, wie er sich zu Maverick umdreht. »Hast du das verstanden?«

Maverick sagt nichts, was mich dazu bringt, jetzt doch wieder den Kopf zu heben und ihn anzusehen. Mit aufeinandergepressten Lippen steht er da und erwidert Zayns Blick stumm.

»Ob du das verstanden hast«, grollt der.

Mum stößt Maverick von der Seite an.

Er knirscht mit den Zähnen. »Ja.«

»Gut.« Auf Zayns Lippen breitet sich ein süffisantes Grinsen aus. »Lasst uns gleich anfangen. Leana?«

Nickend steht diese auf und tritt von der Empore hinunter. Mit einem traurigen Lächeln kommt sie auf mich zu. Ganz ehrlich? Das kann sie sich sonst wo hinstecken. Wenn sie Dankbarkeit erwartet oder so was, ist sie bei mir eindeutig an der falschen Adresse.

»Komm in die Mitte, Hades-Sohn«, herrscht Zayn Maverick an. Ich brauche all meine Willenskraft, um dem Zeus-Sohn nicht an die Gurgel zu gehen.

Maverick sträubt sich sichtlich, bleibt wie angewurzelt auf der Stelle stehen.

Sage beugt sich zu ihm und zischt ihm irgendetwas ins Ohr, zu leise, um sie bis hierher verstehen zu können. Was auch immer sie sagt, setzt ihn in Bewegung. Seine Muskeln sind zwar allesamt angespannt und jede Bewegung trieft vor Widerwillen, aber er kommt zu mir.

Er wirft einen kurzen, trotzigen Blick ins Zayns Richtung, dann greift er nach meiner Hand und hat nur noch Augen für mich. Was auf Gegenseitigkeit beruht. Am liebsten würde ich meine Hände ausstrecken und Maverick die Anspannung aus dem Gesicht streichen, möchte jedoch kein Risiko eingehen. Nicht, wenn ich damit riskiere, vielleicht nicht einmal mehr seine Hand halten zu dürfen. Denn das will ich – wenigstens, solange ich so für ihn empfinde. Ich will auskosten, was wir haben.

»Willow, Maverick«, sagt Leana. »Ich werde jetzt auf der Götter-Ebene den Liebesfaden zwischen euch trennen. Dafür müsst ihr mich dorthin begleiten.«

Keiner von uns beiden macht Anstalten, überhaupt auf Leanas Worte zu reagieren, weshalb sie nach unseren freien Händen greift.

Etwas an ihrer Berührung bringt meine Gedanken zum Rasen und meine Wut zum Brodeln. Ich kann das nicht einfach so zulassen. In meinem Kopf kommt es zum Kurzschluss. Ich weiß selbst nicht so genau, was ich hier eigentlich tue, während ich mich mit einer ruckartigen Bewegung von Leana – und somit auch von Maverick – losreiße.

»Ich will das nicht!«, stoße ich aus und taumele einen Schritt rückwärts.

»Was du willst, tut hier nichts zur Sache, Mädchen«, kommentiert Zayn.

Ich ignoriere ihn einfach, mache noch einen Schritt von Leana weg. Maverick sieht mich an, als wüsste er nicht, ob er sich meinem Widerstand anschließen oder lieber die Klappe halten soll.

Im nächsten Moment packt mich jemand am Oberarm, so heftig, dass mir der Schmerz bis in die Schulter schießt. Der Ares-Sohn, der nur verächtlich den Kopf schüttelt.

»Lass mich los!«, rufe ich und trete nach ihm, was ihn gar nicht zu interessieren scheint.

»Das ist ja wie im Kindergarten«, murrt er und schiebt mich wieder Richtung Leana. »Nun stell dich nicht so an. Sonst überlegen wir uns das mit der milden Strafe noch mal.«

Sein Griff verstärkt sich, als meine Ferse mit einem Ruck sein Schienbein trifft. Tränen der Wut und des Schmerzes verschleiern mir die Sicht.

»Lass sie los, du Wichser!« Jetzt reißt Maverick sich ebenfalls los, scheint sich dazu entschieden zu haben, mit mir auf die Barrikaden zu gehen. »Nimm deine dreckigen Hände von ihr oder ich schwöre dir, ich wer–«

Der Rest seiner Drohung geht in Zayns donnerndem »Ruhe!« unter.

Maverick wird vom Poseidon-Sohn ergriffen und ebenso wie ich zu Leana zurückgeschleift, die ausdrucklos zwischen uns hin- und hersieht und ein weiteres Mal unsere Hände in ihre nimmt. Ich werfe einen hilfesuchenden Blick in Richtung meiner Familie, kann erkennen, wie Mum Sage und Juniper an den Schultern zurückhält, ehe mein Geist aus meinem Körper gerissen wird.

In die Götter-Ebene einzutreten ist nie zuvor so unangenehm gewesen. Obwohl, hineingeschleudert zu werden trifft es in diesem Fall besser. Ich lande mit meinem Hintern auf dem harten Boden und auch wenn meinem Geist genau genommen kein physischer Schaden zugefügt werden kann, breitet sich der Schmerz des Aufpralls stechend aus. Vermutlich Macht der Gewohnheit.

Ächzend reibe ich mir den Rücken und blicke mich um. Mein Blick gleitet von meiner gewohnten weißen Toga, die wie immer in der Götter-Ebene um meine Beine spielt, zu Maverick, der sich neben mir aufrappelt. Er trägt ebenfalls eine helle, schlichte Toga, die ihn komischerweise gleichzeitig wie einen komplett anderen Menschen und seltsam vertraut aussehen lässt. Auch Leana ist in Weiß gehüllt, der dünne Stoff ihres Kleides gleicht allerdings eher einem Schleier und verdeckt kaum etwas.

Bevor ich aufstehen kann, hat Maverick sich schon an Leana gewandt. »Bitte«, sagt er und ich habe seine Stimme noch nie so flehentlich, so … nackt erlebt. Da ist kein Unterton, kein versteckter Sarkasmus, nur Verletzlichkeit. »Bitte trenn den Faden nicht. Ich tue alles, was du willst. Alles.«

Nickend stehe ich ebenfalls auf, greife nach seiner Hand und sehe Leana an. »Bitte.«

Bis zu diesem Zeitpunkt wusste ich nicht, dass man gleichzeitig vor Glück und Trauer weinen kann, und trotzdem tue ich jetzt genau das. Glück, weil ihm die Sache zwischen uns genauso viel zu bedeuten scheint. Trauer, weil all unsere Mühen vergebens sein werden.

Denn der Ausdruck in Leanas Gesicht ist endgültig. Sie setzt dazu an, etwas zu sagen, doch Maverick lässt sie gar nicht zu Wort kommen.

»Ich mein's ernst«, beteuert er und auch in seinen Augen schimmern die Tränen. Der Anblick bringt mein Herz dazu, sich schmerzhaft zusammenzuziehen. Seine Finger schließen sich fester um meine. »Bitte tu das nicht. Tu uns das nicht an. Nicht nach allem, was –«

»Ich habe keine Wahl«, unterbricht Leana ihn. Sie sieht zwischen uns hin und her, diesmal mit einem traurigen Lächeln, das sogar ziemlich ehrlich wirkt. »Es geht nicht anders. Es tut mir leid.«

Über meine Lippen dringt ein Wimmern. Nur einen Herzschlag später hält Maverick mich in den Armen. Sein Zartbitterschokoladenduft lullt mich ein und flüstert mir scheinheilig ins Ohr, dass es okay ist. Aber das ist es nicht. Nichts an dieser Sache hier ist okay. Der Liebesfaden ist ein Teil von mir. Maverick ist ein Teil von mir. Es ist unfair, ihn mir zu nehmen.

Ich lehne meinen Kopf gegen seine Brust, höre seinen Herzschlag ganz dicht an meinem Ohr.

Unser Liebesfaden wirbelt zwischen uns. Jetzt, da ich mit Maverick und Leana hier bin, kann ich die roten Liebesfäden noch kräftiger wahrnehmen als ohnehin schon. Die an meinen Fingern, die mich mit meiner Familie verbinden, die an Mavericks Fingern, die ihn mit seiner Familie verbinden. Und ganz besonders unseren. Ob Maverick unseren Faden ebenfalls sehen kann?

Leana tut es jedenfalls. Sie wirft uns einen kurzen Blick zu, ehe sie nach unserem Faden greift. Sie braucht keine Schere, um ihn zu lösen. Sie nimmt ihn nur in beide Hände und murmelt irgendetwas. Dann löst er sich auf – und mit ihm stirbt etwas in mir.

Schluchzend vergrabe ich mein Gesicht an Mavericks Brust. Meine Tränen rinnen in den weichen Stoff seiner Toga, während seine Hände mich stützen und seine Lippen meinen Scheitel mit sanften Küssen bedecken, die kaum mehr als ein Hauchen und doch deutlich zu spüren sind. Irgendetwas an dieser Geste treibt mir die Tränen nur noch heftiger in die Augen. Das hier sind wohl die letzten Küsse, die ich jemals von ihm bekommen werde.

Ich weiß nicht, wie viel Zeit vergeht, bevor Leana uns eine Hand auf den Oberarm legt und unsere Geister wieder zurück in unsere Körper gerissen werden. Körper, die nicht mehr durch einen Liebesfaden verbunden sind. Und an denen kein magisches Tattoo mehr prangt, wie mir ein prüfender Blick unter meinen Ring verrät. Ich habe keinen Schicksalsverbundenen mehr.

Ohne Maverick an meiner Seite sinke ich kraftlos nach unten, entgleite dem Griff des Ares-Sohns und ziehe meine Knie an meine Brust. Tränen verschleiern mein Sichtfeld, doch das ist ohnehin egal, denn ich vergrabe das Gesicht in meinen Händen, will nichts sehen. Ich kann mich nicht mehr zusammenreißen, nicht mehr einigermaßen erhobenen Hauptes vor den Olympiern stehen. Es ist einfach zu viel.

»Geh weg von ihr!« Ein Stück neben mir ertönt Mavericks Stimme, im nächsten Moment sitzt er neben mir und schließt mich in seine Arme. Obwohl der Faden verschwunden ist, fühlt sich Maverick immer noch nach zu Hause an. Wenn auch wie ein Zuhause, in das ich nie mehr zurückkehren kann – ein Gedanke, der mein Herz in tausend Fetzen reißt.

»Genug Drama für heute«, ertönt Zayns Stimme von irgendwo über uns. Seine Stimme trieft vor Zynismus. »Können wir uns jetzt alle mal wieder beruhigen?«

»Du –«, setzt Maverick an, sein Körper vibriert neben meinem.

»Dich hat keiner gefragt, Hades-Sohn«, unterbricht Zayn ihn.

Sein abfälliger Tonfall bringt mich dazu, ein wenig von Maverick abzurücken und den Kopf zu heben. »Ihr seid doch alle …«, grolle ich, verstumme aber, als Zayn abwartend die Augenbrauen hebt.

»Für mich sieht das nicht gerade nach Gehorsam aus«, kommentiert der Ares-Sohn und betrachtet uns abschätzig. »Wir sollten uns überlegen, wie wir mit ihr umgehen. Damit die kleine Moiren-Tochter hier ihr Schicksal nicht direkt noch mal in die Hand nehmen will.«

Ich presse die Lippen aufeinander. So ganz unrecht hat er nicht.

Das scheint die Athene-Tochter genauso zu sehen. »Wir sollten sie über Nacht hierbehalten und morgen überprüfen, ob sie bereit ist, ihre Strafe bedingungslos zu akzeptieren. Wir dürfen nicht riskieren, dass sie aus Rache versucht das Schicksal noch einmal auszutricksen.«

Zayn nickt. »Das ist ein guter Plan.«

»Falls sie nicht kooperiert, können wir sie Lethe-Wasser trinken lassen«, schlägt der Poseidon-Sohn vor. »Diesmal natürlich außerhalb des Hades, so führt es zu komplettem Gedächtnisverlust. Wenn sie sich nicht an den Liebesfaden erinnert, kann sie keine Rache üben.«

»Und bis morgen früh bewache ich auf der Götter-Ebene die Liebesfäden der beiden. Dann kann sie auch über Nacht nichts anstellen«, fügt Leana hinzu.

Die anderen Olympier nicken, einige kräftig, andere verhaltener.

»In Ordnung«, sagt Zayn und wendet sich an mich. »Du bleibst heute Nacht in einer Zelle im Olymp. Am Vormittag prüfen wir mithilfe einer Aletheia-Tochter, ob du deine Strafe akzeptierst. Solltest du dagegen aufbegehren, wirst du zur weiteren Strafe Wasser aus der Lethe trinken müssen. Hast du das verstanden?«

Ich zwinge mich zu einem Nicken.

»Gut.« Sein Blick wandert zu meiner Familie. »Ich will ja nicht so sein – verabschiedet euch kurz von ihr, bevor wir sie wegbringen.«

Das lassen sie sich nicht zweimal sagen. Gemeinsam kommen sie zu mir in die Mitte des Versammlungssaals. Declan eingeschlossen, der den Ares-Sohn mit böser Miene zur Seite schiebt. Wie in Trance bekomme ich mit, wie Juniper und Sage mich hoch und in ihre Arme ziehen. Sie murmeln beruhigende Worte und streichen mir über den Rücken, was mich dazu bringt, nur umso stärker zu weinen. Sie behaupten, dass der Schmerz irgendwann vergehen wird, mein Herz kann ihnen jedoch einfach nicht glauben.

Nach ihnen umarmt mich Mum so fest, dass ich das Gefühl habe, noch schwieriger Luft zu bekommen als sowieso schon. Kein Wort kommt über ihre Lippen. Vermutlich ist sie einfach froh, dass ich am Leben bin. Als Nächstes schließen sich Großtante Hollys Arme um mich. Ausnahmsweise verzichtet auch sie darauf, irgendetwas zu sagen.

Declan umarmt mich als Letztes. Haltgebend schlingen sich seine Arme um meinen Körper, während er mir mit den Händen über mein Haar fährt. Er senkt seinen Mund an mein Ohr. »Alles wird gut«, murmelt er, aber seine Worte gehen beinahe in meinem Schluchzen unter. »Versprochen.«

Ha. Als ob.

ZWEIUNDDREISSIG

Meine Zelle ist ein goldener Käfig. Ich weiß nicht genau, was ich erwartet habe. Eine feuchtdunkle, graue Zelle wie bei *Game of Thrones*? Ein schlichtes, schmuckloses Zimmer wie das einer in die Jahre gekommenen Jugendherberge? Jedenfalls nicht das Gemach, in das ich von der Athene-Tochter geführt werde. Wären da keine Gitterstäbe, die den Raum längs vom Gang abgrenzen, würde nichts darauf hinweisen, dass es sich um eine Gefängniszelle handelt. Doch das wird mir spätestens klar, als ich auf der anderen Seite der Stäbe stehe – oder eher dahinter zusammensinke.

Niemand scheint es für nötig zu halten, mich zu bewachen. Die Athene-Tochter weist mich knapp darauf hin, dass ich am Vormittag zur nächsten Anhörung abgeholt werde, bevor sie mir mein Handy wegnimmt und mich allein lässt.

Mit noch immer verschwommenem Sichtfeld sehe ich für einen Moment in den leeren Gang. All die Stuckleisten und Ornamente an Decken und Wänden sind viel zu edel, um angemessen zu sein. Aber na ja, nobel geht die Welt zugrunde. Oder in meinem Fall die Moiren-Tochter.

Leise schnaubend drehe ich mich zum Zimmer um, ohne aufzustehen. Zwar ist der Raum so gut wie leer, doch trotzdem wirkt auch er edel. Das Bett an der Wand sieht hochwertiger aus als mein eigenes. Gegenüber davon steht ein gepolsterter Stuhl, daneben führt eine leicht geöffnete Tür in einen weiteren Raum. Durch den Spalt meine ich Fliesen an den Wänden zu sehen – vermutlich ein Badezimmer.

Ich mache mir nicht die Mühe, mich zum Bett zu schleppen, sondern lehne mich mit dem Rücken gegen die Metallstäbe. Mit den Händen reibe ich mir übers Gesicht, um die Tränenspuren von meinen Wangen zu wischen – eine Geste, bei der mein Blick unwillkürlich auf meine Schicksalsfäden fällt. Ich senke die Hände in meinen Schoß und betrachte all die Schnüre daran. Unweigerlich sehe ich zu meinem kleinen Finger und ziehe den Ring davon ab. Bis vor wenigen Minuten ist dort noch der Liebesfaden zwischen Maverick und mir sichtbar gewesen, ebenso wie das Mal der Schicksalsverbundenen. Jetzt ist nichts mehr von beidem zu sehen. Allein das genügt, um mir die Tränen wieder in die Augen steigen zu lassen. Schluchzend lasse ich den Ring fallen und vergrabe das Gesicht an meinen Knien.

»Willow.«

Mein Name ist kaum mehr als ein leises Zischen. Erschrocken fahre ich zusammen. Ich springe auf die Füße und drehe mich zum Gang um, in der Vermutung, dass ich zu geistesabwesend war, um zu bemerken, wie jemand hereinkommt. Doch da ist niemand. Die Tür ein Stück links von meiner Zelle ist geschlossen und der Gang selbst liegt verlassen da. In den Zellen neben meiner ist ebenfalls keiner, das konnte ich sehen, als ich hierhergeschleppt wurde. Ich runzele die Stirn. Werde ich jetzt vollkommen verrückt?

»Ich bin's«, ertönt die gleiche Stimme wie gerade, diesmal etwas lauter und wesentlich ruhiger. Sofort wundert es mich, sie nicht gerade schon erkannt zu haben.

»Maverick?«

Beim nächsten Wimpernschlag bestätigt sich meine Vermutung. Maverick steht direkt vor den Gitterstäben, die Hadeskappe in der noch gehobenen Hand. Er lässt seinen Arm sinken und lächelt mich an. »Hey.«

Mein Herz hämmert wild in meiner Brust, während über meine Lippen kein einziges Wort kommt. Er ist wirklich hier. In meinem Bauch beginnt es zu kribbeln, als hätte mein Körper noch nicht ganz realisiert, dass uns kein Liebesfaden mehr verbindet. In mir tobt ein Echo der Gefühle, die es nicht mehr geben dürfte. Nicht ohne Liebesfaden.

»Was«, setze ich an, aber meine Stimme ist bloß ein Kratzen. Ich räuspere mich. »Was machst du hier?«

»Ich wollte nicht, dass du hier allein sein musst«, sagt er, als wäre es das Selbstverständlichste der Welt.

Ich zwinge mich, mich auf den fehlenden Liebesfaden zwischen uns zu konzentrieren, um meinem Körper zu verstehen zu geben, was Sache ist. Er darf auf Mavericks Worte nicht mit einem wohligen Gefühl reagieren. Doch das interessiert ihn nicht. Mein Körper ist eindeutig ein Spätchecker. Na klasse.

Schluckend sehe ich wieder zu Maverick. »Danke, das ist … lieb von dir«, bringe ich hervor. Wie von selbst heben sich meine Mundwinkel. »Wie hast du es hergeschafft?«

Er grinst. »Ich hatte ein wenig Hilfe von Declan. Er scheint uns ins Herz geschlossen zu haben.«

Nicht nur er – auch ich habe jemanden ins Herz geschlossen. Zwar nicht uns beide, aber Maverick. Und irgendwie die Vorstellung von einem *Wir*. Ich schiebe den Gedanken mit einem ärgerlichen Kopfschütteln beiseite, was Maverick misszuverstehen scheint.

»Ist alles in Ordnung? Also den Umständen entsprechend?«, fragt er und mustert mich. »Ich kann wieder gehen, wenn du lieber allein sein möchtest. Das ist kein Problem.«

»Nein!«, rufe ich aus. »Das ist es nicht. Bitte bleib.«

Nickend fährt er sich mit der Zunge über die Lippen. »Was ist es dann?«

Ich zucke mit den Schultern. »Ich weiß auch nicht«, sage ich. »Irgendwie schwanke ich zwischen ›Das ist doch unmöglich gerade alles wirklich passiert‹ und ›Ich hab das Gefühl, dass ein Teil von mir fehlt‹.«

Mit einem Seufzen lässt sich Maverick auf den Boden sinken und lehnt seinen Rücken gegen die Beine eines Stuhls, der dort im Gang steht, wo meine Zelle endet. Ich setze mich neben ihn, nur auf der anderen Seite des Gitters. Heute haben wir beide eindeutig genug gestanden.

»Ich weiß, was du meinst«, sagt Maverick und dreht den Kopf zur Seite, um mich ansehen zu können. Sein Haar sieht noch wüster aus als sonst. »Es fühlt sich einfach nicht an, als wäre es vorbei.«

Ich nicke und presse die Lippen aufeinander. Er hat recht – es fühlt sich eher so an, als wären wir nach wie vor mittendrin.

»Die ganze Zeit über habe ich versucht mir einzureden, dass ich nichts für dich empfinden darf. Aber ich habe es doch getan. Und jetzt?« Er zupft am Kragen seines Hemdes und seufzt. »Jetzt dürfte ich rein logisch nichts mehr für dich empfinden. Und ich tue es trotzdem noch ... irgendwie.«

Bei seinen Worten breitet sich eine angenehme Wärme in meiner Brust aus. Wären da nicht all die miesen Umstände, müsste ich mich vermutlich zwingen nicht dümmlich zu grinsen. So jedoch zucken meine Mundwinkel, als könnte sich mein Körper nicht entscheiden, ob er lachen oder weinen soll. Na, da sind wir ja schon zu zweit.

»Mir geht es genauso«, gestehe ich. »Vermutlich müssen unsere Körper noch realisieren, dass jetzt alles vorbei ist.«

Maverick nickt nachdenklich. »Wir sollten ihnen Zeit geben. Die letzten Wochen waren hart genug.«

Ich gebe ein zustimmendes Brummen von mir und lehne meinen Hinterkopf gegen die Wand.

Eine Weile lang sagt keiner von uns ein Wort, während wir unseren Gedanken nachhängen. Seit ich unsere Schicksale miteinander verflochten habe, haben wir echt einiges durchgemacht – eine reinste Achterbahn der Gefühle, in der Maverick fast ausnahmslos an meiner Seite gewesen ist. Und auch jetzt ist er das noch, obwohl er es längst nicht mehr müsste.

»Ich muss mich noch bei dir entschuldigen«, murmelt er irgendwann.

»Wofür?«, frage ich und runzele irritiert die Stirn. »Wenn sich hier jemand entschuldigen müsste, dann bin das jawohl ich. Immerhin habe ich uns dieses ganze Schlamassel eingebrockt.«

»Ich würde es nicht als Schlamassel bezeichnen. Es hatte eindeutig auch seine guten Seiten.« Er schmunzelt und steckt seine Hand zwischen zwei Stäbe, um mir einen Knuff zu geben.

Ehe ich darüber nachdenken kann, breitet sich ein Lächeln auf meinen Lippen aus. »Das stimmt.«

Statt seine Hand wieder wegzuziehen, greift er nach meiner. Für einen

Moment sieht er auf unsere ineinander verschlungenen Finger. »Jetzt mal ehrlich ... es tut mir leid, dass ich damals Leah geküsst habe. Das war scheiße. Und wie gesagt: Es hat mir nichts bedeutet.«

Nickend beiße ich mir auf die Unterlippe. »Warum hast du das gemacht?«

»Ganz ehrlich? Damit du mich wieder hasst.« Er zuckt mit den Schultern, als wäre ihm selbst klar, wie wenig Sinn das ergibt. »Das, was sich zwischen uns entwickelt hat, ... hat mir Angst gemacht.«

Er lächelt scheu und bleibt einen Moment still, bevor er weiterspricht.

»Ich wollte, dass das mit uns wieder so unkompliziert wird wie am Anfang. Als wir uns noch nicht leiden konnten. Das war so einfach, irgendwie. Doch es ging nicht – ich konnte dich nicht mehr *nicht* mögen. Also musste ich dir einen Grund geben, wütend auf mich zu sein.«

Freudlos lache ich auf. »Für kurze Zeit hat das funktioniert.«

Er presst die Lippen aufeinander, während Reue seine Augen flutet und die hellen Sprenkel darin dunkler werden lässt.

»Mir hat das auch Angst gemacht, diese Sache zwischen uns«, gebe ich zu und sehe auf unsere Hände. Kein Liebesfaden, kein Schicksalsverbundenen-Tattoo. Wir haben uns ja genau den richtigen Zeitpunkt ausgesucht, um uns unsere Gefühle – oder eher gesagt ihr Echo – einzugestehen. Ich seufze und schaue wieder hoch. »Aber jetzt hat sich das ja eh erledigt.«

»Ich bereue es, nach unserem ersten Kuss abgehauen zu sein«, raunt Maverick. »Ich bereue es, dich nicht an jedem Tag geküsst zu haben, an dem ich die Möglichkeit dazu hatte.«

Allein der Gedanke daran lässt meine Lippen prickeln. Ich zwinge mich das Gefühl zu ignorieren. Es macht alles nur noch schwerer, als es ohnehin schon ist.

»Es tat zwar weh, aber ich verstehe, warum du gegangen bist«, sage ich. »Du hast nun mal deine Prinzipien. Wenn du ... uns zugelassen hättest, hättest du gegen sie verstoßen. Du hättest genau das gemacht, was das Schicksal von dir will.«

»Du bist mir wichtiger als diese dummen Prinzipien.«

Wie von selbst breitet sich auf meinen Lippen ein Lächeln aus, zusammen mit der mittlerweile vertrauten Wärme in meiner Brust.

»Tut mir leid, dass ich deine Chance auf Freiheit vertan habe. Auf ein selbstbestimmtes Schicksal.«

Sofort schüttelt er mit dem Kopf. »Das ist jetzt erst mal egal.«

Ich presse die Lippen aufeinander. »Aber –«

»Nichts aber«, unterbricht er mich. »Wichtig ist gerade nur, dass es dir gut geht. Um den Rest können wir uns später kümmern.«

Ich beiße mir auf die Unterlippe. »Danke, dass du hergekommen bist. Also nicht bloß hierher, sondern überhaupt zum Olymp.«

»Na klar.« Er lächelt.

»Was hat Declan eigentlich hier gewollt?«, frage ich. »Nach der Prüfung habe ich ihn echt nicht erwartet.«

»Frag mich nicht. Nachdem der Hermes-Sohn mit dir verschwunden ist, stand Declan plötzlich neben mir. Er scheint das alles mitbekommen zu haben, denn als ich ihn angeschrien habe, hat er mich direkt zu einem weiteren Hermes-Sohn gebracht und darauf bestanden, mich zu begleiten. Erst zu deiner Familie, und als wir ihnen alles erklärt haben, zum Olymp.« Maverick zuckt mit den Schultern. »Vielleicht hat er gehofft, was Spannendes zu erleben?«

Ich lache auf. »Wahrscheinlich.«

»Nee, mal ehrlich: Ich hab das Gefühl, Declan ist von Anfang an enger in diese ganze Sache verwickelt gewesen, als wir selbst geglaubt haben. Vielleicht hat uns der Orakelspruch nicht durch Zufall ausgerechnet zu ihm geführt.«

»›Der Spross der Liebe‹«, rezitiere ich und stoße ein Seufzen aus, als ich innerlich den Rest des Orakelspruchs wiederhole. »Irgendwie ist das alles ja doch in Erfüllung gegangen, auch wenn die letzte Passage noch immer ein wenig kryptisch ist.«

Nickend fährt er mit dem Daumen über meinen Handrücken.

»Meinst du, wir hätten überhaupt etwas ändern können? Daran, wie alles gelaufen ist?«

»Ich weiß es nicht.« Er seufzt. »Vielleicht waren wir genauso blind wie die Helden, über die wir gelacht haben.«

»Ich kann nicht glauben, dass das alles bald vorbei sein soll.«

Maverick mustert mich, ohne ein Wort zu sagen. Ich kann sehen, wie es hinter seiner Stirn arbeitet. »Du solltest kooperieren«, murmelt er nach einer Weile und lächelt traurig. »Dann bleiben dir wenigstens die Erinnerungen an … uns.«

Ich beiße mir auf die Unterlippe und bleibe still. In der Hoffnung, dass er mich versteht, drücke ich Mavericks Finger mit meinen. Er drückt zurück.

Vielleicht ist das Schicksal doch gar nicht so mies. Immerhin hat es uns zusammengebracht, auf seine ganz eigene seltsame Art und Weise – durch einen Zufall zwar, aber wer sagt, dass das nicht auch Schicksal gewesen ist?

DREIUNDDREISSIG

Maverick ist fast die ganze Nacht geblieben. Irgendwann bin ich mit dem Kopf gegen die Stäbe gelehnt eingeschlafen und von ihm geweckt worden, weil er sich um seinen Bruder kümmern musste und nicht ohne Verabschiedung verschwinden wollte. Er hat mir versprochen so schnell wie möglich wieder bei mir zu sein.

Dieses Versprechen hält er. Als ich am nächsten Vormittag von Olivia in den Versammlungssaal des Olymps gebracht werde, wird mein Blick wie magnetisch von Mavericks angezogen. Da ist er, in einem schwarzen T-Shirt und mit funkelnden Augen, sobald wir uns ansehen.

Ein Lächeln schleicht sich auf meine Lippen. Maverick erwidert es und hebt leicht die Hand, um mir zu winken. Dabei fällt mir etwas ins Auge, das mich stocken lässt. An seinem kleinen Finger ist ein Schicksalsverbundenen-Tattoo. Und direkt darüber ein leuchtend roter Liebesfaden. Im ersten Moment denke ich, sein Schicksal wurde über Nacht mit dem einer Persephone-Tochter verbunden, und mein Herz beginnt polternd zu protestieren. Aber der Liebesfaden führt zu keiner Persephone-Tochter. Er führt zu mir – und an meinem kleinen Finger prangt ebenfalls das Tattoo.

Blinzelnd will ich das Ganze genauer betrachten, doch da hat Maverick seine Hand schon wieder sinken lassen, wodurch ich seinen kleinen Finger nicht mehr sehen kann. Der Liebesfaden bleibt jedoch.

Unsinn. Verärgert über mich selbst schüttele ich den Kopf. Das ist unmöglich. Vermutlich ist es wie mit dem Phänomen, seine eigene Nasenspitze im

Alltag nicht sehen zu können, nur andersherum. Ich habe mich in den letzten Wochen einfach so sehr an den Faden und das Tattoo gewöhnt, dass ich beides jetzt wie selbstverständlich immer noch wahrnehme. Ich hätte letzte Nacht eindeutig ein wenig mehr schlafen sollen.

Entschlossen schiebe ich den Gedanken an den Liebesfaden beiseite und konzentriere mich stattdessen auf meine Familie und Declan. Heute hat irgendjemand Erbarmen mit ihnen gehabt und ihnen steinerne Hocker hingestellt. Mit einem optimistischen Lächeln auf ihren Lippen sitzen sie jetzt neben Maverick an der Wand. Meine Schwestern und Mum winken mir kurz zu, während Declan mir wieder auf diese bedeutungsschwangere Weise zuzwinkert, mit der ich nichts anzufangen weiß.

Großtante Holly hebt ähnlich mysteriös die Brauen, doch bei ihr bin ich mir ziemlich sicher, was sie damit meint. Die Art, wie ihr Blick zwischen Maverick und mir hin- und hergleitet, ist eindeutig. Sie hat den Liebesfaden ebenfalls entdeckt.

Ich habe allerdings nicht die Möglichkeit, mir weiter den Kopf darüber zu zerbrechen. Nachdem Olivia mich an der Aletheia-Tochter vorbei mitten in den Raum geschoben und sich wieder zurückgezogen hat, sieht Zayn mich an.

»Hallo, Moiren-Tochter«, begrüßt er mich. »Gut geschlafen?«

Seine Frage ist eindeutig rhetorisch und ich mache mir nicht die Mühe, darauf zu antworten.

»Du erinnerst dich, warum wir hier sind?«

Ich nicke stumm, spüre die forschenden Blicke einiger Olympier auf mir. Nur allzu gern würde ich in ihre Köpfe schauen und herausfinden, was sie von mir erwarten. Dass ich mich ihrer Strafe ohne Widerworte stelle? Dass ich einen Aufstand mache?

Jedenfalls erweckt keiner von ihnen den Anschein, ein Fan von mir zu sein. Bei Yvette, der Demeter-Tochter und der Artemis-Tochter scheint die kurze Sympathie mir gegenüber, die bei den dreien gestern aufgeflammt ist, bereits wieder erloschen zu sein. Sie sehen mich zwar nicht ganz so finster wie die anderen an, scheinen allerdings nicht vorzuhaben ein weiteres Mal für mich in die Bresche zu springen. Wäre ja auch zu schön gewesen.

Leana hingegen schaut gar nicht erst zu mir, sondern direkt über meinen Kopf hinweg zu Declan. Sie hat meine Anwesenheit wohl gar nicht registriert. Na großartig. Also bin ich heute auf mich allein gestellt.

»Lasst uns direkt zur Sache kommen.« Zayn lächelt emotionslos und nickt der Aletheia-Tochter hinter mir zu, wie um sie auf ihren Einsatz hinzuweisen. »Also, Willow, wirst du bedingungslos dein vorbestimmtes Schicksal akzeptieren, insbesondere die Trennung des Liebesfadens zwischen dir und dem Hades-Sohn?«

Ich unterdrücke ein Schnauben und betrachte den Liebesfaden zwischen Maverick und mir. Er ist keine Einbildung. Er ist wirklich da – wie auch immer das möglich ist. Ich schaue zu Leana, die mich erwartungsvoll mustert. Falls sie vom Faden weiß, lässt sie sich das nicht anmerken. Soweit ich weiß, sieht sie ihn nur, solange sich ihr Geist auf der Götter-Ebene befindet. Mein Blick wandert zu meiner Familie. Großtante Holly nickt leicht und lächelt verschwörerisch, während Mum, Juniper und Sage mich bittend ansehen. Genau wie Maverick.

Wenn ich jetzt einfach nicke – und es auch so meine –, ist der ganze Stress vorbei. Schnee von gestern. Als hätte es ihn gar nicht gegeben. Als wäre zwischen Maverick und mir nie etwas passiert.

Einfach nur den Kopf ein-, zweimal heben und wieder senken, vielleicht noch ein knappes Ja für die Aletheia-Tochter murmeln. Ganz einfach.

Alle erwarten von mir, dass ich nicke. Das weiß ich.

Aber ich habe lang genug getan, was andere von mir erwarten. Ich habe mich meiner Bestimmung gefügt und mich irgendwie damit arrangieren müssen, ständig Schicksale zu spinnen. Ich habe vor lauter Schicksalsfäden meine eigenen kaum noch gesehen. Zumindest bis zu meinem Fehler – der sich irgendwie nicht mehr wie ein solcher anfühlt.

Egal, ob mein Patzer Zufall gewesen ist oder doch mehr. Er hat mir die Augen geöffnet und mir gezeigt, dass ich glücklich sein kann. Ich muss den Mut haben, mein Schicksal selbst in die Hand zu nehmen. Im wahrsten Sinne des Wortes.

Ich kann meine Taten nicht rückgängig machen. Möchte ich auch gar nicht. Ich will dieses Glück, diese Selbstbestimmung nicht einfach kampflos aufgeben.

Selbst wenn kein neuer Faden zwischen Maverick und mir tanzen würde und er nicht wie aus dem Nichts wieder aufgetaucht wäre. Selbst dann würde ich es noch mal tun. Würde meinen sogenannten Fehler erneut begehen. Würde mein Schicksal mit seinem verbinden. Sooft es eben nötig ist. Egal, was mir der Olymp androht.

Und genau deshalb kann ich jetzt nicht einfach nicken. Ich kann Zayns Frage nicht ehrlich mit einem Ja beantworten.

Ich presse die Lippen aufeinander. »Ich kann nicht.«

Es ist, als hätte ich einen Stein auf ein Bienennest geworfen. Surrend und wütend geht das Gemurmel los. Mit einem Mal reden alle durcheinander, raunen, schnauben und schütteln ungläubig mit dem Kopf.

»Das meint sie nicht so!«, kommt ein Ruf von links. Maverick.

Ich erlaube mir nicht, ihn anzusehen. Dennoch steigen mir die Tränen in die Augen.

»Doch«, widerspricht die Aletheia-Tochter hinter mir. »Das hat sie so gemeint. Sie wird ihre Bestimmung nicht akzeptieren.«

Zayn hebt die Augenbrauen. »Du weißt, was das bedeutet?«

Ich nicke und versuche mir nicht anmerken zu lassen, was für eine Heidenangst mir die Vorstellung macht, außerhalb des Hades Lethe-Wasser trinken zu müssen. Denn das tut sie. Meine Knie zittern und ich muss meinen Körper zwingen aufrecht stehen zu bleiben. Was, wenn ich mich nicht mal mehr an Mum erinnern werde? An Juniper und Sage?

Neben Zayn fährt sich der Poseidon-Sohn mit der Hand über seinen Bart. »Dann wirst du also Wasser aus der Lethe –«

»Ich glaube, ihr vergesst da etwas.« Declan hebt die Mundwinkel und das Kinn, als sich alle Köpfe in seine Richtung drehen. Alles an ihm schreit danach, dass er es würdig ist, hier zwischen den Olympiern zu stehen.

Zayn stöhnt genervt. »Und ich glaube, niemand hier hat dich nach deiner Meinung gefragt.«

»Genau das ist euer Fehler.« Großtante Holly schüttelt entrüstet den Kopf.

Auch sie stört sich nicht im Geringsten an all der Aufmerksamkeit, die jetzt auf ihr liegt.

Declans Grinsen wird noch ein wenig breiter. »Nur zu, gebt ihr Lethe-Wasser. Dann werdet ihr eben in ein paar Tagen oder Wochen merken, dass das nichts gebracht hat.«

»Wieso nicht?« Zayn presst die Lippen aufeinander.

»Ihr ignoriert das Offensichtliche.« Declan schaut zwischen Maverick und mir hin und her. »Seht euch die beiden doch mal an. Bald werden wir noch mal hier sitzen und ihr über das gleiche Thema diskutieren.«

Maverick und ich tauschen einen Blick. Er wirkt nicht weniger verwirrt, als ich es bin.

Der Poseidon-Sohn legt die Stirn in Falten. »Was meinst du damit?«

»Es wird wieder passieren.«

»Kannst du auch etwas anderes, als in Rätseln zu sprechen, Eros-Sohn?«

»Sicher. Jetzt, wo ich eure Aufmerksamkeit habe, kann ich euch sogar ganz genau sagen, was ich meine.« Declans Grinsen wird so breit, dass er die Zähne offenbart. Wie ein Raubtier, das nur darauf gewartet hat, seinem Feind die Waffen zu präsentieren. »Willow und Maverick werden sich wieder ineinander verlieben. Und wieder und wieder und so wie ich das sehe, könnt ihr nichts dagegen tun.«

»Du sprichst immer noch in Rätseln«, sagt Zayn.

»Jetzt sei doch mal ein bisschen geduldiger.« Declan steht auf und kommt zu mir in die Mitte des Halbkreises, den die Olympier bilden. Einfach so, ohne Aufforderung, und trotzdem protestiert niemand. Kein Wunder. Wenn sie alle nur halb so gespannt sind wie ich, werden sie ihn nicht am Weiterreden hindern. Instinktiv trete ich ein wenig zurück, um nicht mehr in der Mitte zu stehen, als Declan wieder das Wort ergreift. »Ich erzähle euch mal meine Version der letzten Wochen. Ich bin mir sicher, das wird ein ganzes anderes Licht auf die Dinge werfen.«

Der Ares-Sohn murmelt irgendetwas darüber, dass man den eingebildeten Schnöseln von Eros-Söhnen dringend Manieren beibringen müsse. Wenn man mich fragt, ist er derjenige, dem ein paar Höflichkeitsfloskeln guttun würden.

Der Ares-Sohn schnaubt. »Nichts, das du zu sagen hättest, könnte mich umstimmen.«

»Mich auch nicht«, grummelt der Hephaistos-Sohn. Er sieht alles andere als begeistert darüber aus, dass sich das hier schon wieder in die Länge ziehen könnte.

»Dann habt ihr ja nichts zu verlieren.« Declan zuckt selbstsicher mit den Schultern.

Zayn seufzt. »Na gut. Aber halt dich kurz, bevor ich es mir anders überlege.«

»Ich denke, ich muss euch nicht mehr erzählen, wie Willow und Maverick zu mir gekommen sind, um mich um Hilfe zu bitten. Mir war langweilig und die beiden gaben ein gutes Unterhaltungsprogramm ab, also habe ich eingewilligt. Ich habe ihnen mein Wort gegeben, den Liebesfaden zwischen ihnen zu trennen, wenn sie erfolgreich die Prüfungen absolvieren, die ich ihnen stelle. Also ohne draufzugehen oder gegen die Bedingungen der Prüfung zu verstoßen.«

»Das wissen wir schon längst.« Zayns Lippen verziehen sich zu einem freudlosen Grinsen. »Bis jetzt bist du ziemlich langweilig, Eros-Sohn.«

Ich starre Declan an und versuche zu begreifen, was hier vor sich geht. Was könnte die Sache zwischen Maverick und mir so verändern, dass die Olympier anders darüber entscheiden könnten?

»Nun ja.« Declan zuckt mit den Schultern und grinst verschmitzt. »Ich habe die beiden angelogen.«

Was?

Mavericks Blick trifft auf meinen. Er legt die Stirn in Falten. So wie es aussieht, hat er ebenfalls keine Ahnung, wovon Declan da spricht.

»Ich habe den Faden von Anfang an neutralisiert. Noch bevor sie mit den Prüfungen begonnen haben.«

Vierunddreißig

Mit einem Mal rauscht das Blut laut in meinen Ohren. Declan hat was? Mein Blick liegt nach wie vor auf Maverick, der ebenso vor den Kopf gestoßen wirkt, wie ich mich fühle.

Declan muss sich einen schlechten Scherz erlauben. Das kann doch gar nicht wahr sein. Wie sollen wir denn Gefühle füreinander entwickelt haben, wenn der Faden die ganze Zeit über gar keine Wirkung auf uns gehabt hat?

Diese Frage scheint hier alle zu beschäftigen. Abgesehen vom Rauschen in meinen Ohren ist es plötzlich mucksmäuschenstill, während alle zwischen Declan, Maverick und mir hin- und herschauen. Wir sind ein Rätsel, das sie nicht verstehen. Das tun wir ja selbst nicht mal. Ausnahmsweise reißt sogar der Ares-Sohn keine Witze.

Nacheinander betrachte ich die Olympier, wobei sich mein Blick mit Leanas verhakt. Ihr Gesicht strahlt mal wieder diese typische Erhabenheit aus, die sie sonst auch so gerne an den Tag legt. Ich habe keine Ahnung, ob sie in die Sache eingeweiht ist, doch irgendetwas in ihren Augen lässt mich vermuten, dass sie mehr weiß, als sie zugibt. Das würde zumindest erklären, warum sie so penetrant zu Declan gestarrt hat, als ich hereingekommen bin.

»Der Faden war also wirkungslos«, erklärt Declan, als wäre das nicht offensichtlich. »Aber Willow und Maverick haben trotz–«

»Das kann nicht sein«, fällt Maverick ihm ins Wort. »Ich … ich habe mich in Willow ver–«

»Dich hat niemand gefragt, Hades-Sohn«, unterbricht Zayn ihn. »Sei still!«

Während alle anderen wieder zu Declan sehen, starre ich weiter Maverick an. Ich bin mir sicher, was er sagen wollte. Weiß es einfach – tief in meinem Herzen.

Er hat sich in mich verliebt. Genau wie ich mich in ihn. Mein Herz schlägt wild in meiner Brust.

Ich zwinge mich, mich auf Declan zu konzentrieren, der unbeirrt weitergeredet hat.

»... neugierig, was passieren würde. Und nun ja – dass die beiden sich trotzdem geliebt haben, hat man, denke ich, selbst ohne Eros-Kräfte gesehen.«

»Das stimmt nicht ganz«, ertönt eine kehlig-warme Stimme, die mir allzu vertraut ist. Großtante Holly. Ihre Lippen verziehen sich zu einem Lächeln. »Sie *haben* sich nicht nur geliebt. Sie tun es immer noch.«

Energisch schüttelt Zayn den Kopf. »Das ist unmöglich.«

Das ist das erste Mal, dass ich ihm zustimme – und selbst das nur halb. Während mein Verstand nämlich heftig nickt, weiß mein Herz, wie falsch der mächtigste Zeus-Sohn mit seiner Behauptung liegt.

Das scheint Leana ähnlich zu sehen. »Die beiden sind der Beweis dafür, dass es das nicht ist.«

»Ich habe einen solchen Faden nicht zum ersten Mal neutralisiert. Jedes Mal hat es funktioniert. Nur bei den beiden nicht«, sagt Declan. »Sie haben sich trotzdem ineinander verliebt. Und selbst nachdem Leana ihren Faden durchtrennt hat, lieben sie sich noch immer.«

»Und ihr Liebesfaden ist zurückgekehrt«, fügt Großtante Holly hinzu.

Aufgeregtes Getuschel erhebt sich im ganzen Saal. Die verschiedenen Stimmen verschlucken sich gegenseitig und machen es schwer, einzelne Sätze hinauszuhören.

»Ihr Schicksal ist stärker als unsere Regeln«, murmelt die Hera-Tochter.

Das bringt den Ares-Sohn zum Schnauben. Der Hephaistos-Sohn tut es ihm gleich, während Zayn mit den Kiefern malmt.

Nachdem die Stimmen wieder abgeflacht sind, wendet sich die mächtigste Nachkommin der Athene an die Aletheia-Tochter, die bis jetzt ihren Posten gehalten hat, ohne mit der Wimper zu zucken. »Stimmt das alles?«

Die nickt. »Es ist die Wahrheit.«

»Wie kann das sein?« Der Hermes-Sohn fährt sich mit der Hand durch sein blondes Haar, ehe er mich anschaut. »Willow, komm bitte noch mal hierher.«

Automatisch setzen sich meine Beine in Bewegung und tun, was er von mir verlangt. Declan sieht mir mit einem Lächeln entgegen. Die Blicke aller Anwesenden liegen jetzt auf mir.

»Liebst du Maverick?«

Ich schlucke. Ich habe immer gedacht, Liebe wäre ein großes, beinahe bedrohliches Wort. Eines mit viel Macht. Eines, das man nicht einfach so dahinsagen kann. Man muss es erklimmen. Muss es sich verdienen. Vielleicht haben Maverick und ich genau das in den letzten Wochen getan – wir haben uns die Liebe verdient. Denn sie mag nach wie vor ein großes Wort sein, aber sie jagt mir keine Angst mehr ein.

Als ich zu Maverick schaue und mein Blick seinen trifft, nicke ich, ohne überhaupt ein zweites Mal darüber nachdenken zu müssen. »Ja«, antworte ich. »Das tue ich.«

Ein, zwei Herzschläge herrscht Stille im Raum. Wahrscheinlich sehen die Olympier die Aletheia-Tochter an, das weiß ich allerdings nicht mit Sicherheit. Ich kann es nur vermuten, weil ich mich nicht von dem Lächeln losreißen kann, das sich auf Mavericks Lippen bildet.

»Sie sagt die Wahrheit.«

Woran ich selbst keinen Zweifel hatte. Ich liebe Maverick – auch wenn ich das vor ein paar Wochen nie geglaubt hätte.

Rechts von mir schüttelt der Hephaistos-Sohn heftig den Kopf. »Das kann doch gar nicht sein. Declan muss einen Fehler gemacht haben.«

Nickend fährt sich der Poseidon-Sohn mit der Hand durch seinen Bart. »Und Leana gestern auch«, sagt er und legt die Stirn in Falten. »Vielleicht verliert der Faden erst langsam seine Wirkung. Deshalb empfindet das Mädchen noch so.«

»Nein.« Sages Stimme hallt laut und bestimmt durch den Versammlungssaal und zieht alle Blicke – einschließlich meinem eigenen – auf sich. Sie zuckt nicht einmal mit der Wimper. »Wenn ein Faden durchtrennt oder neutralisiert wird, hat er sofort keine Wirkung mehr. Nicht einmal ein Echo.«

»Sie hat recht«, sagt die Athene-Tochter.

Auch Leana nickt. »Ihr habt alle das Verschwinden der Schicksalsverbundenen-Tattoos an den Händen der beiden gesehen.«

Unwillkürlich hebe ich meine Hand und mustere meinen kleinen Finger. Da ist das Tattoo wieder, genauso dunkel und kräftig wie am Tag, an dem es entstanden ist.

Während sich unter den Olympiern erneut ein Murmeln erhebt, wandert der Blick des Hermes-Sohns zu Maverick.

»Maverick«, sagt er, laut genug, um alle anderen zum Verstummen zu bringen. »Liebst du Willow?«

Allein die Frage bringt mein Herz dazu, wild in meiner Brust zu pochen. In meinem Magen breitet sich ein nervöses Flattern aus. Wie von selbst sehe ich zurück zu Maverick. Doch dessen Lächeln ist so sanft, dass sich das nervöse Flattern in ein warmes Gefühl wandelt. Noch bevor ein Ton über seine Lippen kommt, weiß ich einfach, wie seine Antwort lauten wird.

»Ja«, erwidert er. »Ich liebe sie.«

Auf meinen Lippen breitet sich ein Grinsen aus.

»Es stimmt. Ihre Gefühle füreinander sind echt, das ist unverkennbar«, bestätigt Leana.

Ach, was sie nicht sagt.

»Das versuche ich euch doch die ganze Zeit zu erklären«, kommentiert Großtante Holly vom Rand aus. Sie wirft die Hände in die Luft, als würde sie langsam die Geduld mit uns allen verlieren. »Der Liebesfaden zwischen Willow und Maverick wurde getrennt und nun ist ein neuer da. Obwohl ihr die Fäden der beiden überwacht habt. Niemand anderes kann dafür gesorgt haben als das Schicksal selbst.«

»Das ist die Wahrheit«, merkt die Aletheia-Tochter an.

»Tja«, sagt Juniper und unterdrückt sichtbar ein Schmunzeln. »Das Schicksal findet seinen Weg anscheinend auch selbst. Ohne von jemandem in seine Bahnen gezwungen zu werden.«

Der Apollon-Sohn schüttelt den Kopf und runzelt die Stirn. »Das würde bedeuten, alles, was wir über die Schicksale immer geglaubt haben, ist falsch.«

»Und niemand muss das Schicksal seines Vorfahren leben«, fügt Yvette, die Hera-Tochter, halblaut hinzu und erntet dafür einen langen Blick der Demeter-Tochter.

Die Hestia-Tochter zieht die Nase kraus. »Und was ist mit dem Gleichgewicht?«

»Genau.« Der Poseidon-Sohn nickt heftig. »Die höhere Macht bestimmt doch, was wir aus unseren Leben machen.«

»Die höhere Macht hat Willow aber auch nicht aufgehalten, als sie unabsichtlich ihr Leben mit Mavericks verwoben hat«, gibt Leana zu bedenken. »Eventuell muss unser Schicksal nicht zwingend das sein, das unsere Vorfahren gelebt haben.«

Zayn hebt die Brauen. »Was willst du damit sagen?«

»Dass es falsch sein könnte, das Schicksal durch die Moiren-Töchter – oder eher durch die höhere Macht – leiten zu lassen.«

»Vielleicht sollten wir das Schicksal den Weg gehen lassen, den es sich selbst bahnt«, fügt Sage vom Rand aus hinzu. »So, wie es das bei Willow und Maverick getan hat.«

Wieder beginnen die Olympier durcheinanderzureden. Ein Wirrwarr aus verschiedensten Stimmen und Emotionen, in dem einzelne Fragmente kaum auszumachen sind. Ein Gefühl dominiert dabei alles: Überforderung. Niemand von ihnen scheint so recht zu wissen, was diese neue Möglichkeit bedeutet. Geschweige denn, wie sie mit ihrer Enthüllung umgehen sollen.

Ausnahmsweise kann ich das den Olympiern nicht einmal übel nehmen. Mich selbst macht der Gedanke daran, keinem vorbestimmten Schicksal mehr folgen zu müssen, irgendwie nervös. Nicht auf die negative Art und Weise, aber ich kann das unruhige Gefühl in meiner Brust nicht abstreiten. Die Vorbestimmtheit ist nun mal etwas, an das wir alle von klein auf glauben – oder eher geglaubt haben.

Zayn schlägt mit der Faust, an dessen Finger ein pompöser Siegelring steckt, auf die Armlehne seines Throns und bringt damit die übrigen Olympier zum Verstummen.

»Jetzt mach mal halblang, Leana«, donnert er. »Du willst doch nicht sagen, dass wir einfach alle machen sollen, worauf wir Lust haben.«

»Nicht worauf wir Lust haben«, korrigiert die Artemis-Tochter und streicht sich eine verirrte Haarsträhne hinters Ohr. »Sondern wohin unser Schicksal uns führt. Nicht das unserer Vorfahren. Unser eigenes.«

Stöhnend legt der Ares-Sohn den Kopf in den Nacken. »Was habt ihr denn in letzter Zeit alle mit euren Grundsatz-Diskussionen?«

Der Hephaistos-Sohn nickt. »Jahrhundertelang wahren wir die Tradition und jetzt wollt ihr innerhalb von zwei Tagen alles umschmeißen?«

»Vielleicht ist es Zeit für einen Neuanfang.« Yvette richtet sich in ihrem Sessel auf.

»Nur weil wir hier zwei Teenager haben, die ein bisschen Chaos verursacht haben?«, fragt der Poseidon-Sohn.

Ich muss mich zwingen, nicht mit den Augen zu rollen. Es ist ja immerhin nicht so, als hätte ich all das aus Spaß gemacht. Aber das scheint hier ohnehin keinen zu interessieren.

»Oder zwei Teenager, die uns einen Blick darauf ermöglichen, wie viel Freiheit wir haben können.« Declans zuckt mit den Schultern. »Das ist Ansichtssache.«

Zayn schnaubt. »Eindeutig Chaos. Und euer dämlicher Vorschlag würde nur für noch mehr Chaos sorgen.«

»Ich würde es keinen Vorschlag nennen, sondern eine Tatsache.« Declans Mundwinkel heben sich. »Wie man sieht, macht das Schicksal ohnehin das, was es will. Warum sollen wir also an irgendwelchen Pseudo-Gesetzmäßigkeiten festhalten, die uns die eigene Freiheit nehmen?«

Zayn knirscht mit den Zähnen, schweigt jedoch.

Die Demeter-Tochter nickt langsam. »Ich finde, das ergibt Sinn. Wir können ja auch nicht gerade behaupten, mit unseren Vorherbestimmungen glücklich zu sein.«

»Ich kann mich nicht beschweren«, behauptet Zayn und entlockt dem Ares-Sohn damit ein hämisches Kichern.

Sein Kommentar lässt Yvette mit den Augen rollen. »Hier geht es aber nicht nur um dich. Sondern um uns alle.«

Leana hebt das Kinn. »Vielleicht war es von Anfang an ein Irrglaube, an unseren Vorherbestimmungen festzuhalten. Etwas, das aus Unwissenheit begonnen hat und mittlerweile zur Normalität geworden ist.«

Ihre Worte bringen einige Olympier zum Nicken.

»Und so eine schwerwiegende Entscheidung sollen wir jetzt treffen?«, wirft der Hephaistos-Sohn ein. »Einfach so?«

»Das habe ich ja gar nicht verlangt«, entgegnet Leana. »Wir sollten über all das nachdenken und in den nächsten Tagen eine Entscheidung treffen.«

»Das sehe ich genauso«, sagt die Athene-Tochter.

Die Artemis-Tochter und der Apollon-Sohn nicken zustimmend.

»Ich auch«, schließt sich der Hermes-Sohn an, ehe er mit einem Lächeln auf den Lippen von Leana zu mir sieht und bedeutungsvoll in meine Richtung nickt. »Wir sollten aber heute eine Entscheidung treffen, was Willow und Maverick angeht. Oder zumindest, wie wir mit den beiden verfahren, bis wir die Grundsatzfrage geklärt haben.«

Mit einem Mal liegen wieder alle Blicke auf mir. Einige Olympier runzeln die Stirn, als hätten sie vergessen, dass ich überhaupt noch hier bin, direkt vor ihnen. Ich unterdrücke ein Schnauben. So viel also dazu.

»Lassen wir die beiden gehen«, schlägt Leana vor und wirft mir ein Lächeln zu.

Ungefähr die Hälfte der Olympier nickt stumm. Ich blinzele irritiert, doch das ändert nichts am Bild, das sich mir bietet. Träume ich gerade oder wollen sie mich wirklich unbestraft gehen lassen?

Die Frage scheint sich Zayn ebenfalls zu stellen. Perplex sieht er in die Runde. »Ist das euer Ernst?«

»Ja.« Yvette nickt. »Die beiden haben genug durchgemacht.«

»Ihre Strafe haben sie ja schon bekommen«, fügt die Artemis-Tochter hinzu. »Dass sie nicht gewirkt hat, ist nicht ihre Schuld.«

Die Demeter-Tochter lächelt mich gütig an. »Und sie haben uns eine wichtige Tür geöffnet.«

»Ganz genau«, wirft Großtante Holly ein. »Lasst sie nach Hause gehen. Sie sind noch Kinder.«

Zayn verschränkt die Arme vor der Brust. »Das ist nicht deine Entscheidung.«

Yvette dreht sich zu ihm um und funkelt ihn böse an. Als sie spricht, ist ihre Stimme ein Grollen. »Aber auch nicht nur deine.«

»Außerdem –«, setzt Leana an, doch der Hephaistos-Sohn fällt ihr ins Wort. »Ernsthaft? Gehen die Diskussionen jetzt schon wieder los?«

»Ist ja schon okay«, murrt Zayn und hebt abwehrend die Hände. »Bestehen irgendwelche Einwände, die beiden gehen zu lassen?«

Ich wage es nicht zu atmen. Geschweige denn, überhaupt etwas zu tun. Ganz still stehe ich da und bete, dass niemand Einspruch erheben wird. Die Hera-Tochter hat recht: Die letzten Stunden sind hart genug gewesen. Ich kann nicht mehr. Ich will einfach nur nach Hause gehen.

Diesmal scheint das Schicksal endlich auf meiner Seite zu sein. Niemand sagt etwas. Nach einigen Momenten der Stille traue ich mich wieder, mich zu bewegen. Unweigerlich heben sich meine Mundwinkel. Ich sehe zu meiner Familie, Declan und Maverick, auf deren Gesichtern sich ebenfalls ein Lächeln ausgebreitet hat.

»Dann entlassen wir euch hiermit, Moiren-Tochter und Hades-Sohn, bis die Gesetzeslage in eurem Fall neu verhandelt ist«, bestimmt Zayn mit einem Seufzen.

»Wie freundlich«, kommentiert Maverick und seine Stimme trieft nur so vor Sarkasmus.

Zayn übergeht ihn einfach und sieht die anderen Olympier an. »Wir machen eine Pause. In einer Stunde geht es weiter.« Er schaut zu mir. »Ihr anderen wisst, wo der Ausgang ist.«

Die Olympier erheben sich. Einige von ihnen werfen mir ein Lächeln zu, andere hingegen lassen mich vollkommen links liegen, während sie den Saal verlassen.

Das war's also? Einfach so? Nicht dass ich mich beschweren möchte, aber –

Ich habe keine Gelegenheit, den Gedanken zu Ende zu führen. Im nächsten Moment werde ich in zwei nur allzu vertraute Arme geschlossen. Mum. Ich schließe für einen Moment die Augen und lasse mich von ihr stützen.

»O Willow, du hast uns einen ganz schönen Schrecken eingejagt«, murmelt sie an mein Haar und zieht mich noch ein wenig enger an sich. »Ich hatte solche Angst um dich.«

Bevor ich etwas erwidern kann, wird sie von Juniper und Sage beiseitegeschoben, damit sie mich stattdessen an sich drücken können.

»Das war ganz schön krass«, sagt Juniper, nachdem meine Schwestern sich wieder von mir gelöst haben. Ihre Stimme überschlägt sich vor Aufregung. Sage nickt lächelnd.

Großtante Holly tätschelt meinen Kopf. »Ich bin stolz auf dich, Kindchen.«

»Ich hab eigentlich gar nichts gemacht.«

»Und ob.« Maverick tritt neben sie und schenkt mir ein warmes Lächeln. In seinen Augen tanzen die hellen Sprenkel. »Du hast ihnen die Augen geöffnet.«

»Genau.« Großtante Holly lächelt verschwörerisch. »Und dir selbst irgendwie auch.«

Womit sie recht hat. Grinsend greife ich nach Mavericks Hand. »Das Schicksal ist doch gar nicht so übel, oder?«

»Vor allem nicht, wenn man es einfach selbst in die Hand nimmt.« Sanft drückt er meine Finger.

»Willow?«

Ich drehe meinen Kopf in Richtung der Stimme.

Mit einem beinahe scheuen Lächeln auf den Lippen tritt Leana an mich heran. »Alles in Ordnung bei dir?«

Ich nicke perplex.

»Entschuldigung, dass ich dich für meine Zwecke benutzt habe. Ich wusste mir nicht anders zu helfen.« Für einen Moment senkt sie den Kopf, ehe sie mich wieder anschaut. »Ich habe euch schon eine ganze Weile beobachtet –«

»Du wusstest es die ganze Zeit?«, fällt Maverick ihr ins Wort und seine Finger schließen sich fester um meine.

»Beinahe von Anfang an. Ich wollte sehen, wie ihr euch schlagt, und ihr habt mich nicht enttäuscht. Ihr habt mir das Gefühl gegeben, wir könnten es gemeinsam schaffen. Also habe ich mit Declan einen Plan geschmiedet. Wir –«

Diesmal bin ich diejenige, die sie unterbricht. »Declan hat dir von uns erzählt? Ganz zu Beginn?«

»Ja, wir –«

Mavericks Hand schließt sich noch fester um meine. »Dieser verfluchte ...«

»Schon seit einer Weile haben wir zusammen nach einem Weg gesucht, uns allen freie Liebe zu ermöglichen. Mit Partnern, die gut für uns sind, statt vom Schicksal gelenkt wieder und wieder unsere Herzen zu brechen.« Sie lächelt, doch irgendwie wirkt es traurig. »Als Nachfahrin einer Liebesgöttin spürt man nicht nur die Liebe aller Menschen sehr intensiv, sondern auch ihren Herzschmerz. Den eigenen ganz besonders.«

»Declan war also wirklich tiefer in all das verwickelt, als wir geahnt haben«, sagt Maverick. »Ihr habt von Anfang an alles geplant.«

»Gehofft trifft es etwas besser. Dass Willow in der Lage war, euren Liebesfaden zu spinnen, musste einfach etwas bedeuten.« Leana sieht zwischen uns hin und her. »Declans letzte Prüfung hat uns bestätigt, dass eure Gefühle füreinander stark genug sind. Wir haben fest damit gerechnet, dass der Faden über Nacht wiederkommen würde. Immerhin hat er seine Kräfte nach der ersten Neutralisation auch erneut entfaltet. Und wir hatten recht. Jetzt müssen nur noch alle Olympier einsehen, was das bedeutet.«

Aus dem Augenwinkel kann ich erkennen, wie Mum energisch einen Schritt auf Leana zu machen möchte, aber Großtante Holly hält sie am Arm zurück.

Leana scheint die Bewegung ebenfalls zu bemerken. »Declan und ich haben es schon vor deiner Verhandlung geschafft, einige andere Olympier auf unsere Seite zu ziehen. Ich hätte nicht zugelassen, dass dir ernsthaft etwas angetan worden wäre, Willow. Das weißt du doch hoffentlich, oder?«

»Ja«, murmele ich, weil ich nicht weiß, was ich sonst sagen soll. In meinem Kopf schwirren so viele Gedanken durcheinander, dass ich nicht mehr weiß, wie ich mich fühlen soll. »Schätze schon.«

»Es tut mir leid.«

Wenn ich nicht so fertig wäre, würde ich ihr vielleicht an den Kopf werfen, dass sie ihr Problem auf mindestens hundert andere Wege hätte angehen können, allesamt ohne das Risiko, mir dabei zu schaden. Aber in letzter Zeit haben für meinen Geschmack eindeutig genug Auseinandersetzungen stattgefunden.

Also nicke ich, während Maverick meine Hand ein weiteres Mal sanft drückt. »Schon okay.«

Declan tritt an Leanas Seite. »Hey, ihr beiden«, begrüßt er uns mit einem Grinsen. »Das war ja mal ganz schön unterhaltsam.«

Maverick schnaubt. »So kann man das natürlich auch nennen.«

»Jetzt sei nicht so negativ.« Declan schmunzelt. »Ich hab immerhin dabei geholfen, eure Ärsche aus der Scheiße zu ziehen. Übrigens, ihr habt doch nicht ernsthaft gedacht, ich lasse Willow die letzte Prüfung verpatzen, nur weil sie für Maverick eingestanden ist. Ihr müsstet mich besser kennen.«

Ich gebe Maverick einen halbherzigen Stubs mit meinem Ellenbogen und lächele Declan an. »Danke für deine Hilfe.«

»Immer wieder gern.« Er grinst. »Tja, und nebenbei hab ich euch euren wahren Schicksalsverbundenen finden lassen. Ich denke, damit werde ich meinem Ruf als bester Liebesgott-Nachfahre aller Zeiten gerecht.«

Leana schnaubt und schüttelt den Kopf, doch irgendwie wirkt das nicht spöttisch, sondern vielmehr liebevoll. Das bemerkt auch Declan, der mit einem Zwinkern in unsere Richtung nach Leanas Hand greift. Okay, was die beiden angeht, habe ich eindeutig etwas verpasst.

Maverick nutzt die Tatsache, dass sie gerade nur noch Augen für sich haben, um sich zu mir zu beugen. »Übrigens muss ich etwas eingestehen«, wispert er und sein Atem kitzelt an meinem Ohr. »Du bist nicht die schlechteste Moiren-Tochter aller Zeiten, sondern die beste.«

EPILOG

Mehrere Hundert Schicksalsfäden umgeben mich, ich habe jedoch nur Augen für einen einzigen von ihnen. Meinen. Mavericks. Unseren. Inzwischen ist die Schnur kräftig rot, beinahe genauso dunkel wie die, die mich mit meiner Familie verbinden. Ich folge dem Faden bis zu Mavericks kleinem Finger, an dem das ringförmige Tattoo für alle Göttlichen offensichtlich verkündet, dass wir zusammengehören. Dass wir durchs Schicksal verbunden sind.

Mein Blick wandert zu Maverick, der sich im Laufen zu mir umdreht und nach meiner Hand greift. Ein paar Dutzend Meter vor uns ist die Saint Paul Academy ins warme Licht des Sonnenuntergangs getaucht, das dem alten Gemäuer etwas Romantisches verleiht. Überall um uns herum stehen andere Schüler gruppen- oder paarweise zusammen, aber Maverick schaut nur mich an. Auf seinen Lippen spiegelt sich mein Grinsen, während seine Finger sich mit meinen verschränken.

Wir lassen den Vorplatz hinter uns und betreten unsere Schule. Auch auf dem Gang tummeln sich unsere Mitschüler. Sie alle laufen in Richtung Sporthalle, die für den heutigen Abend zu einem Ballsaal umfunktioniert wurde – mit allem Tamtam, den sich das Ballkomitee ausdenken konnte. Superkitschig. Und trotzdem könnte ich mir nichts Schöneres vorstellen, als jetzt hier zu sein.

Ich winke gerade Finn zu, der sich ein Stück entfernt von uns mit einem unserer Klassenkameraden unterhält, als Maverick ohne jede Vorwarnung stehen bleibt. Sein Innehalten lässt mich ins Straucheln geraten, doch damit scheint er zu rechnen. Noch bevor ich gegen seinen Rücken stolpern kann, hat er sich umgedreht und mich aufgefangen. Irritiert blinzelnd betrachte ich seine Fliege, die plötzlich direkt vor meinen Augen ist.

»Vorsicht, Willow«, kommentiert er mit einem Grinsen und stellt mich wieder sicher auf die Füße, ohne dabei meine Hände loszulassen. »Bringe ich dich so sehr aus dem Konzept, dass du vergisst, wie man einen Fuß vor den anderen setzt?«

Ich rolle mit den Augen, kann allerdings nichts gegen das Zucken meiner Mundwinkel tun. »Wenn du nicht –«

Ich vergesse, was ich sagen will, als er seine Stirn gegen meine lehnt. In seinen Augen liegt ein amüsiertes Funkeln. »Wenn ich nicht was?«, murmelt er und sein Atem kitzelt auf meinem Gesicht. Mit einem Mal sind all die anderen um uns egal. Seine Lippen kräuseln sich verdächtig.

»Du weißt genau, was ich meine«, bringe ich stockend hervor.

Er drückt mir einen Kuss auf den Mund. Dann stößt er mich mit einer Hand von sich, nur um mich mit der anderen Hand in eine Drehung zu führen, als würden wir tanzen. Der Rock meines hellen Kleids spielt weich um meine Beine.

»Sollten wir uns das nicht für die Tanzfläche aufheben?«, frage ich, sobald ich wieder in seinen Armen liege.

Maverick zuckt mit den Schultern. »Ich konnte nicht abwarten«, sagt er und schmunzelt. »Außerdem halte ich mich nicht so gerne an das, was die Gesellschaft von mir erwartet. Liegt mir angeblich im Blut.«

Lachend schüttele ich den Kopf. »Du bist so ein Spinner.«

»Das Thema hatten wir doch schon«, entgegnet er lächelnd, küsst mich auf die Stirn und setzt sich wieder in Bewegung. Hand in Hand reihen wir uns bei unseren Mitschülern ein. »Obwohl ... genau genommen bist du jetzt ja keine Spinnerin mehr.«

Ich brumme zustimmend. »Das kann man wohl so sagen.«

Auch wenn nicht einmal ein Monat vergangen ist, seit Maverick und ich vor dem Olymp standen, hat sich das Leben der Göttlichen seitdem um hundertachtzig Grad gedreht. Wir haben den Olymp ganz schön in Aufruhr versetzt und eine Diskussion losgetreten, auf die schnell alle Göttlichen aufmerksam geworden sind. Zu Recht. Denn immerhin ist es auch ihr Leben, über das der Olymp da entscheidet – und das in diesem Fall gar nicht so unerheblich.

Irgendwie haben wir es geschafft, die Olympier davon zu überzeugen, wie dämlich ihre Regeln und Strukturen sind. Insbesondere die, dass wir alle das Schicksal unserer Urahnen leben müssen. Ziemlich rückschrittig. Das hat auch der Olymp eingesehen und endlich den Staub von den jahrhundertealten Regeln gepustet, um den Alltag aller Göttlichen grundlegend zu verändern.

Was nicht nur dazu geführt hat, dass Maverick und ich zusammen sein können, ohne eine Strafe durch den Olymp befürchten zu müssen, sondern meine Schwestern und mich auch von unseren Pflichten als Moiren-Töchter befreit hat. Juniper, Sage und ich spinnen jetzt keine Schicksale mehr. Genau wie all die anderen Moiren-Töchter auf dieser Welt. Denn wie sich herausgestellt hat, bahnt sich das Schicksal tatsächlich seinen Weg, wenn wir ihm keinen vorgeben – nicht nur bei Maverick und mir, sondern bei allen Menschen und Göttlichen.

Nicht mehr jeden Nachmittag in der Götter-Ebene zu verbringen ist seltsam, aber es ist nicht so, als wären wir gar nicht mehr da. Noch weiß nämlich keiner, wie genau das Schicksal ohne unser Zutun funktioniert. Deshalb achten wir darauf, dass nichts ins Ungleichgewicht gerät – damit niemandem zu viel des Guten oder des Schlechten passiert. Was bisher allerdings nicht geschehen ist.

Ab und zu beobachte ich mit Juniper, Sage und Großtante Holly, wie sich einzelne Schicksale wieder und wieder wandeln. Wir malen uns aus, was zu diesem Wandel führt, doch mehr als raten können wir bisher nicht. Großtante Holly vermutet, der Geist unserer Urahninnen steckt dahinter. Ob sie nun recht hat oder nicht – ich denke, es ist ein Geheimnis, dessen Lösung vielleicht besser im Verborgenen bleiben sollte.

»Willow?«, reißt Maverick mich aus meinen Gedanken.

»Hm?« Ich hebe den Kopf und lächele ihn an. Was mein Schicksal betrifft, habe ich eindeutig Glück gehabt. Oder eben ein gutmütiges Schicksal. Wer weiß das schon so genau?

»Na, hast du dich in Tagträumereien von mir verloren?«

»Das hättest du wohl gern.« Ich schnaube. »Eigentlich ist mir gerade eingefallen, dass du mir noch einen Gefallen schuldest.«

Mit schiefgelegtem Kopf hält er mir die Tür auf. »Wieso das?«

»Na ja«, beginne ich und greife wie automatisch nach Mavericks Hand, während wir in die Sporthalle treten. Alles wurde mit zahlreichen Luftballons und Lichterketten dekoriert und ist kaum wiederzuerkennen. Ich ziehe Maverick ans Buffet, damit wir nicht mitten im Weg stehen. »Als diese ganze Sache mit uns angefangen hat, haben wir einen Deal gemacht.«

Erkenntnis erhellt sein Gesicht, aber er unterbricht mich nicht.

»Du hilfst mir den Faden loszuwerden und anschließend sorge ich dafür, dass dein Schicksalsfaden unberührt bleibt.« Ich grinse. »Ich hab meinen Teil erfüllt. Und so, wie ich das sehe, ist da immer noch ein Liebesfaden zwischen uns. Also würde ich sagen, du schuldest mir einen Gefallen.«

Maverick greift sich eine Erdbeere vom Buffet, die allem Anschein nach eher als Dekoration gedacht gewesen ist. »Ich könnte Declan einfach bitten, unseren Faden doch zu lösen.«

»Ich glaube nicht, dass er das einfach macht«, entgegne ich und denke daran, wie er uns immer noch ständig auf die Nerven geht. Heute Nachmittag hat er mir sogar geschrieben, dass wir ihm unbedingt ein Schulball-Selfie von uns schicken müssen.

»Gut so.«

Auf meine Lippen schleicht sich ein Lächeln.

Maverick schiebt sich die Beere in den Mund und betrachtet mich. »Also, was willst du?«

Ich hebe die Mundwinkel noch ein bisschen mehr. »Fürs Erste reicht mir ein Tanz mit dir.«

Er zieht die Augenbrauen hoch und hält mir einen Arm hin, damit ich mich bei ihm unterhaken kann. »Seit wann bist du denn so genügsam?«

»Das war ja längst noch nicht alles«, stelle ich auf dem Weg zur Tanzfläche klar. Wie auf Kommando wechselt die Band auf der Bühne von einem schnellen Stück zu einer Indie-Ballade. »Ich finde, ich hab mir danach ein paar weitere Gefallen verdient.«

Er zieht mich an sich und lehnt seinen Kopf gegen meinen, sodass sein Atem mein Ohr streift und mir eine Gänsehaut beschert. »Und welche?«

»Ich weiß nicht.« Lächelnd sehe ich Maverick an. Meinen Schicksalsverbundenen. »Mal schauen, wohin das Schicksal uns führt.«

Danksagung

Die Geschichte rund um Willow und Maverick ist mir eine absolute Herzensangelegenheit, weshalb es mich umso mehr freut, dass mich zahlreiche Herzensmenschen auf dem Weg bis zur Veröffentlichung begleitet haben. Auch wenn meine Dankbarkeit sich kaum in Worten ausdrücken lässt, will ich das wenigstens versuchen.

Als Allererstes: Danke, Doreen. Du hast von Anfang an an diese Geschichte geglaubt und warst sofort Willows und Mavericks größter Fan – und trotzdem mal wieder meine größte Kritikerin. Für beides bin ich dir unglaublich dankbar, aber am dankbarsten bin ich dafür, dass du Teil meines Lebens bist.

Und natürlich danke auch an euch, Mama, Papa, Oma, Opa und Thorben. Ohne euren andauernden Support würde ich ein ums andere Mal untergehen. Ihr seid die beste Familie, die ich mir wünschen könnte, und allesamt meine Felsen in der Brandung. Danke dafür.

Ein riesiges Danke auch an dich, Viktoria. Danke fürs zusammen Lachen, zusammen Weinen und zusammen Schreiben. Danke, dass du immer für mich da bist und mich in den Arm nimmst, wenn ich es brauche – ob nun in echt oder virtuell.

Danke an Lisa – du warst von Beginn an mit dabei und dafür bin ich dir wirklich dankbar. Danke für deine kreativen Ideen, die Motivation und dafür, dass du stets an Willow und Maverick geglaubt hast.

Danke an das Impress-Team, insbesondere an Pia. Ich kann nach wie vor mein Glück nicht fassen, Teil dieser wunderbaren Gemeinschaft sein zu dürfen, die gefühlt eher eine Familie als ein Verlag ist. Danke, dass ihr an Willow, Maverick und mich geglaubt und mir den besten Rückenwind gegeben habt, den man sich wünschen kann. Danke, danke, danke!

Vielen Dank auch an meine wundervolle Lektorin Yvonne. Du hast das Beste aus dieser Geschichte herausgekitzelt und dafür bin dir so dankbar. Danke für deine supertollen Ideen, deine Feinfühligkeit und dafür, dass ich mich stets an dich wenden konnte, wenn die Zahnräder in meinem Kopf mal wieder ein bisschen Schmierfett brauchten.

Danke an meine fantastischen Writing Buddies von *Kind of Magic*. Ihr wisst, wie sehr ich das Brainstormen, Schreiben und Quatschen mit euch liebe! Ein besonders großes Danke an meine Testleserinnen: Doreen, Lisa, Viktoria, Rebekka, Alex und Alina.

Zuletzt auch an dich ein großes Danke, liebe Leserin, lieber Leser. Danke, dass du Willow und Maverick eine Chance gegeben und sie auf ihrem Abenteuer begleitet hast. Das bedeutet mir mehr, als du dir vorstelle n kannst. Vergiss nie: Du kannst dein Schicksal selbst in die Hand nehmen!

DIE MACHT DER GEFÜHLE
TAUCH EIN IN ROMANTISCH-FANTASTISCHE GESCHICHTEN.
IM PRE SS
#IMPRESSBOOKS
ALLES VON IMPRESS HIER:
IMPRESSBOOKS.DE

Impress

Die Macht der Gefühle

Unser Versprechen für mehr Nachhaltigkeit
- Klimaneutrales Produkt
- Papiere aus nachhaltiger Waldwirtschaft
- Hergestellt in Europa

FSC
www.fsc.org
MIX
Papier aus verantwortungsvollen Quellen
FSC® C083411

Impress
Ein Imprint der Carlsen Verlag GmbH
September 2021

Lektorat: Yvonne Lübben
Umschlagbild: shutterstock.com / © Alexander_Evgenyevich / © ledinka / © BLAGORODEZ / © SilverCircle / © Chinnapong / © letovsegda
Umschlaggestaltung: formlabor, Vivien Summer
Satz und Umsetzung: readbox publishing, Dortmund
ISBN 978-3-551-30418-6
www.impressbooks.de